BAD BOY'S GIRL

Te odiaré hasta que te quiera

BLAIRHOLDEN@JESSGIRL93

BAD BOY'S GIRL

Te odiaré hasta que te quiera

Traducción de
Sheila Espinosa Arribas

Círculo de Lectores

Introducción

Ya están otra vez. Mis padres vuelven a pelearse. Oigo sus gritos a través de las paredes de casa, que parecen de papel. Siguen creyendo que si se pelean en la planta baja, yo no los oigo desde arriba. Pero, por desgracia para ellos, y para mí, me llega hasta la última palabra con total claridad.

Es lo de siempre. Se enzarzan hasta que quieren tirarse de los pelos y luego se van a su habitación. Últimamente, mi padre está durmiendo en la de invitados, de la que sale a escondidas todas las mañanas antes de que yo me vaya a clase.

Cree que no me doy cuenta, pero sí.

Soy consciente de que no están bien, pero no se separarán. Son así de tercos. Es algo que he heredado de ellos, la cabezonería, pero espero no verme nunca en una situación parecida. Claro que yo no tengo que preocuparme por encontrar a alguien que me quiera para luego acabar odiándolo, porque el tío del que estoy enamorada nunca me va a querer. Está demasiado ocupado babeando por Nikki la Zorra. Vale, un momento, que rebobino y te explico los motivos exactos por los que Nikki es una zorra.

Nicole Andrea Bishop, también conocida como el origen de todos mis males, es mi ex mejor amiga y segunda capitana del equipo de baile del instituto. La conozco desde la guardería, cuando todo eran arcoíris y mariposas, y compartir un helado con otra niña te convertía automáticamente y para siempre en su mejor amiga. La verdad es que eso es lo que fuimos Nikki y yo durante más o menos diez años. Luego llegó el instituto, y ella se transformó en un engendro de Satanás.

Adiós a la niña mellada que me hacía trenzas porque yo era físicamente incapaz. Adiós a la amiga con un acné importante que se quedaba despierta toda la noche ayudándome a estudiar para los exámenes de francés, una auténtica pesadilla para mí. Adiós a la chica a la que consideraba casi una hermana, que cenaba con mi familia todos los sábados antes de la maratón semanal de *Las chicas Gilmore*.

Para cuando terminó el primer año, a Nikki ya la había poseído el espíritu de Regina George y yo era la mosca que no dejaba de revolotear a su alrededor. Hice todo lo que pude para mantener viva nuestra amistad, de verdad que sí, pero mi orgullo tenía un límite.

Ahora es cuando te cuento que yo antes estaba gorda. Y cuando digo gorda, no me refiero a esa gordura que te permite llevar vaqueros ajustados con una camiseta corta y aun así atreverte a criticar esos kilitos de más.

Por aquel entonces pesaba la friolera de ciento cinco kilos, más que todo nuestro instituto junto. Era esa chica que llevaba chándal con capucha y Converse todo el día, todos los días, sin siquiera planteárselo. Pero, antes de que te dé pena, déjame que te diga que nunca fui consciente de mi peso. Es más, tampoco me suponía un problema. No hacía régimen ni deporte (para disgusto de mi madre) y tampoco sacrificaba pequeños animalillos para que los dioses me hicieran perder milagrosamente los kilos que me sobraban. Comía lo que me apetecía, me quedaba en casa viendo *Gossip Girl* en el portátil y mis compañeros de clase me obviaban, no me hacían *bullying*, pero pasaban de mí. Fue entonces cuando Nicole se apuntó al equipo de baile, y de pronto todo el mundo empezó a odiarme. ¿Sabes?, es como si aún oyera los silbidos y los comentarios discretos; bueno, discretos más bien poco, cada vez que Nicole y yo pasábamos junto a un grupillo de estudiantes.

«¿Qué hace una macizorra como Nicole Andrea Bishop con una tía como esa?»

«¿Qué le estará haciendo Tessa la Obesa para obligarla a que sea su amiga?»

«¿Por qué Nicole no se quita ese peso de encima y ya está?» Sí, este era para partirse.

Ni que decir tiene que Nicole acabó dándose cuenta de que yo estaba perjudicando su reputación, así que, después de meses evitando mis llamadas y sin tiempo para quedar conmigo, al final me dejó bien claro que era una carga para ella y que ya no podíamos seguir siendo amigas.

Me tragué el orgullo y lo acepté. Diez años de amistad a la basura, así, sin más, y todo porque mi mejor amiga era demasiado cobarde para plantarle cara a la gente que cuestionaba nuestra amistad. Y no me habría parecido mal si se hubiera limitado a ser eso, una cobarde, pero Nicole decidió que un defecto de semejante calibre no era suficiente para ella. Por lo visto, uno de los requisitos de la popularidad es convertirse en uno de esos villanos retorcidos que salen en las pelis. Y se puso manos a la obra.

Cuando empezamos el segundo curso, yo había perdido treinta y seis kilos y ella había ganado un novio. Y no uno cualquiera. Nicole volvió a clase siendo la novia del chico del que yo estaba colgada desde los ocho años.

Jason «Jay» Stone fue el primer chico que me regaló flores. Bueno, si por flores entendemos un diente de león arrancado de cualquier manera. Íbamos a tercero y aquel día yo había ido al colegio con mi diadema favorita. Me dijo que estaba muy guapa, y a mí aquello me bastó para enamorarme hasta el tuétano. Con el paso del tiempo nos hicimos buenos amigos. Bueno, al menos él se comportaba como un amigo. Yo me quedaba muda cada vez que se me acercaba. Y es que era el prototipo de chico americano: rubio, ojos azules y con una habilidad envidiable para jugar al béisbol. Por desgracia, a medida que fui ganando peso, empecé a avergonzarme de que me vieran con él. Estaba gorda y era todo lo torpe que puede ser una preadolescente. Digamos que no era el tipo de chica que merecía pasar tiempo con Jay Stone, así que acabé por alejarme de él.

Nicole sabía perfectamente lo que yo sentía por él. Incluso me animaba a que le pidiera para salir porque, según ella, Jay estaba colgado de mí a pesar de mis problemas de peso. Yo estaba totalmente en contra de esa idea, por decirlo suavemente. Sin embargo, al volver del verano y antes de empezar el segundo curso, vi la luz al final del túnel. Me había pasado horas encadenada a la cinta de correr, consumiendo mi propio peso en agua, y sentí que quizá esa vez sí. Aquel sería mi año. El año en el que por fin tendría una oportunidad, en el que me convertiría en alguien capaz de tontear con Jay Stone.

No tenía la menor idea de lo que se me venía encima.

La primera vez que vi a Jay después del verano fue en los pasillos, justo antes de entrar en clase. Yo llevaba mis mejores vaqueros, que casualmente me hacían un culo bonito, una camiseta ajustada y ligeramente escotada, lo justo, y mis botas negras de *rock star*. Me había peinado a conciencia, ondulando mi melena rubia en plan playero, e iba perfectamente maquillada. Por desgracia, en cuanto lo vi, no fueron necesarios ni cinco minutos para que tuviera la cara llena de chorretones de rímel.

Jay tenía la lengua metida hasta la campanilla de mi mejor amiga, perdón, ex mejor amiga. Si aquella mañana hubiera desayunado, el contenido de mi estómago no habría tardado en volver a salir por donde había entrado. Recuerdo que sentí una presión en el corazón, como si alguien me lo apretara con todas sus fuerzas hasta romperlo en mil pedazos. Se me llenaron los ojos de lágrimas y noté un nudo en la garganta. Fue lo peor que he sentido nunca.

Había perdido a Jay Stone, el amor de mi vida, y por si fuera poco a manos de mi ex mejor amiga, que encima me lo restregaba por la cara. Fue como si todo el peso que había perdido no significara nada para ellos. Estaba condenada a seguir siendo Tessa la Obesa, la chica sin amigos e invisible para el único chico que había querido.

Avanzamos dos años y aquí estoy, una veterana en la segunda semana de su último año de instituto. Por increíble que parezca, es sábado por la noche y esta veterana está en casa acosando al amor de su vida por Facebook. Sí, ahora estoy hablando de mí misma en tercera persona, cosas del aburrimiento

Recorro su perfil, que parece estar lleno de fotos de su novia en diferentes secuencias de un *selfie*. Enfermizo, así es como yo llamo a semejante nivel de egocentrismo.

La imagen del perfil es una foto de ellos dos en la playa. Él la levanta por la cintura y le besa la frente mientras ella le dedica a la cámara una de sus sonrisas de ángel (exterminador).

Intento apartar de mi mente las fotos que aparecen de Nicole mientras me regodeo en el perfil de Jay. Es tan perfecto, tan guapo, con el pelo rubio y despeinado y los ojos del azul del mar... Tiene una sonrisa matadora, hoyuelos en las mejillas, pequitas en la nariz, los pómulos muy marcados...

¿Parezco muy enamorada? Pues para él es como si no existiera, porque está demasiado ocupado intercambiando babas con la puñetera Nicole Andrea Bishop. Son la pareja perfecta, los típicos que salen elegidos rey y reina del baile de graduación y acaban casándose porque parece la conclusión más lógica. La perfección conduce a la perfección, aunque dicha perfección esté corrompida hasta la médula. ¿Cómo puede ser que no se dé cuenta de lo maléfica que es su novia? ¿Cómo puede estar tan ciego y no ver sus defectos?

Ah, espera, que ya me acuerdo. Los colmillos solo los enseña cuando ando yo cerca; cuando está con él, es inofensiva como un chihuahua. Para ser justos, Jay sí que se acerca siempre a saludarme y se ofrece a llevarme los libros cuando tenemos clase juntos. Obviamente, nunca acepto su ofrecimiento porque Nicole siempre está al acecho, observándome y sacando fuego por la nariz.

Aprovecho que hoy me siento especialmente sádica para refrescar un par de veces la página, pero se me petrifican los dedos a medio camino cuando veo una publicación. No una cualquiera, sino La Publicación con mayúsculas. La única capaz de arrancarme un grito, literalmente, y hacerme lanzar el portátil a diez metros de mí. La sentencia de muerte que me mira fijamente a los ojos dice: «Vuelvo a casa, tío. Ya puedes montarme una fiesta de la leche, Jay Jay».

¿Quieres saber quién es capaz de amedrentarme de esta manera, hacerme temblar de los pies a la cabeza y conseguir que desee vivir en la Edad Media?

Bueno, pues el nombre que me fulmina desde la pantalla es Cole, Cole Stone, y está a la altura del de Nicole. El universo funciona según una lógica cuando menos misteriosa, ¿verdad? Bueno, pues yo a veces creo que conmigo lo que tiene es un sentido del humor un poco retorcido. ¿Cómo explicas, si no, que los nombres de las dos personas que más estragos han causado en mi vida sean prácticamente idénticos?

Pero me estoy desviando del tema, el problema no es que sus nombres se parezcan, es que Cole... Espera, ¿vuelve Cole? ¡Mierda!

Cole, para aquellos que no sepan por qué se me eriza el vello solo con oír su nombre, es el hermanastro de Jay y la única persona, además de Nicole, cuyo pasatiempo preferido es hacerme sentir desgraciada. Me ha machacado sin descanso durante toda la primaria y la secundaria. Por suerte, teniendo en cuenta que estamos hablando de un delincuente, antes de que empezáramos el instituto acabó donde acaban todos los de su calaña. La academia militar lo ha mantenido alejado de mí estos últimos tres años.

Y ahora vuelve a casa.

Cole Stone, el motivo por el que me sé los nombres de todas las enfermeras de urgencias y ellas el mío, vuelve a la ciudad. ¡Dios mío, ahora serán dos! Cole y Nicole unirán sus poderes diabólicos para convertir mi vida en la peli de miedo más realista de la historia.

Trago saliva ruidosamente y cierro el portátil apartándolo a un lado, como si estuviera poseído.

Vale: Universo y su enfermo sentido del humor, uno; rubia gordi que siempre termina muerta en la bañera, cero.

1

Él es Bush y yo, su mini-Afganistán

El lunes por la mañana, cuando mi padre me lleva al instituto, lo primero que hago es subirme la capucha de la chaqueta. Es una reminiscencia de los días de Tessa la Obesa; me va tan holgada que, si me descuido, desaparezco en ella. Hoy mi objetivo es ser tan invisible como me sea posible, ¿y qué mejor forma de conseguirlo que llevando algo que «mi nuevo yo» no tocaría ni con un palo? Un saco de patatas me quedaría mejor.

Mi padre me mira extrañado mientras me alejo del coche caminando de puntillas. Luego ya tendré tiempo de explicarle que estoy intentando conservar la vida. Cuando por fin desaparece calle abajo, yo aprieto el paso, todavía de puntillas, imitando a la protagonista de una peli mala de espías, y me pierdo entre la multitud. De momento, todo va bien. El plan es coger los libros de la taquilla lo más rápidamente posible, porque hoy ese va a ser el único sitio donde alguien pueda reconocerme. La estrategia también implica sentarse en la última fila de clase y pasar tan desapercibida como una pulga a lomos de un yorkshire terrier. Es curioso lo fácil que es pensar como James Bond cuando tu vida corre peligro.

Quizá estés pensando que exagero y que ni siquiera sé si Cole vendrá hoy al instituto, pero lo cierto es que lo conozco lo suficiente como para esperarme alguna de las suyas. Atacará cuando sepa que estoy con la guardia baja y eso, amigos míos, os aseguro que no va a pasar.

—Tessa.

¡Mi plan hecho añicos! Cierro los ojos y echo a andar hacia clase, casualmente en dirección opuesta a la persona que intenta cargarse ese plan que tanto me ha costado urdir.

—¡Tessa, espera!

Sigo andando sin dejar de mirar a los lados, esperando que Cole no aparezca a la vuelta de una esquina con una pistola de pintura en la mano. El muy ladino... Qué pasa, que ahora tiene esbirros a su servicio, ¿no?

Como puedes ver, la paranoia no me sienta especialmente bien.

Aprieto el paso cuanto puedo, pero no es suficiente. Una mano me sujeta por el hombro y yo abro la boca para gritar, pero entonces mis ojos se posan en la pulsera que adorna la muñeca de mi perseguidor y suspiro aliviada. Resulta que la propietaria de la pulsera, lila y con unas cuentas con letras de color rosa en las que se puede leer M-E-G-A-N, es mi mejor amiga. Puedo estar segura de que no pretende hacerme daño físico; bueno, al menos no a propósito.

—¿Por qué... —pregunta haciendo una pausa para coger aire— vas... —y coge aire de nuevo— tan rápido?

Jadea como si en lugar de perseguirme por el pasillo del instituto acabara de correr un maratón, pero he de decir en su defensa que es aún más *nerd* que yo y que el deporte es un concepto desconocido para ella.

—Vamos a clase y te lo explico —le digo cogiéndola del brazo y tirando de ella antes de que empiece a llamar la atención.

—Eh, aquí huele a cotilleo —replica ella frotándose las manos como una loca mientras sus ojos verdes brillan de la emoción.

Esta es Megan Sharp, una de mis mejores amigas pos-Nicole. Nos unió el odio a la química y a tener que quedarnos hasta tarde en la biblioteca. Megan es una estudiante de matrícula y su destino es la universidad de sus sueños, Princeton. En su tiempo libre no hay nada que le guste más que saberlo todo de todo el mundo, por poco fiable que sea la fuente. Es una chica despampanante, con el pelo caoba y una complexión perfecta. Parece una muñeca de porcelana. Yo le envidio su capacidad para ser pequeña y delicada, todo lo contrario que yo.

Entramos en clase y, como siempre, la señorita Sanchez está durmiendo en su silla mientras alrededor de su cabeza planea una escuadrilla de aviones de papel. Megan y yo localizamos a Beth, nuestra otra mejor amiga, que está sentada junto a la ventana, escribiendo como una loca en una libreta, y nos dirigimos hacia ella.

—¡Eh, Beth!

Doy un salto al oír la voz estridente de Megan, pero es imposible que sea más discreta. Sus saludos matutinos a pleno pulmón son una filosofía de vida para ella. Beth no levanta la mirada y me doy cuenta de que está en uno de sus momentos «estoy escribiendo una canción, si te acercas te mato», así que aparto a Megan de ella y las dos nos sentamos en silencio.

Beth Romano es mi otra mejor amiga pos-Nicole. Llegó al instituto en segundo, así que no conoció a Tessa la Obesa, aunque sí ha sido testigo del martirio al que me somete Nicole. Decir que no soporta a los abusones es quedarse corta. Si me dieran un centavo por cada vez que he tenido que impedir que le diera un puñetazo a Nicole, podría irme a vivir a Tombuctú. Tiene ese estilo de rockera chic, con medias de rejilla y camisetas de grupos de música, además de la imprescindible chupa de cuero. Su pelo negro y sus penetrantes ojos azules refuerzan la intensidad que desprende.

Puede que a los demás su aspecto les resulte intimidante, pero no hay mejor amiga que ella.

—Bueno, ¿vas a decirme por qué huías de mí como si acabaras de matar a alguien, o por qué vas vestida... así?

Me mira de arriba abajo y yo intento no ofenderme. He vestido así buena parte de mi vida y entonces a nadie le suponía un problema.

—¿No lo sabes?

Por lo visto, eso es lo peor que le puedes decir a alguien que se alimenta de cotilleos. Su expresión cambia y me mira, como una loca.

—¿Qué? ¿Qué es lo que no sé?

—Cole Stone ha vuelto.

Trago saliva y se hace el silencio, un silencio incómodo y yo sé por qué. La sorpresa que transforma el rostro de Megan apenas dura diez segundos, momento en el que se convierte en compasión.

—Lo siento —me dice con tono solemne, poniendo su mano sobre la mía.

—Creo que no acabo de ver el problema. ¿Por qué te da tanto miedo el tal Cole? —pregunta Beth mientras le da un mordisco a su hamburguesa de queso.

Su rostro se contrae en una mueca y escupe lo que tiene en la boca. Dos años en el instituto y aún no sabe lo mala que es la comida. Nos hemos sentado en la esquina más alejada que he podido encontrar en toda la cafetería. Por sorprendente que parezca, he conseguido llegar viva a la hora de la comida.

Megan me corta antes de que pueda abrir la boca.

—Cole es el *bully* de Tessa —explica con toda naturalidad.

Antes de que pueda corregir a Megan, a Beth se le salen los ojos de las cuencas.

—No es mi *bully*. Solo es alguien diseñado específicamente para torturarme —digo yo con una naturalidad escalofriante.

—No será para tanto.

Beth se encoge de hombros y rebusca en su mochila hasta que encuentra una bolsa de patatas medio vacía, abierta y cerrada repetidas veces.

—Sí, no será para tanto. ¿Sabes qué es grave de verdad? Quedarse sin chocolate y sin Ryan Gosling a media semana, Beth. Cole y su reino del terror merecen un título aparte.

Megan se me ha adelantado otra vez. ¿Hola? Que estamos hablando de mi *bully*.

—¿Está bueno? —pregunta Beth sonriendo socarrona.

Pasan unos segundos hasta que registro la pregunta, tiempo que aprovecho para quitarme el cuchillo de la espalda. ¿Qué importa si está bueno? Un monstruo es un monstruo, por muy bueno que esté.

—¡Cariño, ese chico deja a la altura del betún hasta al mismísimo *David* de Miguel Ángel! —se adelanta Megan y suspira. Le pego en el brazo y ella me mira, indignada—. Pero es verdad, está bueno.

Ojalá no fuera verdad.

La última hora de clase llega sin que me haya cruzado con los gemelos diabólicos, Nicole y Cole, pero básicamente es porque Nicole lleva todo el día con el grupo de baile. Por desgracia, ahora toca educación física y aunque ahora estoy mucho más a gusto con mi cuerpo, a la Tessa la Obesa que llevo dentro aún le cuesta ponerse pantalones cortos y desfilar frente a un grupo de chicos adolescentes que se mueren por expresar su opinión.

Pero tengo que hacerlo de todos modos porque esto es el instituto y educación física es una de las torturas obligatorias a las que nos someten, solo superada por la carne misteriosa que sirven los lunes en la cafetería. Oigo el timbre que anuncia que la última hora de clase va a empezar y bajo la guardia por un momento. Al parecer, Cole no ha venido y tampoco he visto a Nicole, así que no me puedo quejar. Demasiado pronto, lo he pensado demasiado pronto. Me maldigo en silencio y me muerdo la lengua cuando de pronto oigo su voz.

—Hola, Obesa.

Aprieto los dientes y muto la expresión de la cara para aparentar neutralidad. Estamos en el vestuario. Me doy la vuelta y me encuentro cara a cara con el demonio personificado.

—Nicole —le digo registrando su presencia.

Ahí está, con su ropa de baile amarilla y lila que se reduce básicamente a una raquítica falda y una camiseta aún más raquítica si cabe. Lleva el pelo largo y oscuro recogido en una coleta alta que destaca aún más los rasgos de su cara. Tiene la piel inmaculada, como siempre, de un color caramelo absolutamente perfecto. La combinación de colores hace que destaque aún más el castaño de sus ojos y lleva brillo en los labios. Mi ex amiga es despampanante y lo sabe. Su ascendencia latina la hace destacar sobre la palidez y el pelo claro de la mayoría.

Lo que no entiendo es cómo consigue estar tan guapa después de pasarse el día en el gimnasio.

—Veo que aún no has empezado con los ejercicios que te dije para reducir caderas.

Vale, búrlate de mí y de mi trasero inmenso (presuntamente).

—Como parece que a ti no te han funcionado, he pensado que sería una pérdida de tiempo.

De vez en cuando vomito palabras cuando estoy en su presencia. Sé que no debería rebotarme, pero hoy ha sido un día muy largo. Estoy agotada y harta de tener miedo. Ella sonríe y recorre el espacio que nos separa hasta que apenas hay unos centímetros entre las dos. Quiere intimidarme, es evidente, y lo ha conseguido.

—¿Qué has dicho?

—Na...nada, no he dicho nada —tartamudeo mientras mi chulería se disipa rápidamente.

—Eso me parecía. Y ahora apártate de mi camino antes de que te atropelle como a una alimaña —me espeta, y me aparta literalmente de un empujón.

Cuando se va, me quedo unos diez minutos clavada en el mismo sitio, intentando con todas mis fuerzas no hiperventilar. Nunca se me han dado bien los enfrentamientos y no sé qué me ha impulsado a contestar a la bruja mayor del reino. Repito los ejercicios de respiración que he visto en la tele, que resultan ser bastante inútiles. Todavía aterrorizada me dirijo hacia mi taquilla, que es donde guardo la bolsa de gimnasia y el móvil. Suelo cambiar la contraseña de la taquilla cada pocos meses después de que Nicole y su aquelarre de brujas me gastaran una broma.

Te aseguro que se pasa más vergüenza paseándose desnudo por el instituto en la vida real que en la peor de las pesadillas.

Después de poner mis pertenencias a buen recaudo, me dispongo a volver al gimnasio cuando sufro el tercer sobresalto del día. Esta vez, sin embargo, mi corazón hace exactamente lo contrario que al ver a Nicole.

¡Palpita, el corazón me palpita!

—Por fin te encuentro, Tessa. Llevo buscándote todo el día.

Jason Stone aparece en mi campo de visión, y, en cuanto veo su sonrisa, apoyo la espalda contra la taquilla para no desmayarme. Es como un adonis rubio y con ropa de deporte. Tiene piernas de corredor, fuertes y torneadas, y los bíceps tan marcados que se me ponen los ojos vidriosos.

—¿En serio? —Suspiro lánguidamente al ver que se acerca a mí y luego me propino un bofetón mental por haber sonado tan estúpida—. ¿En serio? —repito, esta vez con voz más grave, tanto que parezco mi padre el otro día, cuando se atragantó con un hueso.

—Sí, claro. De hecho, desde ayer que quiero hablar contigo.

Sé que debería escucharle con atención, que es evidente que está diciendo algo importante, pero es que es tan guapo... Dejo que mis ojos se paseen por su cuerpo, por su cara, por su pelo rubio y perfecto...

—¿Tessa?

Agita una mano a un palmo de mi cara y me devuelve de sopetón a la realidad.

—¿Q...qué?

—Quería saber si estás bien.

—Perfectamente —respondo, consciente de que en mi cara se acaba de dibujar una sonrisa de oreja a oreja.

Jay es tan mono que me pregunta si estoy bien y me habla a pesar de que sabe que a su novia no le haría ninguna gracia.

—¿En serio?

Parece sorprendido. Me pregunto por qué.

—Sí, en serio. El domingo tuve un poco de fiebre, pero nada que no se cure con un buen plato de sopa.

—No, no decía...

¡Está tan mono cuando se embarulla!

—¿Qué?

—¿Qué? —repite él con una mueca adorable en el rostro.

Nos damos unos segundos para resituarnos. Yo aprovecho para centrarme, Jay yergue los hombros y me mira con compasión.

—Tessa, pensaba que sabías que Cole va a volver. Nos ha anunciado que viene a pasar su último año de instituto aquí, en casa.

Lo sé todo, hermosa criatura, porque me paso los fines de semana espiándote. Pero eso no hace falta que lo sepas. Es hora de poner en práctica mis inexistentes aptitudes como actriz.

—¿Qué? ¿Lo dices en serio? Pero... Ostras, ¿en serio va a volver? —exclamo.

—Sí, en serio.

¿Soy yo o la vuelta de su hermano le hace tan poca ilusión como a mí?

—Solo quería saber si estás bien. Como tu relación con Cole es...

—No es una relación, Jay, es simple y pura tiranía. Él es Bush y yo, su mini-Afganistán.

Se echa a reír y me derrito al ver los hoyuelos que aparecen en sus mejillas.

—Se me había olvidado lo divertida que eres.

Sus ojos azules brillan mientras me sonríe. Madre mía...

—Escucha, si se mete contigo, tú dímelo, ¿vale? —añade al cabo de unos segundos, muy serio.

Y yo asiento.

—¿Me protegerás?

Me oigo y pienso que eso ha sonado muy ñoño, pero qué más da. Jay se rasca la nuca y murmura que sí. Tengo que concentrarme para no saltarle al cuello y comérmelo a besos.

—Gracias, Jay, no sabes cuánto significa para mí.

Hay un leve tono rosado en sus mejillas que no desaparece cuando nos dirigimos juntos hacia el gimnasio. Por suerte, Nicole no está y durante la siguiente hora puedo fingir que Jay es mío y que todo es perfecto.

2

Soy Svetlana, su malvada gemela rusa

—Cariño, he oído que Cole ha vuelto —me dice mi padre cenando.

Bueno, aún no, o yo no estaría aquí sentada de una sola pieza, pienso mientras aplasto un guisante con saña.

—Ah, ¿sí? No lo sabía —respondo, y a mi madre se le escapa una carcajada de incredulidad.

—Cuando estabais juntos, erais tan adorables... No te dejaba en paz —recuerda con nostalgia mientras yo intento decidir qué parte del calvario que he pasado es la que mi madre encuentra tan «adorable».

—Ojalá lo hubiera hecho —murmuro.

—Tess, no puedes llevarte mal con el hijo del sheriff, lo sabes, ¿verdad? Es año de elecciones y necesitamos toda la ayuda posible —dice mi padre, y yo lo miro como queriendo decir: «¿Te estás quedando conmigo?».

Si pretende que le haga la pelota a mi némesis solo para que él pueda ganar las elecciones, ya puede ir despidiéndose del cargo.

—Sobre todo teniendo en cuenta lo mal que lo ha hecho tu padre en esta última legislatura —interviene mi madre con toda la dulzura del mundo, pero asegurándose de que sus palabras escuezan y mucho.

Presiento el inicio de una discusión, así que me acabo la cena en un tiempo récord. Me olvido por completo de Cole y corro escaleras arriba antes de que la cubertería empiece a volar por los aires.

—¡Travis, levántate! —grito cuando llego a la puerta de la habitación de mi hermano.

Golpeo tres veces, muy fuerte, hasta que mi hermano me responde con su saludo habitual, un vete a la eme. Es parte de nuestro ritual diario. Mi hermano mayor es inmune a los despertadores, así que he asumido el deber de asegurarme de que no ha caído en un coma.

Puede parecer extraño que mi hermano se levante a la hora de la cena, pero en casa nos hemos acostumbrado a su naturaleza nocturna. Mis padres asumen que han perdido al hijo pródigo y yo he aprendido que la mejor forma de tratar con el nuevo Travis es mantener una distancia prudencial.

Te cuento: Travis tiene veintiún años y todavía vive en casa porque lo expulsaron de la universidad, ni más ni menos que por plagiar un trabajo, algo bastante estúpido para un estudiante de sobresalientes como él. Luego el amor de su vida lo abandonó y él se refugió en el alcohol para, y cito textualmente, «superar esta mierda».

Lleva con resaca crónica desde el año pasado y, aunque lo intenta, mi padre no puede hacer nada al respecto. Es el alcalde y no puede ir aireando sus trapos sucios en público. Cuando alguien se interesa por Travis, nos limitamos a ignorar la pregunta o decimos algo como que está trabajando en sus otras «ambiciones», por ejemplo escribir la próxima gran novela americana.

En el centro de esta familia disfuncional estoy yo. Desquiciada y a punto de sufrir un ataque nuclear, que es como algunos describirían el regreso de Cole Stone.

Me dejo caer sobre la cama y cojo todo lo que necesito para hacer los deberes. Mañana tengo que entregar una redacción, aunque ya la tengo hecha. Vale, preparé un esquema y la redacté el mismo día que el profesor nos la puso de deberes, pero nunca está de más releerla. Es lo que se hace cuando tu única opción es convertirte en una empollona. Nicole se ha asegurado de apartarme de cualquier actividad que implique relacionarse socialmente.

Estoy revisando la redacción y añadiendo notas a pie de página cuando mi padre entra en la habitación. Tiene la cara roja como un tomate por culpa de la competición de gritos que acaba de celebrarse en la cocina.

—¿Estás libre, Tess? —me pregunta, expectante.

—Bueno, no exactamente, tengo que acabar esto...

Antes de que termine, me pone una carpeta en las manos, como si no hubiera oído lo que acabo de decirle.

—Perfecto, necesito que le lleves esto al sheriff inmediatamente. Se lo acercaría yo mismo, pero tengo que salir y lo necesita cuanto antes.

—Pero papá...

¿Quiere que vaya a casa de los Stone? ¿Es que ha perdido la chaveta? ¿Tan decepcionante soy para él como hija que está dispuesto a enviarme a mi propia muerte? No puedo ir a casa del sheriff porque resulta que ese mismo sheriff es el padre de Cole. Si Cole ya ha vuelto, ir a su casa es como darle una patada a una colmena, y sé de qué hablo. No es una experiencia muy agradable precisamente.

—Haz lo que te digo o te castigo —me espeta con aires de suficiencia.

—Pues castígame —replico yo con una sonrisa de oreja a oreja.

Tampoco es que salga mucho, solo de vez en cuando al centro comercial con Megan y Beth. Ninguna de las dos es especialmente fan de las compras, así que por lo general Megan y yo acabamos hablando de cotilleos en el Starbucks mientras Beth se escabulle a la tienda de discos y se pasa las horas muertas allí.

—Haz lo que te digo, Tess —insiste mi padre con un suspiro—, y no chistes. Enviaría a tu hermano, pero como según el reloj ese por el que se rige aún es por la mañana, probablemente esté demasiado borracho para funcionar o la resaca no le permita entender lo que le digo.

—¡Pero papá, puede que Cole esté allí y tú sabes mejor que nadie lo mal que me trata! —protesto, y por un momento me planteo arrodillarme a sus pies y rogarle que no me obligue a ir.

—No estoy para dramas, cariño. Coge los papeles y vete.

Tira de mí hasta que me levanto de la cama y luego básicamente me empuja hacia la puerta.

—Eres un padre cruel y despiadado, lo sabes, ¿verdad? —le digo mientras me acompaña escaleras abajo hasta la puerta principal, que, oh, qué caballero, abre para que pueda salir.

—Uno no llega a alcalde siendo simpático con la gente. Venga, date prisa.

Y me cierra la puerta en las narices.

Genial, vamos. Me pregunto cuántos huesos me rompería si intentara trepar sigilosamente hasta mi habitación.

Ojalá pudiera decir que la casa de los Stone está a kilómetros de la mía. Si así fuera, al menos podría fingir un caso grave de deshidratación, desmayarme y acabar en el hospital. La imagen de mi padre deshaciéndose en disculpas por haber sido un déspota se me antoja sorprendentemente agradable.

Por desgracia para mí, el universo es implacable y solo han pasado cinco minutos cuando de pronto me encuentro frente a la enorme casa de tres plantas de los Stone. Farrow Hills es un pueblo lleno de gente bien. Las casas son más bien haciendas y sus residentes suelen estar podridos de dinero. El sheriff Stone no debe de cobrar una millonada haciendo de policía, pero viene de una familia rica y se nota. Lo mismo pasa con mis padres, lo cual significa que la opulencia hace tiempo que ya no me intimida.

Mi mano se detiene sobre el timbre mientras imagino las distintas situaciones que se pueden dar si Cole está en casa. La mayoría terminan conmigo en el hospital con un montón de huesos rotos y el ego hecho trizas. Cole nunca me ha hecho daño físico, no de forma directa, pero muchas de sus bromas tienen como objetivo mi evidente falta de coordinación y no sé cómo lo hago, pero siempre acabo con algún miembro enyesado. Cierto es que casi han pasado cuatro años desde la última vez;

sin embargo, no puedo decir que eche de menos el hospital o su maravilloso olor a desinfectante. Preferiría no tener que visitar a Martha, mi enfermera favorita, al menos no en un futuro cercano.

Cierro los ojos con fuerza y pulso el timbre dos veces. Espero cinco minutos y decido probar con el pomo de la puerta. Con un poco de suerte, no habrá nadie en casa. Así puedo dejar los papeles sin necesidad de interactuar con persona alguna.

El sheriff suele pasar muchas horas en la comisaría y su segunda esposa, y madre de Jay, es médico y trabaja en el turno de noche del hospital. Puede que Jay haya salido también, pienso con un mohín. Estará dándose el lote con Nicole, me digo, y la idea me hace apretar los puños con fuerza.

Por suerte, giro el pomo y la puerta se abre. Doy gracias a Dios en silencio y asomo la cabeza. No hay nadie en el vestíbulo. Una luz solitaria ilumina el camino que lleva a la cocina, que está prácticamente a oscuras. Si la memoria no me falla, las habitaciones de los chicos están arriba y la del señor y la señora Stone, a la izquierda de la cocina. Entro de puntillas para no hacer ruido. Mi padre me ha dicho que le entregue los papeles a alguien, no que los deje por ahí encima, pero siempre puedo escudarme en que no había nadie en casa. Me adentro en la casa sujetando la carpeta entre las manos y la dejo encima de un pequeño escritorio cubierto de papeles que parecen importantes.

—¡Piensa rápido, Tessie! —exclama una voz que me arranca un escalofrío, y levanto la cabeza instintivamente.

Después de tantos años, un error de novata total.

En cuanto miro hacia arriba, veo el cubo entre sus manos, pero, como siempre, tardo demasiado en reaccionar. Cole está medio escondido entre los barrotes de la escalera. Vierte el contenido del cubo directamente sobre mí y en cuestión de segundos estoy calada hasta los huesos de una mezcla de agua helada y colorante verde.

Mientras intento reponerme de la impresión, oigo el estallido de la risa diabólica que mana de las fauces del monstruo. Me quedo quieta, empapada y con la boca abierta, incapaz de procesar que me acaban de gastar una broma pesada.

Cole baja las escaleras dando saltitos, sin parar de reír, mientras yo permanezco inmóvil.

—Ah, Tessie, no sabes cuánto te he echado de menos —se burla mientras se acerca a mí, pero se le congela la risa en cuanto me ve—. Tú no eres Tessie —dice, contrariado, y se detiene delante de mí con el ceño fruncido.

Señoras y señores, les presento a Cole Stone. Metro ochenta y cinco de pura maldad, capaz de engañar a cualquiera con su pelo castaño despeinado y sus ojos azul claro. A cualquiera menos a mí. A primera vista, otra persona vería en él a un modelo de pasarela, a un dios de una belleza devastadora, y yo sería la primera en llamar necia a esa persona.

Siempre he sabido comprender su verdadera naturaleza, que es la del mismísimo diablo reencarnado. Cole es un gilipollas, un desgraciado encantado de haberse conocido a sí mismo y está, está...

Repasándome de arriba abajo. ¡Mierda! Y yo con estas pintas de Pitufina verde calada hasta los huesos. Tengo que hacer que deje de mirarme.

—Pero tú sigues siendo un tonto y un inmaduro.

Estoy furiosa. Me despego la camiseta mojada del cuerpo y tiro del mechón de pelo que se me ha metido en la boca. Clase, Tessa, ante todo clase.

—Me acabas de llamar tonto y estás en mi casa, que es donde el padre de Tessie ha dicho que estaría su hija. ¿Quién eres y qué has hecho con mi bizcochito? —exclama sujetándome por los hombros y tirando de mí.

Le propino un manotazo en el pecho y me aparto de él.

—Para empezar, mido metro setenta, así que no tiene ningún sentido que me llames «bizcochito», y segundo, ni se te ocurra volver a ponerme la mano encima, Stone, o te castro con mis propias manos.

—En serio, la única chica que les desearía el mal a mis huevos es Tessie, pero tú eres otra persona...

—No, soy Svetlana, su malvada gemela rusa y he venido a acabar contigo mientras duermes —le espeto.

—Eres sarcástica, amenazas la integridad de mis huevos y me llamas tonto, cuando lo que realmente te apetece es decir una palabrota gorda. Eres Tessie, ¿verdad? —me dice como si no diera crédito a sus propias palabras.

He de decir en su defensa que la última vez que me vio yo pesaba lo mismo que dos luchadores de sumo juntos y era la orgullosa dueña de una enorme papada. Siempre había llevado el pelo recogido en un moño poco favorecedor, pero ahora lo llevo suelto y me llega hasta la cintura. Está empapado y se está rizando a la velocidad de la luz, pero sigue siendo largo.

—Vaya, no sabes cuánto te agradezco que me creas. Y ahora apártate de mí.

—¿Cuándo te has convertido en Tessie la tía buena? —pregunta, aún visiblemente aturdido y haciendo oídos sordos a todas las ordinarieces que salen de mi boca cuyos dientes, por cierto, han empezado a castañetear.

Intento no ponerme colorada cuando le oigo llamarme tía buena, pero es el primer tío que me lo dice y mis mejillas no pueden controlarse. En serio, no puedo sonrojarme por algo que haya dicho Cole Stone. Es un sacrilegio.

Pero está aquí, delante de mí, es de carne y hueso, y yo me pongo como un tomate.

—Bueno, es más de lo que puedo decir yo de ti. Sigues siendo tan horrible como siempre.

Le saco la lengua y él sonríe como el tío engreído que es.

—Esa no parece ser la opinión general. De hecho, sé de unas cuantas chicas que prefieren referirse a mí con el término «dios».

Arquea repetidamente las cejas y yo siento que me sube la comida por la garganta.

—Vale, vale, demasiada información. Me estás dando arcadas, así que será mejor que me vaya antes de que vomite.

—¿Como aquel día en tercero, cuando vomitaste durante tu inolvidable actuación en *Blancanieves*? —pregunta, todo inocencia, y yo lo fulmino con la mirada.

—¡Serás...! Fuiste tú quien me dio aquella magdalena pasada, no vomité porque estuviera nerviosa.

—Lo que tú digas, preciosa.

Resoplo, lo aparto a un lado y me dirijo hacia la puerta, pero, con mi racha de suerte actual, se abre antes de que llegue a ella y aparece Jay. Está para mojar pan, como siempre, con sus vaqueros y su camiseta ajustada. Me olvido temporalmente de los nervios y me lo como con la mirada.

—¿Tessa?

Sus ojos se van abriendo lentamente a medida que se da cuenta de las pintas que llevo. Genial, vamos. Por una vez que me lo encuentro sin que Nicole asome por encima de su hombro, resulta que parezco un perro al que acaban de darle un manguerazo para luego meterlo en un barreño de gelatina verde. Ah, las alegrías de ser Tessa O'Connell.

—Hola, Jay —digo sintiéndome un poco estúpida, y sonrío tímidamente.

Él me responde con una sonrisa incómoda y nos quedamos mirándonos el uno al otro, en silencio, un silencio perfecto típico de novela romántica. Es el tipo de silencio que solo es interrumpido cuando el chico besa a la chica y todo se vuelve mágico.

El nuestro, sin embargo, termina cuando Cole empieza a fingir que tiene arcadas.

Esta es mi particular versión de una novela romántica, que haría llorar lágrimas de sangre a la mismísima Danielle Steel.

—Sois patéticos.

Cole finge que se ahoga y por un momento deseo que ocurra de verdad. Jay lo fulmina con la mirada y pasa junto a mí para propinarle una colleja a su hermano.

—Te he dicho que la dejes en paz —le espeta, pero Cole se limita a poner los ojos en blanco—. Es envidia, ¿verdad? Dios, no sé qué problema tienes —le dice a su hermanastro, que desvía la mirada avergonzado.

—¿Y por qué debería tener envidia? —La pregunta es como un cuchillo que se me clava en el corazón, pero prefiero ignorar el dolor—. Puedo hacer que moje las bragas cuando quiera y tú no.

Esas son las palabras exactas que Cole le dice a Jay. Mi rostro se contrae del asco al ver que me guiña un ojo, y esta vez sí noto el sabor de la bilis.

—Tío, estás enfermo.

—Mejor eso que ser un pelele.

—No sabes de lo que estás hablando.

Es evidente que Jay se está cabreando por momentos, pero soy incapaz de seguir la conversación.

—Sé lo suficiente —replica Cole, y le da unas palmadas en el hombro fingiendo comprensión—. Venga, bizcochito, que te traigo ropa seca antes de que te conviertas en un polo humano.

Lo dice sin apartar los ojos de su hermano, como si estuvieran participando en un concurso de miradas penetrantes. El primero en rendirse es Jay, que se vuelve hacia mí.

—Puedes venir conmigo si quieres. Te buscaré una toalla y ropa para que te cambies —me dice, amable como siempre, y yo asiento encantada justo antes de que a Cole se le escape la risa y vuelva a cargarse el momento.

—No creo que eso sea una buena idea, Jay Jay. Qué dirá tu novia cuando sepa que has estado aquí con la amiga Tessie.

Estoy a punto de decirle que cierre la boca, que Jay no le tiene miedo a Nicole y que puede ser amigo mío sin pensar en la reacción de Nicole, pero la duda que ensombrece el rostro de Jay es como un puñetazo en mi estómago. De pronto, me doy cuenta de que Cole ha dado en el clavo. Jay se aparta de mí como si hubiera una especie de campo de fuerza invisible entre nosotros.

Un campo de fuerza llamado Nicole Andrea Bishop.

Cuando me doy cuenta, Cole me ha cogido de la mano y tira de mí hacia su habitación. Yo no aparto los ojos de Jay, a pesar de que él se esfuerza por mirar hacia todas partes menos a mí. Estoy enamorada de él, pero a veces me gustaría que fuera un poco más fuerte.

Cole me lleva a su habitación o a lo que parece ser, de momento, un proyecto de habitación. La cama y el sofá están tapados con sábanas blancas, hay cajas por todas partes y una fina capa de polvo lo cubre todo. Arrugo la nariz cuando veo la pocilga que tiene montada en el suelo, cubierto de ropa tirada de cualquier manera. Me abro paso de puntillas con la esperanza de no tropezar con su ropa interior. Cole está buscando en una de las cajas, de la que saca una sudadera de camuflaje con capucha.

—Cógela, bizcochito —me dice, pero con mis reflejos la sudadera me golpea la cara y por poco me deja ciega en el proceso.

—Gracias —respondo yo, la voz amortiguada por la tela, mientras me dirijo hacia el lavabo más cercano para quitarme la camiseta mojada.

Abro el grifo y me refresco la cara con agua fría. Estoy un poco aturdida, al borde de la dimensión desconocida. ¿Desde cuándo es tan majo Cole? Vale, está siendo majo después de convertirme en un caniche pasado por agua, pero no se me ha escapado lo que ha pasado durante la conversación con su hermano. Parecía que me estaba defendiendo. Pero ¿por qué?

Lo retiro, no pienso analizar sus actos. Su sitio está en la caja sellada de mi cabeza, la que reservo para la gente que me cae peor.

Cuando vuelvo a la habitación, Cole está tumbado en su cama mirando al techo, con las manos cruzadas detrás de la cabeza. Sonríe levemente al verme entrar y se incorpora sobre un codo.

—Esta es la parte en la que te digo que estás más sexy con mi ropa que yo, pero el narcisista que llevo dentro me lo impide.

—Prefiero que no digas nada.

Un momento, se está quedando conmigo, ¿verdad? Quiere que piense que le gusto y luego, cuando empiece a sucumbir a sus encantos, me arrancará la alfombra de debajo de los pies, literalmente. Saldrá con alguna de sus bromas desagradables y yo acabaré en urgencias con la buena de Martha.

—No, lo digo en serio, Tessie, has cambiado.

No parece que me esté tomando el pelo y, por un momento, decido creerme que lo dice en serio, que cree que estoy guapa, aunque preferiría oírlo de boca de su hermano. En cualquier caso, me alegro de que alguien se haya percatado del peso que he perdido, aunque esa persona sea él.

—Te haría un favor encantado.

Mejor dicho, ahora mismo preferiría cruzarle la cara que seguir escuchando los piropos o las guarradas que me dice.

—Prefiero sacarme los dientes con unos alicates que plantearme esa posibilidad, Stone.

Me cruzo de brazos para intentar intimidarlo.

—Pero si te gusto, no lo niegues. Todos estos años fingiendo que me odias. La tensión sexual que llevas acumulada debe de ser insoportable.

Me burlo de su arrogancia hasta que de pronto comprendo que intentar razonar con él solo sirve para freírme las neuronas, así que opto por huir.

—Bueno, es un placer saber que has vuelto para amargarme la vida, pero ahora será mejor que me vaya antes de que te estrangule.

—Morbosa.

Me guiña un ojo y yo levanto los brazos al cielo. Me saca tanto de quicio que por un momento siento el impulso de poner fin a sus días.

—Adiós, Cole.

Doy media vuelta y cierro de un portazo mientras él se ríe a mis espaldas. No llevo aquí ni treinta minutos, y sin embargo tengo la sensación de que he pasado siglos con Cole. De repente, caigo en la cuenta de que el de hoy es solo el primero de una serie de encontronazos, que Cole ha venido para quedarse, y un ligero dolor empieza a extenderse por mi cabeza. La paz y la tranquilidad con las que esperaba afrontar mi último año de instituto se han evaporado en el preciso instante en que el demonio decidió volver a nuestro maravilloso pueblo. Con el tiempo, he aprendido a lidiar con Nicole, aunque sea de una forma muy cobarde, pero al menos convivíamos y con eso me conformaba. Ahora este entorno que tanto me ha costado construir está a punto de ser arrasado por cierto bellaco de ojos azules.

Mientras me dirijo hacia la puerta, no veo a Jay por ninguna parte. Su ausencia se me antoja morbosamente deprimente.

Cuando salgo a la calle, el demonio decide reaparecer. Cole asoma la cabeza por la ventana de su habitación y me llama. Así es como ha sabido que estaba en su casa, el muy desgraciado.

—¿Qué? —le grito mientras él me dedica una de sus sonrisas sibilinas.

—Mañana estate preparada a las siete, que te llevo a clase.

—¿Qué te hace pensar que voy a sentarme en el mismo coche que tú o, peor aún, a compartir contigo un trayecto de veinte minutos?

—Digamos que no te lo estoy pidiendo, bizcochito, te estoy informando. Si no sales por tu propio pie, te arrastraré hasta el coche si hace falta.

—¡Estás loco!

—No lo sabes tú bien.

Toda la conversación consiste en un intercambio de gritos a pleno pulmón, así que no pasa mucho tiempo hasta que una señora de pelo cano sale de la casa de al lado. La mujer se ajusta la bata como si le fuera la vida en ello y nos grita «asco de adolescentes» y que hagamos el favor de «cerrar el pico».

—Entonces qué, ¿vendrás conmigo o necesitas otra visita de la señora Lebowski? Tengo entendido que tiene un gran danés y que a Scooby no le da miedo morder.

Lo dice gritando, pero ahora lo hace para dar por saco.

—Vale —murmuro tan bajo que apenas me oye—. ¡Vale! —repito, esta vez más alto, y Cole me dedica su sonrisa de cien vatios.

—Nos vemos mañana, bizcochito —me dice, y cierra la ventana.

De pronto me doy cuenta de que acabo de firmar mi propia sentencia de muerte.

3

La muerte por hierbabuena revolucionaría el mundo del crimen

No me avergüenza admitir que no soy de las que tienen un sueño ligero. De hecho, podría venir una grúa y levantar el techo de la casa conmigo debajo y yo ni me enteraría. Soy así, ya está, es algo genético. En casa valoramos las horas de sueño mucho más que la gente normal, hasta el punto que mi hermano ha llevado esa pasión al extremo y básicamente lo único que hace es dormir. Mejor dicho, beberse hasta el agua de los floreros y luego dormir.

Este amor hereditario por el sueño explica el odio que soy capaz de engendrar hacia cualquiera que me despierte antes de tiempo. Los que me conocen bien saben que es mejor no jugar con fuego. Puedes meterte conmigo, llamarme lo que quieras e incluso arrebatarme cruelmente el amor de mi vida, pero no puedes despertarme si yo no quiero estar despierta.

Por desgracia, al parecer, hay una persona que no ha recibido la circular. Debe de ser por eso por lo que a la mañana siguiente me despierto estornudando como la típica adolescente empollona con alergia primaveral al polen.

Un segundo, si soy la típica adolescente empollona con alergia al polen...

Da igual, el caso es que estoy a punto de echar las entrañas por la nariz y no es porque durante la noche hayan florecido girasoles en mi habitación como por arte de magia. No, lo que pasa es que la reencarnación de Hannibal Lecter, también conocido como Cole Stone, tiene un ramo de rosas pegado a mi nariz, pese a que el caraculo sabe que soy alérgica. ¡Uf!

Cuando por fin acabo de limpiarme los mocos, él está tirado por el suelo partiéndose de risa. Gruño y le tiro la almohada.

—¡Imbécil!

Me abalanzo sobre él, pero consigue esquivarme justo a tiempo. Yerro mi objetivo y acabo aterrizando aparatosamente en el suelo de madera de mi habitación. Mi mañana se ha ido al traste y todo para diversión de Cole Stone.

Unos veinte minutos más tarde, estamos sentados a la mesa del desayuno. Mis padres se esfuerzan tanto en no parecer ellos que su pequeño teatrillo está consiguiendo que me maree. Mi madre le pasa el café a mi padre y él, a cambio, le ofrece un beso en la mejilla. Se ríen mientras hablan de los buenos tiempos, cogidos de la mano por encima de la mesa. Tengo ganas de vomitar, pero no puedo cargarme una actuación de Oscar como esta.

Todo esto es en honor de la persona que se sienta a mi lado y que ahora mismo está devorando un plato de huevos revueltos y tostadas que mi madre le ha preparado con todo el amor del mundo.

Mi madre no cocina, nunca, jamás.

Sé por experiencia que es una gran cocinera, pero en algún momento, no sé cuándo, dejó de ser la madre que preparaba la cena todas las noches e insistía para que nos sentáramos todos juntos a comer.

No puedo evitar sentir una punzada de envidia al ver que cocina para Cole pero no para su familia. Es absurdo, lo sé. Nuestros problemas no se solucionarán sentándonos todos juntos a comer estofado, pero ahora mismo necesito un chivo expiatorio contra el que dirigir todo este rencor que siento, y el escogido es Cole, el mismo que, ajeno a la tensión que le rodea, abre surcos en el plato como un tractor hasta las cejas de crack.

—Y qué, Cole, ¿qué planes tienes para la universidad?

La pregunta me coge por sorpresa porque mi padre nunca ha mostrado el más mínimo interés por mis planes de futuro. No sabe qué asignaturas he escogido este año, ni siquiera que soy una estudiante de sobresalientes. Suspiro para mis adentros e intento no ahogarme en la autocompasión. Tiene todo el sentido del mundo que le hagan la pelota. Al fin y al cabo, es el hijo del sheriff y el sheriff es un hombre muy importante en el pequeño mundo de la política municipal.

Cole para de esnifar el desayuno y desarma a mis padres con una de sus encantadoras sonrisas.

—De momento no he hecho planes. Incluso puede que ni siquiera me matricule el año que viene en la universidad. Me estoy planteando la posibilidad de cogerme un año sabático. Recorrer Europa en plan mochilero, ver mundo...

Se me escapa una carcajada: no doy crédito a lo que acabo de oír.

—¿Recorrer Europa en plan mochilero? Esa excusa solo la usan los que están a punto de repetir.

Mi padre me regaña con la mirada y me doy cuenta de que me está advirtiendo que no me meta. Frunzo los labios como una niña testaruda, me cruzo de brazos y le devuelvo la mirada. Ya le he dicho antes que no pienso hacerle la pelota a Cole Stone bajo ninguna circunstancia. No hay nada en el mundo capaz de convencerme de que sea agradable con la persona que se ha dedicado a hacerme la vida imposible. Si mi padre cree que de pronto me voy a convertir en la mejor amiga de Cole es que está alucinando.

—Tess, cariño, lo del coche que querías por tu cumpleaños...

Deja la frase a medias a propósito, es evidente, pero las palabras provocan el efecto deseado. Me quedo petrificada, con el tenedor suspendido en el aire, mientras mi padre me sonríe con malicia desde el otro lado de la mesa.

No se atreverá...

Llevo todo el año ahorrando para comprarme el Range Rover Sport más bonito del mundo, pero al final me he quedado corta y mi padre se ha ofrecido a echarme una mano para evitar que caiga en una depresión. Me ha prometido que tendría el coche por mi cumpleaños, sin letra pequeña. Desde entonces estoy flotando, imaginándonos al coche y a mí a toda pastilla por la autopista, con el viento acariciándome el pelo y Maroon 5 sonando en la radio a todo trapo...

Pero en cuanto las palabras salen de su boca, la imagen se rompe en mil pedazos porque sé perfectamente qué tiene en mente mi padre.

—¿Qué pasa con el coche? —pregunto de puntillas mientras su sonrisa se expande.

—Estaba pensando que quizá nos esperemos al año que viene para comprarlo. Este año puedes usar el de Travis, el viejo. Como aún no te sientes muy segura aparcando...

¡No! ¡Cómo se atreve! Si un día me reconoció que aparco mejor que él. Sé perfectamente qué está haciendo. Pretende chantajearme para que sea el perrito faldero de Cole quitándome la única cosa sin la que sabe que no puedo vivir. Necesito ese coche. Cuando se tienen tantos problemas de autoestima como yo, lo último que necesitas es que tu padre te lleve todos los días al instituto.

De pronto me doy cuenta del problema en el que me he metido. La única opción que me queda es tragarme el orgullo y sobrellevar este castigo tan bien como pueda. Algún día, papá, no sé cuándo, pero me las pagarás.

—No te preocupes, papi, practicaré hasta que aparque mejor.

Sonrío hasta que me duelen las mejillas, pero al menos el mensaje ha sido entregado. En realidad, mis palabras querían decir: «Tú ganas, papá. A partir de ahora trataré a Cole como si fuera el mismísimo papa y besaré el suelo que pise».

—Cariñito mío —replica él alegremente, y sigue con su desayuno.

—¡Ve más lento! —grito mientras me sujeto el cinturón de seguridad con tanta fuerza que se me ponen los nudillos blancos.

—¿Y qué tiene eso de divertido, Tessie? —responde Cole con una de sus perversas sonrisas.

Toma una curva especialmente cerrada y yo cierro los ojos mientras las ruedas chirrían en señal de protesta.

—¡Tu padre es el sheriff! Si se entera de que conduces de esta manera, te mata.

Intento razonar con él sin abrir los ojos. Sabía que montarme en un coche con Cole equivaldría a darme un paseíto del brazo de la Muerte pero, estúpida de mí, pensé que estaría a salvo simplemente porque él va sentado a mi lado. Obviamente, me equivocaba. No solo es un sádico, un mentiroso manipulador, un creído y un retorcido, además tiene tendencias suicidas.

—De verdad, tienes que aprender a vivir la vida, bizcochito. Esto es lo que los terrícolas llamamos pasárselo bien. La nave nodriza te abandonó aquí, acéptalo e intenta adaptarte lo mejor que puedas.

—¿Qué entiendes tú por pasártelo bien? ¿Estamparte contra un árbol y desangrarte en una cuneta? —le grito, y abro los ojos para fulminarlo con la mirada.

Él sacude lentamente la cabeza, sin dejar de sonreír como un loco, y gira otra vez el volante para tomar una curva, lo que hace que acabe con mi cara aplastada contra el cristal de la ventana.

—Tú y tu imaginación —se burla.

Apuesto a que mi imaginación y yo somos capaces de inventar mil formas distintas de cargárnoslo utilizando el paquete de chicles que hay encima del salpicadero. La muerte por hierbabuena revolucionaría el mundo del crimen. Tendrían que dedicarme un episodio de *Mentes criminales*.

Cuando por fin llegamos al aparcamiento del instituto Abraham Lincoln, me siento como un veterano del Vietnam. «Neurosis de guerra» es la expresión exacta que describe mi estado mental. Cole aparca su

Volvo entre dos coches, ajeno al hecho de que he estado a punto de sufrir un ataque al corazón en su coche. Me bajo arrastrándome, con las piernas temblorosas, e intento alejarme de Lucifer. Con las prisas, choco con una animadora y me preparo para recibir una bronca.

Pero no pasa nada.

La animadora en cuestión está mirando a Cole y a punto de babear. Y no solo ella; miro a mi alrededor y parece que todo el mundo se ha quedado petrificado al verlo.

Era de esperar: la vuelta de Cole es todo un acontecimiento. Es como una leyenda viva entre los estudiantes. En el instituto Abraham Lincoln es un héroe, venerado a causa de todas las bromas que ha ido acumulando a lo largo de los años. Todo el mundo sabe quién es, aunque lleve tres años fuera. Parece que su fama no ha disminuido lo más mínimo.

Maravilloso.

Mientras tanto, él se recrea en el sencillo acto de bajarse del coche. ¿Por qué no puede comportarse como una persona normal y salir por la puerta sin tanto dramatismo? Saca una pierna y luego la otra como si se moviera a cámara lenta. Es como ver un episodio especialmente malo de *Los vigilantes de la playa*. Cuando Su Majestad consigue por fin despegar su real trasero del asiento, se quita la chupa de cuero, se la cuelga del hombro y hace lo propio con las gafas de sol de aviador, que se guarda en el bolsillo trasero de los vaqueros como si fuera un espectáculo. Luego se despereza y finge un bostezo para que se le marquen los músculos que la camiseta no consigue disimular.

Cuando se pasa una mano por el pelo, me parece oír los suspiros de deseo de todas y cada una de las féminas presentes. Odio admitirlo, pero así está aún más guapo. De pronto, hace lo inimaginable: me guiña un ojo y sé a ciencia cierta que a nadie se le ha escapado el gesto.

Entorno los ojos y frunzo el ceño.

—¿Quién te crees que eres? ¿David Hasselhoff?

Mis palabras le borran la sonrisa de la cara y yo me felicito mentalmente por esta pequeña victoria.

—Por favor. Si las chicas vieran esto —y señala su cuerpo— medio desnudo, mojado y brillante, corriendo por la playa, no sabrían ni qué hacer —me dice con toda su arrogancia, y yo le sorprendo al asentir.

—Tienes razón, no sabrían si sacarse los ojos con las uñas o envenenarse con un raticida.

Y, sin más, paso junto a él y lo dejo con la palabra en la boca, sabiendo que todas las miradas están puestas en mí y que tarde o temprano esto acabará explotándome en la cara.

En clase, Megan está al borde de un ataque de nervios. Se muere de ganas de saber si es verdad que he venido al instituto con Cole y, si es así, cómo es que sigo viva. Es la clase perfecta para contárselo todo: la cabeza de la señora Sanchez descansa sobre la mesa y por la comisura de sus labios se escapa un hilillo de baba. Me estremezco ante semejante visión y luego concentro toda mi atención en mi mejor amiga, que amenaza con echarse a llorar en cualquier momento si no le cuento lo que ha pasado. Beth también está presente, aunque finge no prestar atención a la conversación, pero sé que esto le interesa. Lleva quince minutos atascada en la misma página del libro que tiene que leer para la clase y no es porque de repente no se acuerde de cómo se juntan las letras.

Se lo cuento todo, desde que mi padre me obligó a ir a casa de los Stone ayer por la noche hasta la visita-despertador de Cole esta mañana. Luego describo con detalle lo que está en juego si le llevo la contraria y, cuando por fin termino de desahogarme, los ojos de Megan han adquirido el tamaño de sandías y no se apartan de mí. Beth simplemente parece que se divierte.

—Perdida, Tessa, estás perdida —se lamenta Megan, y yo me desplomo en mi silla y golpeo repetidamente la cabeza contra la mesa—. Tranquila, tranquila —me dice mientras me da palmaditas en la cabeza, y yo la fulmino con la mirada.

—Pues yo no veo el problema.

Por primera vez, la voz grave de Beth rompe el silencio. La miro de reojo, sin acabar de creer lo que acabo de oír. ¿De verdad cree que no tengo un problema? Tanto escuchar a Led Zeppelin ha acabado por provocarle daños cerebrales.

Beth pone los ojos en blanco al ver que Megan y yo le dedicamos sendas miradas de incredulidad.

—Qué queréis que os diga, a mí esto me parece un «todos ganan» en toda regla. Ahora que Cole ha ocupado el puesto de *bully* oficial, Nicole no se te acercará y Jay se dará cuenta de que hay otros tíos interesados en ti. Puede que hasta le crezcan un par y se convierta en el amigo que siempre has querido que sea.

Balbuceo anonadada mientras intento encontrarle la lógica a lo que acaba de decir. Las palabras «tíos» e «interesados» destacan sobre las demás y se me antojan tan ajenas, sobre todo aplicadas a mi persona, que empiezo a pensar que mi amiga ha perdido la cabeza.

—Beth, ¿qué parte de «es Hannibal Lecter» no pillas?

—Que sí que lo pillo, de verdad, pero yo creo que a este tío le gustas y que te lo demuestra de la única manera que sabe, que es metiéndose contigo. La típica estratagema masculina.

Expone su teoría como si hablara del tiempo, y Megan y yo nos lo decimos todo con la mirada. Beth la Cuerda hoy no ha venido a clase.

—Sí, es la típica estratagema masculina cuando vas a la guardería. Si existiera la más remota posibilidad de que le gustara, no me torturaría como lo hace —le explico cargándome de paciencia, como si hablara con un niño con problemas de aprendizaje.

—Tú piensa lo que quieras, ya sé que no puedo convencerte de lo contrario. —Se encoge de hombros, pero añade—: Simplemente digo que el hecho de que Cole esté aquí no tiene por qué ser necesariamente malo.

Por desgracia, Beth no podía estar más equivocada. A medida que avanza el día, me doy cuenta de que la gente me observa con más interés que nunca. La última vez que fui tan popular era la amiga gorda de Nicole. Esta misma gente es la que se dedicó a presionarme y chincharme hasta que Nicole se deshizo de mí, así que no es de extrañar que me muestre escéptica en cuanto a sus intenciones.

Estoy junto a la puerta del aula de economía. Voy a esta clase con Jay y Nicole, y le tengo pánico desde que empezó el curso. Nicole hace todo lo que puede para que sean los peores cincuenta minutos del día, y yo hago todo lo que puedo para proteger mi pobre corazoncito. Cada vez que los veo tocarse disimuladamente, o a veces sin disimulo ninguno, es como si me lo atravesaran con un cuchillo de carnicero.

Entro unos cinco minutos antes de que empiece la clase y la feliz pareja ya está sentada a su mesa. En esta clase trabajamos por parejas, así que no hace falta que explique por qué me siento sola. Parece que Nicole ha advertido a la gente para que no alteren mi estatus social de desterrada. Me dirijo hacia el fondo de la clase, que es donde me siento, e intento no mirarlos cuando paso por su lado. Odio sentarme tan lejos; hay que tener una vista de lince para leer la pizarra blanca desde ahí. Pero *c'est la vie*, es lo que hay.

—No pasa nada, Tessie, estoy segura de que cuando tengas treinta años o así acabarán creciéndote las tetas, no hace falta que te pongas relleno —me suelta Nicole con una risita.

¡Ay, casi! Justo cuando estaba a punto de librarme. Pero esta vez ha sido un golpe bajo. Sabe perfectamente que mi pecho es una fuente importante de inseguridades y aun así es ahí donde decide atacar, sobre todo teniendo a Jay al lado. Seguro que ahora mismo está comparando a su novia, voluptuosa y llena de curvas, con mi tabla de planchar y pensando que menos mal que escogió bien.

—O también podría operárselas como tú, claro que ella no está tan desesperada.

Por un momento, el corazón me da un vuelco. Me quedo petrificada y pienso que Jay me está defendiendo, que por fin se ha dado cuenta de lo corrompida que está su novia por dentro. Cuando menos me lo espere, me besará delante de ella y me dirá que para él siempre he sido la única. Giro la cabeza tan rápido que estoy a punto de hacerme un esguince, pero para mi decepción Jay sigue sentado en su silla, retorciéndose. Es otra persona la que se ha unido al debate sobre mis tetas. Maravilloso.

Cole está inclinado sobre la mesa de Nicole y Jay, y es evidente que es a ella a quien está poniendo a prueba. Quiere saber si tiene lo que hay que tener para replicarle. Antes de que él se fuera, Nicole no era la abeja reina que es ahora, ni siquiera una humilde zángana. De hecho, era feliz en su papel de abeja desterrada, como yo. Pero eso no es lo mejor: por si fuera poco, Nicole estaba colgadísima de Cole. Aún recuerdo todas las veces que nos tirábamos de los pelos por los hermanos Stone y nos imaginábamos casándonos en una misma ceremonia que nos convertiría en hermanas. Entonces no se me ocurrió avisarle de que quizá su futuro marido no me dejaría vivir lo suficiente para poder disfrutar el día de mi boda.

Obviamente las cosas no salieron como pensábamos.

Alucino al ver cómo le cambia la cara después de lo que le ha dicho Cole. Abre la boca y la vuelve a cerrar como si fuera un pez. No se le ocurre ninguno de los comentarios sarcásticos que me ha dedicado todos estos años. Me gusta ver que, por una vez, es ella la que se siente amenazada; casi podría darle las gracias a Cole. Casi.

—Ya vale, tío.

Jay interviene para defender a su novia. Es un poco tarde para eso, pero no puedo evitar que me duela que la defienda a ella y a mí no.

—Pues dile a tu novia que deje de ser tan bruja —responde Cole sin inmutarse, y juro que Nicole se pone colorada de la vergüenza.

—Cole —dice Jay con un tono de advertencia, los puños cerrados y apretando la mandíbula.

—Jay Jay —replica su hermano disfrutando de forma muy evidente de la situación.

Antes de que la cosa vaya a más, suena la campana y entra el señor Spruce, el profesor, cada vez más calvo y con su maletín en la mano. Todo el mundo ocupa sus asientos, incluida yo. Imagina mi sorpresa cuando, por primera vez en siglos, alguien aparta la silla que está junto a mí y Cole Stone, ¡Cole Stone!, se sienta a mi lado. Él finge que no pasa nada mientras yo lo miro fijamente.

—¡No puedes sentarte aquí! —exclamo intentando no levantar la voz, porque el señor Spruce ha empezado a pasar lista.

—Si hacerlo no me mata ni pone en peligro mi deseo sexual, claro que puedo.

Arrugo la nariz ante lo descarado de su respuesta y él se ríe de mi incomodidad.

—No, en serio, no puedes. ¡La gente no se sienta aquí!

—¿Tienes alguna enfermedad contagiosa?

—¡No! —respondo, y miro a mi alrededor para asegurarme de que nadie nos oye, especialmente la pareja que se sienta dos mesas más adelante.

—¿Tienes alguna fijación sexual con los pies?

—Puaj, no.

—¿Tienes pensado usar la información que puedas obtener de mí durante la clase para avisar a tus amigos de la mafia y ponerle un precio a mi cabeza?

Por poco no se me escapa la risa, pero consigo controlarme y respondo que no con la cabeza.

—Pues entonces puedo sentarme aquí. De hecho, quiero sentarme aquí.

—Tú verás, pero que sepas que acabarás al final de la cadena alimentaria —le digo, muy seria, mientras abro el libro de texto y busco el tema que estamos estudiando.

Siento la mirada de Cole clavada en mí, pero no puedo mirarle a los ojos, aún no. Quizá lo he dicho como si no me importara, pero lo cierto es que me duele que, solo por acercarse a mí, alguien reciba la etiqueta de perdedor para el resto de sus días. Es como si fuese una especie de rata infectada por un montón de enfermedades de la que todo el mundo huye.

—No dejes que te machaque, Tessie —me dice con un hilo de voz, tan bajito que no me creo que las palabras hayan salido de su boca.

Ser agradable conmigo es algo que va contra su propia naturaleza. ¿Desde cuándo, estando yo cerca, se comporta como un ser humano normal y corriente?

—No es fácil, ¿sabes? —respondo, evitando el contacto visual, pero oigo que suspira y deja caer la cabeza sobre la mesa.

—Dejas que te pisotee cada vez que le apetece, pero eso se tiene que acabar.

Suena tan convincente que giro la cabeza para mirarlo. Parece preocupado, se le nota en los ojos, y mi cabeza no puede evitar recordar lo que Beth ha dicho esta mañana. ¿Le gusto a Cole? La sola idea se me antoja absurda e intento sacármela de la cabeza cuanto antes.

—¿Y a ti qué más te da? ¿En qué te diferencias de ella? —le pregunto, y por un momento me parece ver en sus ojos algo parecido al dolor.

Se encoge de hombros y me dedica una de sus sonrisas de indiferencia.

—Digamos que no me gusta compartir. Eres mi Tessie y solo yo puedo hacerte la vida imposible. Además, Bishop no me llega ni a la suela del zapato y tú te mereces lo mejor.

Pongo los ojos en blanco y me doy cuenta de que es incapaz de estar serio más de un nanosegundo seguido.

—Qué suerte tengo de que seas mi *bully* particular.

—El placer es mío.

Me guiña un ojo y abre su libro de texto.

A veces me gustaría poder ver qué ocurre dentro de su cabeza, pero luego me digo que seguramente está llena de pensamientos retorcidos que convertirán mi vida en un infierno, y cambio de idea. La cabeza de Cole Stone es territorio peligroso, pero no sé por qué tengo el presentimiento de que en algún momento acabaré convirtiéndome en Dora la Exploradora.

4

¡Por el bien de tus huevos tamaño guisante, te ordeno que me sueltes!

Dejemos una cosa bien clara, sobre todo ahora que esta plaga llamada Cole Stone se está extendiendo en mi vida a marchas forzadas: no me gusta llamar la atención, nunca lo he hecho y nunca lo haré. Soy el tipo de persona a la que le gusta fundirse con su entorno y lo hago tan bien que hasta un camaleón envidiaría mis habilidades. Verás, mi capacidad para socializar es mala no, lo siguiente. Cuando tengo que hablar con alguien nuevo, simplemente resulto patética. La prueba irrefutable de mi falta de pericia es que de los cinco a los quince años solo tuve una amiga. Cuando me dio la patada para dedicarse a una vocación superior, tardé meses en hacer amistad con otra persona: Megan. De hecho, el mérito fue todo suyo por tolerar mis respuestas monosilábicas y esta incomodidad que siempre va conmigo y que me es tan natural como el respirar.

El objetivo de esta explicación es destacar lo frustrante que me resulta saberme continuamente observada. Las miradas me siguen allá donde voy, ya sea en clase, en la cafetería o en el lavabo. Las muy cabronas han llegado a seguirme incluso durante mi turno en el Rusty's Diner. Es inquietante. La mayor parte del tiempo acepto tanta atención indeseada a base de repetirme una y otra vez que no todos los humanos son así, que no todo el mundo disfruta metiéndose en las vidas ajenas. Es más, si yo estuviera en su lugar, quizá también espiaría a la chica que va acompañada a todas horas por el sinvergüenza oficial del instituto.

Estamos sentados a una mesa de la cafetería y de nuevo, milagro, no es la más cercana a las papeleras, que están a rebosar. Cole, para conseguirla, ha tenido que amenazar a un grupo de jugadores de fútbol que se han levantado a toda prisa y se han dispersado de una forma un tanto cómica. De pronto, me siento cada vez más observada, hasta el punto de que empiezo a volverme paranoica. La sensación se parece extrañamente a ese sueño en el que te presentas en clase desnudo.

—¿Te vas a comer eso? —me pregunta Cole sin apartar la mirada de mi trozo de pizza, y yo lo empujo hacia él.

Está sentado a mi lado, mientras que Megan y Beth se han sentado al otro lado de la mesa. Megan no ha tocado la comida, prefiere comerse a Cole con la mirada. Por lo visto, nunca había estado tan cerca de él (le llama Cole «la Piedra» Stone) y se ha quedado sin apetito. Beth parece mucho más tranquila, comiéndose una manzana con el amago de una sonrisa en los labios.

En algún momento no podré más y sufriré un ataque de pánico por lo absurdo de la escena, pero de momento me lo guardo para más tarde.

—Y qué, señoritas, ¿tienen planes para el fin de semana? —pregunta Cole.

Es una pregunta inocente, pero tengo la sensación de que su objetivo es acabar con este silencio incómodo y hostil (sobre todo por mi parte). Ya lleva una semana sentándose con nosotras, para disgusto de la concurrencia, especialmente de Nicole. Cada vez me cuesta más ignorar sus miradas asesinas. Está cabreada, es evidente. Sin saber muy bien cómo, me he convertido en la protegida del único *bully* que la supera en maldad y seguramente está con el síndrome de abstinencia. Lleva una semana sin meterse conmigo. Llámame pesimista, pero no puedo evitar sentir un escalofrío cada vez que pienso en lo tranquila que está Nicole, como la calma antes de la tormenta que es mi ex mejor amiga.

—Puede que vayamos al centro comercial o algo así —le digo.

De pronto, me propino una colleja mental al darme cuenta de que acabo de rebelar mi posible ubicación durante el fin de semana. Tenía la esperanza de poder salir con las chicas y hacer algo divertido sin que Cole nos siga. Ahora ya no creo que sea posible.

—¿El sábado por la noche? Si que cierra tarde el centro comercial, ¿no?

Arquea una ceja y yo me encojo de hombros.

—Tampoco es que tengamos muchas opciones. No nos sobran las invitaciones para ir a fiestas precisamente.

Espero que a él no le haya sonado tan triste como a mí. Me observa en silencio y, antes de que sepa qué está haciendo, se levanta, se da la vuelta y llama a gritos a un tal Jared, que está al otro lado de la cafetería.

—Eh, tío, ¿sigue en pie lo de la fiesta del sábado?

El tal Jared está sentado en la mesa de Nicole. Seguramente es del equipo de atletismo porque lleva su camiseta característica. Grita que sí y Cole le dice que se apunta.

—Genial.

Jared sonríe y de pronto la gente de su mesa se lanza a decidir el tema más importante: ¿quién llevará el alcohol?

Cole se sienta otra vez y me sonríe.

—Ese tío lleva toda la semana suplicándome que le deje celebrar una fiesta de bienvenida en mi honor. Yo no quería porque el tío es un panoli, pero, eh, no hace falta que me des las gracias.

Lo miro fijamente sin saber muy bien qué quiere decir. ¿Por qué tengo que darle las gracias? Alguien le monta una fiesta, vale, qué emoción. ¿Y a mí qué me importa? Megan, que siempre es la lista del grupo, grita emocionada y salta en su silla. Y eso antes de empezar a aplaudir como un bebé de dos años hasta los topes de azúcar.

—¿Qué?

Los miro a los dos, y me pregunto qué me he perdido.

—Veo que sigues siendo un poco lenta, ¿eh, Tessie? Menos mal que ahora estás buena, así podrás echarle el lazo a algún tío rico.

Me da un capirotazo en la frente y yo lo miro entornando los ojos.

—El sábado nos vamos de fiesta —me dice lentamente, viendo que yo aún no he entendido nada.

Se detiene entre palabra y palabra como si le estuviera explicando un teorema especialmente complicado al alumno más cortito de la clase. Frunzo el entrecejo y me vuelvo en la silla para mirarlo cara a cara.

—¿Y quién te dice que voy a ir? —replico, muy decidida.

Él se ríe y niega lentamente con la cabeza.

—Eres tan ingenua, Tessie... ¿De verdad crees que tienes elección? ¿Es que no has aprendido nada durante todos los años que has pasado junto a mi persona?

Yo sacudo la cabeza frenéticamente.

—¡No! No pienso ir, no puedo ir y, sinceramente, por mi propio bien, no debería ir a esa fiesta.

La impresión ante lo que acaba de pedirme es tan fuerte que sigo murmurando frases sin sentido. Cole, confundido, se vuelve hacia Megan.

—¿Qué le pasa? —le pregunta, como si yo no estuviera presente.

A Megan la pregunta la coge por sorpresa. No se esperaba que Cole le dirigiera la palabra y, de pronto, todo el vocabulario se esfuma de su cabeza y empieza a balbucear frases inconexas mientras intenta construir una que tenga sentido de verdad. Es lo que yo llamo estar al-Cole-izado, con ce mayúscula, claro.

—Pues... es que ella... es... quiero decir...

A Beth se le escapa la risa y se quita los auriculares.

—Lo que Megan intenta decir con tanta elocuencia es que somos parias sociales. Si Nicole nos ve en una fiesta, se volverá loca. Si te digo la verdad, a mí me importa un bledo su mala leche, pero estas dos están demasiado cagadas para plantarle cara.

Cole parece impresionado por la respuesta de Beth, que vuelve a ponerse sus auriculares Skull Candy y sigue ignorándonos como hasta ahora.

Sin embargo, la mirada de sorpresa de Cole es rápidamente sustituida por algo que parece rabia, sobre todo cuando veo que cierra los puños.

—¿Cuánto tiempo lleva haciéndoos eso? —pregunta, incapaz de disimular el cabreo, y me quedo de piedra al ver su reacción.

¿No debería alegrarse de que, en su ausencia, alguien se tomara la molestia de perpetuar su misión?

—Da igual —respondo, intentando que se tranquilice.

Estamos llamando la atención y empiezo a experimentar la misma sensación de siempre en la boca del estómago. Ahora más que nunca, me gustaría ser otra persona, cualquiera, aunque sea una niña de nombre North West. Sin embargo, me siento prisionera de la intensa mirada de Cole. Sus ojos me mantienen inmóvil mientras se clavan sin piedad en los míos. Está buscando respuestas que seguramente preferiría no saber.

—¿Cuánto tiempo? —repite, y esta vez no hay lugar a dudas: quiere una respuesta clara.

Me hundo en la silla y evito su mirada. ¿Qué piensa hacer cuando descubra que mi vida es mucho peor ahora que antes de que se marchara? ¿Me tendrá lástima? ¿Se sentirá culpable por machacarme sin descanso desde que era una niña hasta los quince años? No sé por qué, pero no es lo que quiero. Quizá algún día se arrepienta de todas las veces que me ha humillado, pero no será porque yo me dedique a darle pena.

—Ya te he dicho que da igual, que ya me ocupo yo —replico, consciente de que mis mejores amigas me observan atentamente.

—Ah, ¿sí? —dice él burlándose de mi respuesta—. Porque, por lo que he visto durante esta última semana, tu idea de ocuparse de algo es dejar que Nicole te pisotee con esos pies asquerosamente grandes que tiene.

De pronto, se me escapa la risa al oír lo de los pies, y todos me miran extrañados.

—Tiene los pies enormes, ¿a que sí?

Cole carraspea ante mi más que evidente cambio de tema, pero no puede evitar reírse.

—Una vez le vi los dedos de los pies y son asquerosamente largos —dice Megan, que por fin ha reunido el valor suficiente para participar en la conversación.

Cole le sonríe y ella hace lo propio, orgullosa de haberle arrancado una carcajada a Cole Stone.

—Esto no significa que me haya olvidado de lo que estábamos hablando —dice él, muy serio, y las dos lo miramos como si en cualquier momento fuera a retomar el interrogatorio sobre Nicole. Pero de pronto en sus labios se dibuja una sonrisa espectacular y dice—: Os voy a llevar a las tres a esa fiesta y vais a saber lo que es pasárselo en grande.

¿Debería desconfiar de sus intenciones por sistema? Sí, debería, pero por desgracia es otro punto más que añadir a la larga lista de cosas que basculan entre el «debería» y el «podría».

Cole me acompaña en coche a casa como lleva haciendo toda la semana. Empiezo a cansarme de esperar el golpe. Desde que llegó, no ha provocado ningún daño importante a su alrededor. Tengo el número de urgencias memorizado en el teléfono y, siempre que estoy con él, la mano preparada para darle a la tecla. ¡Pero no hace nada! Aparca en la entrada de casa. Qué raro, normalmente se para lo justo para que me baje, pero hoy apaga el motor y de pronto me doy cuenta de que está tramando algo.

—¿Qué? —me pregunta al ver que lo estoy mirando fijamente—. ¿Creías que te iba a llevar arriba y abajo a cambio de nada?

—¿Qué quieres, que te pague?

No tengo ni un duro. He invertido todos mis ahorros en el fondo para el coche, al que mi padre también ha contribuido. Una camarera a tiempo parcial no es que gane mucho, y yo encima intento no pedir dinero a mis padres si puedo evitarlo.

—No, no quiero dinero. Tengo hambre y quiero que me des de comer —me dice mientras se baja del coche, y a mí se me escapa la risa.

¿Quién se ha creído que es para darme órdenes?

—No pienso prepararte nada —replico mientras camino detrás de él.

Se me olvida mencionar un pequeño detalle: que no tengo ni idea de cocinar. La parte trasera de su cabeza se mueve levemente; apuesto la mano derecha a que está sonriendo. Se detiene en el porche y se da la vuelta.

—¿Qué ha sido eso, Tessie? ¿Me ha parecido oír que no vas a prepararme nada para comer? Me pregunto qué dirá tu padre cuando lo sepa.

Se acaricia la barbilla, pensativo, y yo siento que se me hiela la sangre en las venas.

—No te atreverás.

—Ponme a prueba.

—Entonces qué, ¿a partir de ahora vas a usar a mi padre para hacerme chantaje?

Entorno los ojos y él se encoge de hombros.

—Cuando la vida te da limones, bla, bla, bla, bizcochito.

Se ríe y abre la puerta de casa. Un momento, la puerta de MI casa.

—¿Por qué tienes una llave? —le pregunto, bastante asustada; siento un escalofrío al saber que tiene algo que le da acceso a mi persona de noche, cuando soy más vulnerable.

—Me la dio tu madre el otro día —responde con una sonrisa maligna—. Dijo que era para que me sintiera como en casa.

¡Dios mío, mis padres son admiradores de Cole Stone!

Le preparo el puñetero tentempié, un sándwich de jamón y queso, tras lo cual él se instala cómodamente en mi habitación. Es tan alto que ocupa toda la cama. Yo me instalo en una esquinita e intento hacer los deberes mientras él se entretiene con el móvil, seguramente preparando su próximo escarceo amoroso. No tengo ni idea de por qué sigue aquí, pero me da miedo pedirle directamente que se marche. Ahora sé el poder que tiene sobre mis padres y también que no dudaría ni un segundo en usarlo contra mí.

—Eh, Tessie —me dice, y yo levanto la mirada de la libreta y me lo encuentro incorporado sobre un codo y mirándome fijamente.

Resulta cómico ver a alguien tan alto como él tumbado sobre mi cama, con la colcha de flores y la colección de peluches. Cuando se estira, se le salen los pies y por un momento temo, o, mejor dicho, espero que se estampe contra el suelo.

—Dime —le digo fingiéndome molesta.

—¿Por qué has dejado de comer?

La pregunta tarda su tiempo en hacer efecto. Al principio no la entiendo, luego me coge por sorpresa y, por último, me cago de miedo. No lo sabe, no puede saberlo, ¿no? Solo lleva aquí una semana, muy poco tiempo para fijarse en mis hábitos alimenticios. Aun así, está tan serio que de pronto me doy cuenta de que estoy en apuros.

—¿Q...qué quieres decir con eso?

Me cabreo conmigo misma al darme cuenta de que me tiembla la voz porque eso perjudica mi plan de mantenerlo alejado del tema.

—Sabes perfectamente lo que quiero decir. Nunca comes en el instituto, aunque intentas que todo el mundo piense que lo haces. Cada vez que como con tu familia, tomas solo uno o dos bocados y piensas que tus padres no se dan cuenta. Hace dos horas que hemos vuelto de clase y aún no has comido nada. ¿Soy el único que ve el problema?

El corazón me late más rápido de lo normal mientras escucho lo que dice y pienso en lo acertado de sus observaciones. Reconozco que me ha pillado, cuando nadie más se ha dado cuenta. Es evidente que me ha estado observando detenidamente, lo cual me resulta halagador e inquietante al mismo tiempo.

—Quizá es porque me repugnas y me da asco la comida cuando estás cerca —le espeto, y por mis palabras es evidente que estoy a la defensiva.

No se le escapa ni una.

—No lo digo en broma, Tessa. Lo que te estás haciendo no es nada saludable. Tienes que comer, sabes que estás perdiendo más peso de lo normal.

Lo expresa con una autoridad que me resulta extraña. Nadie me ha dicho nunca qué debo hacer, sobre todo en lo referente a cuidar de mi salud. Mis padres están demasiado ocupados intentando resolver el entuerto de su relación y mi hermano, bueno, es... mi hermano.

—Métete en tus asuntos —le digo con dureza, y me pregunto adónde se habrán ido de vacaciones o dónde se esconden todas mis respuestas irónicas cuando Cole está presente.

—Tú eres asunto mío, bizcochito.

Me guiña un ojo y yo le respondo con un gruñido. Estoy a un tris de montarle una pataleta y todo porque últimamente paso demasiado tiempo con él. Es la persona más frustrante que conozco, mucho más críptico y enrevesado que cualquier canción de Nicki Minaj que haya escuchado hasta la fecha.

—Será mejor que bajes el volumen de los gruñidos, Venus, o tu hermano pensará que estamos jugando a una versión porno del tenis.

Arquea las cejas y yo renuncio a cualquier esperanza de mantener una conversación seria con él. Tiene la mente más sucia que Travis porquería debajo de la cama.

El viernes estoy sacando unos libros de la taquilla cuando, de pronto, noto una presencia detrás de mí. Beth y Megan están en clase de economía doméstica, así que solo se me ocurre una persona interesada en venir a acosarme. Hola, Acosador Stone.

—Lárgate, Cole —le digo mientras intento arrancar un trozo de chicle que alguien, probablemente uno de los esbirros de Nicole, ha pegado en la puerta de mi taquilla.

—Eeeh, no soy Cole.

Me doy la vuelta tan rápido que por poco no me da un tirón en el cuello, pero me da igual sufrir cuando se trata de Jay. Está de pie justo delante de mí y parece un tanto ofendido, aunque no por ello menos adorable. Lleva la camiseta del equipo de béisbol y el rojo intenso de la tela le queda genial. Sus ojos son un remolino de colores que va cambiando del azul al verde. La visión resulta tan hipnótica que tengo que controlarme para que no se me escape un suspiro.

—¡Jay! —exclamo, y le lanzo una sonrisa a modo de disculpa, para luego agitar la mano como quitándole importancia a mi error—. Perdona, pensaba que eras...

—Cole, ya te he oído —me dice apretando los dientes, lo cual me sorprende.

Nunca se ha comportado así delante de mí. Normalmente, cuando Nicole está muy, muy lejos, es supermajo y atento conmigo. Me pregunto qué le pasa. Quizá el tarado de su hermanastro ha hecho algo, como siempre.

—¿Q...qué te pasa? —Parece que no me oye a la primera, así que repito la pregunta—. Jay, ¿qué te pasa?

Él sacude lentamente la cabeza y de pronto es como si se acordara de lo que había venido a hacer.

—He oído que mañana irás a la fiesta de Jared.

No parece especialmente contento y yo intento recordar si conozco a algún Jared. Entonces, como si se me acabara de encender una bombilla en la cabeza, me acuerdo de que es el chico del comedor, el machaca que le ha organizado la fiesta de bienvenida a Cole, fiesta a la que estoy obligada a ir no solo por culpa del delincuente, sino también de mis padres, a los que ayer por la noche les pidió permiso.

—Supongo que sí —respondo sin demasiada seguridad, y en su rostro se materializa una expresión de reproche.

—¿Por qué, Tessa? Nunca has venido a ninguna fiesta, ¿por qué ahora? —me pregunta con amargura.

Yo retrocedo, dolida. El cuerpo me pide que le grite que es por culpa de la psicótica de su novia, pero consigo contenerme, respiro hondo y me digo a mí misma que es Jay. Seguramente lo pregunta porque está preocupado por mí. Es comprensible que se le haga raro que una chica como yo vaya a una fiesta y sencillamente está asegurándose de que todo va bien. Me gustaría contarle lo de las amenazas de Cole, el peligro que corre mi pequeño Range Rover, pero nuestra relación no es tan estrecha, resultaría un poco raro que me pusiera a despotricar delante de él. Por Dios, que no crea que estoy más chalada de lo que estoy.

—No lo sé. Siento que me estoy perdiendo una parte muy importante de la vida en el instituto —respondo.

Frunce el entrecejo un instante porque no esperaba que mi respuesta sonara tan sarcástica. En parte es culpa mía porque, cada vez que Jay intenta hablar conmigo, yo acabo respondiéndole como mi madre cuando se le fue la mano con los calmantes después de hacerse daño en las costillas, es decir, parezco una corona de flores en la cabeza de un hippie.

—¿Te obliga Cole a ir?

—¡No!

Se me escapa la risa nerviosa mientras me estiro las mangas del jersey. Cuando vuelvo a levantar la mirada, Jay sigue ahí, observándome con una expresión absolutamente escéptica.

—Voy a la fiesta porque me apetece. No tengo tantos deberes como para tener ocupado todo el sábado por la noche.

Al oír mi respuesta, en su rostro se dibuja una sonrisa triste mezclada con... ¿remordimientos? Intento entender por qué mi patética vida social le resulta tan triste, pero no se me ocurre nada.

Abre la boca para decir algo, pero de pronto se detiene y su mirada se pierde por encima de mi hombro. No me da tiempo a ver qué o quién ha provocado que se quedara callado; de pronto, un brazo me rodea los hombros y me atrae hacia el lateral de un cuerpo musculoso.

—Por fin te encuentro, Tessie, te he buscado por todas partes —dice Cole mientras me despeina.

Le doy un codazo y me aparto para arreglar el desastre que acaba de provocarme en el pelo. Cole finge que se seca una lágrima y murmura:

—Fíjate, mi bizcochito por fin se comporta como una chica. ¡Estoy muy orgulloso de ti! —exclama antes de abrazarme con tanta fuerza que me corta la respiración.

—¡Suéltame, bestia! —Me revuelvo entre sus brazos y él me aprieta aún más fuerte—. ¡Por el bien de tus huevos tamaño guisante, te ordeno que me sueltes! —le grito, y a continuación le aplasto un pie.

Cole ahoga un grito y se aparta, pero sospecho que mi débil intento de hacerle daño no ha servido para mucho.

—¡Que sepas que mis huevos no son pequeños como guisantes!

—Tú di lo que quieras.

Lo fulmino con la mirada, pero antes de que se vuelva a lanzar sobre mí, alguien carraspea junto a nosotros. De pronto, siento el deseo irrefrenable de darme de cabezazos contra la taquilla. Jay sigue ahí, de pie, con las aletas de la nariz hinchadas y los puños cerrados mientras nos mira fijamente. Nunca lo había visto tan enfadado y no sé por qué reacciona así. ¿El problema es conmigo o con Cole?

—¿No tienes clase, Jay Jay? —pregunta Cole como si le molestara la presencia de su hermano.

De repente, me siento tentada de pisarle de nuevo por meterse con Jay cuando es evidente que este está de mal humor. De verdad, este chico tiene una habilidad especial para sacar mi lado más violento.

—Pues sí. De hecho, Tessa y yo tenemos la misma clase, así que esperaba poder ir con ella.

Me regala una sonrisa tímida, pero antes de que pueda responder que sí, Cole se me adelanta.

—No, imposible. Tessa viene conmigo.

—Ah, ¿sí? —preguntamos Jay y yo al unísono, y Cole asiente mirándonos a los dos.

—Sé que ayer por la noche no pudiste hacer los deberes por mi culpa, así que me he camelado a la secretaria del director para que nos deje hacer trabajo voluntario de ese en la sala de audiovisuales.

Vaya, qué sorpresa tan agradable, sobre todo viniendo de alguien que podría ser descendiente directo del diablo. Es verdad que ayer por la noche, después de dejarme en casa, se dedicó a molestarme y se negó a salir de mi habitación. Mi padre estaba abajo viendo un partido en la tele, pero sospecho que en realidad había montado una fiesta con confeti para celebrar la presencia de Cole.

Cuando Acosador Stone decidió marcharse, yo estaba tan cansada que me quedé dormida al instante y me he despertado esta mañana cuando ha sonado el despertador. Me he pasado toda la hora de la comida quejándome de que el profesor de historia me castigaría por no haber hecho los deberes.

Cole acaba de salvarme, ¡alabado sea el Señor!

—¿Estabais juntos anoche? —pregunta Jay.

Parece tan hecho polvo que por un momento contemplo la posibilidad de darle un abrazo, pero el miedo a Nicole me mantiene anclada al suelo. Cole se encoge de hombros.

—Estábamos juntos, sí, y tú ahora tienes que largarte. Tenemos que organizar los DVD y desenredar cables.

Me da la vuelta hasta que ya no veo la cara de su hermanastro y luego me empuja hacia el aula de audiovisuales. No puedo evitar volver la vista atrás y mirar a Jay, que no se ha movido del sitio. De pronto, los hilos de mi corazón se tensan como llevan haciéndolo toda la vida y el enamoramiento que he sentido por él desde que era una niña asoma su horrible cabecita.

—No vale la pena —dice Cole mientras camina a mi lado.

Ni siquiera intento preguntar o negar lo que siento por Jay. Todo el mundo sabe que me gusta, hasta la señora de la cafetería. Es un secreto a voces. Llevo siglos babeando por él.

Cole me aprieta ligeramente el hombro antes de abrir la bocaza para intentar consolarme.

—Qué propio de ti colgarte del hermano feo. Seguro que la tiene más peq...

Le tapo la boca con la mano y su voz suena amortiguada a través de mis dedos.

—Para de hablar o te vomito en las deportivas de trescientos dólares.

Con eso le cierro la boca.

5

Si querías jugar al doctor macizo, solo tenías que decirlo

El sábado por la tarde, a eso de las seis, estoy tirada en el suelo de mi habitación con la espalda apoyada contra los pies de la cama. Mis crispados pulgares intentan escribir un mensaje de móvil, pero es mi cerebro el que no coopera. Como si Beth y Megan fueran tan tontas como para creerse que he enfermado de malaria en apenas veinticuatro horas. La última vez que lo comprobé, no estaba en África y mi pueblo no sufría una grave invasión de mosquitos.

Vale, tengo que tachar la malaria de mi lista de posibles excusas.

Intento esforzarme más, pero, a pesar de que tengo un nueve de media, no se me ocurre ninguna excusa creíble. Decido dejar de devanarme los sesos, abro el portátil y me dispongo a entrar en la sagrada capilla donde todas las preguntas tienen respuesta: Google.

Tecleo «enfermedades contagiosas más comunes» en la barra de búsqueda y acto seguido recibo un aluvión de información sobre enfermedades de transmisión sexual.

No puedo evitar arrugar la nariz y apartar la mirada de la pantalla cuando aparecen ciertas imágenes. Me salto rápidamente las páginas en las que se habla solo de enfermedades sexuales, no sin antes ofenderme ante la posibilidad de que mis amigas no puedan creerse que haya sido capaz de perder mi virtud en un solo día y que además he tenido la mala suerte de acabar con un pequeño «problema» añadido. Me estremezco y estudio con cautela el resto de las opciones. Selecciono a toda prisa la intoxicación alimentaria como mi preferida y, después de hacer un par de averiguaciones, decido que es perfectamente realista y que nadie querrá estar cerca de mí cuando se descubra el pastel. Puedo decir que es culpa de algo que he bebido o comido, lo que es excusa suficiente para librarme de la fiesta de Jared.

Saco el móvil sin dejar de sonreír y les mando un mensaje a Megan y a Beth explicándoles que he acampado en el lavabo. Añado algunos detalles desagradables sobre mi estado actual y me dispongo a darle al botón de enviar. Me lo pienso mejor y añado que he ido al médico y que me ha dicho que para el lunes ya estaré recuperada, porque obviamente no puedo faltar a clase.

Antes de mandar el mensaje, me lo pienso dos veces y añado a Cole a la lista de destinatarios. Lo último que necesito es que meta las narices y mande al garete mi plan maestro. Espero que no se dé cuenta de que es mentira y que, por una vez en su vida, me deje en paz.

Me acurruco en la cama, satisfecha con lo que acabo de hacer y decidida a echarme una siesta rápida. Anoche apenas dormí; no podía dejar de pensar en cómo librarme de ir a la fiesta. Cole no entiende que no puedo ir y es como si a mis mejores amigas les estuviera afectando una amnesia parcial. Las dos parecen indiferentes ante la posibilidad de que Nicole nos convierta en chuletas de cordero si se nos ocurre enseñar la patita en cualquier reunión social, aunque sea de Alcohólicos Anónimos. Recuerdo sus amenazas con una claridad pasmosa y lo último que quiero es provocar su ira.

Estoy a punto de caer en el sueño más reparador que he tenido en toda la semana cuando, de repente, se abre la puerta de la habitación. Se me dispara el corazón al oír el estruendo y por un momento deseo estar enferma de verdad, aunque es bastante probable que lo consiga porque estoy a punto de sufrir un ataque al corazón.

—¿Se puede saber qué te pasa? —le grito a Cole, que me mira desde la puerta con una sonrisa socarrona.

—Podría preguntarte lo mismo, Tessie. ¿No te estabas muriendo?

Vaya por Dios.

Ni siquiera me da la oportunidad de defenderme. Entra en la habitación balanceando detrás de la espalda una cesta de picnic, lo cual me pone aún más nerviosa.

—He recibido tu mensaje y me ha parecido que lo que tienes es muy serio. —Se sienta a los pies de mi cama—. Estoy preocupado, obviamente. Una intoxicación alimentaria no es moco de pavo. Por suerte, Cassandra estaba en casa, así que le he preguntado qué podía hacer para que te sintieras mejor.

Trago saliva. Cassandra es la madre de Jay, madrastra de Cole... y médico.

—Por cierto, te manda recuerdos. Me ha dicho que te traiga esto, que al parecer obra milagros.

No me atrevo a mirar. Él abre la cesta y saca un pequeño tarro lleno de un líquido verde de aspecto desagradable.

—A esto, bizcochito, lo llaman batido verde *detox*. Va bien para limpiar el organismo —explica, y sonríe mientras se da palmaditas en el estómago.

Yo me encojo entre las sábanas y tiro de la colcha hasta que la mitad de mi cara desaparece bajo ella. No puedo permitir que vea la más que evidente cara de asco que me produce la abominación que tiene entre las manos. ¿Batido verde *detox*? Si parece el nombre de un villano de la Marvel. ¿Cómo puede ser que la gente se beba algo con un aspecto tan repugnante?

—Ay, no seas así, bizcochito. Tienes que bebértelo. ¿Qué voy a hacer yo con mi vida si tú te pasas el fin de semana arrodillada delante del váter? No seas egoísta y bebe —me dice como si estuviera hablando con una niña de tres años.

Sirve una buena cantidad del brebaje en un vaso y me lo acerca a la cara. Es tan asqueroso que mi rostro se contrae en una mueca.

—Abre la boquita —canturrea, y yo siento la bilis subiéndome por la garganta.

Se me acelera el corazón y sudo solo de pensar que ese líquido amargo y viscoso pueda deslizarse por mi garganta. De pronto, aparto la colcha y salto de la cama.

—¡Aparta eso de mí! —le grito con la voz temblorosa y sin apartar la mirada del vaso, como si su contenido pudiera cobrar vida en cualquier momento y atacarme.

—¡Pero cómo puede ser! —Cole se da una palmada en la rodilla, atónito, y me mira con los ojos abiertos como platos—. Si ya estás mejor. ¿Ves? Te dije que funcionaría.

—¡Corta el rollo, Stone! Tú ganas, pero sácame eso de delante —le digo disgustada y un poco temerosa por si se le ocurre insistir en que me beba el maldito batido.

Me observa fijamente durante al menos un minuto y, de pronto, se echa a reír; rueda sobre mi cama sujetándose la barriga y su risa resuena por toda la habitación. El ataque le dura unos cinco minutos, hasta que le caen las lágrimas por las mejillas y empieza a jadear porque, al parecer, ha olvidado que necesita oxígeno para subsistir.

Yo me retiro a una esquina de la habitación, con la cara roja y muerta de la vergüenza. Quizá hacerme la enferma no ha sido una idea brillante.

—Dios, Tessie —consigue articular entre carcajada y carcajada, y yo lo fulmino con la mirada; ya me siento suficientemente patética yo sola, no necesito de su presencia para que me lo restriegue por la cara.

Cinco minutos más tarde aún sigue riéndose, pero por fin se da cuenta de lo colorada que estoy y la risa desaparece. Percibo un amago de sonrisa en la comisura de sus labios, pero se le nota un esfuerzo por guardar silencio, y ese pequeño gesto basta para que algo se encienda dentro de mí.

Hasta que abre la bocaza y lo manda todo a tomar por saco.

—Si querías jugar al doctor macizo y la paciente traviesa, solo tenías que decirlo.

Me guiña un ojo y yo gruño de pura frustración, lo cual solo sirve para alargar aún más el martirio. Se levanta de la cama y se dirige hacia mí hasta que estamos cara a cara; me pone las manos encima de los hombros, me obliga a girar hasta encararme con el cuarto de baño anexo a mi habitación y me empuja hasta que llegamos a la puerta.

—Me lo estoy imaginando. Yo podría ser MacSexy y tú mi Bambi.

Me muero de vergüenza solo de imaginarlo. Mientras tanto, él sigue intentando dar con el nombre de prostituta perfecto para mí hasta que ya no aguanto más.

—¡Por Dios, Cole , ya vale!

—¿Se te ha revuelto el estómago? —pregunta con una sonrisa.

Asiento enérgicamente y él parece satisfecho.

—Me alegro. Venga, métete en la ducha que nos vamos de fiesta.

Me hace entrar en el cuarto de baño y se dirige hacia el vestidor. Me resulta un poco inquietante que sepa siempre dónde están las cosas y, lo que es peor, que tenga acceso libre a mi casa.

—No quiero ir, Cole.

Ha llegado la hora de jugar la carta de la pena. Si además añado unas lagrimillas, *home run* asegurado. Ningún tío, ni siquiera Cole, sería capaz de decirle que no a una chica que llora.

—Conmigo no te va a funcionar, Tessie. Guárdate los ojillos de corderita degollada para alguien que no te conozca de toda la vida —me dice sin ni siquiera mirarme, mientras abre las puertas correderas de mi enorme vestidor.

—Pero Cole... —protesto mientras pateo el suelo, furiosa.

—¿Te acuerdas del Range Rover?

Es justo lo que necesitaba oír antes de encerrarme en el cuarto de baño. De verdad, tengo que hacer algo con el coche.

Me envuelvo con la toalla y asomo la cabeza por la puerta para ver si Cole sigue aquí. Como no lo veo por ningún lado, me decido a salir del baño de puntillas y me encuentro un conjunto de ropa perfectamente colocado sobre la cama. Sigo un poco nerviosa, así que compruebo que Cole no esté en el vestidor, tras lo cual cierro la puerta de la habitación con llave y estudio la ropa que me ha preparado.

Ha escogido algunas de las prendas que me compró mi madre cuando conseguí deshacerme de todos los kilos que me sobraban. Creo que el día que por fin pudo irse de tiendas y comprarme biquinis y vestidos a cual más minúsculo, lo hizo con los ojos anegados en lágrimas. El tema se le fue un poco de las manos y diría que es porque, para ella, comprarme ropa es su forma de ser una buena madre. Suple su precario instinto maternal con un gusto inmejorable tipo Stella McCartney. Yo solo uso vaqueros y camisetas que voy repitiendo, así que muchas prendas aún tienen la etiqueta. Casi toda mi ropa proviene de las mismas tiendas donde Tessa la Obesa solía comprar, solo que ahora con cinco tallas menos.

Me sorprende muy positivamente el atuendo que Cole ha escogido para mí, aunque, no nos engañemos, sé que va contra todas las normas del feminismo dejar que un hombre te diga qué debes ponerte. Sin embargo, no me siento insultada ni humillada por su elección, más bien impresionada. Se las ha arreglado para combinar varias prendas que yo me pondría gustosa si alguien me hubiera invitado alguna vez a una fiesta. Hay una camisa larga hasta la rodilla, ancha y de color gris, con un dibujo de un atrapasueños, y debajo un top negro y ajustado, sin mangas. Lo ha coordinado con mis vaqueros favoritos, también negros y de pitillo, y ha completado el conjunto con unos zapatos de tacón negros.

Es difícil sacarle defectos a su elección, así que aprieto los dientes y me lo pongo todo mientras me seco el pelo con una toalla. Una vez vestida, abro la puerta de la habitación y me vuelvo a encontrar cara a cara con Cole, que lleva un plato en la mano.

—Será mejor que dejes de intentar cebarme. Eres como la bruja malvada de Hansel y Gretel.

Entorno los ojos y contemplo el sándwich que descansa en el plato. Tiene una cara sonriente en la rebanada de arriba, hecha con pepino y tomate. No solo es una monada, sino que encima tiene buena pinta, pero conozco a Cole, y sé que lo más probable es que lo haya rociado con laxante.

—Y tú deberías tener más fe en mí —replica él, y se lleva una mano al corazón mientras finge cara de afligido.

Pongo los ojos en blanco pero le quito el plato de la mano. Hace rato que me rugen las tripas tan alto que seguro que los vecinos me han oído. No se me escapa el repaso que me echa, cómo pasea la mirada por mi cuerpo, y me sonrojo en secreto al ver aprobación en sus ojos.

—¿A qué viene esto de jugar a *Top Chef*? —le pregunto, y me siento con las piernas cruzadas en el suelo de la habitación mientras observo con escepticismo su creación antes de darle un bocado.

Se sienta delante de mí e inclina la cabeza a un lado, como si me estudiara.

—Sé que lo único que has comido en todo el día es la barrita de cereales del desayuno.

Abro la boca de par en par al oír su respuesta y me dejo llevar por la paranoia.

—¿Me estás espiando? ¿Tienes una cámara escondida en mi casa o algo así? Dios mío, ¿has puesto una en la ducha?

Ahogo un grito de indignación y me dispongo a darle un bofetón, pero me coge por las muñecas y me hace retroceder.

—Ya sé que soy un bicho, pero tampoco exageres, bizcochito. Digamos que tengo buenas fuentes.

Se encoge de hombros, pero yo tengo que saber más, necesito averiguar por qué sabe tantas cosas sobre mis hábitos alimenticios.

—¿Qué fuentes? ¿Mis padres tienen algo que ver en esto?

—Mi fuente prefiere permanecer en el anonimato.

Su respuesta me resulta tan frustrante que estoy a punto de abalanzarme de nuevo sobre él cuando, de pronto, la puerta de la habitación se abre y aparecen Beth y Megan, perfectamente vestidas y absolutamente espectaculares. Megan entra en estado de *shock* al ver a Cole y Beth sonríe como si nos hubiera pillado haciendo algo malo. Me imagino lo que parece, con el poco espacio que hay entre Cole y yo, nuestras rodillas tocándose y sus manos en mis muñecas, pero la idea de una postal romántica de los dos está a punto de provocarme un ataque de histeria.

—Vaya, menos mal que ya te encuentras bien —me dice Beth, muy seca, y una vez más siento el impulso de darme de cabezazos contra la pared por ese momento de estupidez.

—Ha sido mi batido *detox* —anuncia Cole con una sonrisa, y por poco no le salto otra vez a la yugular.

Menos mal que aún no me he terminado el sándwich, que por cierto está buenísimo. Me levanto del suelo y contemplo a mis amigas.

—¡Chicas, estáis increíbles! —exclamo mientras reviso lo que llevan puesto.

Raramente tenemos una excusa para vestir bien, por lo que verlas así es algo bastante excepcional. Megan lleva un top sin mangas de color burdeos y decorado con encaje negro y unos vaqueros ajustados. Lleva el pelo suelto y ondulado, cayendo en cascada por encima de uno de sus hombros, lo cual le da un aire del Hollywood clásico. Beth ha optado por la estética opuesta, un vestido negro y ajustado, siempre tan socorrido, que le queda un par de dedos por encima de la rodilla. Lo combina con unas botas de piel negras y lleva el pelo, negro como el azabache, recogido en una cola de caballo perfecta.

—¿Tú crees? —exclama Megan, y gira sobre sí misma delante de mi espejo de cuerpo entero.

Se le nota que está emocionada y de pronto me siento muy culpable por haberlas privado de esta faceta de la vida en el instituto. Si Beth y ella no fueran mis amigas, serían muy populares, seguro, porque las dos son espectaculares por dentro y por fuera.

—Y ahora ocupémonos de la paciente —bromea Beth mirándome con una sonrisa maligna, y saca un neceser lleno de maquillaje de la enorme bolsa de tela que siempre lleva a cuestas.

—Me parece bien, señoritas, las dejo con sus cosas. Yo mientras tanto voy a prepararme algo para comer —anuncia Cole, y se levanta, pero antes de marcharse coge las manos de mis dos amigas y las besa—. Están ustedes impresionantes.

Sonríe y me parece ver cómo prácticamente se derriten, incluso Beth, que siempre se hace la dura pero a la que ahora se le acelera ligeramente la respiración. Megan parece al borde de un síncope o de una crisis nerviosa de manual.

—Dios mío.

En cuanto Cole sale de la habitación, Megan se desploma en mi cama y observa fijamente el techo como si estuviera soñando. Se le va la cabeza por momentos y veo una expresión en su cara que no acabo de reconocer. Se me hace raro verla reaccionar así delante de Cole, es como si nos hubiéramos intercambiado los papeles... Curioso.

—¿Cómo puede ser que todavía no te hayas enrollado con él? —pregunta Beth con incredulidad mientras me sienta frente al tocador y empieza a peinarme y a maquillarme.

—Tranquila, que este tío es el demonio —le respondo más a mi propio reflejo que a Beth, pero a través del espejo puedo ver cómo niega con la cabeza.

—Le gustas, Tessa, le gustas de verdad —me dice muy seria mientras empieza a ondularme el pelo con un rizador.

Yo pongo los ojos en blanco y se me escapa una carcajada.

—No pienso volver a tener esta conversación.

—Es que no entiendo cómo no lo ves. Quiero decir, ya sé que tus dotes para la observación no están en su mejor momento, pero es que se le nota tanto...

Me dispongo a contestar cuando Megan decide echarme un cable.

—Tampoco es culpa suya, Beth. Todos hemos visto cómo Cole se metía con ella y la cantidad de veces que ha acabado llorando por culpa de sus bromas.

Abro la boca dispuesta a protestar. No es que llorara a todas horas, es que romperse varios huesos es un motivo más que justificado para que se te escapen todas esas lágrimas.

—Eso era antes. Ahora algo ha cambiado, pero, por la forma como te trata, cuesta imaginar que en el pasado haya podido portarse mal contigo. Ahora se dedica a gastar bromas sin importancia y todo para llamar tu atención. Es lo único que puede hacer, teniendo en cuenta que tú sueles estar en la luna, pensando en Jay y en los dos coma cinco retoños que te gustaría tener con él.

—¡No es verdad! —exclamo, y por poco no me quemo la oreja con el rizador.

—Venga, va —entonan Megan y Beth al unísono, y yo agacho la cabeza, avergonzada.

Debería dejar de soñar con esos dos coma cinco hijos y con la típica casa con la valla de madera blanca. En mi sueño, yo dirijo una editorial de éxito y Jay es un jugador de béisbol muy famoso, pero lo mejor de todo es que hemos contratado a Nicole como niñera para sacarla de detrás del mostrador del KFC, donde ha estado trabajando desde que acabó el instituto.

Cuando por fin bajamos las escaleras, son casi las ocho, la hora perfecta para salir hacia la fiesta. En casa reina un silencio un tanto inquietante. Solo se oye el sonido del televisor que llega desde la sala de estar. Mis padres están en un acto para recaudar dinero para la campaña de papá y Travis debe de estar en algún bar, emborrachándose como de costumbre.

Cole está apoyado en el sofá viendo deportes en la tele, así que no nos oye entrar. Estoy un poco nerviosa; acabo de darme cuenta de que el escote del top es un poco bajo para mi gusto. Beth me ha hecho quitarme la camisa gris porque, según ella, era demasiado «remilgada», así que solo llevo una camiseta ajustada que deja poco espacio para la imaginación.

—Chicas, ¿sois vosotras? —pregunta Cole mientras se incorpora y apaga el televisor.

Se dirige hacia las escaleras, que es donde estamos, y yo respiro hondo por lo que pueda pasar; Beth me da un empujón que me obliga a dar un paso al frente y luego me mira fijamente. Intenta decirme que me muestre más segura con Cole, y con segura quiere decir que le tire la caña cuanto antes.

Ojalá. El día que decida insinuarme a Cole será el mismo en que mi hermano se levante sobrio de la cama, algo que sé que nunca ocurrirá.

—Gracias a Dios. Entiendo que Tessie necesita tiempo para ponerse guapa pero...

De pronto, dobla una esquina y se queda sin palabras al vernos de pie junto a la escalera. Estoy segura de que cada una tiene una expresión distinta en la cara; los rasgos de Cole, en cambio, mutan en algo que solo puede definirse como asombro.

Tampoco estoy tan distinta, aparte del maquillaje, el pelo y la desaparición de la ropa ancha. Llevo la raya pintada, un poco de sombra de ojos plateada, colorete en las mejillas y los labios pintados de un color crudo. El montón de pelo rubio que normalmente me corona la cabeza ya no está descuidado, sino que tiene cuerpo y volumen y me cae por encima de los hombros hasta casi la cintura. Tampoco es que me haya transformado en apenas una hora en un ángel de Victoria's Secret; soy la misma de siempre, sin embargo, nadie lo diría a juzgar por la cara de pasmado que se le ha quedado a Cole.

—Estás... estás... Uf, estás genial, Tessie.

Se rasca la nuca y luego se pone colorado. Sus ojos se pasean abiertamente por mi cuerpo y se posan sobre mi pecho. Menos mal que llevo un poco de base en la cara o ahora mismo mis mejillas serían el centro de todas las miradas.

—Gracias —le digo, bastante avergonzada, y se hace el silencio hasta que Beth tose y me propina un codazo con una sonrisa traviesa en la cara.

La fulmino con la mirada y ella arquea las cejas mientras la sonrisa se le extiende de oreja a oreja. ¿De verdad cree que Cole se va a interesar por mí sin más, porque sí? Es evidente que si actúa así es porque siempre me ha visto como Tessa la Obesa, la misma que nunca se pone maquillaje ni ropa favorecedora. Le he pillado por sorpresa y un poco con el pie cambiado, eso es todo. Se siente fuera de lugar y es perfectamente comprensible.

—Entonces qué, ¿nos vamos? —le pregunta Beth a un Cole visiblemente aturdido.

Lo sorprendo mirándome otra vez y él se da cuenta de que le he pillado. Mueve la cabeza un par de veces como quien se sacude el agua de las orejas y le enseña un pulgar a Beth.

—¡Todos los sistemas preparados!

Las tres lo miramos un poco confusas y él gruñe y se frota la frente.

—Quería decir que vamos.

—Ah —respondemos las tres al unísono, y luego lo seguimos hasta el coche.

Como las amigas traicioneras que son, Megan y Beth se suben a la parte de atrás del Volvo y ocupan los tres asientos, lo cual me deja una sola opción. Las atravieso con la mirada y me siento junto a Cole, que está ajustando el retrovisor y no puede reprimir el impulso narcisista de sonreír al verse reflejado en el espejo. Cromañón engreído.

Arranca el motor, pero de pronto me mira y yo siento sus ojos clavados en mí. Me llevo la mano a la cara con disimulo, y me pregunto si ya me las habré ingeniado para estropearme el maquillaje.

—¿Qué? —le pregunto al ver que no deja de mirarme.

—Abre la guantera, ¿quieres?

La señala con un dedo y yo la observo con cautela.

—¿Qué hay dentro? ¿Es una rata o una araña? Porque si es eso, no pasa nada, pero te aviso que si hay una cucaracha ahí dentro será mejor que te despidas de lo que te cuelga en la entrepierna —le digo sin andarme con rodeos.

Él pone los ojos en blanco.

—Tu preocupación por la pequeña Cole es digna de admirar, bizcochito, pero esto no tiene nada que ver con ella. Venga, abre la guantera que no pasa nada.

Cojo aire y lo suelto lentamente, con la mano descansando sobre el cierre de la guantera. Cole no haría nada potencialmente peligroso, me digo, estando también él en el coche. Además, parece que mis amigas le caen bien, no creo que quiera cargárselas.

Tiro del cierre a regañadientes, pero no me salta nada a la cara que amenace con arrancarme los ojos, que es lo que me esperaba.

—Ahí.

Cole se inclina sobre mí y señala hacia una esquina de la guantera, pero yo solo puedo pensar en lo cerca que está de mí.

—¿Qué estoy buscando exactamente? —pregunto sin entender muy bien, y él se inclina todavía más y me obliga a apretarme contra el asiento.

Megan asoma la cabeza entre los asientos delanteros y observa la escena emocionada.

—Esto, zopenca —me dice Cole, mientras saca una cajita negra y me la pone en la mano.

Aguanto la respiración y tiro con cuidado del cordel que la abre.

—¡No es nada venenoso, Tessa, enséñanoslo! —exclama Megan.

Con gesto tembloroso, meto los dedos y saco una cadena de plata con un colgante con forma de copo de nieve en un extremo. Contengo una exclamación de sorpresa mientras lo sujeto en la palma de la mano.

—Ostras, es precioso, póntelo —me dice Beth, y yo le hago caso, ignorando la mirada insistente de Cole, que está a punto de abrirme un agujero en la sien.

Me enamoro del colgante al instante. Es muy bonito, muy delicado... ¿Un regalo de Cole?

—¿Es para mí? —pregunto sin atreverme a mirarlo a los ojos.

Él asiente y se pone un poco colorado.

—Bueno, es que... no sé, te queda bien.

—Pues, eh, gracias.

De pronto soy consciente de la atención con la que mis amigas observan la escena. Me pongo el colgante y me vuelvo hacia ellas, que me sonríen con gesto malvado.

—Preciosa —dice alguien, y no son ellas.

Nuestros ojos se cruzan y yo me pongo como un tomate.

—Le queda perfecto con la camiseta negra. Estás hecho todo un metrosexual, Stone —dice Beth.

—Será mejor que dejéis de hablar de mis pelotas y de mi sexualidad o acabaré creyéndome lo que no es.

Me guiña un ojo y cuando se da cuenta del color de mi cara, estalla en una carcajada a la que mis amigas no tardan en sumarse.

Aún no han dejado de reírse cuando salimos por fin hacia la fiesta. En algún momento del trayecto me doy cuenta de que su conversación con Beth y con Megan es de lo más normal y reprimo una sonrisa. Es tan majo con ellas...; ha conseguido que Megan se sienta más cómoda y ha abierto una grieta en la coraza de Beth.

Los observo por el rabillo del ojo y no sé muy bien por qué, pero me siento orgullosa de que Cole haya aportado felicidad a las vidas de mis dos amigas.

6

Mi vida es como una telenovela venezolana. Podría titularse *Tessie, la fea*

—¿Le damos un bofetón?

—No, Megan, eso solo funciona en las pelis —le explica Beth.

—Podríamos cortar el cinturón de seguridad.

—¡Ni se te ocurra hablar así de mi niña!

Cole la fulmina con la mirada y Megan no vuelve a abrir la boca, quizá porque se ha dado cuenta de que esta noche no se le va a ocurrir ninguna idea genial.

Luego estoy yo y el hecho de que, sin darme cuenta, he empezado a cantar «Call me maybe».

—¿Qué está haciendo? —le pregunta Cole a Beth, y por un momento me parece que está un poco asustado.

—Ah, ¿esto? No hay que preocuparse, cuando se pone muy nerviosa o está asustada, le da por cantar canciones de mierda.

Beth agita una mano delante de mi cara y por poco no me da en un ojo.

—Vaaale.

Cole alarga la palabra, pero se le nota que aún no está muy convencido de mi cordura.

Mientras tanto, yo sigo canturreando el estribillo una y otra vez hasta que mi cuerpo deje de temblar y agarro el cinturón con tanta fuerza que el cierre metálico se me clava en la piel. Tengo la mirada perdida a lo lejos. La casa de Jared el Machaca es enorme y está llena hasta la bandera. Si hubiera venido sola, habría salido corriendo nada más ver la cantidad de coches que hay aparcados enfrente, pero me tienen prisionera y tengo que hacer todo lo que mis captores consideren apropiado. No creo que huir despavorida gritando «¡Soy una gorda, sacadme de aquí!» les parezca la forma más digna de hacer su entrada. Al principio, he sido lo suficientemente estúpida como para pensar que no encontraríamos aparcamiento y que Cole, con el ramalazo que le da a veces y lo cabezón que es, se enfadaría y querría marcharse. Imagina mi sorpresa cuando ha aparcado tan ricamente en un espacio reservado con un cartel con su nombre.

Sigo sentada en el coche, sin poder moverme desde que los demás se han bajado. Me gustaría que la vergüenza que siento al cantar una canción de Carly Rae Jepsen fuera mayor que el miedo a estar entre tanta gente, pero de momento no sé cómo hacerlo. Me he quedado pegada al asiento y mi cuerpo no responde. Tengo tanto miedo que me tiemblan los brazos y no puedo parar de entrechocar las rodillas.

—¿Por qué no vais entrando vosotras y yo me espero hasta que esté preparada? —les dice Cole a mis amigas al cabo de un rato, mientras ellas me lanzan miradas de preocupación.

Están las dos fuera del coche, junto a mi puerta. Es evidente que están considerando si dejarme con Cole es la mejor opción, sobre todo en este estado. Asiento levemente con la cabeza para que se marchen. No quiero aguarles la fiesta.

—¿Estás segura, Tessa? —me pregunta Beth, muy seria, y se le nota en la cara que está preocupada.

De pronto, me siento culpable por arruinarles la noche con este absurdo ataque de pánico.

—Estoy bien. Solo necesito un minuto, vosotras id tirando.

El hecho de que lo diga con voz de Alvin la Ardilla no juega exactamente a mi favor. Las dos me miran sin saber muy bien qué hacer, pero al final es Cole quien las convence.

—Estáis las dos brutales, ¿vale? Entrad ahí y divertíos, nosotros vamos en un minuto, ¿de acuerdo?

Les guiña el ojo y eso parece convencerlas.

Cuando por fin se marchan, Cole vuelve a mi lado. La puerta del coche está abierta y el aire me pone la piel de gallina. No sé cuánto tiempo puedo pasar aquí sentada antes de morir por congelación. Además, tarde o temprano tendré que decidirme porque, sinceramente, empiezo a sentirme un poco ridícula.

—¿Por qué no dices nada?

Sigo con la mirada perdida, sin volverme hacia Cole, que está de pie a mi derecha. Por el rabillo del ojo puedo ver que tiene los brazos cruzados y me estudia detenidamente. A estas alturas, estoy esperando a que se burle o se ría de mí en cualquier momento, pero su silencio me resulta todavía más alarmante.

—Estoy reflexionando —responde al cabo de unos segundos, y yo frunzo el entrecejo, empeñada en no mirarlo.

—¿Reflexionando sobre qué?

—Sobre lo que tengo que arreglar.

Aún intento descifrar sus palabras cuando, de pronto, siento que unos brazos fuertes se deslizan bajo mis rodillas y me levantan. Se me escapa un grito de sorpresa y mi primera reacción es cogerme al cuello de Cole mientras este empieza a levantarme.

—¿Qué estás haciendo?

Antes de que pueda detenerlo, me pasa un brazo por la cintura y utiliza la mano que le queda libre para desabrocharme el cinturón de seguridad. Una vez liberada, me levanta en volandas y me saca del coche.

—Arreglarte —responde con naturalidad mientras me sujeta en volandas, sin apartar los ojos de los míos.

Estoy segura de que en cualquier momento se echará a reír o dirá algo para humillarme, pero ese momento no llega. Durante unos segundos que se me hacen interminables, sus ojos no se apartan de los míos y de pronto empiezo a sentir un extraño cosquilleo en la piel. No acabo de identificar la emoción que me embarga cada vez que me mira así, pero soy consciente de que no me gusta y no quiero sentirme así.

—Déjame en el suelo —le ordeno, rompiendo el silencio y el contacto visual al mismo tiempo.

Algo brilla en su mirada, una emoción que no logro descifrar y que Cole se ocupa de disimular rápidamente con su chulería habitual.

—Y yo que creía que sellaríamos este momento tan romántico con un beso apasionado.

Me guiña un ojo pero sigue sin dejarme en el suelo. Esta especie de seducción descarada me pone los pelos de punta, pero lamento decir que no en un sentido negativo. Disfruto con sus burdos intentos de tirarme la caña, lo cual es una prueba más que suficiente de que no estoy en mi mejor momento mental.

—Por favor, no te rozaría los labios ni aunque te estuvieras muriendo y necesitaras el boca a boca.

La respuesta es infantil y mi voz, jadeante por la falta de espacio entre los dos. Es lo único que se me ocurre ahora mismo. Parece que se apiada de mi estado y me deja en el suelo. Cuando mis pies tocan tierra firme, me balanceo un poco y Cole me sujeta rápidamente por la curva de la espalda para evitar que me caiga.

—¿Lo del beso qué, Tessie? —Sonríe y yo le doy un codazo en las costillas—. Piensa lo que quieras, bizcochito, pero los dos sabemos que me deseas.

—¿Que te deseo? ¡Cómo lo sabes!

Sonrío con dulzura y acabo la frase con una mueca de asco. Cole se abanica la cara con las manos.

—Tanta tensión sexual se está volviendo insoportable.

—¿Quieres un rodillazo en la entrepierna? Porque te juro que si haces un solo comentario más fuera de lugar te arrepentirás —le espeto, y él se limita a negar con la cabeza, visiblemente divertido.

No entiendo por qué de repente está tan insoportable. Viéndole hablar con Megan y Beth en el coche parecía que, después de todo, tenía un lado humano. Ojalá pudiera decirle que se dejara de frasecitas conmigo, porque lo único que consigue es que piense lo mucho que me gustaría oírselas decir a otro. ¿Me convierte eso en una mala persona? Paso el tiempo con un hermano pero estoy enamorada del otro, que a su vez está enamorado de mi ex mejor amiga transformada en Medusa.

Vaya, mi vida es como una telenovela venezolana. Podría titularse *Tessie, la fea*.

—No prometo nada, pero, como estamos aquí, intentaré no tirarte más la caña.

Lo dice con su chulería habitual y, cuando acabo mi monólogo interior, me doy cuenta de que tengo un pie dentro de la casa y el otro en el umbral de la puerta. Abro los ojos como platos al ver la cantidad de gente que hay y al oír el volumen de la música, tan alto que tiemblan las ventanas. También veo montones de vasos de plástico rojos por todas partes, por el suelo, en las manos de la gente y sobre la cabeza de una estatua preciosa con forma de sirena.

Es entonces cuando soy realmente consciente. Estoy en una fiesta de instituto, y todo es tan cutre y tan chabacano como en los saraos de *Jersey Shore*. ¡Es genial!

—Veo que te gusta.

Cole parece que se divierte mientras recorremos la casa, esquivando parejas en pleno magreo. Un escalofrío me recorre la espalda y, de pronto, me doy cuenta de que lo que me ha faltado toda la vida es precisamente un puñado de adolescentes salidos emborrachándose y restregándose los unos contra los otros en la pista de baile.

—No, de hecho me alegro de que esto sea tan horrible como creía.

Le sonrío y él me mira como si acabara de perder otra neurona.

—Eres muy rara, Tessie —me dice sin más, y yo me encojo de hombros.

—Y tú eres un grano en el culo. ¿Qué quieres?

No sé de dónde he sacado el valor. Ni siquiera he tocado el alcohol, pero me embarga una sensación extraña, como si quisiera saltar y hacer el pino al mismo tiempo. La culpa es de la música, no puedo dejar de marcar el ritmo con el pie. Siento la necesidad imperiosa de dejarme llevar y divertirme. A quién le importan las consecuencias, ¡quiero pasármelo bien!

—Eh, Tessie.

Cole inclina la cabeza a un lado y me observa con una sonrisa picarona en la cara.

—¿Hum? —murmuro yo, distraída, mientras busco una esquina en la que pasar desapercibida y bailar como si no hubiera un mañana.

—Te gusta esto, ¿verdad?

No sé qué es lo que me ha delatado, si la sonrisa de oreja a oreja o el leve contoneo de mi cuerpo, pero, sea lo que sea, ya no quiero esconderlo más y asiento enérgicamente.

—Verdad. Esto es mucho mejor que quedarme estudiando en mi habitación.

Le sonrío y él me devuelve el gesto. Oh, oh, otra vez el cosquilleo.

—Venga, esta noche te lo vas a pasar como nunca.

Me coge de la mano y avanzamos entre la multitud. Siento que se hace el silencio allá por donde pasamos. La gente nos mira y no me extraña. La fiesta es para Cole, y no tiene sentido que la principal atracción pierda el tiempo con la paria del instituto.

Paso entre los mirones y las chicas cuyas caras me recuerdan a cuando mi madre me dejaba que la maquillara con mis ceras de dibujar. Sí, creo que por aquel entonces ya lo hacía bastante mejor que ellas. Sin embargo, esta noche hay una persona con la que no quiero encontrarme; la sola idea de verla basta para que me den ganas de salir corriendo hacia la puerta. A Nicole no le va a hacer gracia que me salte las normas, pero esta noche todo me da igual. Por mí como si su majestad la reina Zorra se ahoga en el Támesis.

Localizo a Megan bailando con un chico, pero no consigo ver quién es porque está de espaldas a mí. Es alto, rubio y lleva el pelo rapado. Sea quien sea, parece que la está haciendo feliz. Tiene las mejillas coloradas, los ojos le brillan como esmeraldas y salta a la vista que bebe los vientos por el chico, aunque lo más probable es que acabe de conocerlo.

En un lateral del salón hay una mesa larga, seguramente alquilada, repleta de comida basura. Se me hace la boca agua solo de verla y mis pies se sienten atraídos hacia ella como si fueran los polos opuestos de un imán. Me dispongo a atacar el bol de Cheetos, me muero por saborear estas delicias de queso, pero alguien me aparta la mano antes de que consiga alcanzarlas.

—¡Caca, bizcochito! —me regaña Cole.

—Pero... —protesto, contemplando toda la comida.

—No se come de esta mesa.

Parece mi madre recordándome que no está bien decirle a la gente que es fea a la cara, un error que solía cometer cuando era pequeña.

—¡Solo uno, porfi!

—¿Eres consciente de que este cuenco tiene más gérmenes que un váter público?

Arrugo la nariz en un gesto de asco mientras Cole me habla de la cantidad de manos que han pasado por el cuenco y los sitios en los que probablemente han estado antes.

Lo tengo claro: no pienso volver a comer en una fiesta.

—Te he traído esto.

Me ofrece una bolsita de gusanos de goma y yo me abalanzo sobre ellos. Le arranco la bolsa de la mano y la abro a la velocidad de la luz. Separo los rojos y me los como con gula. Los ositos de goma son mi debilidad, solo superada por el amor incondicional que siento por los Kit Kat. Tú ponme un paquete de estas maravillas delante y ya puedes olvidarte de mí.

Cole lo sabe. Solía robármelos cada dos por tres cuando se me ocurría llevarme una bolsita a clase. Lo pasaba tan mal...

Y ahora míralo, ahí de pie, mientras yo devoro gusanos rojos con esta gracia que Dios me ha dado. Siento que debería comportarme de una forma más femenina, al menos delante de él, pero ahora mismo estoy dando rienda suelta al leñador que llevo dentro.

—¿Ya estás, cerdita?

Yo gruño a modo de réplica, aunque no es la mejor respuesta a su pregunta. Me da unas palmaditas en la cabeza como si fuera un cachorro y me coge otra vez de la mano.

Nos dirigimos hacia una esquina que no está tan abarrotada como el resto de la sala y en cuanto oigo las primeras notas de «Starships» me pongo a saltar como una loca. La gente empieza a bailar a mi alrededor al ritmo de la canción que tanto he escuchado en la soledad de mi habitación, y me siento emocionada y un poco aturdida.

Cole se echa a reír en cuanto empiezo mi coreografía, la misma que he perfeccionado para esta canción en particular, y empieza a bailar conmigo. No protesto cuando me pone una mano en la cintura y empieza a moverse al mismo ritmo que yo. Sé que se le da bien, todo lo contrario que a Jay. Intento no pensar en él y apoyo las manos en los hombros de Cole. De pronto, los dos dejamos que el ritmo pegadizo de la canción guíe nuestros pasos mientras cantamos la letra de la forma más divertida que se nos ocurre.

Es algo irreal, una experiencia extracorpórea que me permite ver nuestros cuerpos moviéndose a la vez y darme cuenta de que Cole y yo nos lo estamos pasando en grande, esta vez sin paliativos. Sacamos nuestros respectivos arsenales de movimientos absurdos y no paramos de reírnos ni un segundo. Me suelta un segundo para hacerme girar, luego apoya mi espalda contra su pecho y me pasa los brazos alrededor de la cintura, sin dejar de movernos al ritmo de la música. Sigo bailando como una loca junto a Cole y por un momento me parece que estoy en las nubes.

La canción termina y transcurren unos segundos antes de que empiece la siguiente, tiempo más que suficiente para que pasen dos cosas casi al mismo tiempo. La primera, me doy cuenta de que sigo apretujada contra el cuerpo de Cole y nuestros pechos suben y bajan al mismo tiempo. Estoy de espaldas a él, por lo que no puedo verle la cara, pero, por la forma en que me sujeta, diría que lo está disfrutando demasiado.

Lo segundo que pasa, y mucho más importante, es que justo cuando estoy prácticamente pegada con cola a su hermano, mis ojos se encuentran con los de Jay. Tiene a Nicole entre los brazos, pero ella está mirando hacia otro lado. Le doy gracias a quienquiera que esté cuidando de mí desde el cielo por evitar que Nicole vea la mirada asesina, casi dolida, con la que su novio nos fulmina a Cole y a mí.

Me aparto de Cole al instante, bajo los brazos y me libero de él. Se da cuenta y me suelta. Lo noto detrás de mí y sé que ve lo mismo que yo: un Jason Stone muy cabreado.

No entiendo por qué me mira así o qué he podido hacer para que esté tan enfadado. Lleva guardando las distancias desde que Cole empezó a sentarse conmigo en clase de economía, y no puedo evitar pensar que lo que le disgusta es que pase tiempo con su hermano.

Nicole parece darse cuenta del cambio de humor de su novio. Levanta la cabeza de su pecho, se da la vuelta para identificar la fuente de su malestar y, cuando sus ojos aterrizan sobre mí, deseo estar enterrada a dos metros bajo tierra.

Veo cómo aprieta los dientes y libera la ira arrasadora de su mirada contra mí. Hay tanto odio en sus ojos que casi puedo sentir cómo me atraviesa la piel y me revuelve el estómago. Esto no va a acabar bien y lo sé. Sus ojos se transforman en dos finas líneas. Cole apoya una mano en mi hombro y, aunque sé que seguramente lo hace para que me sienta mejor, ahora mismo es lo último que necesito. No quiero que Nicole piense que el tío del que estuvo enamorada durante años está ahora de mi parte.

—Será mejor que nos vayamos —anuncio con voz temblorosa y sin apartar los ojos de Jay y Nicole, que nos miran esperando que desaparezcamos como por arte de magia

—El problema lo tienen ellos, no nosotros. No tenemos por qué irnos.

—Cole, no lo entiendes. Cuando Nicole se cabrea...

—No te preocupes por ella. Ya te he dicho que lo arreglaría, tú confía en mí.

Me dispongo a preguntarle qué quiere decir con eso de arreglarlo, pero de pronto me quedo petrificada al ver que los ojos de Nicole desprenden un brillo ladino. Ahora es cuando ella entra en acción y yo me arrepiento de haber venido. Se da la vuelta de nuevo, aún entre los brazos de Jay, le sujeta la cara con ambas manos y, antes de que él pueda reaccionar o yo tenga tiempo de apartarla de él de los pelos, se abalanza sobre sus labios y le propina un beso tan intenso que casi duele solo de verlo. Jay, en cambio, no parece que lo reciba con demasiado sufrimiento porque la rodea con los brazos y le devuelve el beso con la misma urgencia. Es como si un tren de mercancías me pasara por encima del corazón una vez tras otra. Se me llenan los ojos de lágrimas, a pesar de que siempre intento mantenerlas bajo control, y siento ganas de vomitar aquí mismo.

No se molestan en parar ni para respirar. Estoy segura de que han empezado a restregarse el uno contra el otro, pero no puedo dejar de mirar, de contemplar en silencio cómo entre los dos me arrancan el corazón del pecho y Nicole lo pisotea con sus pies del cuarenta y dos.

—Tessa...

Casi me olvido de que Cole no se ha movido de mi lado en todo el rato, pero no puedo mirarlo a la cara, no quiero que me vea así, como la chica triste y patética que pierde el culo por su hermanastro. Si me muestro como soy, seguramente volverá a tratarme como a Tessa la Obesa, la débil, la vulnerable, la insegura, la idiota, la misma chica que dejó atrás cuando se marchó.

Lo aparto a un lado y me abro paso entre la gente que sigue bailando, riendo y pasándoselo genial en el interior de la enorme estancia. No veo a Megan ni a Beth y me alegro. Lo último que quiero es estropearles la noche. Cuando por fin consigo abrirme paso entre la multitud, sigo avanzando por un pasillo largo y sinuoso en busca de un poco de paz y tranquilidad. Mi deseo se ve cumplido cuando un chico emerge de una habitación que solo puede ser el lavabo. Me tapo la nariz y entro sin demasiada convicción. No veo vómitos ni nada especialmente perturbador, así que respiro hondo y cierro la puerta detrás de mí. Una vez sola, me apoyo contra la fría pared de la bañera y me dejo caer lentamente hasta que las rodillas me tocan el pecho.

¿Cómo he podido pensar que saldría ilesa de esta noche? Nicole siempre consigue lo que quiere y al que se interpone en su camino se lo carga. Así de simple. Verla besando a Jay me ha hecho tanto daño que la intensidad del dolor que he sentido en ese preciso instante me ha cogido por sorpresa. Ya llevan tres años saliendo juntos; lo había aceptado y convivía con ello, así que no sé por qué lo de hoy tiene que ser diferente.

Porque quieres ser tú quien lo bese así, dice la voz de mi conciencia.

Apoyo la cabeza en las rodillas y espero a que se me pasen las ganas de vomitar. Si todo sale bien, no pienso volver a pisar una fiesta, no vale la pena. Sin embargo, cuando recuerdo el baile con Cole me doy cuenta de que me apetece repetirlo, sentirme libre y no prisionera de Nicole. ¿Es demasiado pedir?

Estoy considerando la cuestión cuando de pronto la puerta se abre y yo me doy un golpe en la cabeza contra la bañera, más que nada porque doy un salto del susto. Cuando veo al intruso que acaba de irrumpir en el lavabo, se me acelera el corazón y un escalofrío me recorre el cuerpo, pero esta vez por el peor motivo imaginable.

Es un chico vestido con una camiseta blanca de tirantes que destaca aún más su abultada musculatura y el ancho de la espalda. Es alto, metro ochenta y cinco como mínimo, y corpulento como uno de esos tipos que se machacan en el gimnasio. Tiene el pelo rubio y alborotado, y los ojos extrañamente vidriosos. De pronto, me doy cuenta de lo que le pasa y siento que se me para el corazón.

Está borracho. Estoy a solas con él en el lavabo y está borracho. Dios mío.

Me aprieto aún más contra una esquina mientras él cierra la puerta y me sonríe. No sé por qué me he quedado petrificada, por qué me siento indefensa. Sé que debería salir pitando de aquí, gritar, hacer cualquier cosa, pero es como si estuviera paralizada, lo cual no es lo más oportuno en una situación como esta.

—Eh, rubita —balbucea, y se me acerca.

El lavabo es pequeño y bastante falto de grandeza, al menos comparado con el resto de la casa. Apenas necesita unos segundos para plantarse frente a mí y observarme desde las alturas. Me echo a temblar, a pesar de que sigo acurrucada contra una esquina.

—Oh, pero si la nenita ha estado llorando —ronronea, y con una de sus ásperas manos me toca la cara.

Se arrodilla hasta que nuestras caras están a la misma altura, intercepta una de mis lágrimas con el pulgar, se lo lleva a la boca y lo chupa con un gesto repugnante. Le aparto el brazo de un manotazo, pero él se ríe ante la debilidad de mi intento.

—¡No me toques! —grito, y mi propia voz me suena débil y patética.

Haciendo oídos sordos a mis quejas, el tipo me coge del brazo y me atrae hacia su pecho, que está duro como una piedra. Luego se incorpora y me arrastra con él. Me siento sucia y tengo náuseas; el tío huele tanto a cerveza que me tengo que tapar la boca para no vomitarle encima.

—He visto cómo bailabas con Stone.

Su voz basta para ponerme los pelos de punta; desliza una mano lentamente desde mi cadera hasta el cuello, palpando todo lo que encuentra por el camino. De repente, me siento violada. Llevo tanta piel al aire libre que echo de menos mis sudaderas anchas.

—Estabas muy sexy. ¿Por qué no me enseñas cómo te mueves?

Cierro los ojos con fuerza y él me acaricia el hueco que hay entre las clavículas con los labios y luego lo lame con la lengua. Lo empujo e intento librarme de él, pero me coge de las muñecas y me empuja contra la pared del lavabo. El golpe es tan fuerte que siento que empieza a dolerme la cabeza; lo más probable es que ya me esté saliendo un chichón.

—Por favor, no me hagas daño.

Cierro los ojos, consciente de que tengo que recurrir a la súplica, puesto que me tiene físicamente a su merced. Con una mano de hierro me agarra de las muñecas y aprieta su cuerpo contra el mío hasta casi cortarme la circulación, y con la otra me coge del cuello para que no pueda apartar la cabeza.

—No te va a doler, preciosa, de hecho vas a gritar pero de placer.

El deseo le oscurece la mirada mientras con una mano me acaricia la espalda. Estoy mareada, mareada y enfadada conmigo misma. En este preciso momento el único sonido que podría salir de mi boca sería un grito pidiendo ayuda.

—No... por favor... no.

Él se ríe ante lo patético de mi reacción y desliza ambas manos hasta la parte baja de mi camiseta para levantarla, mientras sus labios siguen pegados a mi cuello. Quiero llorar, quiero gritar y chillar y pegarle hasta que no quede un soplo de aire en su cuerpo, pero no sé cómo hacerlo. Imagino una sucesión de escenas en las que le arranco la cabeza de distintas maneras, pero lo cierto es que es más pesado, más fuerte y está más borracho que yo.

—Ya está bien, Hank.

Abro los ojos al oír la voz y no sé si sentirme aliviada o muerta de miedo. El mierda de Hank no parece que esté por la labor de soltarme, a juzgar por el bulto enorme que le ha salido entre las piernas. Protesto mientras él sigue lamiéndome el cuello como un perro y le lanzo una mirada lastimera a la única persona que está con nosotros en el lavabo.

—Por favor, dile que pare —suplico, y Nicole me sonríe con una frialdad capaz de congelar el Polo Norte.

—No sé, creo que me gusta verte así, deseando postrarte a mis pies.

—Nicole, por favor.

Es como si los labios y las manos del tal Hank estuvieran por todas partes. Mientras, mis hombros se estremecen con cada nuevo sollozo.

—Después de lo que has hecho, plantándote aquí, con la de veces que te he dicho que no quiero ver tu culo gordo más de lo que ya tengo que verlo, ¿no crees que te mereces un castigo, Tessie?

No sé cómo he podido ser amiga de alguien así, alguien tan vil, tan decidida a salirse siempre con la suya que no le importa usar las tretas más rastreras. Hank sigue toqueteándome, me chupa el lóbulo de la oreja con los labios agrietados, y yo siento el sabor de la bilis que me sube por la garganta.

Decido tragarme el orgullo.

—Lo siento. Te juro que no lo volveré a hacer, pero por favor, dile que pare.

Me mira mientras yo me retuerzo durante al menos un par de minutos más. Se le nota que está disfrutando. Luego coge a Hank del pelo y lo aparta de mí.

—Buen chico, ahora vete antes de que te vea alguien. Y recuerda, ni una palabra de esto a nadie —le ordena, y se me desencaja la mandíbula cuando veo que le planta un beso en la boca, con lengua y todo, hasta dejarlo casi sin sentido.

Hank sale del lavabo rascándose la nuca, aturdido y con los ojos como platos. Por fin puedo liberar mi respiración, que llevo rato conteniendo.

Tengo que salir de aquí, largarme cuanto antes y meterme bajo la ducha el resto de mis días para eliminar los gérmenes que llevo encima. Me siento tan sucia, tan utilizada, que lo único que quiero es romper a llorar.

Podría haber ido más allá, podría haber sido peor, me digo a mí misma para detener los sollozos. Intento abrirme paso hasta la puerta, pero Nicole me coge del brazo y tira de mí.

—Esto no ha sido nada, Tessie. Si se te ocurre volver a llevarme la contraria, me aseguraré de que el castigo sea mucho peor —me dice, furiosa, y después de amenazarme me aparta de un empujón.

Yo me quedo quieta, asimilando sus palabras, mientras ella sale del lavabo con un portazo.

Estoy delante del lavabo tratando de identificar a la desconocida que me mira desde el espejo. El maquillaje me cae a churretones por la cara. El rímel me dibuja lágrimas sobre la piel, el pintalabios prácticamente ha desaparecido y el colorete apenas se ve sobre mis mejillas llenas de manchas rojas. Tengo el pelo alborotado, con mechones saliendo en todas direcciones, y un chichón que ya ha empezado a dolerme. Aún llevo la camiseta subida y un poco rota por los lados. En conjunto, parezco la típica chica que ha ido al lavabo a echar un quiqui rápido. Me mojo la cara un par de veces con agua fría y uso una toalla para limpiar los restos de maquillaje, pero el recuerdo de las manos de Hank por todo mi cuerpo hace que me sienta más sucia que nunca.

Salgo del lavabo e intento evitar a cualquiera que pueda conocerme. No quiero encontrarme a nadie ni tener que explicar por qué parezco Courtney Love en un mal día. La fiesta sigue en pleno apogeo, el escenario perfecto para huir sin ser vista.

Hasta que...

—¿Tessa? ¿Estás bien?

Jay me coge del brazo y yo retrocedo. Me da miedo que me toquen. Está justo delante de mí y parece preocupado. No puedo mirarle a los ojos, no después de lo que acaba de hacerme su novia.

—Estoy... bien. Suéltame, por favor —respondo con un hilo de voz, y aparto el brazo.

Él retrocede un poco pero sigue bloqueándome la retirada.

—No, no estás bien, ¿qué ha pasado?

—Oye, yo solo... yo solo quiero irme a casa.

Me falla la voz. Estoy a punto de echarme a llorar delante de todo el instituto.

—No, Tessa, esp...

—¿Tessie?

Oigo una segunda voz y es como si algo dentro de mí se rompiera. Es Cole, está a poca distancia de Jay y de mí, pero sabe que algo no va bien, se le nota. Se dirige hacia nosotros abriéndose paso a empujones entre la gente, sin apartar la mirada de la mía, y de pronto me olvido de que Jay sigue aquí.

Se pasa una mano por el pelo, aliviado por haberme encontrado al fin, y luego me coge de los hombros.

—¿Se puede saber dónde te habías metido? ¡Te he buscado por todas partes!

Por todas partes no, Cole, te equivocas.

Lo miro fijamente mientras él espera que conteste a su estúpida pregunta, que le pida perdón a Su Alteza Real por haberme convertido en motivo de preocupación mientras a mí me atacaban en el lavabo. Siento ira, rabia, cólera, todo dirigido contra él. Esto es culpa suya; él me ha traído aquí, a pesar de que le advertí que era muy mala idea. No me escuchó porque se cree muy listo. De pronto, el dique revienta.

Le pego. Le pego una y otra vez en el pecho, y él me mira atónito.

—¡Tú! ¡Tú eres el culpable! ¡Tú me has traído aquí, te repetí mil veces que era mejor que no viniera, y tendrías que haberme hecho caso en vez de obligarme a venir! ¡Te odio, te odio, no sabes cómo te odio!

Estoy llorando como una histérica, ni siquiera me apetece seguir pegándole. Me cojo a su camiseta con una mano y él me atrae hacia su pecho.

—Chisss, Tessie, no pasa nada, estoy aquí —me susurra, y yo hundo la cabeza en su pecho y le paso los brazos alrededor de la cintura.

—¿Por qué no me hiciste caso? —consigo balbucear entre sollozo y sollozo.

Cole apoya la barbilla en mi cabeza y me susurra:

—Lo siento, Tessie, lo siento de verdad.

Me abrazo a él con más fuerza porque siento que, si me suelto, soy vulnerable. Hank podría volver.

No quiero que vuelva. Lloro sin parar mientras Cole me acaricia la espalda.

—¿Qué le ha pasado? —oigo que pregunta una voz, y de pronto me acuerdo de que Jay sigue aquí.

Ahora mismo no hay nada que me apetezca más que contarle lo que ha hecho su novia. Quiero devolvérsela, hacerle tanto daño a Nicole como el que ella me ha hecho a mí, pero ahora ya sé cuáles son las consecuencias de contrariarla, así que tengo que morderme la lengua.

—Llámame malpensado, pero estoy convencido de que tu novia tiene algo que ver —le espeta Cole, furioso, y estoy tan pegada a él que siento cómo se le tensan los músculos.

—No empieces otra vez, Cole, si ni siquiera...

—Cállate, Jason, haz el favor.

Nos alejamos del ruido, yo todavía agarrada a él como si me fuera la vida en ello. Quizá ya estamos saliendo, no lo sé porque no me molesto en levantar la cabeza de su pecho. Solo cuando siento el aire frío en la cara sé que estamos fuera. Cole me suelta y yo tengo el impulso de pegarle de nuevo por apartarse, pero me contengo a tiempo cuando veo que se quita la chaqueta de cuero y me la pone por encima de los hombros. Enseguida entro en calor, pero es tan enorme que siento que me pierdo en ella. Huele a él y eso hace que me sienta otra vez segura.

Me acaricia la mejilla y me obliga a levantar la mirada.

—Tessie, ¿estás bien?

Me limpia una lágrima de la mejilla con el pulgar. El gesto me recuerda a Hank, aunque ahora no me resulta repugnante, sino que despierta una especie de calor en mi interior.

No me pregunta qué ha pasado, solo si estoy bien. No podría estarle más agradecida por entender cómo me siento ahora mismo. Solo pensar en lo que ha ocurrido basta para que se me llenen los ojos de lágrimas.

Asiento levemente y él suspira, me rodea entre sus brazos y me aprieta con fuerza. Estamos en el aparcamiento y no hay nadie a nuestro alrededor, solo él y yo, y eso hace que me sienta mejor. Le devuelvo el abrazo sin saber muy bien por qué, de toda la gente que podría consolarme, Cole es el único que hace que me sienta mejor.

Ni mis mejores amigas, ni por supuesto Jay. Solo Cole, y ni siquiera sé por qué.

7

¡Solo es una cuchara robada, no el *Grand Theft Auto*!

—No pienso firmarlo.

—No tienes otra altcrnativa, firma.

—¡No!

—Sí.

—¿Cómo sé que no vas a usar mi firma para, no sé, robarme todos mis ahorros?

—Sí, claro, porque desde que trabajas en Rusty's eres millonaria —responde, y pone los ojos en blanco.

—Que sepas que en mi cuenta hay una cantidad de dinero más que respetable.

—Lo que tú digas, cariño, y ahora firma.

Muevo la cabeza con vehemencia y vuelvo a empujar la servilleta hacia Cole. Llevamos así veinte minutos. A estas alturas, estoy convencida de que las camareras se creen testigos de un trapicheo de drogas, algo totalmente comprensible si tenemos en cuenta que son las once de la noche del sábado y que Cole y yo estamos sentados en una mesa de la esquina discutiendo un contrato cuando menos sospechoso.

—Vale, qué te parece si hacemos lo siguiente: tú no me firmas la puñetera servilleta y yo voy a ver a tu padre y le digo que te has portado fatal conmigo y que incluso has llegado a poner mi vida en peligro más de una vez.

Me inclino hacia él y doy un puñetazo en la mesa, que está cubierta por una capa seca de mostaza.

—Sabes que no es verdad. Eres un manipulador, un mentiroso, un...

—Podemos hablar de mis cualidades cualquier otro día, Tessie, pero ahora es mejor que hagas lo que te digo.

Sonríe y yo le dedico mi mirada más fulminante. Sé que me ha vencido, así que refunfuño, deslizo la servilleta hacia mí, la firmo con un rotulador prestado y luego se la devuelvo. Cole parece tan encantado consigo mismo que por un momento me planteo borrarle esa expresión de la cara.

Con el ácido que la asistenta utiliza para limpiar los lavabos de casa.

—¿Ves? ¿A que no ha sido tan difícil?

Estoy a punto de tirarle el helado de fresa por la cabeza, pero, sinceramente, no sería capaz de hacerle algo así. Me refiero al helado, obviamente. El pobre se merece algo mucho mejor, y no acabar desperdiciado en un anormal como Cole.

Bueno, creo que será mejor que me explique porque la conversación de la que te acabas de enterar resulta un poco confusa. Rebobinemos hasta la fiesta, aunque sea lo último que me apetezca, pero no me queda más remedio que hacerlo por el bien de la narración. Verás, después de que el caballero de brillante armadura, o, en este caso, mi tonto particular a lomos de un Volvo demasiado caro para mi gusto, me rescatara y luego tuviéramos nuestro pequeño momento de intimidad, la situación se volvió un poco extraña. Aún me duele cuando le recuerdo pasándome un pañuelo de papel tras otro mientras yo me desgañitaba como una quejica. Eso sí, no le he contado nada, ni una sola palabra que explique por qué su coche se ha inundado de lágrimas más rápido que las bodegas del *Titanic*, y él tampoco me lo ha preguntado, aunque sé que se muere de ganas. No sé, tal vez por la manera en que mueve el pie sin parar o por cómo tamborilea sobre la mesa, la cuestión es que sé positivamente que le gustaría que vaciara el buche.

Quizá por eso me ha traído a Rocco's, una cafetería que abre las veinticuatro horas, para sobornarme con la única debilidad que sobrevive de mis días de Tessa la Obesa, aparte de los Kit Kat, claro. Ya voy por el tercer helado y prácticamente me lo estoy esnifando, así que tengo la sensación de que acabaré confesándoselo todo solo para que me compre otro.

Ahora explico lo del contrato o, mejor dicho, la servilleta raída que cada vez tiene peor aspecto porque no dejamos de tirar de ella de aquí para allá. Su cometido es sellar un acuerdo entre los dos. Bueno, un acuerdo tampoco porque yo no saco nada a cambio, es Cole el que me obliga a negar de por vida que se ha portado bien conmigo. Se supone que tengo que olvidar que se ha preocupado por mí, que me ha dicho cosas tiernas, casi socialmente aceptables, mientras yo estaba en plena crisis y él me dejaba limpiarme los mocos en su camiseta.

Si alguna vez comparto esta información con terceros, él tendrá derecho a negarla y reírse a mi costa. A cambio de mi amnesia parcial, él se compromete a ser más agradable conmigo; por ejemplo, a dejarse de frases ingeniosas y a no acosarme más.

Dice que lo va a intentar con todas sus fuerzas, pero, no sé por qué, no acabo de creérmelo...

Sacudo la cabeza para librarme de tanto pensamiento negativo y me llevo una cucharada de helado a la boca. Ahora mismo es lo único que me mantiene más o menos cuerda. La noche no ha salido según lo previsto y mi primer intento de entrar en el circuito fiestero del instituto ha acabado con una agresión en el lavabo. Aún tiemblo al recordar la mirada despiadada de Nicole cuando ha salido del cuarto de baño, como si de pronto hubiera decidido probar el canibalismo y yo fuera su primer plato. No sé qué le he hecho para que me odie con tanta saña. Nadie odia tanto a otra persona sin una razón sólida, y la Nicole que yo creía conocer nunca hace nada sin un motivo.

Alguien me da una patada por debajo de la mesa y se me cae la cuchara al suelo del susto. Me quedo mirando fijamente a Cole, que se ríe disimuladamente desde el otro lado de la mesa. ¡No es consciente de lo que acaba de hacer! El personal del Rocco's es lo peor, sobre todo el del turno de noche. Casi todos se encierran en el almacén a hacer Dios sabe qué, hasta que llegan los compañeros de la mañana. ¿Y ahora de dónde saco yo una cuchara limpia para acabarme el helado?

—Pero ¿a ti qué te pasa? —le espeto mientras me levanto del asiento y me dirijo hacia la barra.

He aprendido unas cuantas cosas trabajando para la competencia, así que sé exactamente dónde encontrar la cubertería. Lo normal es que la guarden en los cajones que están junto a la caja registradora para que el personal, que siempre es escaso, no tenga que ir de aquí para allá. Salto por encima de la barra y, *voilà*, aquí está el mueble de los cubiertos. Ahora lo único que podría ir mal sería que el cajón estuviera...

Cerrado. ¡El puñetero cajón está cerrado!

—¿Vas a atracar el local?

La voz de Cole suena muy cerca, como si estuviera justo detrás de mí, y, efectivamente, giro un poco el cuerpo, levanto la cabeza y ahí está, sonriendo de oreja a oreja.

—Estoy intentando encontrar una cuchara para acabarme el helado, Stone.

Forcejeo con el tirador un par de veces, pero no sirve de nada. Está cerrado y la llave la tiene el encargado. Por la forma en que le guiñaba el ojo a nuestra camarera, puedo imaginarme qué se traen los dos entre manos en el almacén.

—Sigues muy colgada del helado, ¿verdad?

Sigue ahí de pie, sin ayudar y encima molestándome. Por su culpa tengo que robar cubiertos o, vete a saber, puede que incluso tenga que colarme en el almacén.

—Te agradecería que dejaras de hablar y pensaras en una manera de ayudarme.

Cole reprime una carcajada y me aparta sin demasiado esfuerzo. Se pone en mi lugar, delante de los cajones, y dice:

—Mira y aprende, novata.

Saca un destornillador del bolsillo trasero de los pantalones y se dispone a forzar la cerradura como si tal cosa.

—Cómo no, olvidaba que estoy con un delincuente —le digo muy seria, y él me guiña un ojo.

—Solo si me lo pides tú, *babe*.

—¡Qué asco! No vuelvas a llamarme así.

Se le escapa una carcajada y retrocede doblándose sobre sí mismo de la risa, justo en el mismo momento en que el cajón se abre. Y lo miro fijamente, como si al fin se hubiera convertido en el chalado que prometía ser desde el día en que lo conocí. Sin embargo, de repente el sonido de su risa se me antoja alegre y no estridente, y lo único que me apetece es quedarme aquí plantada, viendo cómo se ríe, mientras el corazón me late desbocado.

Me refería al cerdito, bizcochito.

Vaya, qué vergüenza.

Después de que el delincuente y yo robemos..., no, tomemos prestada la cuchara, me termino el helado en paz y nos largamos. No puedo evitar mirar por encima del hombro por miedo a que Betsy, la camarera, salga corriendo detrás de nosotros y nos lance sus patines mortales.

Venga ya, Tessa, no alucines, ¡solo es una cuchara robada, no el *Grand Theft Auto*!

Huimos con mucho sigilo, sobre todo yo, y Cole conduce hacia mi casa. Sé que se está aguantando la risa, pero yo no soy una delincuente consumada como él y, aunque no sea más que una cuchara, la he robado. ¡Me está convirtiendo en una sin ley! Tengo que evitar pasar tanto tiempo con Cole. De hecho, cuando llegamos a mi casa estoy a punto de pedirle que deje de chantajearme para que le haga compañía. Tengo que hacerme valer y demostrarle que no puede pisotearme.

—Tessie —dice de pronto, interrumpiendo el hilo de mis pensamientos, que ahora mismo se centran en una imagen de mí misma persiguiéndole por toda la casa con un bate de béisbol gigante.

Tiene la mirada perdida a lo lejos, pero, por la forma en que se agarrotan sus manos sobre el volante, sé que tiene la cabeza en otra parte, y llena de pensamientos negativos.

—¿Sí? —pregunto un tanto indecisa, y es que sé por dónde va a ir la conversación.

No sé si estoy preparada para responder a sus preguntas, sobre todo porque ya he empezado a desterrar para siempre el recuerdo de Hank y sus asquerosas manos.

—¿Te han hecho daño?

Las palabras flotan en el aire y al mismo tiempo es como si tiraran de mí hacia el suelo, como una especie de ancla que me arrastra hasta el fondo a medida que se sumerge. Medito la respuesta mientras recorremos la calle en silencio. No me han hecho daño, al menos no daño físico, pero mentalmente ya es otra cosa. Estoy aterrada, como si todas las partes visibles de mi piel estuvieran cubiertas de mugre y en cualquier momento pudiera aparecer Hank a acabar lo que ha empezado. Si a eso le añadimos que el chichón no deja de dolerme y que es un recordatorio constante de lo que ha pasado, puedo admitir sin miedo a equivocarme que me han hecho daño, aunque no sea visible.

—No.

En ningún momento he dicho que tuviera intención de admitirlo delante de Cole.

Se le escapa una risa agria, un gesto que no acabo de asociar con él, y de pronto toma una curva muy cerrada que me lanza contra la puerta del coche.

—Pero qué... —empiezo a decir, pero me corta antes de que pueda acabar la frase.

—Estás mintiendo, Tessa, no sabes mentir. Déjate de gilipolleces y explícame qué ha pasado.

Nunca le había oído hablar así. De vez en cuando, se mete conmigo medio en broma y tontea de un modo inofensivo, pero es la primera vez que le oigo hablar con tanta dureza. Me basta para saber que está conteniendo su curiosidad y su rabia con dificultad. Sé que tiene un pasado violento, así que las posibilidades de que pierda el control son considerables. Lo último que necesito es que esto vaya a más; tengo que cortarlo de raíz mientras esté a tiempo.

—No quiero hablar de esto.

—¿Por qué no? —insiste, y a mí se me escapa un gruñido.

—Porque no me apetece.

—¿Me lo contarás algún día?

—No lo sé —respondo retorciéndome las manos y sin levantar la mirada de mi regazo.

Cole acelera el coche hasta que superamos con creces el límite de velocidad permitida. Se me dispara el corazón y siento que se me revuelve el estómago. Baja las ventanillas y el aire frío de la noche me golpea la cara. Estoy un poco asustada y se me llenan los ojos de lágrimas. Tengo la nariz cada vez más cargada y las náuseas que llevo un buen rato aguantándome vuelven con ganas de venganza.

—Te lo contaré, ¿vale? ¡Te lo contaré todo, pero necesito tiempo! —exclamo mientras él da un volantazo y se detiene frente a la entrada de mi casa.

—Eso es lo que quería oír.

Cuando el coche se detiene por completo, me bajo y cierro la puerta de golpe. Cojo la llave que guardamos debajo del felpudo y la meto en la cerradura a toda prisa para librarme de Cole cuanto antes. ¿Qué pensaba hacer? ¿Sacarme la verdad a lo *Need for Speed*?

Me dirijo hacia la sala de estar, seguida de cerca por unos pasos; estoy temblando, no sé si por las locuras de Cole o como efecto secundario de la fiesta. Sé que es él, quién va a ser si no. Si lo que pretendía es que me diera espacio, ahora mismo parecemos mamá canguro y su cría recién nacida.

—Tessie, espera...

—No, ¿vale?, no. Se acabó, estoy harta de todo. Te digo que no quiero hablar de lo que ha pasado y tú intentas matarme. Te digo que necesito espacio y me sigues en mi propia casa. ¿Qué quieres de mí? —le grito, enfrentándome a él.

Cole aprieta la mandíbula. Tiene la mirada incendiada con lo que espero que sea furia, pero no lo es, es otra cosa totalmente distinta.

—Quiero que me dejes ayudarte, ¿por qué te cuesta tanto entenderlo?

Parece frustrado y molesto, sentimientos y emociones que yo también experimento.

—¿Por qué? Después de lo que me has hecho pasar, ¿de verdad esperas que comparta mis secretos más oscuros contigo? ¿Ese era tu plan maestro, Cole? Porque si es así, de verdad, la academia militar te ha destruido por completo.

—¿En serio crees que quiero hacerte daño? ¿Cómo puedes estar tan ciega, Tessie?

Me habla casi a gritos, como yo a él. Cuando me doy cuenta, estamos teniendo una pelea en toda regla, muy distinta al cruce de palabras más ligero, aunque igualmente molesto, de antes.

—¿Que yo estoy ciega? ¡Eres tú el que no se da cuenta de que ahora las cosas son diferentes! ¿Te crees que puedes aparecer otra vez en mi vida e intentar...? ¿Cómo lo dijiste? Ah, sí, arreglarme. ¿No se te ha ocurrido pensar que existe una razón por la que no intento hacer nada al respecto? ¡No quiero verme involucrada en algo que no puedo controlar!

Cole me mira fijamente durante unos segundos y su expresión se suaviza, la ira desaparece de su rostro con la misma rapidez con que ha aparecido. Da unos cuantos pasos hacia mí. Yo aún tengo la respiración acelerada. Sigo enfadada pero sé que el destinatario de mi rabia no es él.

—Tú eres fuerte, Tessie, muy fuerte, lo sé mejor que nadie.

—¿Porque aún no la he palmado, a pesar de todos tus esfuerzos? —le digo con indiferencia, tratando de quitarle hierro al asunto.

Sigo sin sentirme cómoda cuando las cosas se ponen raras entre los dos. Todo es blanco o negro, o me machaca sin descanso o me ignora, no hay término medio. No me gusta que perdamos de vista la verdadera naturaleza de nuestra relación.

—Venga ya, si soy incapaz de matar una mosca. Bajo esta apariencia fuerte, enérgica y sexy se esconde un corazón de oro.

—Querrás decir de piedra, Stone.

Paso junto a él y me dirijo hacia la nevera. Cojo una botella de agua, le quito el tapón y le doy un buen trago. Con tanto llanto y tanto grito, me ha entrado sed. Me apoyo en la encimera y sigo bebiendo, mientras Cole rebusca en la nevera y saca todo lo necesario para preparar un sándwich. Me entretengo observando cómo prepara su particular línea de montaje, la tiene muy bien ensayada. Mi estómago ruge al ver el producto final, y es que parece que zampar helado como un luchador de sumo no ha conseguido aplacarme el apetito.

—Come.

—Ya me he comido el helado, no puedo...

—Te he dicho que comas, no que me cuentes tu vida en verso, bizcochito.

—Pero...

Se tapa los oídos y empieza a canturrear en voz alta, así que no tiene sentido que intente discutir con él. Disimulo una sonrisilla y me pongo a comer porque tiene razón, sigo teniendo hambre.

—Tus padres qué, ¿no vuelven? —me pregunta Cole, apoyado contra el cabecero de mi cama mientras yo me pongo el pijama en el cuarto de baño.

—Han ido a ver a mis abuelos, estarán todo el fin de semana fuera —grito yo como respuesta, y empiezo a lavarme los dientes.

Mi abuelo materno fue alcalde del pueblo antes que mi padre y, ahora que las elecciones se acercan, mi padre se ha dado cuenta de que necesita su ayuda desesperadamente. No te imaginas cuánto disfrutó mi madre al ver que su maridito necesitaba que le echara una mano.

—¿Y Travis?

—No sé adónde va por las noches ni qué hace.

—No es que crea que mi familia es la más normal del mundo, sobre todo con Jay como hermano, pero ¿no te parece que en la tuya hay algo raro?

—¿A qué te refieres? ¿A mis padres ausentes o a mi hermano depresivo?

Al fin salgo del cuarto de baño, después de haberme duchado a conciencia y frotado toda mi piel hasta dejarla prácticamente en carne viva. Me siento mucho mejor ahora que sé que no queda rastro de Hank en mi cuerpo; siento que vuelvo a ser normal, o casi, aunque no del todo.

—Me refiero a todo, Tessie. ¿Qué se supone que os ha pasado en los últimos tres años?

Me observa mientras yo me seco el pelo con la toalla y su mirada permanece posada en mí más tiempo del estrictamente necesario. He sacado el pijama más ancho que he encontrado en el armario. La camiseta es de manga larga, roja y con un dibujo de Snoopy, y los pantalones son a rayas y tan largos que tengo que darles tres vueltas a los bajos para no pisármelos.

—Todo cosas malas. Mi padre se convirtió en alcalde, mi hermano lo perdió todo y mi mejor amiga decidió que yo no era lo suficientemente buena para ella. Y, más recientemente, tú decidiste volver.

—Ah, tu amor es abrumador, Tessie.

—Qué bien que te haya alegrado el día —replico, y mi voz es pura ironía.

Me siento en el pequeño taburete del tocador y me vuelvo hacia él. Cole sonríe y se acomoda aún más entre mis sábanas.

—Se me ocurre otra manera de alegrarme el día.

Arquea las cejas y yo arrugo la nariz.

—¡Ni en sueños, doctor Seuss!

—Cariño, cuando quieras te dejo que seas el gato de mi sombrero.

—¡Eso ni siquiera tiene sentido!

—Vale, qué te parece esto: ¿quieres conocernos a mí y a mi melocotón gigante?

—Ya vale, qué asco. Además, esa historia no es del doctor Seuss.

—Ya lo sé, es que siempre he querido decirlo.

Sonríe y yo le lanzo el cepillo, que él esquiva muy hábilmente.

—¡Para de tirarme la caña, es repugnante!

El efecto de mis palabras se ve atenuado por el bostezo enorme que se me escapa mientras las digo. Me duele todo el cuerpo y siento que la cabeza me pesa como una tonelada, se me cierran los ojos y creo que si me levanto del taburete acabaré desplomándome de bruces en el suelo.

—Entendido, enanito Dormilón, ahora ven y métete en la cama.

Cole da unas palmaditas sobre la cama, justo a su lado, y yo lo miro atónita.

—No pienso meterme en la cama contigo.

—No muerdo, Tessie, acércate.

—No pienso...

—¿Por qué no dejas de discutírmelo todo? —protesta, y se deja caer sobre la cama, con la cabeza justo sobre la almohada.

—Lo haré cuando tú dejes de inventarte tonterías.

—Mira, no puedo dejarte sola, no cuando es evidente que estás alterada y tienes miedo.

Abro la boca para llevarle la contraria y decirle que no tengo miedo, pero se me adelanta.

—No te molestes en negarlo. Te he visto mirar por encima del hombro cada dos por tres desde que nos hemos ido de la puñetera fiesta, así que sé que hay algo que te asusta. Lo más fácil sería que te metieras tú misma en la cama o podría hacerlo yo, pero ahora mismo no me apetece levantar pesas.

—También podría dormir en la habitación de mis padres —murmuro entre dientes, y Cole, que me ha oído, se ríe.

—Inténtalo si quieres, Tessie, pero tengo el presentimiento de que acabarás volviendo y antes de lo que imaginas.

Media hora más tarde estoy en la habitación de mis padres, muerta de miedo y apretando la colcha a mi alrededor para que me proteja como si fuera un capullo. Mis ojos se dirigen una y otra vez hacia la puerta y las ventanas cerradas, como si en cualquier momento pudiera aparecer alguien.

Alguien o Hank, para ser más exactos.

Intento dormir, pero en cuanto cierro los ojos empiezo a recordar y a visualizar todo lo que ha pasado y se me revuelve el estómago. Ya no sé qué más hacer, nada funciona. Da igual que respire hondo o que canturree canciones de moda. No paro de darle vueltas a lo mismo hasta que empiezo a hiperventilar: la amenaza de Nicole, la cara de Jay y, sobre todo, las manos de Hank por todo mi cuerpo. Respiro profundamente y me levanto de la cama. Necesito distraerme y dejar de pensar en lo que ha sucedido esta noche o me volveré loca, y solo hay una persona cuyos servicios están disponibles las veinticuatro horas del día.

Cuando vuelvo a mi habitación, lo primero que veo es que ¡Cole se ha quitado la camiseta! Está medio desnudo, tumbado en la cama y con las sábanas tapándole hasta la cintura. Tiene mi ejemplar de *El alquimista* en las manos y parece absorto en su lectura, así que no creo que se dé cuenta si paso disimuladamente por su lado y me tumbo en el sofá para mirarlo.

—Siempre duermo en el lado derecho y no pienso cambiarlo por ti.

Abandono mis planes de ninja y me quedo plantada donde estoy, visiblemente avergonzada. No hace ni media hora que le he dicho que jamás compartiría habitación con él, y mucho menos cama, y aquí estoy, comportándome como la debilucha que soy.

—Puedo dormir en el sofá.

—¿Y no me dejarás que te sobe de madrugada? ¿Cómo puedes ser tan cruel, Tessie?

Se hace el ofendido y yo lo fulmino con la mirada.

—Si intentas tocarme, ni que sea una sola vez, volverás a tu casa en un coche fúnebre.

—Estás muy sexy cuando te cabreas.

Me guiña un ojo y yo pateo el suelo de pura frustración. Miro el sofá, luego a él y me doy cuenta de que esta noche necesito dormir en mi cama, aunque solo sea para sentirme más segura.

—No te olvides del coche fúnebre y todo irá bien —le advierto y me siento justo en el borde de mi lado de la cama.

—Relájate, bizcochito, no voy a abusar de ti, ¿vale?

No puedo reprimir una mueca al oír la palabra «abusar», algo que al omnipresente y omnipotente Cole Stone no se le escapa. De repente, se incorpora y me mira preocupado.

—Tessie, ¿pasó algo...?

—Ostras, mira qué hora es. Estoy muy cansada, hablamos mañana, ¿vale? —lo interrumpo, quizá con demasiada alegría.

Cole frunce el entrecejo, preocupado, y yo me tapo con la colcha y me acurruco sobre la almohada.

—Tessie —insiste con mucho cuidado—, ¿qué ha pasado?

—Ahora mismo estoy demasiado cansada para hablar. Mañana te lo explico, te lo prometo.

Mi voz suena amortiguada por la almohada. No quiero que se dé cuenta del pánico que evidencia, así que no digo nada más. Lo oigo suspirar y tumbarse de nuevo a escasos centímetros de mí, y sé que no me va a preguntar nada más, al menos esta noche no.

—Cómo eres, Tessie, cómo eres.

Me despierto de madrugada temblando después de tener una pesadilla horrible y muy real. Intento levantarme para coger una manta extra con la que taparme, pero algo pesado me lo impide. Sigo medio dormida y en este estado no soy capaz de entender por qué no puedo moverme. ¿Me habrá paralizado el miedo?

Siento que el pánico se apodera de mí y que cada vez me cuesta más respirar, pero eso es antes de girar la cabeza y encontrarme a Cole pegado a mí, con un brazo extendido sobre mi pecho.

Vaya.

VAYA.

El corazón me sigue latiendo a toda prisa, pero ahora la razón es bien distinta. ¿No acordamos quedarnos cada cual en nuestro lado de la cama? Intento moverme en esta postura tan incómoda y, como no lo consigo por culpa de su enorme brazo, intento que se mueva él, pero sin demasiado éxito. No puedo desplazarlo ni un milímetro, así que me rindo y vuelvo a la posición inicial. Su cara está a escasos centímetros de la mía; puedo ver con claridad todas las líneas y el contorno de su rostro. Así parece tan inocente, tan infantil, que resulta sorprendente cómo es en realidad. Es guapísimo, eso es evidente y no lo negaré, pero también es...

Malo.

Aunque hoy ha cuidado de ti, oigo que dice una voz dentro de mi cabeza.

Arrogante.

Se ha sentado contigo en todas las clases en que habéis coincidido y a la hora de la comida desde el día que apareció por el instituto. Es evidente que no le preocupa su imagen, me regaña la voz.

Creído.

Con una cara como la suya, ¿cómo no serlo?

Me deshago de los pensamientos que me rondan la cabeza antes de que esa estúpida voz interior pueda seguir defendiendo a Cole. Me incomoda, no me gusta que una parte de mí, por pequeña que sea, empiece a aceptarlo como es, defectos incluidos. Le debo una por lo de ayer, pero él me debe a mí diez años de recuerdos a cuál más humillante.

Sin embargo, eso no es lo que pienso cuando me muevo un poco para acercarme a él en busca de calor. Su aliento me acaricia la cara y, madre mía, qué bien huele. El olor es tan adictivo que por un momento quiero apretarme más y más contra su cuerpo. De pronto, el brazo con el que me rodea se tensa y tira de mí hasta que estoy acurrucada contra su pecho.

Dudaría de sus intenciones si no estuviera tan profundamente dormido. Así pues, a pesar de que me cuesta respirar y un extraño cosquilleo me recorre todo el cuerpo, no me aparto de él. Puedo sentir el latido de su corazón junto al mío y no sé por qué pero me eso me relaja. Sigo contemplando su cara durante unos minutos, tratando de entender a este chico de instintos delictivos y su insufrible costumbre de poner mi vida patas arriba, y de pronto me doy cuenta de que ha cambiado.

Ha cambiado, ya no es el mismo chico que me dejó una bomba fétida en la taquilla a modo de regalo de despedida. Ha pasado algo que le ha hecho cambiar su actitud hacia mí. Algo que le impide unirse a Nicole en su misión de convertir mi vida en un infierno.

Así pues, mientras celebro mi primera fiesta de pijamas con Cole Stone, intento encontrar una razón que explique por qué actúa así, y juro por Dios que la sola idea de descubrirla me da pánico.

8

Estás sonriendo como un salido en la esquina de una calle chunga

A la mañana siguiente, me despierto por culpa de la molesta luz matinal que entra por la ventana. Protesto y me doy la vuelta, de modo que mi cara acaba aplastada contra las sábanas, y me maldigo por no haber corrido las cortinas antes de meterme en la cama. Me tapo la cabeza con mi suave mantita lila e intento dormirme otra vez.

Sin embargo, mientras intento caer en un sueño profundo, soy consciente de que algo es distinto y eso me fastidia. Estoy demasiado calentita, demasiado a gusto para levantarme a comprobar por qué dormir —una experiencia que en ocasiones valoro más que la vida misma— me está resultando tan difícil. De pronto, lo sé, sé cuál es la razón por la que mi estúpido cerebro se niega a apagarse para dejarme dormir e identifico lo que es distinto.

Las sábanas no huelen al detergente con olor a melocotón que usa la asistenta. Es como si hubiera sido sustituido por algo más fuerte, otro olor mucho más apetecible y tentador. Me dispongo a inspirar con glotonería el delicioso aroma cuando, de repente, mi cerebro pone la directa y saltan todas las alarmas dentro de mi cabeza. Este olor no es mío y tampoco tiene nada que ver con ninguno de los miembros de mi familia. Solo conozco a una persona capaz de dejar semejante rastro a su paso y ahora mismo no quiero pensar en las circunstancias de la situación en que me encuentro.

Me doy cuenta de que ya no estoy dormida, sino tumbada en la cama oliendo las sábanas como una acosadora obsesionada, y me desvelo de golpe. Me levanto de un salto, gruño y pateo el suelo porque me apetece seguir durmiendo. Estoy cabreada. Bostezo abriendo la boca de par en par y me paso una mano por mi pelo enmarañado.

—Estás hecha toda una damisela.

Mis ojos siguen perdidos en los últimos retazos de sueño, así que tengo que entornarlos y enfocar la mirada para localizar a la persona que tiene las santas narices de meterse conmigo en mi actual estado de mujer cavernícola. Es él, cómo no, ¿quién iba a ser si no? Cole está apoyado en la puerta y me sonríe, con un aspecto impecable para la hora que es. Podría decir que no recordaba que ha dormido en la misma cama que yo, podría decir que al verlo no se me ha desencajado la mandíbula y los ojos se me han salido de las órbitas, pero estaría mintiendo.

—No estoy de humor —balbuceo, malhumorada, y me encierro en el baño, desde donde le oigo reírse a carcajadas.

Ayer me duché antes de meterme en la cama, pero todavía me siento sucia, así que me coloco debajo del chorro bien caliente y dejo que me despierte del estado medio zombi en que me encuentro. Con la piel aseada y reluciente como el culito de un bebé, me lavo los dientes y me pongo el albornoz. Por suerte, Cole ha decidido dejarme sola. Temo que aparezca en cualquier momento, así que cierro la puerta con llave y me dirijo hacia el vestidor.

Normalmente tardo un par de minutos en escoger la ropa del día, pero no sé por qué hoy no me apetece ponerme la sudadera raída y los vaqueros de siempre. Es como si mi mano tuviera vida propia y se negara a escoger el tipo de ropa que utilizo habitualmente. Es fin de semana, la oportunidad perfecta para ir más cómoda, pero esta vez no quiero.

Con un suspiro, me adentro en lo más profundo del vestidor e intento no dejarme intimidar por la cantidad de rosa que hay aquí. No me malinterpretes, me gusta el color, pero cuando hay un exceso es como si la Pantera Rosa te hubiera vomitado en el armario.

Escojo un top azul marino con sobrefalda, unos vaqueros negros ajustados y las chanclas más viejas que tengo. Una vez vestida, me recojo el pelo en un moño informal, me pongo un poco de brillo en los labios y bajo las escaleras dando saltos. Estoy de buen humor.

Encuentro a Cole ocupado en la cocina. Oigo el zumbido de la batidora y hay varias ollas y sartenes en los fogones. Tiene la tabla de cortar delante y está troceando las verduras como un auténtico profesional. Por un momento me quedo inmóvil, absorta en la exactitud de sus movimientos. Me da un poco de vergüenza admitir que la única vez que intenté cocinar algo acabé cargándome el horno.

—¿Ya has dejado de babear, bizcochito?

Aparto la mirada al oír sus palabras e intento imprimir mi cinismo habitual a la respuesta, aunque la verdad es que ahora mismo no me apetece discutir.

—Lo siento pero no soy de las tuyas, Martha Stewart.

Me mira fijamente y se le borra la sonrisa de la cara.

—Eso ha sido un comentario muy machista.

—Llevas el delantal de mi madre, te lo has buscado —respondo riéndome, y luego me siento delante de él, en el lado opuesto de la isla.

—Esto —me dice señalándose la camiseta— es nuevo y me ha costado cincuenta pavos. Me da igual parecer una pornochacha mientras no me manche con el mejunje de las tortitas.

Compruebo que él también se ha cambiado de ropa, puede que se haya acercado un momento a su casa.

—Hablas como una mujer, que lo sepas.

Ahoga una exclamación de sorpresa y acto seguido me tira un puñado de harina.

—Retíralo ahora mismo —me ordena, y yo me quedo clavada a la silla, inmóvil, con una mueca de asco en la cara porque tengo la boca llena de harina.

—¡Idiota! Que me acabo de duchar —protesto mientras intento quitarme la harina de la cara, del pelo y de la camiseta recién estrenada.

—Has puesto en duda mi masculinidad. Mal hecho, Tessie.

—¡Eres tan... tan...!

Me siento tan frustrada, tan molesta por la velocidad con la que ha convertido este maravilloso día en otro más en el que querer acabar asesinando a alguien, que cojo el vaso de zumo de naranja y se lo tiro a la cara. En cuanto me doy cuenta de lo que he hecho, me tapo la boca con las manos y ahogo una exclamación de horror.

No soy una persona impulsiva, siempre le doy un millón de vueltas a las cosas antes de hacerlas. De hecho, yo no pienso, rumío. Soy la reina del país de los rumiantes, así que lo que acabo de hacer es algo absolutamente inusual en mí. Acabo de tirarle zumo de naranja por encima a un tío que es conocido por ser más rencoroso incluso que sus ligues. Básicamcntc, acabo dc comctcr cl pcor crror imaginablc, y todo por un impulso.

—¡Lo siento! No era mi intención, quiero decir que tú estás ahí y yo estaba cabreada y ¡no sabes cuánto lo siento!

Mi voz suena amortiguada porque me estoy tapando la cara con las manos y aprovecho el espacio entre los dedos para ver si escupe fuego por la boca y debería empezar a recitar mis últimas voluntades, pero para mi sorpresa es como si esto le pareciera... ¿divertido?

—¿Qué? —pregunto cuando por fin me atrevo a bajar las manos.

Él me mira fijamente, empapado en todo su esplendor a lo OJ Simpson, y sonríe. Me pregunto si ha sufrido algún tipo de daño cerebral grave mientras yo estaba dormida.

—Me acabas de tirar zumo a la cara —murmura sin dejar de sonreír, lo cual resulta un tanto inquietante.

—Sí, Einstein, te he tirado zumo a la cara, pero eso no explica por qué estás sonriendo como un salido en la esquina de una calle chunga.

Al oírme, se ríe. Su risa es tan contagiosa que me uno a ella, aunque todavía no sé por qué no me está estrangulando con sus propias manos.

Cuando deja de reírse, coge un trapo y se limpia la cara. La camiseta que intentaba proteger con tanto celo está manchada, así que hace lo que para él es el movimiento más racional posible.

Se la quita.

Se deshace lentamente de ella y yo abro los ojos como platos y siento que me falta el aire. Es como ver un anuncio de Abercrombie and Fitch pero mejor, porque su cuerpo es mucho más terrenal que el de cualquier modelo *photoshopeado*. Contengo un suspiro y por poco me desmayo cuando usa el trapo para limpiarse el torso y le veo la tableta. Por el amor de Dios, ¿qué son todos esos bultos?

—Intenta no incendiar la casa mientras yo lavo esto.

Sale de la cocina riéndose y me deja aquí, sola y flipando. Ya sé que ayer por la noche tampoco llevaba camiseta, pero era tarde y estábamos en la cama. Supongo que tenía sentido que estuviera medio desnudo, pero ahora, a plena luz del día, ni mi corazón ni mi cerebro son capaces de procesarlo y los dos entran en bucle. Contemplo su espalda, ancha y de piel suave, y las marcas de los músculos mientras se aleja en dirección al cuarto de la colada.

En algún momento, no soy muy consciente de cuándo, apago la batidora e intento darle la vuelta a una tortita, pero estoy a punto de estrellarla contra el suelo.

—La clave está en la muñeca.

Doy un salto al sentir dos brazos que me rodean por la cintura desde atrás y me cogen la mano con la que sujeto la espátula. De pronto, percibo el mismo olor de esta mañana y sé exactamente quién está detrás de mí. Por el sonido de su voz, intuyo que está más cerca de lo que me gustaría, y el hecho de que sus brazos rodeen mi cuerpo solo sirve para eliminar por completo mi resolución. No quiero que se dé cuenta del efecto que provoca en mí, así que me pongo recta y asiento como si estuviera escuchando sus instrucciones. Él me sujeta con cuidado por la muñeca y con un movimiento preciso me ayuda a girar la tortita en el aire, que aterriza justo en el centro de la sartén.

—Me ha salido.

Sonrío para mis adentros e intento darme la vuelta, pero cuando empiezo a girar la cabeza, sin percatarme aún de la situación, Cole coge el cuenco con la mezcla para las tortitas y me lo vacía en la cabeza.

Grito al sentir el líquido espeso y frío cayéndome lentamente por la cabeza y metiéndose por dentro de la camiseta. Me quedo atascada, farfullando palabras inconexas, mientras Cole se parte de risa como la vil hiena que es.

—Ha sido... —No puede parar de reírse, hasta el punto que se le llenan los ojos de lágrimas—. ¡Épico! —exclama sin aliento, tanto que no le vendría mal un tanque de oxígeno.

Me apoyo contra la encimera y empiezo a limpiarme la cara con gesto furioso, pero pronto me doy cuenta de que esto no tiene remedio y voy a necesitar otra ducha.

—¡Capullo!

Me abalanzo sobre él mientras intenta recobrar el aliento, aunque fracasa estrepitosamente. Cojo un bol lleno de huevos batidos, aprovecho su actual estado de distracción y se lo vacío en la cabeza hasta que el líquido viscoso se extiende por toda su espectacular melena.

Si me tiñera de pelirroja, me haría llamar Brave. ¡Chúpate esa, Disney!

—¡Qué has hecho! —ruge y se dirige hacia mí, mientras yo le sonrío dulcemente.

—Oh, ¿se ha hecho pupita el bebé? —ronroneo, y le pellizco las mejillas.

Por lo visto, al fin he dado en hueso: me coge por la cintura y me carga sobre un hombro a la velocidad del rayo.

—Te vas a arrepentir —me dice, y su voz transmite una maldad genuina.

Odio tener que admitirlo, pero las vistas que tengo desde aquí no me desagradan en absoluto. Sigue desnudo de cintura para arriba y cuando camina se le tensan los músculos. Por si fuera poco, lleva los pantalones un poco caídos y no puedo negar que tiene un culo precioso.

—Ah, no, por favor, ni se te ocurra hacer lo que creo que vas a hacer —suplico mientras se dirige tranquilamente hacia la piscina.

—Haberlo pensado antes.

Siento un escalofrío al percibir la maldad que transmite su voz y le golpeo aún más fuerte en la espalda.

—¡Bájame, Stone!

Intento imprimir una mínima fuerza a mis palabras, pero por el movimiento de sus hombros sé que él se está riendo. Estamos cerca de la piscina y algo se estremece dentro de mí. Estoy colgando boca abajo, así que la sangre me sube a la cabeza rápidamente. A través de la cortina que forma mi melena, veo que nos acercamos al borde de la piscina y siento que las manos de Cole se sueltan de mi cintura. Cierro los ojos y me preparo para la caída. Grito y doy patadas, lo amenazo con cortarle sus partes nobles, incluso intento ofrecerle mis servicios como esclava, pero él no vacila lo más mínimo.

—¡Coge aire, Tessie! —grita, y yo me preparo para el impacto, pero para mi sorpresa salta conmigo y los dos aterrizamos en el agua con un estruendo increíble.

El agua me traga y Cole por fin me suelta. Incluso bajo la superficie puedo ver la sonrisa de oreja a oreja en su cara. Le pongo las manos en los hombros y lo empujo hacia abajo para coger impulso y salir del agua, pero no tardo en darme cuenta de que no ha sido una buena idea: me pasa los brazos alrededor de la cintura y me aprieta contra su cuerpo.

Cuando salimos a la superficie, parece un modelo de revista, y él lo sabe perfectamente. Me sonríe y yo me cabreo porque no le falta el aire ni está aturdido como yo. De hecho, parece tan feliz que de pronto me siento un poco confusa. Ya no sé qué somos, no tenemos una relación definida y la postura en la que nos encontramos no es precisamente una ayuda. Estamos apretados el uno contra el otro, su pecho desnudo contra mi camiseta empapada, que no está pensada para el agua.

—He vuelto a conseguir que te mojes, ¿eh?

Tendría que haber hecho algo, ahora me doy cuenta. Me refiero a que tenía muchas opciones entre las que elegir. Podría haberme burlado de su escasa habilidad para ponerme cachonda, o echado mano de cualquiera de las ocurrencias que siempre guardo en mi arsenal. Podría haberle propinado un rodillazo en la entrepierna o roto la nariz con un puñetazo rápido, técnica que aprendí por cortesía de mi hermano Travis en sus horas lúcidas. Pero no hago nada de eso. De hecho, él me mira con los ojos brillantes, la comisura de los labios rizándose en lo que parece una sonrisa sincera, y yo no puedo evitarlo pero quiero estar más cerca de él. Me resulta todo tan extraño..., absolutamente todo. Cualquier contacto, cualquier mirada o sonrisa es nueva para mí, y es que a mis dieciocho años nunca me han besado ni he salido con nadie. Cuando te llevas fatal con la chica más popular del instituto, una déspota con manicura francesa, es normal que ningún chico quiera acercarse a ti.

Ninguno excepto Cole.

Un escalofrío me recorre el cuerpo mientras sus manos se deslizan por mi cintura y, rozándome levemente la piel, se detienen sobre el cuello y me invitan a acercar la cabeza a la suya. Sé que está esperando una reacción por mi parte, alguna señal que le indique que no quiero que siga, pero ahora mismo no me apetece ponerme en plan ninja contra él, y es como si él lo notara. Se le ilumina la cara con una sonrisa cálida que hace que el corazón me dé saltos mortales dentro del pecho. Apoyo las manos en sus hombros, necesito un punto al que sujetarme para mantenerme recta. Hay un montón de cosas que no están bien en esta situación, empezando por la primera y más importante, que es que estoy en los brazos del chico que, desde que nos conocemos, se ha dedicado en cuerpo y alma a convertir mi vida en un auténtico infierno. ¿Que ahora mismo sufra el síndrome del ángel de la guarda lo cambia todo? Conociendo nuestro historial, ¿debería confiar en él? ¿Debería...?

—No te comas la olla, Tessie, y disfruta el momento.

Parpadea e inclina la cabeza hacia mí hasta que nuestras frentes, además de nuestros cuerpos, se tocan.

—¿Qué...? —empiezo a decir, pero él me pone un dedo en los labios.

—He dicho que disfrutes el momento.

Por una vez le hago caso. Cole no mueve la cara ni un milímetro porque, si lo hiciera, nuestros labios se tocarían y la sola idea me da pánico, además de resultarme extrañamente excitante. Lo miro a los ojos e intento descifrar qué secretos se esconden en esas profundidades de color zafiro. La distancia que nos separa ya es casi imaginaria, solo tenemos que cruzar una fina línea para que todo cambie.

—Cole, ¿eres tú?

O también pueden interrumpirnos.

Me quedo petrificada y rápidamente aparto las manos de los hombros de Cole. Él desvía la mirada hacia lo lejos y su expresión se endurece. Está mirando a la persona que le ha llamado por su nombre, el responsable de que su humor dé un giro de ciento ochenta grados. Retrocede un poco hasta que nuestras frentes dejan de tocarse. Todavía tiene la mano en mi cuello y no parece que quiera apartarla. Es como si estuviera retando a la persona que nos mira.

Es triste, pero sé quién es con solo oír su voz. Y con esta información en mi poder, me digo que ojalá pudiera ahogarme en el metro y medio de agua en el que estamos ahora mismo.

—Siempre has tenido el don de la oportunidad, Jay Jay.

Me desenredo de Cole, que se da cuenta de lo incómoda que me siento y no se resiste. Nado hacia la escalera de peldaños anchos y me dispongo a salir del agua. Soy consciente de que hay dos pares de ojos observándome y que estoy empapada, así que me cubro como puedo y entro en casa pasando junto a Jay, que tiene la cortesía de no mirarme.

Subo corriendo a mi habitación, me quito la ropa y la tiro al suelo. Me seco y me visto de nuevo, esta vez con una camiseta lila con cuello de pico y unos vaqueros grises ajustados. Las chanclas están flotando en la piscina, así que las cambio por unas sandalias. Llevo el pelo que parezco el primo Eso de la familia Addams. Me lo dejo suelto y me paso el cepillo para quitarme los nudos.

Esta vez me da igual las pintas que lleve, me digo mientras bajo las escaleras de dos en dos con la esperanza de que los hermanos Stone sigan de una sola pieza. Los encuentro en la sala de estar, de pie, uno frente al otro. Cole tiene las manos en los bolsillos y Jay, los brazos cruzados sobre el pecho. Uno transmite la misma arrogancia de siempre y el otro está muy serio, con el entrecejo fruncido que relaja visiblemente cuando me ve llegar. Me detengo y contemplo la insólita escena que tengo ante mí; nunca había imaginado que Jay volvería a pisar mi casa.

—Tessa —me dice con una sonrisa, pero parece forzada.

Cole gira la cabeza, me mira un segundo y vuelve a desviar la mirada.

—¿Qué haces aquí?

El ambiente que reina en el salón no requiere prolegómenos, así que me los salto.

—Creo que lo que intenta decir es cómo leches has entrado en su casa —añade Cole.

—Ayer por la noche parecías bastante alterada. —Jay ignora a su hermanastro y se dirige a mí. Yo me estremezco al recordar lo de ayer, pero él no se da cuenta—. Por eso he pensado en venir a ver cómo estabas. He llamado al timbre un par de veces, pero no has contestado. Me ha parecido raro y le he preguntado a la vecina si tenía una copia de la llave. Sabe quién soy, así que me ha dejado entrar —explica, aún sin mirar a Cole.

Por mucho que me apetezca desmayarme de la emoción después de lo que acabo de oír, hay algo que no está bien. Han pasado casi cuatro años desde la última vez que vino a verme y, créeme, durante todo este tiempo ha habido ocasiones más que suficientes en las que me habría ido de perlas tener un amigo. No estoy enfadada con él, pero me conformo con el arreglo que teníamos hasta ahora. Yo me muero por sus huesos desde la distancia y él sigue siendo el chico inalcanzable de siempre. Es perfecto.

—Ya la ves, está intacta, así que será mejor que te largues.

Cole está especialmente seco, muy duro con su hermano. Casi puedo sentir los celos que emanan de su cuerpo, pero deben de ser imaginaciones mías, ¿no?

—No creo que esto sea asunto tuyo, Cole. Pírate —le replica Jay conteniendo la rabia a duras penas.

Supongo que no contribuyo a aliviar la tensión cuando me dirijo hacia ellos y me coloco junto a Cole, que entiende mi gesto como si hubiera escogido bando.

—Lo llevas claro, tío, ya le has hecho suficiente daño. Si no puedes ayudarla, al menos no le pongas las cosas más difíciles.

—¿De qué coño estás hablando? —ruge Jay, y avanza hacia nosotros con aire amenazador.

De pronto, me doy cuenta de que esto se nos puede ir de las manos en cualquier momento, así que me coloco delante de Cole y le pongo una mano en el pecho a Jay.

—Tranquilízate, Jay.

Un asomo de decepción ensombrece su rostro y yo siento que mis esfuerzos para que se relaje no sirven para nada.

—¿Él te hace daño y tú lo defiendes? ¿Qué poder tiene sobre ti, Tessa? ¿Por qué últimamente pasas tanto tiempo con él? Creía que lo odiabas.

Sí, bueno, tú también.

—Es una historia muy larga y difícil de explicar, así que déjalo ya, por favor.

—Entonces qué, ahora sois amiguitos, ¿no? Todos estos años apoyándote mientras él te las hacía pasar canutas, y ahora muestra un poco de interés por ti y todo queda olvidado.

Retrocedo como si me hubiera dado una bofetada y choco contra el pecho de Cole, que me sujeta para que no pierda el equilibrio. Me rodea con un brazo para apartarme a un lado y yo me apoyo en él.

—Tío, cierra la boca antes de que te parta la cara —le amenaza Cole.

Jay me mira a los ojos y la expresión de su rostro cambia. Sé que es consciente de que me ha hecho daño y que su ataque ha sido gratuito. Ahora mismo no lo reconozco. Sus ojos ya no transmiten la calidez en la que me pierdo todos los días y no veo ninguna sonrisa amenazando con emerger en cualquier momento. Parece frío, agotado, rechazado y perdido. Ya no sé ni quién es.

—Tessa, lo siento, no quería decir eso, no debería...

—Eres tú el que escogió a otra persona, Jay. Yo siempre fui tu amiga —le digo, a pesar del nudo que se me ha formado en la garganta.

No pienso llorar delante de estos dos, no voy a caer tan bajo como para regalarles un bis del espectáculo de anoche.

Por un momento, Jay me mira sorprendido y luego agacha la cabeza avergonzado. Sabe perfectamente de qué o, mejor dicho, de quién estoy hablando. El brazo de Cole se tensa sobre mí, pero ahora mismo no es lo que necesito. Quiero espacio, distanciarme de los dos. Me provocan demasiados problemas innecesarios y ahora mismo necesito alejarme de ellos.

—Será mejor que os vayáis —digo en voz baja, antes de retirar el brazo de Cole y retroceder.

Sin más que decir, subo corriendo a mi habitación y me tiro encima de la cama. La vida es muchas cosas, me digo más tarde. Es dura, cruel, injusta, impredecible y mil cosas más, pero no se reduce solo a Cole y Jay Stone. Si quieren arreglar las cosas conmigo, antes tienen que librarse de sus propios demonios.

9

Bueno, al menos los secuestradores de ahora tienen clase

La discreción y el sigilo no son precisamente mis puntos fuertes. Cuando pasas buena parte de tu vida con un sobrepeso importante, tiendes a convertirte en una patosa, y el exceso de peso hace que no puedas evitar llamar la atención. En los pasillos del instituto es fácil localizar a la gorda entre la multitud. Durante la comida, es el blanco de todas las bromas, y piensa que sobrevivir a la clase de gimnasia es más duro que ir a la guerra. Hace tres años esa chica gorda era yo.

Ahora encajo mejor con la descripción de lo que debería ser una chica de instituto, así que he conseguido librarme de muchos de esos inconvenientes. La gente suele dejarme tranquila. Por desgracia, aún no he conseguido superar lo de la falta de sutileza: en cuanto piso el instituto, un grupo de secuaces de Nicole me tiende una emboscada. Llevo la capucha puesta y apenas se me ve la cara, pero me reconocen igualmente y una de ellas, Marcy, choca contra mí con tanta fuerza que se me cae al suelo todo lo que llevo en la mochila. Suspiro y me agacho para recoger las notitas y los papeles importantes que llevo. Supongo que han decidido atacar hoy porque es la primera vez en casi dos semanas que no me trae Cole.

Cole.

Pienso en él y en lo que pasó la última vez que lo vi, y se me escapa otro suspiro. Después de que su hermano y él se marcharan, apagué el móvil y el ordenador y me pasé el resto del día vagando por casa, escuchando canciones de Shania Twain y leyendo cuentos deprimentes de Edgar Allan Poe.

Me dispongo a recoger mi libreta del suelo, pero alguien se me ha adelantado. Mis ojos registran su cabeza, sus Converse con dibujitos de huesos y sus mallas rotas, y una sensación de alivio y calidez me llena el pecho. Ser vapuleada por un grupo de esbirros del mal no es la mejor forma de empezar un lunes por la mañana, ¿verdad?

—Hola.

Beth sonríe y me alarga la libreta mientras yo me levanto del suelo. Le tiemblan un poco las manos y tiene la mirada perdida, seguramente clavada en Cosa Uno y Cosa Dos.

—Cualquier día de estos les arranco el rubio de bote de cuajo, aviso, y no podrás hacer nada para detenerme —me dice echando humo mientras nos dirigimos hacia clase.

Entiendo perfectamente por qué reacciona con tanta vehemencia. Una vez me contó que en el instituto al que iba antes la abusona era ella. Por lo visto, necesitó vivir una experiencia cercana a la muerte para darse cuenta de que no se puede jugar con los sentimientos de las personas de esa manera. Beth tiene un aspecto intimidante, pero por dentro es una blandengue, y ver que la gente pisotea a los demás saca su lado más duro. Si yo fuera Nicole, me andaría con cuidado; nadie sabe dónde tiene el punto de saturación en lo que a *bullying* se refiere.

—No necesitas algo así en el expediente, ¿vale? Piensa en Berkley, la universidad de tus sueños. No creo que acepten a asesinos en serie.

—Al menos libraré al mundo de esas Barbies descerebradas.

—¡Eh! Que a mí me gustan las Barbies. Tendrías que ver mi colección, bueno, al menos lo que queda de ella. Cole solía robarme las cabezas y dárselas a sus perros para que se las comieran —replico con aire de solemnidad.

Ella se ríe y sacude lentamente la cabeza. Entramos en clase. La señora Sanchez está parapetada detrás de un ejemplar de *Macbeth*, pero todos sabemos que en realidad está dormida. Hay algo escrito en la pizarra, el tema para una redacción que nadie se molestará en escribir. Bueno, nadie excepto Megan, que ya está sentada en su sitio y escribe como una loca. Ocupamos los nuestros, yo detrás de ella y Beth a su lado, pero ni siquiera se molesta en levantar la mirada.

—¿Qué le pasa? —pregunto mientras saco la libreta y hago como que copio el tema de la redacción.

—Está castigada porque llegó a casa como una cuba y vomitó en el jarrón francés más caro de su madre.

Beth intenta contener la risa y yo hago lo mismo. Daría lo que fuera por haber visto la cara de la señora Sharp.

—¿Cómo puede ser que no me haya enterado? —pregunto.

—Bueno, si encendieras el móvil, sabrías que este fin de semana no se ha ajustado exactamente a los planes de nuestra pequeña Meg.

Sonríe y veo que la interesada deja de escribir, como si estuviera a punto de decir algo, pero se lo piensa y sigue con la redacción. Desvío la mirada hacia el móvil, que descansa en el fondo de mi mochila, y no puedo evitar sentirme un poco culpable. Necesitaba distanciarme de Cole y Jay, así que lo más lógico era apagarlo, pero no se me ocurrió pensar que mis amigas intentarían contactar conmigo. Al fin y al cabo, las dejé tiradas en casa de un desconocido, sin forma de volver a casa, y luego ignoré sus llamadas y sus mensajes.

—Hablando del fin de semana, Cole dice que necesitas tiempo, que no te presionemos para que nos lo cuentes, pero en serio, Tessa, nos pusimos histéricas cuando no te encontramos. Luego Jay empezó a comportarse de una forma muy extraña, se ve que le dio un puñetazo a una pared o algo así, y Nicole estaba especialmente desagradable. ¿Tiene algo que ver con tu desaparición?

Giro la cara para evitar el contacto visual porque sé que estoy parpadeando, y eso es señal de que estoy a punto de decir una mentira. Me gustaría explicarles lo de Hank, de verdad que sí, pero cada vez que intento que las palabras salgan de mi boca se me contrae la garganta y me tiemblan las rodillas. Veo sus manos encima de mí y sus ojos llenos de lujuria, y lo único que quiero es encerrar esos recuerdos en la zona más profunda de mi cerebro.

—No, claro que no —respondo con mi tono de voz más agudo y estridente—. Le pedí a Cole que me llevara a casa porque no me encontraba muy bien. Creo que alguien me echó alcohol en la bebida.

Beth me mira en silencio como si estuviera a punto de decir algo, pero se lo piensa mejor.

—Sí, después de que os marcharais nos mandó un mensaje diciendo que un amigo suyo nos llevaría a casa. Intenté preguntarle qué te había pasado, pero parecía un poco cabreado.

—Nos peleamos —murmuro mientras dibujo garabatos en la libreta.

Recuerdo el trayecto de regreso desde el infierno y lo enfadado que estaba Cole. Intento comprender su rabia, que nadie le había pedido, pero me desconcierta pensar que actuó como lo hizo solo por mí. ¿Desde cuándo le importo tanto? Normalmente es él quien me hace llorar a mí, y la idea de que se pueda cabrear tanto al verme sufrir me resulta bastante absurda.

—Qué sorpresa —se burla Beth—. Pero cuidó de ti, ¿verdad? Ayer hablé con él y me dijo que estabas mucho mejor.

—¿Desde cuándo sois tan amigos? —pregunto, rezando para no parecer tan patética y celosa como me lo parezco a mí misma.

—Cuidado, Tessa, o empezaremos a creer que sientes algo por él.

Arquea una de sus cejas perforadas y yo me pongo roja como un tomate. ¡No estoy celosa! Me da igual con quién hable en su tiempo libre. De hecho, sería un alivio que se buscara a otra a la que molestar todo el día. No podría importarme menos.

Claro que Beth es el tipo de chica por la que alguien como Cole podría colarse fácilmente. Es valiente y aventurera, le gustan las emociones fuertes. Es una tía dura de los pies a la cabeza. El chico malo y la chica mala podrían vivir felices para siempre. ¿Por qué al pensarlo siento el impulso de sacarme los ojos con la punta del lápiz?

—Me da igual, solo digo que no quiero que te haga daño. Cole no es el tipo de chico con el que querrías tener algo. Se ha pasado por la piedra a la mitad del instituto, ya lo sabes —replico tratando de quitarle importancia al asunto, cuando en realidad lo que quiero es quitarle la idea de la cabeza para siempre.

—Para el carro, Barbie, que no me interesa de esa manera —exclama ella—. Todo tuyo, Tessa, aunque tú no lo quieras para ti.

¿Por qué creen que tengo una especie de derecho de pernada sobre Cole que, por cierto, no tengo? Nuestra relación es más... Bueno, en realidad ya ni lo sé.

—Ah, no, no vamos a hablar otra vez de esto. Entre Cole y yo no hay nada. Es el supervillano de mi vida, de los del gato blanco en el regazo y el parche en el ojo —digo bromeando, pero a juzgar por los ojos en blanco de Beth, parece que no me compra la teoría.

—Eso no es lo que dice Alex.

Megan interviene por primera vez y veo que tiene las orejas rojas como un tomate.

—Claro, tenemos que creer lo que dice Alex porque Alex lo sabe todo.

A Beth se le escapa la risa y yo las miro muerta de curiosidad.

—¿Qué me he perdido?

—No, nada. Tonterías mías, como siempre —dice Megan con la boca pequeña y se centra otra vez en la redacción.

—Megan se ha enamorado pero es demasiado terca para hacer algo al respecto —interviene Beth con toda la naturalidad del mundo, y luego se mira las uñas—. Se conocieron en la fiesta, es el chico que nos llevó a casa. Tendrías que haber visto cómo tonteaba con ella.

—¡No estaba tonteando! —protesta Megan, abandonando cualquier intención de acabar los deberes en clase—. Solo hablamos y me pareció un tío muy majo.

—Te llamó guapa unas ocho veces. Lo sé porque las conté.

—Da igual.

Se pone colorada y yo me muero de ganas de saber más. Megan es el tipo de chica que siempre está demasiado ocupada para enamorarse. Cuando no está estudiando para conseguir una media de sobresaliente en el expediente, hace de voluntaria en un albergue para los sin techo, en el orfanato, en la Cruz Roja, en una residencia de ancianos...

—¡No da igual! Le gustas y el chico es mono. ¿Por qué no le contestas los mensajes?

—Espera, ¿es el chico con el que bailabas?

—No... Y... oh... Me lo pidió y no supe decirle que no. No significó nada.

—Pero parecía que os lo estabais pasando muy bien.

—Ya vale, chicas, no estábamos hablando de esto.

Megan es todo un cuadro cuando se enfada, con el pelo rojo como el fuego y los ojos verdes y brillantes, así que decidimos no insistir en el tema. Le han enseñado que la educación y la universidad tienen que ser sus prioridades y se nota que se siente incómoda hablando de chicos.

—A todo esto, ¿dónde está Cole?

Megan cambia de tema, pero es evidente que se siente mal por contestarnos como lo ha hecho.

—Pues no lo sé, normalmente me recoge sobre las siete y media, pero hoy llegaba tarde y le he tenido que pedir a mi padre que me trajera. Pensaba que estaría aquí pero...

—¿Tendrá algo que ver con la pelea? —pregunta Beth, muy seria, y yo me encojo de hombros.

Puede que tenga algo que ver con una pelea, pero no con la que ellas creen. No sé por qué, pero no les cuento que he estado a punto de besar a Cole o que Jay se presentó en mi casa y discutieron. Quiero compartirlo con ellas, pero me parece demasiado personal. ¡Soy una amiga horrible!

—Bueno, no te preocupes, ya aparecerá, no puede estar alejado de ti tanto tiempo.

Beth me guiña un ojo y saca su libro de partituras, lo cual pone fin a su participación en la conversación.

—Sí, te digo lo mismo que ella, búscalo luego y habla con él —me dice Megan sonriendo.

Y yo asiento.

—Sí, eso haré, luego lo busco.

No encuentro a Cole.

Debería estar dando saltos de alegría y correteando de aquí para allá como si acabara de tocarme la lotería, pero en vez de eso lo busco por los pasillos y tengo una estúpida sensación de desespero en la boca del estómago cada vez más intensa. Desde que ha vuelto al pueblo no se ha movido de mi lado, ni siquiera cuando le amenacé con hacerle vudú todas las noches antes de irme a dormir. Si la promesa de hacerle magia negra no bastó para alejarlo, ¿por qué una simple discusión ha hecho que desaparezca de la faz de la Tierra? No viene a ninguna de las clases de la mañana, pero Jay sí, y no para de echarme miraditas cada vez que Nicole se distrae. Normalmente esto sería motivo de júbilo, pero hoy solo consigue deprimirme. Jay resulta muy contradictorio con sus mensajes y yo estoy cansada de esperar a que se dé cuenta de que podría buscarse algo mejor que la víbora que tiene por novia.

Se siente mal, se le nota, pero no son sus palabras las que me mantienen alejada, sino la advertencia más que evidente en la cara de Nicole. Aprovecha la ausencia de Cole para recuperar el tiempo perdido y añadir extras especialmente pensados para mí. Por ejemplo, desde esta mañana se han metido con el ancho de mis caderas al menos diez veces, tengo un moratón bastante feo en la frente porque me ha golpeado «sin querer» jugando a balón prisionero, y aún no sé cómo he «extraviado» la carpeta de los deberes, lo cual me ha valido un castigo por no haber entregado nada.

Esta es la explicación lógica de por qué me siento un poco triste sin la compañía de Cole. No es porque lo eche de menos ni porque esté recordando el beso que estuvimos a punto de darnos. No he vuelto a pensar en ello desde que ocurrió. Tampoco me he pasado más de la mitad del domingo reviviendo la escena en mi cabeza una y otra vez, ni imaginando qué habría ocurrido si Jay no hubiera aparecido en el peor momento. Lo echo de menos porque me libra del acoso de Nicole y, a pesar de que debería sentirme mal por necesitar la ayuda de un hombre para vivir, por una vez me gustaría que la feminista que llevo dentro se mordiera la lengua.

Voy camino de clase de economía, al otro lado del instituto. Los pasillos están más o menos vacíos; llego tarde porque he estado buscando a Cole. Si no lo veo hoy, se habrá acabado. Es cosa suya si ya no quiere estar conmigo y yo no tengo intención de suplicarle su compañía.

Con este pensamiento tan optimista, corro a clase. Siento que he tomado una decisión en firme propia de la persona adulta y madura que soy. Esto me ayudará a crecer, a llegar a la meta con la cabeza bien alta, a...

De pronto, alguien me sujeta por la muñeca e impacto contra un pecho robusto de hombre. Me pongo histérica y lo primero que me pasa por la cabeza es ¡no, por favor, otra vez no!

El desconocido me pasa un brazo alrededor de la cintura. Estoy de espaldas a él, contra su pecho, y con una mano me tapa la boca para que no grite. Me planteo la posibilidad de arrancarle los dedos de un mordisco, pero es demasiado rápido para mí. Cuando me doy cuenta, me está medio arrastrando, medio cargando hasta el cuarto de la limpieza más cercano. Bueno, al menos los secuestradores de ahora tienen clase, o quizá no. El desconocido me empuja al interior del pequeño almacén; esto es como una peli de suspense de serie B. De pronto, se enciende una bombilla y el tipo me aprieta contra la pared hasta que el chichón que me hice el sábado en la fiesta empieza a latir de nuevo. *Déjà vu* es la expresión que lo describe mejor, y es que esto ya lo viví hace dos días. Literalmente.

Esta vez estoy preparada, no voy a permitir que se marche de rositas, sea quien sea. Señor Agresor, hoy volverá a casa cojeando. Peleo y me retuerzo entre sus brazos, pero estoy indefensa, con las manos aprisionadas entre las suyas y el cuerpo tan aplastado que empiezo a perder la sensibilidad en las piernas.

—He pensado que podríamos terminar lo que empezamos el otro día —me susurra al oído, y yo me quedo petrificada.

¡Es él, es Hank! Su voz suena un poco distinta y su cuerpo es diferente, pero ¡es él!

El aire se me queda atascado en la garganta y tengo que respirar con fuerza por la nariz. Tengo la piel de gallina y el corazón me late tan deprisa que podría sufrir un infarto en cualquier momento. No, ahora no puedo morirme. Hay tantas cosas que aún no he hecho... Necesito vivir a toda costa, aunque solo sea para ver con mis propios ojos a Nicole haciendo de canguro de mis hijos mientras ellos le vomitan en los pies. En serio, necesito verlo.

—No lo hagas, le he contado a todo el mundo lo que hiciste, y si me pasa algo, sabrán que has sido tú.

La amenaza sonaría mucho más contundente si no estuviera tartamudeando. Es como si estuviera a punto de darme un ataque o sufriera alguna clase de parálisis en la lengua. Por eso no me sorprende que se ría de mí y se apriete todavía más contra mi cuerpo. Cierro los ojos y él me aparta un mechón de pelo de la cara.

—¿Y qué les has contado? ¿Te hice daño, preciosa? —me ronronea al oído y me tira otra vez del pelo, esta vez más fuerte.

—Por favor, suéltame y no se lo contaré a nadie, ¡te lo prometo! —le suplico, y a él se le escapa la risa.

—Refréscame la memoria, qué es eso que no le contarás a nadie. Habla, dime todo lo que te hice.

Intenta que su voz suene grave y varonil, pero a mí se me revuelve el estómago.

—No.

—Solo estamos hablando, hay cosas mucho peores —me susurra al oído, y el sonido de su respiración me pone los pelos de punta.

Apoyo la cabeza en la pared contra la que me tiene aprisionada. Cuando se da cuenta de que estoy a punto de claudicar, me deja un poco de espacio para que respire y eso es todo lo que necesito. Abro los ojos y le doy un rodillazo en la entrepierna que le hace gruñir de dolor y sujetarse sus partes.

Me lo quito de encima y corro hacia la puerta con todas mis fuerzas. Mis manos tiran de la maneta una y otra vez, pero está cerrada, lo cual tampoco me sorprende.

Por qué. ¿Por qué no puedo tener suerte por una vez en la vida? ¿Por qué todo me tiene que salir mal? Mi madre es medio irlandesa, ¿es que eso no cuenta? ¿Dónde se ha metido el puñetero duendecillo con su caldero lleno de oro al otro lado del arcoíris?

—Dios, ¿se puede saber qué te hizo?

Dejo caer los brazos, abro los ojos de par en par y me doy la vuelta. La absurda bombilla que cuelga del techo no me deja ver nada. La oscuridad es casi absoluta y no soy capaz de reconocer a la persona que lleva todo este rato encerrada aquí conmigo. De una cosa estoy segura: no es Hank.

—¿Q... quién eres?

Aprieto la espalda contra la puerta hasta que se me clava la manija, pero me da igual. Estoy encerrada en un cuarto de limpieza con alguien que sabe qué pasó en la fiesta.

—Te daré tres oportunidades, bizcochito.

De pronto, una luz brillante, casi cegadora, aparece de la nada y lo primero que me viene a la cabeza es...

—¿Dios? —pregunto mientras intento ver algo a través del haz de luz blanca.

—Sí, Tessie, pero los humanos podéis llamarme Cole el Inmaculado.

La luz baja de intensidad y por fin veo la linterna que tiene en la mano.

—Entonces qué, mi querido, cabezón y poco observador grano en el culo, ¿hay algo que le quieras confesar a Cole el Inmaculado?

Parece que está bromeando, que se divierte, pero conozco a este chico tan bien que me da miedo. Está hablando en serio, va directo al grano. ¿Y esa ira que le incendia la mirada?

Sí, parece que a Hank no le queda mucho tiempo de vida.

10

Decidiendo quién le gusta más al pervertido de aquella celda

—¿Tienes un dos?

—Pesca —respondo con cierto aire de superioridad, y él me mira con los ojos entornados.

—Es la tercera vez que dices lo mismo, bizcochito, ¿te estás marcando un farol?

Ante su acusación protesto airadamente y tiro las cartas al suelo.

—¡A diferencia de ti, Stone, yo nunca hago trampas, así que te agradecería que dejaras de acusarme!

—Vale, vale, lo siento. ¿Empezamos otra vez?

—No pienso jugar más contigo.

Aparto la cara y me cruzo de brazos. Él me pide perdón una y otra vez, pero me divierte hacérselo pasar mal. A ver cómo se las arregla sin nadie con quien hablar, sin nadie que le ayude a olvidar que es...

—¡Corta el rollo, mocosa, y no me hagas ir hasta ahí!

No puedo evitar poner los ojos en blanco. «Ir hasta ahí» significa cruzar el pasillo, pero para el bueno del agente Greene eso supondría tener que bajar los pies de la mesa y dejar de zamparse la caja de donuts que ahora mismo descansa sobre su barriga cervecera. Nos regaña con la mirada y se concentra otra vez en su particular paraíso de azúcar glas.

—Lo siento, agente —le respondo a gritos antes de seguir ignorando a Cole, que empieza a parecer un tanto agotado.

¿Que no entiendes nada? Vale, espera que te lo explico.

Ahora mismo estoy sentada en el suelo con las piernas cruzadas, justo delante de una celda. Cole está imitando mi postura, delante de mí pero con la diferencia de que él está detrás de los barrotes. He tenido que suplicar y humillarme para que el agente Greene me dejara sentarme aquí mientras esperamos a que venga alguien a pagar la fianza de Cole. Han transcurrido dos horas, dos horas llenas de partidas de cartas a medias, escapadas a la tienda de donuts y discusiones, muchas discusiones.

—Tessie, vamos, háblame. Estoy a esto de empezar a marcar las horas con palotes en las paredes —protesta Cole, y yo disimulo una sonrisa.

La verdad es que da el pego, ahí sentado con su camiseta imperio y sus vaqueros. Lleva el pelo más alborotado que de costumbre y tiene partido el labio superior. Normalmente no soy muy partidaria del look desaliñado, prefiero a los hombres bien aseaditos y sin antecedentes penales.

Sin embargo, hay algo en él que me resulta de lo más atractivo.

—Solo han pasado dos horas, no seas nenaza.

—Prueba a meterte aquí y luego me cuentas. ¡Eh, agente!

Meto una mano entre los barrotes y le doy un empujón en el pecho.

—¡Cállate! Si lo seguimos molestando, te meterá con ese otro tío.

Le echo un vistazo al tipo que ocupa la celda de enfrente y un escalofrío me recorre el cuerpo. Por lo visto, el muy asqueroso había puesto cámaras en los vestidores de la tienda en la que trabaja. Lleva sonriéndome desde que llegué y empiezo a estar un poco paranoica, como si fuera una de las protagonistas de sus cintas. El agente Greene me ha asegurado que es del pueblo de al lado, pero aun así no creo que pueda recuperar la fe en ningún vestidor del mundo.

—Me mira como si fuera un trozo de carne. Qué quieres que te diga, empiezo a sentirme un poco violenta.

Cole se estremece y yo le pongo los ojos en blanco.

—¡Eh, no seas tan engreído que me está mirando a mí!

—¿Estás ciega? Es evidente que babea por mí, pero no es culpa suya, pobre.

—¿Lo dices en serio? ¿Es que no has visto que no deja de sonreírme?

—Más bien te fulmina con la mirada, se nota que no le gusta que estés tan cerca de mí —replica Cole, y su rostro se transforma en el del capullo arrogante que conozco desde que era pequeña.

—Mira que eres creído, cabezón, narcisista y...

—¿Dónde está? ¿Dónde está mi hijo, John? —oigo que pregunta la señora Stone, y me callo de inmediato.

Cole empalidece y sus ojos se desvían rápidamente hacia el origen de la voz. Se coge a los barrotes de la celda y susurra:

—Si no salgo vivo del calabozo, dile a la gente del instituto que me asesinó un tío con un hacha.

—Qué hay más masculino que morir bajo los tacones de una mujer, ¿eh, Cole?

Sonrío con malicia y me froto las manos mientras el sonido de los tacones se va acercando. Ver cómo le cambia la cara a Cole ante la amenaza de la furia inigualable de Cassandra Stone no tiene precio. Es algo que no se ve muy a menudo. De pronto, me parece percibir el perfume de Cassandra y se me ilumina el rostro.

—Cole Grayson Stone, ¿se puede saber qué haces en el calabozo?

Me río entre dientes y me levanto del suelo, así tiene todo el espacio del mundo para gritarle a placer. Lo que daría por unas palomitas. Quizá el agente Greene quiera compartir los donuts conmigo...

—¿Decidiendo quién le gusta más al pervertido de aquella celda?

—Tessa, cariño, ¿qué tal?

Cassandra me sonríe y yo le respondo enseñándole los pulgares. Algo me dice que ahora mismo es mejor que no abra la boca.

—¡No me vengas con tonterías! ¿Te imaginas lo que es salir del quirófano y descubrir que tu hijo ha sido arrestado por agresión?

Está gritando, pero tiene una voz tan dulce que no consigue el efecto deseado. Cole la mira con ojitos de cordero degollado.

—Lo siento, mamá.

En cuanto la llama así, es como si la ira se desvaneciera, como si ya le hubiera perdonado. Es lo que siempre me ha gustado de la madre de Jay. Desde que se casó con el padre de Cole, cuando los dos niños tenían seis años, ha tratado a Cole como si fuera de su misma sangre y sé que él la quiere igual, aunque intente disimularlo. Cassandra es una mujer maravillosa y guapa como ella sola: alta, rubia y despampanante. Es evidente de dónde ha sacado la belleza Jay.

—No, esta vez no te va a funcionar lo de «mamá» a menos que me cuentes por qué estás aquí.

Cole refunfuña y se rasca la nuca.

—¿No podrías pagar primero la fianza? No sé si puedo soportar que ese tío me siga mirando.

—Por el amor de Dios, si no te está mirando a ti.

—Estás celosa.

Estoy a un tris de estrangularlo; si vuelve a abrir la boca juro por lo más sagrado que le...

—¿De verdad estáis discutiendo por eso? —pregunta Cassandra, y creo que se está aguantando la risa.

Caigo en la cuenta de que nos estábamos peleando delante de su madre y me pongo colorada de la vergüenza.

—Tessie es un poco especial, mamá —susurra Cole con aire dramático—. Sus padres no le han contado que un día se les cayó al suelo y bajó dos tramos de escalera rodando.

—Yo sí que te voy a provocar daños cerebrales.

Estoy a punto de abalanzarme sobre él, con barrotes de por medio o sin ellos, pero el sutil carraspeo de Cassandra me recuerda que no puedo cargármelo en comisaría, lo que resultaría bastante irónico, ¿no?

—Erais tan adorables, siempre juntitos...

Me mira a mí y luego a su hijastro, y parpadea como si la situación le pareciera divertida. Cole me dedica una sonrisa irritante y me entra el miedo porque sé exactamente qué significa. Está celebrando que hemos conseguido distraer a Cassandra y choca los cinco conmigo virtualmente. Su madrastra sacude ligeramente la cabeza, mira a Cole, se lleva las manos a la cadera y le dedica su mejor mirada de poli malo. Él se retuerce bajo la intensidad de su escrutinio y se niega a mirarla a los ojos.

—Bueno, estoy esperando. ¿Me vas a contar por qué le has pegado a ese chaval?

¿Chaval? ¡Hank no tiene nada de chaval! ¡Si es como una excavadora!

—Pegar es quedarse corto, señora Stone. Le ha dado tal paliza que aún no ha salido de urgencias.

Levanto la mirada para ver quién es el último que se ha incorporado a nuestra pequeña fiesta: el agente Miller, con un montón de papeles en la mano que Cassandra procede a leerse antes de firmar. Mientras está ocupada, Cole me dedica una sonrisa triunfante que yo le devuelvo, y una sensación cálida recorre todo mi cuerpo. No he vuelto a pensar en Hank desde que llegamos a la comisaría, pero es maravilloso que las heridas no le permitan irse a casa. Sinceramente, me alegro.

—Por favor, llámame Cassandra, John. ¿Esto es todo? ¿Ya puedo llevarme a casa a mi delincuente?

—Claro, pero átelo corto o la próxima vez tendré que llamar al sheriff.

No se me escapa la nota de pánico en la cara de Cole cuando le mencionan a su padre y tampoco la de Cassandra, que sonríe al agente Miller y le da unas palmaditas en el brazo.

—Estoy segura de que mi marido tiene cosas mejores que hacer que perder el tiempo con una pelea de colegio sin importancia. ¿No está investigando el caso Carson, el homicidio? No le conviene tener distracciones, John, será mejor que esto quede entre nosotros, ¿no le parece?

El pobre Miller parece tan embelesado escuchando a Cassandra que solo puede asentir con un movimiento de cabeza apenas perceptible. Cuando llega su ayudante y abre la celda de Cole, él aún no ha salido del trance. Cole le pellizca las mejillas.

—Ha sido un placer, John, quizá venga a verte pronto.

Esto le supone una colleja de parte de su madrastra, quien, para mayor humillación, lo agarra de la oreja y lo arrastra hacia la calle entre gritos y protestas. Me tienen que llevar a casa, así que corro detrás de ellos mientras Cassandra se va despidiendo de los agentes. Me subo a la parte trasera del Ford, pero no se me escapa la discusión que mantienen Cole y ella ahora que los agentes no los oyen. Me siento muy culpable por todo lo que ha pasado, pero las cosas se salieron de madre y yo simplemente no lo vi venir.

Esta tarde, después de que Cole me hiciera creer que era Hank y yo picara como una idiota, la cosa fue de mal en peor. Resulta que no había venido a clase para darme espacio, tal y como yo le había pedido, sí, pero también para investigar por qué estuve a punto de tener un ataque de nervios en la fiesta de Jared el Machaca. Algunos testigos le confirmaron que vieron a Hank salir del lavabo y a mí un par de minutos más tarde, pero con la diferencia de que yo parecía histérica.

Antes, cuando me lo ha contado, le temblaba tanto la voz de la rabia que por un momento he pasado miedo. Por lo visto, hizo que unos lacayos vigilaran a Hank (por decirlo suavemente; sé que le pincharon el teléfono y se metieron en su Facebook). Oyeron cómo se pavoneaba de haber estado a punto de tirarse a una rubia en la fiesta y, de pronto, todo encajó.

Cole sumó dos más dos, puso a prueba su teoría conmigo y yo, cómo no, canté como un canario hasta las cejas de maría.

En cuanto se acabaron las clases, buscó a Hank. Resulta que Hank estudia en el Abraham Lincoln, pero está expulsado temporalmente por un problema disciplinario. La pelea que se montó en el aparcamiento pasará a la historia como la más corta y sangrienta.

A pesar de la verborrea y las pintas de gorila, en las distancias cortas Hank es más bien un gatito. Un puñetazo y el desperdicio humano ya estaba retorciéndose por el suelo y suplicando clemencia. Me dan escalofríos cuando recuerdo la mirada de poseso de Cole mientras le daba un puñetazo tras otro hasta dejarle la cara hecha un cromo. Le dio patadas y lo pisoteó hasta hacerle daño en las costillas, seguro, y no paró gracias a mis gritos, sino porque apareció el director y llamó a la policía.

Y así es como hemos acabado en comisaría. A mí me ha traído Megan, que no se ha ido hasta que le he prometido que luego le contaría la historia con todo detalle. A sus padres no creo que les hiciera mucha gracia encontrarse a su hija en el calabozo.

El sonido de la puerta me despierta de mis pensamientos. Cole se ha sentado delante, al lado de la señora Stone, y está intentando explicarle por qué tenía que partirle la cara a Hank. Ojalá pudiera contarle la verdad, pero no lo hace. No quiere dejarme en evidencia o involucrarme en todo esto. Esa es la clase de persona en la que se está convirtiendo.

—Vale, si quieres mantenerlo en secreto, entonces tendrás que atenerte a las consecuencias. Estás castigado durante un mes. Eso implica nada de televisión y nada de Xbox. También te ocuparás de todas las tareas de Jay, es decir, fregar los platos, sacar la basura y limpiar los lavabos.

—¡Pero si Jay no limpia los lavabos! Lo hace la señora de la limpieza —protesta Cole por primera vez, horrorizado.

Empiezo a sentirme mal de verdad por todo esto, ¡tengo que hacer algo!

—Señora Stone —intervengo, y Cole gira la cabeza y me fulmina con la mirada.

Cree que voy a confesar y a contarle lo que pasó en la fiesta, pero lo último que quiero es que intervenga un adulto, sobre todo alguien tan cariñoso y protector como Cassandra. Ignoro las miradas de advertencia de Cole, cojo aire y continúo.

—Por favor, no sea tan dura con él, solo intentaba ayudarme.

Ella me mira a través del retrovisor, las cejas fruncidas en un claro gesto de confusión.

—¿Qué quieres decir, cariño?

—Hank, el chico al que le ha pegado, me hace *bullying* y últimamente se le estaba yendo un poco de las manos. —A Cole se le escapa la risa al oírme decir «un poco», pero yo sigo tirándome de las mangas del jersey—. Se ha peleado con él porque el otro se metía conmigo.

Cassandra ahoga una exclamación de sorpresa, visiblemente horrorizada.

—¿*Bullying*? ¿Por qué no me lo habéis dicho antes? ¿Se lo has contado al director? ¿Desde cuándo pasa esto, Tessa?

¿El *bullying*? Desde hace unos cuatro años.

—Desde hace poco. Lo de Hank es la primera vez que me pasa —respondo muy seria, y casi puedo ver a Cole poniéndome los ojos en blanco.

—Aun así, me lo tendrías que haber contado nada más verme. Ahora ya da igual, mañana a primera hora hablaré con el director.

—No, de verdad, señora Stone, no hace falta. Estoy bastante segura de que Hank no lo volverá a hacer —le suplico, porque no quiero que la bola se haga más grande de lo que ya es.

A Cole no lo van a expulsar porque un Hank cubierto de sangre y tumbado en la camilla le ha dicho al director que él provocó la pelea y que la culpa es suya. Se librará de esta a cambio de unas horas de servicio a la comunidad.

—Eso no lo sabes, quizá lo que necesita es una charla con la autoridad para que no vuelva a hacer algo así.

—Con el debido respeto, creo que lo que le ha hecho Cole es más que suficiente —digo con un hilo de voz, y, para mi sorpresa, madre e hijo se echan a reír; Cassandra incluso mira a Cole como si estuviera orgullosa de él.

—Bueno, esto lo cambia todo, pero tú sigues castigado, Cole. La violencia no es la respuesta. Dejémoslo en dos semanas de castigo con una hora de tele al día, pero nada más.

Él le sonríe, al parecer bastante contento.

—Acepto.

O lo que es lo mismo, me escaparé de casa cuando estés durmiendo, mami.

Cassandra nos deja en su casa porque tiene que volver corriendo al hospital. Miro el reloj y casi se me escapa un grito al ver que son casi las nueve y que hace rato que ya debería estar en casa. Se me hiela la sangre, voy a tener que inventarme una buena explicación.

—Pareces Casper, solo que rubia y más pálida.

Es la brillante observación de Cole mientras aún estamos en el porche de su casa. Me va a dar algo. Meto la mano en la mochila y busco el móvil, del que me he olvidado por completo. Desbloqueo la pantalla y veo que no tengo llamadas ni mensajes de mis padres. ¿Debería alegrarme o deprimirme? Decisiones, decisiones.

Lo que sí tengo es un mensaje de Beth en el que me dice que ha llamado a mi madre y le ha dicho que estoy en su casa haciendo un trabajo. Nota mental: agradecérselo comprándole esa camiseta de los Doors a la que le tiene echado el ojo desde hace tiempo.

Luego me vuelvo hacia Cole.

—Gracias por lo de hoy. No deberías haberte preocupado tanto, yo i...iba a hacer algo al respecto, de verdad, pero ya sabes que...

Me sorprende con un abrazo tan sentido que por poco no me aplasta los huesos. Durante un par de minutos, estoy demasiado alucinada para responder. Los brazos me cuelgan inertes a ambos lados del cuerpo mientras intento encontrarle una explicación a todo esto.

Hundo la cara en el hueco de su cuello y el olor que desprende me embriaga los sentidos. Respiro hondo, sin saber muy bien qué estoy haciendo; soy adicta a su olor. Él me sujeta contra su pecho y me aprieta tan fuerte que lo único que nos separa es la tela de su camiseta imperio y el tejido de mi jersey. Puedo sentir el latido furioso de su corazón. Me emociona pensar que quizá late así por mí.

Respiro lentamente por la nariz y poco a poco, con cuidado, deslizo las manos por su espalda y me cojo con fuerza a la camiseta. Él se estremece al sentir mis manos sobre su cuerpo y yo ya no sé qué pensar. ¿Esto se lo estoy haciendo yo? Por una vez, intento no pensar y me digo que ha reaccionado así porque tengo las manos frías. Sí, eso lo explica todo.

Nos quedamos así, inmóviles, abrazándonos durante lo que podrían ser siglos o segundos. Lentamente empiezo a retirarme, a desenredar nuestros cuerpos, pero ni siquiera así tenemos suficiente espacio. Unos centímetros separan nuestras caras; puedo sentir su aliento mentolado acariciándome la piel. Consciente de mis propios movimientos, intento apartar el pelo que me cae sobre los ojos, pero las manos de Cole salen disparadas a la velocidad de la luz y se me adelantan. Me sujeta los mechones rebeldes detrás de la oreja y sonríe.

—No te ofendas, pero ahora mismo tu pelo parece el Vesubio en plena erupción.

Y hasta aquí el momento tierno y emocionante del día con este ser despreciable.

Cole decide acompañarme a casa, cómo no, a pesar de que está magullado y hecho unos zorros. En cuanto lo ve al otro lado de la puerta, mi querida madre le invita a entrar. Nos prepara algo de comer y yo tengo que claudicar porque Cole no deja de mirarme. La verdad es que hace ocho horas que no como nada, pero tampoco tengo hambre. Se me ha cerrado el estómago por culpa de los nervios, que siguen haciendo de las suyas, a pesar de que ahora las cosas están más tranquilas. Como lo que puedo y luego dejo a mi madre hablando animadamente con Cole. Me muero por darme una ducha. Dejo que el agua caliente me alivie el dolor muscular de todo el día y me enjabono, me froto y me aclaro a conciencia para quitarme toda la mugre de encima. Me pongo el chándal que cuelga de la puerta del lavabo y vuelvo a la habitación. Estoy increíblemente cansada.

Nada que ver, eso sí, con lo cansada que estoy de encontrarme a Cole por todas partes. Ahí está, tumbado en mi cama como de costumbre y leyendo uno de mis libros. Intento contener al Grinch que llevo dentro porque, al fin y al cabo, si se ha pasado el día en el calabozo ha sido por mí. Se merece cierta cortesía, ¿no? Reprimo un bostezo y me acomodo a su lado.

—¿No te ibas?

Ruedo sobre la cama y me pongo de cara a él. Cole no aparta los ojos del libro que está leyendo, que proyecta sombras sobre su cara. No contesta, así que lo zarandeo suavemente por un hombro, molesta por el hecho de que está en mi habitación por propia voluntad pero aun así me ignora.

No funciona, no cede ni un milímetro. Lo zarandeo un poco más, aprovechando que la inseguridad y el miedo que le tenía antes son cosa del pasado. Es tan cabezota que me planteo sacarlo a patadas de la cama.

—Cole —protesto, pero no contesta y sigue actuando como si no existiera.

Tras unos minutos de doloroso silencio, suspira y aparta el libro.

—Así que ahora sí tienes ganas de hablar, ¿eh, Tessa?

Como que me llamo Tessa que aquí pasa algo gordo.

—¿Por qué estás tan enfadado? ¿Qué he hecho?

De pronto, estoy cabreada. Ha sido un día horrible, largo y agotador, y lo último que necesito ahora es que me venga con estas.

—¡Es lo que no has hecho, joder! ¿Pensabas contarme lo de la fiesta? ¿Ibas a mentir cada vez que te preguntara?

El corazón me late a doscientos. Su mirada es tan intensa, tan llena de ira, que siento que necesito apartar la mía, pero me tiene atrapada.

—Es que... iba a contártelo, pero... por la mañana ya no estabas.

Estoy tan incómoda que no paro de retorcerme las manos. Quiero que esto se acabe cuanto antes, pero Cole no tiene piedad. Me fulmina con la mirada y sus ojos son tan penetrantes que siento el impulso de esconderme debajo de las mantas antes de que descubra todos mis secretos.

—Olvidas a quién le estás mintiendo —me dice, riéndose con amargura—. Sé que no pensabas contármelo. Sé que ibas a dejar que Nicole y ese desgraciado te pisotearan.

—N...Nicole no tiene nada que ver en esto —balbuceo, apartando por fin la mirada y concentrándome en la maravillosa tela de mi sudadera.

Cole me sorprende poniéndome una mano en la barbilla y levantándomela para que le mire a los ojos.

—Hank me lo ha contado todo. Es increíble las ganas que tenía de hablar después de que le partiera la cara.

Sonríe y me parece ver algo más oscuro, más siniestro, en sus ojos.

—Por favor, no mates a Nicole. —Es lo primero que me viene a la cabeza y, al oírlo, la cara de Cole se contrae en una mueca de confusión—. Sé que es mala e insoportable, y a veces la aplastaría con un tanque, ¡pero no puedes cargártela! Te meterías en demasiados problemas. Ya sé que tu padre es el sheriff y el mío es el alcalde, y que entre los dos podrían mover algunos hilos para sacarte, ¡pero esta peli ya la he visto! Lo más probable es que en tu lugar arresten a un pobre diablo llamado Stan que acabará cumpliendo cadena perpetua. Seguro que tiene esposa y un hijo esperando en casa y si tú...

Cole me tapa la boca con la mano y mi monólogo se queda a medias. Me mira extrañado y luego se echa a reír con tantas ganas que se le caen las lágrimas. Aún tiene la mano en mi boca y está tumbado en la cama, sujetándose la barriga mientras se parte de risa a mi costa.

Me pongo como un tomate y estoy a punto de ponerme a canturrear la última de Justin Bieber cuando, por suerte, deja de reírse, se limpia las lágrimas y aparta la mano.

—¿De dónde sacas todo eso?

Le cuesta respirar y está un poco ronco de tanto reír.

—No hace falta que me lo restriegues por la cara, ¿vale?

Me concentro en mis uñas mordidas, le doy la espalda y me tapo la cabeza con las mantas para que no me vea.

—Venga, Tessie, si solo estaba...

—¿Siendo un imbécil?

—Siendo un ser humano. Es que no veas lo que acabas de soltar.

—No hace falta que seas tan malo.

Estoy haciendo pucheros, pero no me ve.

—Vale, perdona, te prometo que la próxima vez que tengas diarrea verbal te daré un cachete antes de que la cosa vaya a más.

—Vaya, gracias —le suelto, muy seca, y me apretujo contra la almohada para que sea evidente que no pienso seguir hablando.

Apago la lámpara de la mesita de noche y la oscuridad nos envuelve. Cole no se queda a dormir, sabe que hoy ni siquiera él puede colársela a

Cassandra. Oigo correr el agua de la ducha, cierro los ojos y los aprieto para que la pervertida que llevo dentro no espere a verlo salir. Mi madre le ha prestado ropa de Travis, que es lo que lleva puesto cuando sale del baño. Yo sigo con los ojos cerrados, aunque siento la tentación de echar un vistazo rápido.

¿Qué diferencia hay entre nuestro amigo, el pervertido de los vestidores, y yo?

Todavía estoy despierta cuando siento el peso de su cuerpo a mi lado.

—Eh, bizcochito —susurra en la oscuridad.

Durante unos segundos, me debato entre responder o no, y luego decido que quiero saber qué tiene que decir.

—¿Sí? —murmuro tan bajito como él.

—Eres consciente de que Nicole nos las va a pagar, ¿verdad?

Es extraño, pero casi se me escapa una sonrisa al percibir la rabia que desprende su voz. Hace mucho que nadie cuida de mí y se me hace raro saber que alguien me cubre las espaldas. Lo más inquietante de todo es que esa persona es Cole. Si alguien me lo hubiera dicho con quince años, me habría reído en su cara, le habría dicho que deliraba y luego me habría reído un rato más.

—Lo que tú digas, Stone.

Le doy una coz y me quedo dormida al instante.

11

Crees que Cole es un dios del sexo

No soy una persona violenta. De hecho, estoy orgullosa de mi capacidad para aceptar con tranquilidad cualquier acto de opresión que Nicole y sus esbirros tengan a bien imponerme. Mi abuelo irlandés dice que soy una vergüenza para la familia, que no he heredado la célebre fogosidad de mi familia materna. Sin embargo, a veces esa fogosidad sí aflora y, que Dios me coja confesada, ese «a veces» es ahora.

—Bizcochito.

Empujón.

Lo ignoro y me meto el tenedor lleno de espaguetis en la boca.

—Eh, bizcochito.

Otro empujón.

Hago girar el tenedor sobre el plato con cara de aburrida y apoyo la barbilla en la mano y el codo en la mesa. Dejo escapar un suspiro exagerado, largo y dramático, y miro a Beth, que está sentada junto a mí.

—¿Has empezado los deberes de historia? He intentado hacer un esquema para la redacción, pero es todo muy complicado.

Nunca hablo de deberes con Beth, básicamente porque no es un tema de su agrado. Es la chica que lo deja todo para el último minuto y casi siempre las pasamos canutas para acabarlos a tiempo entre las tres. Entonces, por qué, te preguntarás, le estoy hablando de una redacción que ni siquiera existe. He decidido echar mano de un clásico y hacerle a Cole el vacío que tanto se merece. Por su culpa, hoy el profesor de cálculo, el señor Goodwin, me ha tendido una emboscada para que ayude a mi «compañero» a preparar el próximo examen. Estoy prácticamente segura de que Cole es más listo que yo, así que los motivos que le han llevado a privarme del poco tiempo libre que me queda son, cuando menos, cuestionables.

Beth me mira con aire indeciso y luego sus ojos se dirigen hacia Cole, que me observa con el entrecejo fruncido. No sabe qué decir porque la redacción no existe, pero no tarda ni un segundo en seguirme el rollo. Junto las manos y doy gracias por el día en que ella entró en mi vida.

—Eeeh, sí, la redacción, mmm, yo también estoy en ello y es difícil, no puedo ayudarte, ¿no?

Lo dice en tono de pregunta y me doy cuenta de que miente tan mal como yo. Cole es un profesional y no va a colar ni en broma.

—Venga, bizcochito, ¿por qué estás tan enfadada?

Se inclina hacia delante y apoya los brazos en la mesa. Evito mirarle y me giro hacia Megan, que está sentada en el lado opuesto. No tiene sentido que hable con ella porque tiene el libro de física abierto y está estudiando para el examen que tenemos después de comer. Se lo sabe al dedillo, lleva estudiando desde que el profesor nos dijo la fecha. Además, parece que no soy la única que está un poco inquieta ante tanta aplicación. Localizo a la siguiente persona con la que tampoco puedo mantener una conversación y sigo ignorando vilmente a Cole.

—Y qué, Alex, ¿qué tal el verano?

Alex parece un poco incómodo y me mira como si hubiera perdido la chaveta. La culpa no es suya, no he hablado nunca con él y eso que lo conozco desde hace tanto tiempo como a Cole. Cuando Megan y Beth me hablaron de un Alex, debería haberme imaginado que era él, Alex Hart, el único amigo de Cole, que no lacayo. Son cómplices y han unido sus esfuerzos infinidad de veces para gastarme bromas. Se sienta con nosotros desde hace relativamente poco porque acaba de volver de Europa.

Por lo visto, está colado por mi mejor amiga, la pelirroja.

—Bastante bien, Tessa. Mmm, ¿y el tuyo?

—Ha sido divertido. Beth tuvo que irse a casa de su tía, pero Megan y yo hemos hecho muchas locuras, ¿verdad?

Le doy un codazo para que levante la vista del libro, pero solo consigo sacarle un ligero gesto de asentimiento.

—¿Qué te gusta hacer para divertirte? —pregunta Alex, pero sé que prefiere que responda mi amiga, que no se está enterando de nada.

Le doy otro codazo, esta vez más fuerte, y empiezo a propinarle patadas por debajo de la mesa hasta que grita y suelta el libro de golpe. Me fulmina con la mirada y vuelve a cogerlo, pero se lo quito de las manos antes de que pueda sumergirse otra vez en él. La miro fijamente como queriendo decir «¡Deja de ignorar al chico al que le molas!», y ella se pone colorada.

Alex sigue mirándonos y, por desgracia, Cole también. La leve sonrisa que le ilumina la cara me da escalofríos.

—Perdona, ¿cuál era la pregunta? —dice Megan, tan educada como siempre, pero se le nota que le cuesta respirar y está aturullada.

¡Le gusta Alex! Aleluya. Beth y yo intercambiamos una mirada triunfal y seguimos observando el devenir de los acontecimientos.

Alex está fuera de juego. Ahora resulta que la chica que lleva toda la semana ignorándolo de repente le hace caso. Al principio se pone un poco nervioso, pero enseguida le regala una de sus sonrisas marca de la casa y Megan cae rendida a sus pies. Los demás observamos en silencio mientras él tontea descaradamente y ella responde con monosílabos. Es todo tan entrañable que me apetece estrujarles los carrillos y luego acompañarlos hasta el altar.

De pronto, suena la campana que señala el fin de la comida y los hipnóticos ojos azules de Cole se concentran en mí. Alex acompaña a Megan a clase y Beth se marcha hacia el otro extremo del instituto, que es donde tiene la suya. Yo pretendo seguir ignorando a Cole un ratito más, así que intento escaparme antes de que me pille, pero es como un depredador que vuela en círculos sobre mí esperando el momento perfecto para atacar.

—Entonces qué, ¿no piensas hablar conmigo?

Se pone delante de mí y me impide el paso. El comedor empieza a vaciarse lentamente a medida que los alumnos se dirigen a sus respectivas clases. Yo no tengo prisa, tengo una hora libre, pero algo me dice que debería salir corriendo si quiero vivir para contarlo.

Intento esquivarlo, pero su cuerpo me bloquea el camino. Un dedo colocado debajo de mi barbilla me obliga a levantar la cabeza y a mirarlo a los ojos. Madre mía, qué vistas. Tiene los ojos más bonitos que he visto en mi vida, de un azul hipnotizador, casi capaz de convertirte en gelatina.

—¿Te vas a quedar ahí sin hacer nada mientras yo te hago esto?

Sin apartar los ojos de los míos, apoya una mano en mi cadera y con el pulgar me acaricia la estrecha franja de piel que queda al aire libre por debajo de la camiseta. La cafetería está prácticamente vacía, pero veo que la gente nos observa con curiosidad mientras se dirigen hacia la puerta.

Bueno, «nos observa» quizá se queda corto. Veo mandíbulas desencajadas y ojos saliéndose de las cuencas entre los que nos miran sin disimulo. La mayoría de ellos se han quedado pegados al suelo, pero en cuanto se dan cuenta de que nadie se va a desnudar, tienen la decencia de seguir circulando. De pronto, soy consciente de lo que está pasando realmente y me quedo petrificada. Un escalofrío tras otro recorre mi cuerpo mientras las manos de Cole no dejan de moverse, provocadoras, sobre mi piel. Tendría que parar esto ahora mismo. Al carajo con el silencio, de verdad que esto se tiene que acabar.

Lo miro fijamente mientras se inclina hacia mí y me pone los labios al lado de la oreja.

—¿No me vas a decir que pare?

Me mordisquea suavemente la oreja y a mí se me escapa un gemido. Su dedo pulgar sigue dibujando círculos concéntricos en un lateral de mi cadera y tengo sus labios demasiado cerca. Puedo sentir su aliento sobre la cara, pero la cuestión es que en ningún momento deja de mirarme.

—Habla, Tessie, dime qué quieres.

Quiero que no pares, pero eso no te lo puedo decir.

—En serio, será mejor que me digas que pare —me susurra al oído con voz grave, y yo estoy a punto de perder el control.

Sus labios se pasean sobre los míos, su mano se ha deslizado apenas unos centímetros bajo mi camiseta y sus dedos me acarician la piel hasta que siento fuegos artificiales estallando en mi interior. Me roza suavemente y sigue subiendo, haciéndome cosquillas. Tiene los dedos fríos. Me acarician la barriga y siguen subiendo por las costillas. Si llegan un poco más arriba...

—¡Cole!

Él aparta la mano, retrocede un poco y me mira fijamente mientras yo apoyo las manos en la mesa para no caerme redonda. Las palabras no han salido de mi boca, entre otras cosas porque la parte más sensata de mi persona ha hecho las maletas y se ha ido de vacaciones.

Me sigue mirando y creo que pretende que sea yo la primera en decir algo. Luego se da cuenta de que estoy demasiado aturdida para formar una frase coherente, así que se da la vuelta y yo pienso para mis adentros que ojalá no lo hubiera hecho.

La veo antes que él y registro la expresión de su cara antes de que la esconda por miedo a Cole. Nicole está cabreada y quiere que lo sepa. Tiene un tic en el ojo, una sonrisa malvada en la cara y no deja de dar golpecitos en el suelo con sus Louboutin falsos. Si tuviera rayos láser en los ojos, ya me habría borrado del mapa.

—¿Nicole? —le dice Cole después de volverse hacia ella, y se interpone entre las dos en un gesto protector que le agradezco enormemente.

—¿Q... qué hacéis vosotros dos aquí? —pregunta ella con esa voz tan asquerosamente dulce que me da ganas de vomitar.

Es evidente que la señorita Bishop tiene un plan, un plan para el que necesita ser tan falsa como si la hubieran fabricado en China.

—Eso no es asunto tuyo —responde Cole, malhumorado, y yo le aprieto disimuladamente el brazo a modo de advertencia.

Nicole no puede saber que Hank ha cantado. Si se entera de que la he delatado, puedo darme por muerta.

—El director acaba de convocar una asamblea especial, y como soy delegada de clase, se supone que tengo que encargarme de reunir a la gente.

Su voz destila falsedad y la forma en que aletea las pestañas mientras mira a Cole es vomitiva.

Pero ¿es que no tiene novio?

—Gracias por el interés, ahora mismo vamos.

Cole le responde con la voz tensa y se nota que a Nicole no le gusta mucho cómo se desarrollan los acontecimientos. Jamás un chico le había negado la atención. Incluso Jay, del que yo siempre había pensado que nunca le daría importancia al físico, se enamoró de ella y me abandonó a mi suerte.

Básicamente, Cole le acaba de pedir que se pire, pero parece que hoy Nicole está un poco lenta. Cuando ve que él se gira de nuevo hacia mí, aprovecha para fulminarme un poco más con la mirada y luego da media vuelta, se pasa el pelo por encima del hombro y se marcha. Tengo que aguantarme las ganas de reír, y es que acabo de darme cuenta de que no solo está cabreada, sino que sigue coladita por los huesos de Cole. Después de tanto tiempo, sigue gustándole, y lo mejor es que a él no podría importarle menos.

—¡Ha sido increíble!

Sonrío de oreja a oreja y Cole me regala una sonrisa sincera, de esas con hoyuelos incluidos, que rápidamente se transforma en ese gesto descreído tan propio de él.

—¿De qué hablas?, porque hace un momento no parecías tan emocionada.

Me doy cuenta de a qué se refiere y me pongo colorada. No sé por qué no le he dicho que dejara de toquetearme. Ahora mismo ni siquiera se me ocurre una respuesta ocurrente porque la verdad es que me gustaba.

Absurdo, ¿verdad?

Después de clase, Cole me lleva a su casa para que le dé «clases particulares». Sé perfectamente que no necesita mi ayuda, no sé a qué está jugando.

Se me ocurren algunas teorías, pero la mayoría me provocan escalofríos. Aparcamos delante de su casa y me abre la puerta del coche para que me baje. Está más entusiasmado que de costumbre, demasiado para mi gusto, tanto que cuando entramos y nos dirigimos hacia su habitación, yo ya empiezo a estar un poco cansada. Son las cuatro de la tarde, el sheriff Stone está en comisaría y Cassandra en el hospital. La única persona que podríamos encontrarnos es Jay, pero cuando pasamos por delante de su habitación, no lo veo por ninguna parte. Menos mal.

Cole ha deshecho las cajas y su habitación tiene un aspecto más normal, está mucho más limpia y es hasta acogedora. Me siento en el sofá de piel que ha colocado frente a la cama, debajo de la ventana. Él ha bajado a preparar algo para comer y, como no quiero provocar un incendio, he decidido mantenerme alejada de la cocina. Saco los libros de la mochila para hacer los deberes, pero estoy demasiado distraída. Mi cerebro no deja de reproducir la escena de la cafetería.

No es normal que me guste de esa manera, que no me importe tenerlo tan cerca, sobre todo porque aún estoy colada por su hermano. Es pura atracción física, nada más. Por mucho que me duela, tengo que admitir que está bueno y que tiene unos ojos...

Sacudo la cabeza para librarme de estos pensamientos. Si acepto que me siento atraída por él, también acabaré admitiendo que no es el Cole que se marchó hace tres años. Desde que volvió, me ha hecho la vida mucho más fácil. A veces me cabrea, me pone de los nervios y consigue frustrarme, pero en conjunto no me molesta que haya vuelto.

—¿Por qué estás tan callada?

Cole ha vuelto de la cocina con dos boles de sopa de tomate y dos platos de queso y enseguida se ha dado cuenta de mi silencio.

No quiero decirle que se me hace raro estar aquí sentada con él mientras no me saco de la cabeza lo que ha pasado en la cafetería. Por supuesto, le estoy dando demasiadas vueltas al asunto y seguro que se me nota en la cara.

Si Nicole no nos hubiera interrumpido, ¿me habría besado?

Recuerdo lo que pasó el otro día en la piscina y me pregunto qué habría pasado si Jay no hubiera aparecido. ¿Me habría besado entonces? ¿Le habría dejado?

—¿Tessie?

La mano de Cole sobre mi hombro me devuelve al mundo real. Me está mirando fijamente y creo detectar cierta preocupación en sus ojos, algo a lo que no estoy acostumbrada.

—¿Qué?

Intento disimular lo obvio, que es que no he oído ni una sola palabra de lo que ha dicho hasta ahora.

—¿Estás bien?

—¿Por qué no lo iba a estar?

—Bueno, por decirlo suavemente..., estás babeando como mi tío en la barbacoa del Cuatro de Julio.

—Vaya, gracias por ser tan delicado —replico con frialdad.

Me concentro de nuevo en la comida y aprovecho que no mira para limpiarme. Estamos sentados con las piernas cruzadas en el suelo de su habitación, rodeados de libros y apuntes. He intentado preguntarle por qué finge que se le ha atragantado la asignatura de cálculo, pero él insiste en mentir, a pesar de que cada vez que intento explicarle algo él ni siquiera mira el libro. Además, lo he pillado varias veces mirándome de reojo.

—Así que por fin has entendido lo que le vamos a hacer a Nicole y de ahí las babas, ¿no?

—¡Que no estaba babeando!

—Me estabas mirando con la boca abierta, juraría que te faltaba poco para babear.

Estoy a punto de protestar lanzándole un gruñido, aunque casi da en el clavo.

—Por favor, como si alguna vez me hubieras interesado.

Cole deja sus platos a un lado y se desliza hacia mí. Mientras se acerca, un brillo maligno le ilumina los ojos.

—A ver, repite eso.

Está muy cerca, otra vez, y el corazón se me vuelve loco. Tengo que alejarme de él antes de que me dé un infarto.

—Yo... yo...

—T... tú crees que Cole es un dios del sexo. —Sonríe y se aparta, lo cual me deja el espacio suficiente para soltar el aire que llevo un buen rato aguantando—. No hace falta que lo digas en voz alta, Tessie. Estamos conectados, es como si te leyera la mente.

Yo asiento como una estúpida antes de darme cuenta ¡de que es un imbécil y un creído!

Se espatarra en el suelo de la risa y yo me abalanzo sobre él e intento darle una patada, un tortazo, lo que sea para retractarme del estúpido gesto de asentimiento que acabo de hacer, pero el daño ya está hecho. No deja de reírse ni cuando me ve guardando mis cosas en la mochila. Lo miro por última vez antes de marcharme. Cuando ve que va en serio, se incorpora e intenta recuperar la seriedad, pero no consigue disimular.

—Venga, bizcochito, no te enfades, era broma —me dice, y se lleva el puño a la boca, supongo que para aguantarse la risa.

Yo lo miro una última vez con los ojos entornados, me cuelgo la mochila del hombro y salgo por la puerta. Sus pisadas me alertan de que me está siguiendo como un acosador. Sin embargo, no es él quien me obliga a detenerme en seco, es otra cosa completamente distinta.

Me detengo en lo alto de las escaleras y Cole choca contra mi espalda. Abre la boca para despotricar, pero se la tapo con la mano y le señalo con la mirada a Jay, que está hablando con alguien por teléfono. No quiero pasar a su lado, aún no estoy preparada para enfrentarme a él. Después de la discusión, ha intentado hablar conmigo varias veces, con más o menos sutileza, pero yo sigo ignorándolo. Todavía me duelen sus palabras, y cada vez que me acuerdo de aquel día siento una descarga de rabia y dolor.

—Sí, tío, voy a tener que currármelo para conseguir la beca. Lo último que quiero es acabar siendo un puto fracasado como Travis O'Connell.

Sus palabras resuenan a mi alrededor como si las hubiera gritado. Ni siquiera sé qué siento ahora mismo. Dolor es la emoción que menos me cuesta distinguir. Lo mejor que podría hacer en este instante sería dejar de escuchar y largarme de aquí cuanto antes, pero una parte importante de mí quiere quedarse y oír lo que tiene que decir.

—Tessie —me dice Cole visiblemente preocupado, pero le advierto con la mirada que no se meta.

—El tío es un cero a la izquierda. Lo tenía todo y lo perdió porque es tan imbécil que fue incapaz de escribir un trabajo él mismo. —Escucha lo que le dice la persona con la que está hablando y sonríe—. Me pregunto si Jenny sigue soltera. Solo es un par de años mayor que nosotros y, madre mía, anda que no está buena.

Se me revuelve todo mientras le oigo decir todo lo que le haría a la ex de mi hermano, la zorra que le rompió el corazón para luego pisoteárselo.

—Tessie, venga, vámonos de aquí —me susurra Cole, pero es como si no pudiera moverme.

Miro a Jay y siento que no lo conozco. Es otra persona completamente distinta, alguien feo por dentro, maleducado, malo e insensible.

Cole me tira del brazo y esta vez sí consigue apartarme de Jay antes de que me tire encima de él con un cuchillo de carnicero. Solo yo puedo insultar a mi hermano, nadie más.

Ni siquiera Jason Stone.

Me escondo en la habitación de Cole a esperar a que no haya moros en la costa y pueda irme. Como he dicho antes, no soy una persona violenta, pero ahora mismo daría lo que fuera por darle un puñetazo en la cara a Jay.

—Se ha pasado tres pueblos, no debería haber dicho eso. Lo siento, bizcochito.

Cole está arrodillado delante de mí, cogiéndome de las manos y acariciándome los nudillos con sus pulgares. Es curioso que sea él quien me consuele y que encima funcione. Siento que me voy tranquilizando y el instinto asesino se convierte en simple rabia.

—Sé que mucha gente piensa que Travis es un perdedor —digo con una risa sarcástica—, pero nunca hubiera dicho que Jay era uno de ellos.

Cole suspira, me coge las manos y entrelaza los dedos con los míos.

—Crees que lo conoces, pero no es míster Perfecto, Tessie. Es un buen chaval, pero también tiene defectos, por mucho que tú te niegues a verlos.

Estoy de acuerdo con él, pero no lo digo en voz alta. Es verdad, toda mi vida he tenido a Jay en un pedestal y ahora que me entero de que no es tan maravilloso como creía, me cuesta aceptarlo. La imagen que he tenido de él los últimos diez años se ha hecho añicos y eso me duele a rabiar.

—Vamos, te llevo a casa.

Me sonríe tímidamente y yo le devuelvo el gesto, a pesar de que mi corazón no está por la labor.

Quizá lo que me pasa es que todos estos años me he obsesionado por el Stone equivocado.

12

No soy hija de Edward Cullen y Campanilla

—¡Travis! —grito, y golpeo con bastante fuerza en la puerta de mi hermano.

Nada, no responde. Son las siete de la tarde y está en coma, borracho como siempre. Hace tanto tiempo que las cosas son así que no recuerdo cuándo fue la última vez que tuve una conversación normal con él. Siempre tuvimos muy buena relación, desde el principio. No era el típico hermano que disfrutara metiéndose conmigo o cabreándome, para eso ya tenía a Cole. Travis era mi modelo a seguir, la persona que cuidaba de mí cuando mis padres se olvidaban de hacerlo. Era la única razón por la que durante buena parte de mi vida escolar no me hicieron *bullying*.

Nadie se atrevía con la hermana pequeña de Travis O'Connell, pero supongo que la novedad solo dura hasta que pierdes a tu hermano por culpa del alcohol.

—¡Travis! —grito otra vez y golpeo en la puerta aún más fuerte.

No consigo sacarme las palabras de Jay de la cabeza, pero me esfuerzo por tragarme la ira. Da igual lo que sienta por Jay, no puedo ignorar que ha despedazado a mi hermano delante de mí y reducido a añicos la poca dignidad que le quedaba. Me resulta casi imposible aceptar que el chico que creía incapaz de matar una mosca tiene un lado tan feo.

Cole tiene razón, me cuesta admitirlo pero sé que ha dado en el clavo. Siempre he tenido a Jay en un pedestal, creía que era perfecto. Supongo que tendría que haber comprendido que alguien que sale con Nicole no puede estar muy bien de la cabeza. Su maldad es contagiosa.

—¡¿Qué?! —me grita mi hermano a la cara después de abrir la puerta.

Parece enfadado y sobre todo resacoso. Tiene unas ojeras enormes, le apesta el aliento a alcohol y hace al menos dos días que no se afeita. Mi hermano, a sus veintiún años, parece mucho mayor. No hay luz en sus ojos, no la ha habido desde hace dos años, y de pronto me doy cuenta de que lo echo de menos.

Añoro al viejo Travis, tengo que traerlo de vuelta. Necesito demostrarle a la gente como Jay que mi hermano no es un caso perdido.

Me llevo las manos a la cadera, en lo que espero que sea una actitud intimidante, y miro fijamente a mi metro ochenta y siete de hermano, que se está frotando los ojos. Lleva la misma ropa que ayer. Es un milagro que no haya dormido con los zapatos.

—¿Qué quieres? —farfulla antes de volver a su habitación, que está a oscuras porque no hay ni una sola luz encendida.

Hay cajas de pizza desparramadas por el suelo y el poco espacio que queda está lleno de botellas de cerveza.

—Quiero que recojas todo esto y luego vayas a la cocina —le ordeno con voz autoritaria, pero él se deja caer de nuevo en la cama y se tapa la cabeza con las mantas para ver si así me voy.

Entorno los ojos y tiro de la colcha hasta que cae al suelo.

—¿Qué narices te pasa, Tess?

Coge una almohada y me la tira y yo me aparto, y por primera vez en mi vida no me falla la coordinación mano-ojo.

—Lo que me pasa es que estoy harta de verte así, Trav. Por favor, por una vez en tu vida, escúchame. Date una ducha o lo que quieras, necesito hablar contigo cuando estés sobrio.

Está sorprendido y, sinceramente, yo también. Durante los últimos dos años nos hemos distanciado. Pasamos de tener una relación fraternal perfecta a ignorarnos casi por completo, a pesar de que vivimos en la misma casa. Él dejó de cuidar de mí, lo que me convirtió en un blanco fácil, y yo dejé de preocuparme por él hasta que decidió cargarse su hígado.

—¿Va todo bien?

Sigue arrastrando las palabras y se le cierran los ojos. Me doy cuenta de que esta es la persona en la que se ha convertido y no puedo evitar sentirme decepcionada. Pasar de tenerlo todo a verse reducido a la nada tiene un precio. Lo miro y me doy cuenta de que verlo así me motiva para ayudarle a recuperar su vida.

En una muestra de cariño sin precedentes, me siento en su cama y le alboroto el pelo, rubio y muy parecido al mío. Él me mira con sus ojos grises y yo le dedico una sonrisa triste.

—Necesito a mi hermano mayor.

A mi madre se le escapa la cuchara entre los dedos y se le cae al suelo con un estrépito metálico; mi padre tiene que dejar la copa de vino sobre el mantel y yo sonrío de oreja a oreja al ver a Travis retirar la silla junto a la mía y sentarse a la mesa.

Conmoción. Es la emoción que inunda las caras de mis padres cuando su hijo se sienta y come con ellos por primera vez desde hace años. A mamá se le desencaja la mandíbula de la forma menos femenina posible y papá parece que está a punto de atragantarse con el vino. Verlos así y saber que en parte es gracias a mí no tiene precio. Han pasado tres días desde que me enfrenté a Travis y la conversación que mantuvimos fue muy bien. Conseguí que me escuchara, le recordé que su familia lo necesita, que tiene que volver a formar parte de ella.

—¿Travis? —consigue decir finalmente mi madre mientras lo mira como si fuera una criatura alienígena y no su hijo.

—Eh, mamá.

Solo necesita una media sonrisa para desarmarla. Mi madre abre los ojos como platos. Entiendo cómo se siente, y es que ha transcurrido muchísimo tiempo desde la última vez que vimos a Travis tan animado. Sonríe y se comporta como si no hubiera pasado nada, lo cual tampoco es que sea muy normal, pero no me quejo. Al menos sé que así voy a conseguir recuperar a mi hermano.

Travis se sirve un poco de lasaña; papá todavía no ha abierto la boca. No aparta la mirada de él, más o menos como mi madre, pero al menos ella ha conseguido controlarse.

—¿Te puedo ayudar en algo, papá? —pregunta Travis con cierto tonillo borde en la voz.

De pronto, me entra el pánico. Mi hermano y mi padre no tienen la mejor relación del mundo precisamente. Papá no llevó demasiado bien el descenso a los infiernos de su hijo. Estuvo a punto de repudiarlo y mi hermano nunca ha acabado de superar su deserción. Ahora que los veo mirándose fijamente el uno al otro, soy consciente de que quizá hará falta algún tiempo para arreglar esto.

—Nada, solo estoy un poco sorprendido de verte sin una botella en la mano.

Cuando oigo el tono sarcástico de la respuesta, me entran ganas de tirarle el vaso de Coca-Cola por la cabeza. Ahora no es el momento de saldar viejas cuentas, tenemos que demostrarle a Travis que lo queremos y lo apoyamos, y, por la forma en que lo mira mi padre, no veo arcoíris ni tiernos unicornios por ninguna parte. Lo que sí veo es la mirada fría y calculadora a la que me he acostumbrado durante los últimos tres años, casi cuatro.

—Papá —empiezo con una nota de advertencia en la voz, y mamá nos mira a los tres visiblemente nerviosa.

Parece un poco asustada, nunca le han gustado los conflictos. Esto le debe de estar afectando a los nervios.

Mi padre levanta las manos a la defensiva y me mira haciéndose el inocente.

—Solo he dicho una obviedad, cariño.

—No has cambiado nada, ¿eh, papá? —le espeta Travis, y veo cómo se va enfadando, el famoso temperamento irlandés que yo no he heredado y que aflora a la superficie.

—Bueno, no todos podemos dejar de vivir nuestras vidas para convertirnos en alcohólicos, ¿verdad? —replica mi padre tranquilamente antes de centrarse de nuevo en su comida.

—¿Sabes qué?, a la mierda.

Travis se levanta de la silla y tira la servilleta al suelo. Antes de que pueda hacer o decir algo para detenerlo, sale de la cocina como una exhalación. Sé que le tengo que dar tiempo para que se calme antes de la siguiente reyerta familiar.

—¡Eres alucinante, papá! ¿Por qué lo has hecho? —le pregunto, debatiéndome entre la incredulidad, la exasperación y la necesidad apenas disimulada de tirarle algo a la cabeza.

—Bueno, bueno, la culpa no es solo mía. Tu hermano se lo merecía.

—Por el amor de Dios, Branson, bájate del burro y ve a pedirle perdón a tu hijo.

Mi madre parece Mamá Osa enseñando las zarpas mientras fulmina a Papá Oso, que en este cuento tiene un poco cara de capullo.

—No tengo por qué disculparme, Susan, se lo merecía –responde papá, muy seco, y yo gruño de pura exasperación.

Puede que le quiera, o quizá no, pero si dice una sola palabra más contra Travis me las va a pagar.

—Si no subes a su habitación ahora mismo, puedes olvidarte del apoyo de mi padre en las elecciones. Adora a su nieto y si se entera de esto, cariño, estoy segura de que sabes lo que pasará.

Choco los cinco con mi madre, aunque mentalmente. Nunca había estado tan orgullosa de ella como lo estoy ahora, y creo que siento algo parecido al amor inundándome el corazón.

—¿Me estás amenazando?

A veces, papá, eres más tonto que una alpargata.

—Considéralo una promesa. Ahora ve y recuerda: sé amable.

Nunca olvidaré la imagen de mi padre corriendo escaleras arriba con la cara desfigurada por el miedo. Mamá me guiña un ojo y empieza a beberse el vino de su copa. Lo de hoy no es más que el punto de partida, vamos a necesitar mucho tiempo y esfuerzo si queremos que Travis vuelva a ser el de siempre; pero si queremos arreglar la familia es inevitable que la cosa se desmadre de vez en cuando.

Bueno, al menos sé que yo sí tengo a alguien que cuidará de mí durante todo el proceso, un tío cabezón, arrogante y narcisista.

Estoy a punto de irme a la cama, he acabado los deberes y estoy intercambiando mensajes con Cole discutiendo la mejor manera de llenarle el coche de huevos a Jay. Es infantil y vengativo, además de que Jay conduce un Jeep precioso, y cargarse su belleza natural a huevazos sería un crimen contra la naturaleza. En realidad, ni siquiera sé si quiero vengarme. Jay tampoco estaba mintiendo cuando dijo que Travis era un perdedor. Me dolió, pero no puedo evitar que esa sea su opinión, ¿no?

Cole, cómo no, opina distinto. De hecho, empiezo a temer por la vida de Jay. Si yo fuera él, huiría cuanto antes del continente.

—Tessa, cariño, ¿tienes un momento?

Dejo el iPod a un lado al ver a mi madre entrar por la puerta, sonriendo y con una bolsa grande de tela en las manos, de esas para guardar trajes. Frunzo el ceño mientras la deja con cuidado sobre la cama y la admira como si fuera su tercer hijo.

—Mamá, ¿qué es? —pregunto de puntillas.

Cuando le brillan los ojos así o parece feliz por algo, no suele ser sinónimo de buenas noticias.

—Es tu vestido para la gala benéfica de este año —me explica, entusiasmada, y empieza a bajar la cremallera—. Lo llevé cuando tenía dieciocho años y gané el Miss Farrow Hills de aquel año.

Contemplo estupefacta la abominación de tafetán que emerge de la bolsa. Parece sacado de una de mis pesadillas, el vestido que acabaré llevando el día de mi boda porque Nicole habrá destruido el original. Es de un rosa neón horrible, con lentejuelas por todo el corpiño y una falda enorme y abultada que parece no tener fin.

Madre. Mía.

—¿A que es precioso? —pregunta mi madre extasiada mientras lo sujeta sobre su cuerpo y se mira en el espejo de la habitación.

¿Precioso? ¿En qué planeta?

—Mamá, ni siquiera sé si voy a ir a la gala y mucho menos si voy a participar en la competición o no.

—¡Tonterías! Eres la hija del alcalde, tienes que ir, y yo soy la presidenta del jurado de Miss Farrow Hills. ¿Qué pensará la gente cuando vea que mi propia hija no se molesta en participar?

—Seguro que podemos convencer a Travis para que lo intente —bromeo, pero mi madre da un respingo como si la hubiera pinchado.

—Llevo todo el año planeando este acto, Tessa. ¿Por qué eres así?

Pongo los ojos en blanco ante semejante despliegue de dramatismo.

—No hace falta que te pongas así, mamá. Es que no le veo la gracia. Nicole lleva toda la vida preparándose para ganar el certamen. ¿Para qué competir con ella?

Mi madre chasquea la lengua, se sienta en la cama y extiende a su lado esta monstruosidad que insiste en llamar vestido. Me aparta el flequillo de la frente, me revuelve el pelo y luego me regala la primera sonrisa maternal que veo en siglos. Me juego algo a que lo hace porque quiere que participe en esa absurda competición.

—Esa chica no es lo que una Miss Farrow Hills debe representar. Estamos buscando a una chica que sea bonita por dentro y por fuera, y esa eres tú, cariño. Ya sé que no eres consciente, pero estás creciendo y con el tiempo te convertirás en una mujer maravillosa. Estoy muy orgullosa de ti.

Vale, ¿quién es esta señora y qué le ha hecho a la mujer sarcástica y adicta a los antidepresivos que me hace de madre?

—Mamá..., no sabía que esto significaba tanto para ti.

—Sé que no hemos tenido la mejor relación del mundo estos dos últimos años, pero lo que has hecho hoy por tu hermano ha sido...

Se le llenan los ojos de lágrimas y yo me quedo maravillada con la escena que estoy presenciando. Nunca la había visto llorar o ponerse tierna delante de mí. Por norma general, se rodea de unos muros tan gruesos que es casi imposible atravesarlos, pero ahora está demostrando una vulnerabilidad desconocida.

—Me ha recordado la suerte que tengo de tenerte por hija.

Intento decir algo pero no puedo, se me ha secado la garganta. Si te soy sincera, no estoy experimentando un estallido milagroso de amor hacia la mujer que lleva ignorándome desde hace siglos. Cuando las cosas se pusieron feas, decidió dejarme sola y refugiarse en los antidepresivos. Por eso no me resulta fácil recibirla con los brazos abiertos.

—Gracias, mamá.

Parece un poco decepcionada por mi respuesta, pero no me presiona. En vez de eso, me pide que me pruebe el vestido y, aunque ahora mismo preferiría quemarme a lo bonzo, siento que hemos hecho una especie de avance en nuestra relación, no sé cuál, y que no puedo permitir que lo destruya el miedo que me infunde la gasa rosa.

Cuando salgo del baño y me miro en el espejo, no puedo reprimir una mueca de horror. El vestido queda fatal con el color pálido de mi piel y la forma es horrible. No tengo pecho suficiente para llenarlo ni mis piernas son lo suficientemente largas para que no se me arrebuje alrededor de los pies. Las mangas abullonadas me hacen parecer una jorobada y las lentejuelas se me clavan en la piel y me obligan a retorcerme de dolor.

—Vaya, Tessa, estás...

Veo su reflejo en el espejo y niego con la cabeza sin dejar de mirarla.

—Ni se te ocurra, mamá, no.

—Estás preciosa, cariño. Tendremos que arreglarlo un poco, pero...

—Parezco un híbrido entre Pippi Calzaslargas y la abuela de la familia Addams.

—Eres una exagerada, solo hay que cogerle los bajos y...

Me doy la vuelta y respiro hondo. Tessa la Obesa le permitiría salirse con la suya solo para que estuviera contenta y le prestara atención. Sin embargo, bizcochito últimamente ha pasado demasiado tiempo con el chico malo del instituto y no piensa dar un paso atrás.

—Mamá —empiezo, armándome de paciencia mientras ella me mira expectante—, te prometo que participaré en la competición e intentaré ganar, pero tienes que dejarme escoger el vestido, por favor.

Mi propuesta la deja atónita y no me extraña. Normalmente le dejo que se salga con la suya e intento guardarme las razones para mí. No está acostumbrada a que exprese mi opinión ni a nada que indique que tengo un cerebro propio.

—Vale, me parece razonable. Le comentaré los cambios a tu acompañante, creo que el pobrecillo se alegrará de no tener que llevar una corbata rosa a juego.

El corazón me da un vuelco.

—¿Qué acompañante?

—Eh, compañera.

Cole me da un empujón en el hombro y yo lo fulmino con la mirada.

—No estés tan contento, esto no ha sido idea mía.

—Cuando la vida te da limones, Tessie...

Deja la frase a medias, arranca el coche y salimos de su garaje.

—Los aplastas hasta arrancarles el último aliento de vida y luego los tiras a la basura, genio —replico.

Por el rabillo del ojo veo que Cole está sonriendo y tengo que aguantarme para no sonreír yo también. Me vuelvo hacia la ventanilla y simulo que miro hacia fuera.

—Entonces ¿estás bien? —pregunta, y entiendo que se refiere al incidente con Jay.

Supongo que las cosas van por buen camino. A Travis le está costando cambiar su rutina y volver a la normalidad, pero al menos se esfuerza. Lo he convencido para que se apunte a un par de cursos online y se ponga las pilas con la carrera. La bebida sigue siendo un problema, pero a todo el mundo que sufre una adicción le cuesta superar el síndrome de abstinencia.

—De hecho, estoy mejor que bien. Por primera vez, siento que mi familia está haciendo progresos.

Le dedico una sonrisa cálida y al principio él se queda como aturdido, sin responder, mirándome.

—¿Qué? —pregunto, un poco desconcertada.

—Nada —responde él moviendo la cabeza, y luego me regala la sonrisa encantadora que estaba esperando—. Nada —repite—, solo que deberías sonreír más a menudo.

Me derrito un poco al oír sus palabras y ni siquiera me doy cuenta de que nos hemos incorporado a la autopista. Vamos a un centro comercial que hay a un par de pueblos de aquí en busca de un vestido para la gala. Le dije que era perfectamente capaz de encontrarlo yo sola, pero él puso los ojos en blanco y me convenció de que, si quiero ganar, necesito la opinión de un experto. Ganar no es tan importante, si participo es por mi madre, pero tampoco puedo olvidar el plan. Vamos a hundir a Nicole y a hacer que se arrepienta por cómo me ha tratado durante todos estos años.

—Bueno, supongo que aunque el hijo pródigo la pifie, siempre acaba pasando algo bueno. Es como si nunca hiciera nada malo, ¿eh?

Me sorprende la amargura que destilan sus palabras. Entiendo que no son amigos del alma, son demasiado distintos, pero también han crecido juntos y se conocen mejor que nadie. ¿Por qué será que, desde que ha vuelto, lo trata con una hostilidad tan evidente?

—Eso no arregla nada, Cole, no tendría que haber dicho lo que dijo sobre Travis y Jenny.

Parece sorprendido, tanto que aparta los ojos de la carretera para mirarme.

—¿Todavía no le has perdonado?

—Me cuesta. Siempre he pensado que era diferente y que Nicole lo estaba engañando para que estuviera con ella, pero ahora...

—¿Te has dado cuenta de que quizá no son tan distintos?

Asiento, y de pronto me doy cuenta de lo que acabo de hacer. Duele aceptar la verdad, descubrir que la persona con la que has estado obsesionada durante tanto tiempo está muy cerca de convertirse en alguien a quien odias.

—Vamos a arrasar en el concurso, Tessie, y cuando ganemos te prometo que podrás abrirle la cabeza a mi hermano con el trofeo.

Me río ante semejante entusiasmo y niego con la cabeza.

—No es un torneo de lucha libre, Stone, es un concurso de belleza y el trofeo seguramente será una tiara de plástico.

—¿Esas cosas no llevan púas afiladas? Podrías clavarle una en el ojo o algo así.

—Tienes una mente muy retorcida; lo sabes, ¿verdad?

—Gracias, bizcochito.

Sonríe con esa expresión aniñada tan suya, como si acabara de decirle el mayor piropo de su vida, y noto una sensación cálida en el pecho. Irradia tanta felicidad, tanta tranquilidad, que es contagioso.

Durante el resto del trayecto intento no mirarlo o fijarme en la mano que descansa sobre el cambio de marchas, peligrosamente cerca de mi muslo. Una o dos veces sus dedos me rozan la pierna sin querer y una descarga de electricidad me atraviesa el cuerpo.

Problemas, esto va a ser una fuente de problemas. ¿En qué estaba pensando mi madre cuando le pidió que fuera mi pareja, y en qué estaba pensando él cuando aceptó? Si siempre ha odiado los actos formales y los esmóquines. Los llama trajes de pingüino y se burla de cualquiera que se atreva a ponerse uno. Entonces me acuerdo de que, según él, ganamos seguro gracias a su, y cito textualmente, «aspecto de dios del sexo combinado con una buena genética».

El centro comercial está a rebosar de gente. Cole me sorprende al cogerme de la mano y abrirse paso entre la marea de compradores. No hace nada fuera de lo normal, pero a mí se me acelera el corazón, un traicionero color rojo me tiñe las mejillas y empiezo a sudar bajo la rebeca que llevo puesta. Cuando por fin encontramos un espacio en el que poder respirar, me suelta la mano, pone la suya sobre la curva de mi espalda y me guía.

—¿Adónde quieres ir primero? —pregunta, pero soy incapaz de descifrar lo que acaba de salir por su boca.

Soy demasiado consciente de la zona de mi espalda que su mano acaricia ligeramente. Hemos dormido en la misma cama y sin embargo no me ha afectado tanto como esto. No es normal, no puedo ponerme colorada por culpa de Cole Stone, ¡es absurdo!

—¿Tessie?

Parece un poco preocupado mientras nos dirigimos hacia las escaleras mecánicas. No puedo permitir que se dé cuenta de cómo me afecta su presencia. Me convertiría en otra chica más que cae víctima de sus encantos y, en cuanto se diera cuenta, me dejaría en paz. Me gusta sentirme especial y no quiero que me deje en paz. Todavía no.

—Ah, perdona, se me ha ido el santo al cielo.

Sonríe y, con un brillo de satisfacción en la mirada, se inclina hacia mí y me susurra al oído:

—Sí, claro, seguro.

Hemos estado en al menos ocho tiendas distintas y no consigo encontrar un vestido que no me dé arcadas. ¿Por qué la sociedad insiste en que llevemos encima esa cantidad de rosa y de purpurina? En serio, no soy hija de Edward Cullen y Campanilla, solo una adolescente del montón.

—Vale, ya está, bizcochito, necesito un descanso —jadea Cole, que se ha quedado rezagado.

Es tan dramático... Si ni siquiera hemos recorrido la mitad de esta planta. Bueno, técnicamente ya nos hemos pateado cuatro.

—Vamos, no seas nenaza, Stone. Vamos a ver las tiendas que nos quedan y luego ya bajamos a la zona de restaurantes.

Se inclina hacia delante, apoya las manos en las rodillas y sacude la cabeza con vehemencia.

—Basta ya de vestidos, Tessie, te lo suplico. Si oigo una sola palabra más sobre corpiños con sujetador incorporado, me da un síncope.

Sé que no tengo nada que hacer, así que suspiro y decido apiadarme del pobrecillo. No está acostumbrado a pasarse todo el día dando vueltas por el centro comercial, un arte que yo he perfeccionado a base de práctica. Mis amigas y yo no vamos de fiesta ni hacemos ninguna actividad que pueda considerarse recreativa, así que nos dedicamos a ir de compras, y por eso no me resulta tan agotador como a él.

—Mira, ¿qué te parece si te sientas en aquella cafetería de allí, yo hecho un vistazo en Shirley's y luego me reúno contigo? —propongo, señalando hacia la tienda que está a unos pasos de nosotros.

—Amén —responde él, y se aleja sin molestarse en llevarme la contraria.

Sonrío y me doy cuenta de que hoy nos lo hemos pasado bien. No ha dicho ordinarieces; bueno, no muchas. Solo me ha tirado la caña un par de veces y no me ha insultado directamente. Vamos progresando.

Camino hacia la tienda, y cuando ya estoy cerca de la puerta, me golpea un olor a perfume tan intenso que se me revuelve el estómago. De hecho, es tan ácido que se me llenan los ojos de lágrimas. Intento contener un ataque de tos y salgo corriendo, pero topo con alguien por el camino.

—¿Tessa? —pregunta la persona contra la que he chocado y, cuando consigo dejar de disculparme, veo los ojos azul cielo del chico del que he estado enamorada desde que tenía ocho años.

—¿Jay? —pregunto con incredulidad.

¿En serio, oh, destino caprichoso? ¿Es que soy el blanco de todas las bromas que se planean ahí arriba? Ya empiezo a estar un poco harta.

—¿Qué haces...? —decimos los dos al unísono, y nos callamos.

Las estrellas que suelen brillar frente a mis ojos cuando estoy cerca de él brillan precisamente por su ausencia No puedo dejar de pensar en lo que dijo de mi hermano.

—Pues, hum, he venido en busca de un vestido, ¿y tú? —murmuro, sin levantar la mirada del suelo.

—Yo he empezado a trabajar aquí algunos fines de semana, de vendedor. Se gana pasta.

—Qué bien.

Tiro de la manga de mi chaqueta y cambio la posición de los pies. Me siento un poco incómoda.

—¿Has venido en coche tú sola hasta aquí? No es muy seguro, Tessa.

Está muy serio y por su voz suena un poco posesivo. No quiero emocionarme, pero no puedo evitarlo. Me gusta saber que le importo.

—No, me han traído.

—¿Quién?

—Oye, me alegro de verte pero me tengo que ir —le digo antes de que descubra con quién he venido.

—Espera —oigo que dice, y sé que me está siguiendo mientras yo intento alejarme.

No tarda en alcanzarme y me coge del brazo. Sus dedos se cierran sobre mi antebrazo y me mira visiblemente desconcertado. Yo me niego a devolverle la mirada y me muerdo la lengua. No creo que sea capaz de estar callada y no echarle en cara el daño que me ha hecho.

—¿Qué pasa? ¿Por qué no quieres hablar conmigo?

Abro la boca pero él se me adelanta.

—¿Es por lo que dije de Cole y de ti? Oye, lo siento, en serio. Os vi en la piscina y no sé por qué exploté.

—Jay...

—Lo siento mucho, Tessa. Soy idiota, ya lo sé. ¿Podemos empezar de cero?

—En lo de idiota no te falta razón.

Es la voz de Cole, arrastrando las palabras como siempre, y me pone la piel de gallina. Sé que lo tengo justo detrás porque siento su aliento acariciándome la nuca.

En cuanto ve a su hermano, la cara de Jay se endurece, pero se queda donde está, cerca de mí. Sus dedos se me clavan en el brazo hasta que me hacen daño y no puedo reprimir una mueca de dolor.

—Así que habéis venido juntos.

—Y tú estás hecho un capullo. Ahora que ya hemos acabado con las obviedades, suéltala.

Me recorre un escalofrío con solo oír su voz.

—No es tuya, deja de actuar como si fueras su padre.

Miro a Jay como si le acabara de salir una segunda cabeza. Madre mía, ¿desde cuándo es tan impulsivo?

—Créeme —se burla Cole—, ahora mismo prefiere tenerme a mí de padre que verte el careto.

Los ojos de Jay buscan los míos; está esperando que yo niegue las palabras de Cole, pero no puedo. Me quedo callada y a él le cambia la cara. Está decepcionado y me duele saber que le estoy haciendo daño, pero no debería haber insultado a mi hermano ni haberse callado durante años mientras su novia me machacaba.

—Ya lo pillo. Siento haber interrumpido lo que os traéis entre manos.

—No es... —empiezo a decir, pero no me está escuchando, sino que mira fijamente a Cole.

Me suelta el brazo y Cole me rodea con el suyo y me atrae hacia él.

—No hace falta que me expliques nada. Ya no me necesitas, ahora lo tienes a él.

¿Por qué lo dice como si la mala de la película fuera yo? ¿Por qué le importa tanto? Levanta las manos como si se protegiera de nosotros y retrocede.

—No lo olvides, Tessa, cuando este la pifie y acabe haciéndote daño, yo seguiré aquí.

Da media vuelta y se aleja, y yo me quedo petrificada y perpleja. ¿Qué acaba de pasar?

—No le hagas caso, es idiota.

Cole me coge de la mano y me lleva al resto de las tiendas a las que quería ir, pero no puedo dejar de pensar en las últimas palabras de Jay. ¿Qué habrá de verdad en ellas?

13

¿Es una pregunta retórica?

Beth es muchas cosas: dura, segura de sí misma, extrovertida, nunca tiene remordimientos y es un poco punki. Lo que no me imaginaba era que le interesara mi vida sentimental tanto como al resto del pueblo. Beth, sí, la más cuerda de mis amigas y un poco impredecible, ha empezado a darme miedo porque no se quita esa expresión de asombro absoluto de la cara. Me resulta un poco incómodo saberme observaba por sus ojos enmarcados en negro, sobre todo después de lo que acabo de decirle.

—¿Vas a ir a una gala benéfica?

—Sí.

—¿Vas a participar en ese concurso humillante?

Me encojo al oír sus palabras, pero aun así repito lo que ya le he dicho.

—¿Cole es tu pareja?

Asiento y ella suspira.

—Sabía que algún día te venderías al sistema. De Megan me habría extrañado menos, pero ¿de ti, Tessa? Menuda decepción.

—Vale ya, no me vengas con sistemas. Mi madre me ha chantajeado para que participe en el concurso y a la gala tengo que ir sí o sí; mi padre es el alcalde.

—Eso son chorradas.

Rechaza mi respuesta con un movimiento de muñeca, coge los libros de la taquilla y caminamos juntas hasta el aula en la que la señora Sanchez será atacada durante toda una hora por una lluvia de bolitas de papel.

—Pero si siempre he ido a esa gala, desde que era pequeña. ¿Por qué te enfadas?

—No me enfado —responde, y vuelve a suspirar—. Es que durante los dos últimos años has sido la única persona con la que podía despotricar de esa absurda tradición. ¿Recuerdas cómo nos escabullíamos a medio discurso de tu padre?

Sonrío al recordarlo. Los buenos tiempos.

—Este año es diferente. Creo que mi familia empieza a recuperarse y quiero que todo salga bien —respondo sujetando los libros contra el pecho porque alguien que se parece sospechosamente a uno de los esbirros de Nicole acaba de empujarme.

—Mira por dónde vas, rubia de bote —grita Beth por encima del hombro y luego sacude la cabeza—. Tengo un mal presentimiento con todo esto. Creo que a Nicole no le va a gustar ni un pelo que participes, se le nota que está desesperadita por ganar. Aunque —continúa sin que yo haya añadido una sola palabra para aliviarle la preocupación—, si ganaras, eso lo cambiaría todo.

La escucho mientras desvaría sobre un nuevo orden mundial y la posibilidad de dominar el planeta. Ahora mismo me recuerda mucho a Cole. Los dos creen que ganar el concurso de belleza me ayudaría a destronar a Nicole y que podría ocupar su puesto como la nueva abeja reina. No es lo que quiero, nunca me ha interesado, pero verla perder lo que más ansía... Eso sí que no me importaría. Ese es el plan, arrebatarle lo zque más quiere y ser tan superficial como ella, que es en lo que se basa su popularidad.

No veo a Cole en ninguna de las clases a las que asistimos juntos ni tampoco a Jay. Al principio me preocupa que el encuentro en el centro comercial haya derivado en algo más, pero luego Beth me dice que todos los que hacen deporte tampoco están. Cole se ha apuntado al equipo de fútbol americano y, como no podía ser de otra manera, le han dado el puesto de *quarterback* titular. El día sigue avanzando y a la hora de la comida me entero de que los chicos están ayudando a montar la gala. Cuando entro en la cafetería, una especie de miedo se apodera de mí porque sé que estoy sin salvavidas. Cuando Cole no está, siempre hay algún compañero de equipo que se encarga de cuidarnos y mantener el *bullying* bajo mínimos. Además, siempre nos sentamos en la mesa que Cole se agenció el primer día que vino a clase, pero hoy Beth y yo no sabemos muy bien qué va a pasar.

Me siento en dicha mesa y miro a mi alrededor. Nicole, cómo no, me está mirando fijamente, pero a medida que pasa el tiempo me voy sintiendo más aliviada porque veo que no hace nada para humillarme.

Alguien me toca el hombro y rápidamente empiezo a imaginar diferentes escenas, a cuál peor. Se acabó, Tessa, ahora es cuando Nicole desata su ira contra ti. Era demasiado bueno para ser verdad.

—¿Qué es ese plancton que tenéis en la mesa?

Beth mira por encima de mi hombro a la persona que tengo detrás, que por lo visto no forma parte del escuadrón «hagámosle la vida imposible a Tessa», así que suspiro aliviada. Giro el cuello y me encuentro con un corpulento chico de primero que sonríe. En este instituto es bastante normal respetar la cadena alimentaria y no confraternizar con los que están por debajo de ti. Ellos, a cambio, se mantienen alejados del feroz mundo de los de dieciocho años. Por eso me extraña que este chaval y su amigo, que espera un par de pasos más atrás, nos miren con tanta expectación.

—¿Os puedo ayudar en algo? —pregunto con toda la amabilidad de la que soy capaz.

—Pues la verdad es que queríamos saber si podemos echaros una mano. Cole nos ha dicho que no os gusta la comida de la cafetería, ¿queréis que os traigamos algo de fuera?

Beth y yo los miramos como si estuvieran chalados. ¿Por qué dos desconocidos a los que normalmente trataríamos como si fueran basura quieren liberarnos de la tortura que supone el plato sorpresa de carne de todos los martes?

—¿Y por qué haríais eso? —pregunto.

—Porque es parte de nuestro trabajo. Si se entera de que hemos estado haciendo el vago, nos arranca los... —El chico, que tiene la cara cubierta de pecas y el pelo castaño y lacio, se queda callado e intenta encontrar una palabra menos directa— testículos. Tenemos que asegurarnos de que tenéis todo lo que necesitáis —termina, y asiente muy serio.

Los dos parecen tan orgullosos, tan henchidos, que cualquiera diría que les han encargado la defensa de la nación.

—Espera, a ver si lo he entendido: ¿Cole os ha dicho que nos vigiléis? —pregunta Beth sin molestarse en disimular una sonrisa, y acompaña el «nos vigiléis» con dos comillas imaginarias.

—Todos los jugadores menos los de primero están ayudando con lo de la gala benéfica, así que nos lo ha dicho a nosotros —nos explica, señalándose a sí mismo y a su amigo de piel más morena—. Es para asegurarse de que hoy no os molesta nadie.

No sé si emocionarme con tantas atenciones o preocuparme ahora que sé que Cole tiene el poder de poner a «trabajar» de guardaespaldas a los de primero. Ahora entiendo por qué no nos ha molestado nadie en todo el día, por qué no nos han atacado ni se han aprovechado de la ausencia de Cole.

Es porque, aun sin estar presente, sigue cuidando de mí.

—En ese caso, chicos —dice Beth, armándose con su sonrisa más seductora y enrollándose un mechón de pelo alrededor del dedo, lo que equivale a dejarlos sin posibilidad alguna de resistencia—, ¿me traéis una hamburguesa con queso?

—¿Quieres que vayamos a ver a Megan? —le pregunto a Beth mientras me lleva a casa en coche.

Su madre por fin ha cedido y le ha dejado comprarse un coche. Es un poco viejo y necesita bastantes arreglos, pero Beth le tiene tanto cariño que parece que lo haya parido.

—En el mensaje decía que tiene algo probablemente contagioso, así que será mejor que no nos acerquemos.

Beth gira en mi calle y frunce el entrecejo. Es muy raro que Megan falte a clase, por lo que lo de la enfermedad resulta creíble, pero aquí hay algo que huele mal.

—Sé lo que estás pensando. Démosle un día de margen antes de plantarnos en su casa, ¿de acuerdo?

Yo asiento. Estoy convencida de que lo mejor es darle a Megan el espacio que necesita. Últimamente lo ha tenido un poco difícil, entre la persecución implacable de Alex y la obsesión de su madre para que viva como una monja hasta los treinta.

—Solo espero que pueda aguantar mucho tiempo con su madre sin suicidarse.

Me estremezco ante la idea y luego me bajo del coche. Me gustaría invitar a Beth, pero tiene que irse a trabajar, así que nos despedimos y yo entro en casa.

Estoy en pleno proceso de servirme un bol de cereales con chocolate cuando me suena el móvil en el bolsillo de atrás. Es un mensaje de Cole. Son las cuatro de la tarde, así que seguramente ya ha acabado por hoy.

Cole: «Ponte algo de abrigo, salimos. Te recojo dentro de diez minutos».

La Tessa de antes le diría que no, que un viernes por la noche tengo cosas que hacer, pero la nueva tiene otros planes. A la nueva le apetece pasar tiempo con Cole Stone y le encanta la idea de «salir» con él.

Yo: «Vale».

Cinco minutos después, corro escaleras arriba e intento arreglarme como puedo. Me suelto el moño que me he hecho esta mañana a toda prisa y me paso un cepillo por el pelo. Me quito la sudadera XXL y la cambio por una camiseta ajustada, rosa y con encaje en forma de ondas, encima de unos vaqueros oscuros. Decido no quitarme las Converse blancas y bajo corriendo a la planta baja. Me asomo a la ventana de la cocina, pero no veo el Volvo de Cole. Eso me da tiempo para pintarme un poco con el maquillaje que llevo en el bolso y echarme un poco de perfume.

Suena el timbre y tengo que esforzarme para controlar los nervios. Es Cole, el chico que me ha hecho llorar más veces de las que recuerdo. No hace falta que pierda la cabeza.

—No olvides que si llamo al timbre es por simple cortesía. Todavía tengo la llave.

Entra paseándose tranquilamente, con su chupa de cuero negro, una camiseta cómoda y unos vaqueros. Me quedo sin respiración.

—¿Ya has acabado de repasarme, Tessie? —me dice con su fanfarronería habitual.

De repente, pienso que debo hacer algo urgentemente. No puedo permitir que crea que me gusta, no de esa manera. O que me gusta a secas.

—¿Has visto que llevas grasa por toda la cara?

En realidad, solo es una mancha en la frente pero, eh, si no exagerara no sería Tessa O'Connell.

—¿Qué? Pensaba que me la había quitado toda —refunfuña, y se dirige hacia el fregadero de la cocina para echarse agua por toda la cara.

Ay, no, ahora es mucho peor.

El agua le moja la camiseta y le resbala por los músculos del cuello, que se tensan mientras bebe.

Será mejor que no mire, que no me deje embelesar por la belleza de este ser humano impresionante que tengo a un par de metros de mí.

Aparto la mirada y busco algo que hacer, por insignificante que sea. Cojo una bayeta y la paso por la encimera, aunque sé que está limpia y brillante.

—¿Estás lista? —me pregunta mientras se seca con un rollo entero de papel de cocina.

Asiento sin mirarlo, cojo el bolso y me dispongo a ir hacia la puerta, pero Cole me coge del brazo y tira de mí. Me obliga a darme la vuelta, me coge por los hombros y tira de mi barbilla hacia arriba. Sus ojos se clavan en los míos como si intentaran descubrir algo.

—¿Estás bien?

Me revisa la cara y las partes visibles de mi cuerpo.

—¿Por qué no habría de estarlo?

Odio cuando me sale la voz como si me hubiera quedado sin aliento, pero Cole no le da importancia. No es propio de él y me demuestra que nuestra relación está cambiando. No sé si quiero que esto suceda. Ya no es el terror que asuela mis horas diurnas, cierto, pero esta tensión que hay entre los dos me pone aún más de los nervios.

—Estás un poco rara. ¿Te ha pasado algo en clase? Me voy a cargar a esos...

Pongo los ojos en blanco mientras él amenaza a los novatos que le hacen de lacayos.

—Tranquilo, machote, estoy bien. ¿No nos íbamos?

Me quito sus manos de encima, le doy la espalda y respiro hondo. Cada vez me cuesta menos mentirle, pero no creo que llegue a convertirme en una profesional. Parece increíble que el chico cuya presencia, hasta hace dos días, era incapaz de soportar, ahora me provoque esta explosión incontrolable de sentimientos.

—Cada día estás más rara, Tessie, de verdad.

Resulta que hoy no ha venido en coche, así que pillamos unas pizzas y vamos caminando hasta el parque. Sigo sin entender de qué va todo esto, pero él parece tan contento que prefiero no preguntar. Habla sin parar sobre cómo vamos a machacar a Nicole en el concurso. Si quisiera aguarle la fiesta, le diría que ganar tampoco es que signifique mucho para mí, que si participo es por mi madre. Sin embargo, no sé muy bien por qué, quiero que piense que estoy tan emocionada como él.

Nos sentamos cerca del lago. Por suerte, la hierba no está mojada y no necesitamos una manta.

—Lo que pagaría por saber qué pasa en esa cabecita tuya —dice Cole riéndose, y me pasa una servilleta y un trozo de pizza.

—Normalmente, pesadillas sobre el día en que me empujaste desde este mismo árbol cuando tenía nueve años. Aquel día me rompí el brazo, y luego tuve que llevar escayola durante tres semanas y me perdí el recital de piano.

—No fue en este árbol —replica él a la defensiva, señalando el sauce que tenemos detrás.

Yo niego con la cabeza y sonrío al ver la vergüenza reflejada en su cara. ¿Se siente mal por aquello?

—Gracias, pero creo que me acuerdo.

—No pensé que te caerías —me dice con un hilo de voz, mientras arranca briznas de hierba del suelo.

Le sobresale el labio inferior, que es de un rosa increíble y mucho más atractivo de lo que yo quisiera. Por lo visto, Cole acaba de convertirme en una fetichista de los labios.

—No pasa nada, han pasado nueve años, creo que ya lo he superado —bromeo, y él se ríe conmigo.

No me gusta que se sienta culpable, por mucho que lo haya deseado durante años. Se nota que se arrepiente de todas las veces que me ha hecho *bullying* en el pasado.

—Y qué, ¿has escogido canción? —pregunta cuando terminamos de comer.

Me inclino hacia atrás, con el peso del cuerpo apoyado en los codos, y levanto la mirada hacia el cielo estrellado. Ahora mismo no me apetece hablar del concurso. Aquí, en mi propia burbuja, solo quiero relajarme y no pensar en los problemas que asuelan mi vida. Hacía mucho tiempo que no venía a este parque. Nicole y su séquito siempre andaban por aquí, ella normalmente enrollándose con Jay. A toro pasado, comprendo que empezó a salir con Jay para alejarme, no porque le gustara.

—¿Qué canción? —pregunto volviéndome hacia Cole, y lo descubro mirándome fijamente con los ojos abiertos de par en par.

Me incorporo rápidamente y me paso los brazos alrededor del pecho. Esa mirada, esos ojos intensos y penetrantes, han conseguido que el corazón me dé un vuelco. ¡Basta de volteretas, maldito! Al menos no por un rompecorazones como Cole Stone.

Se rasca la nuca y aparta la mirada. Otra vez vuelvo a sentirme estúpida por hacer que se sienta incómodo. No quiero que piense que me intimida. En realidad, es al contrario, me gusta cómo me mira, seguramente más de lo que debería.

—Ya sabes, la que se supone que tenemos que bailar.

Ah, claro, el baile en pareja de todos los que participan en el concurso, y que, si lo clavas, sabes que has ganado el título. Cole quiere arrebatárselo de las manos a Nicole y dármelo a mí porque sabe lo mucho que ella ha trabajado para conseguirlo. Solo le interesa la popularidad, y si ganara otra persona, la destruiría a tantos niveles... No sé si quiero hacerle esto. Ni siquiera estoy segura de mis capacidades para destronarla, aunque cada vez que lo digo recibo un sermón sobre autoestima de la mano de mi guía espiritual favorito, Cole, y no me queda más remedio que callarme.

—Pensé que no te interesaría. Que las lentas eran para las nenazas.

—Son para las nenazas, bizcochito, pero tenemos que ganar. Además, yo bailaré contigo. Eso lo hará diferente.

Me guiña un ojo y yo me quedo boquiabierta como una imbécil. Está tonteando contigo, Tessa, di algo, haz algo. Deja de mirarlo como si quisieras pasártelo por la piedra. Dile lo repulsivo que te resulta, que no estás interesada. ¡Haz algo, lo que sea!

—Tengo cortinas nuevas en mi habitación —le suelto.

Pero ¿se puede saber qué demonios me pasa? ¿Cortinas? ¿Por qué, Tessa, por qué?

—¿Te pongo nerviosa?

Está tan pagado de sí mismo que me entran ganas de atizarle. No está bien que se aproveche de mi estupidez. Tengo que trabajar la soltura verbal cuando estoy con él o pensará que soy como todas las chicas del pueblo. Ahora entiendo por qué se sienten tan atraídas. Es guapísimo y encima lo sabe.

—No, es que pasar tantas horas contigo me está dejando sin neuronas, Stone.

—Eso es por la cantidad de horas que te pasas mirando al inútil de mi hermano.

Se levanta y me pregunto si está enfadado conmigo por algo que he dicho, pero entonces veo que coge mi bolso del suelo y sé que se trae algo entre manos.

—¿Llevas el iPod?

Me levanto y le arranco el bolso de las manos.

—¿Nunca te han dicho que no hay que hurgar en el bolso de una señorita?

Me estremezco al pensar las cosas que encontraría en él, lo peor de todo, los tampones.

—¿Qué señorita?

Le doy una patada en la espinilla.

—No vuelvas a tocar mi bolso —le ladro, y me lo guardo al lado—. Toma —digo, poniéndole el iPod en la mano.

Me sonríe y luego me pasa el brazo alrededor de la cintura y me atrae hacia su pecho. El impacto me deja sin aliento. Si no me estuviera sujetando, me derretiría hasta convertirme en un charco.

—¿Qué... haces?

Me tambaleo un poco mientras farfullo las palabras. Cole me pone el iPod en el bolsillo delantero de los pantalones y me mira con los ojos entornados. Un auricular va a mi oreja y el otro, a la suya. Yo me limito a observar en silencio, completamente hipnotizada, mientras él apoya uno de mis brazos en su hombro y entrelaza las manos que nos quedan libres y que flotan en el aire.

—Bailo contigo, Tessie.

Empieza a sonar una música lenta y yo me santiguo porque reconozco la canción. Comparto el iPod con Megan porque su madre no quiere que se acerque a ningún aparato de estos hasta que vaya a la universidad. Digamos que mi amiga y yo tenemos gustos muy diferentes.

—Tú sígueme —me susurra Cole, y empezamos a movernos.

Arranca el primer verso y yo intento no concentrarme en la letra.

Esta canción la he escuchado una cantidad ridícula de veces. Es sobre un chico que le dice a su novia que la quiere precisamente por sus imperfecciones. Las letras de las canciones tienen significado, las palabras tienen poder y yo no puedo permitir que todo esto me supere.

—Relájate, estás demasiado tensa.

Asiento e imito sus movimientos sin mirarle a los ojos. De pronto, llega el estribillo y me empieza a temblar el labio inferior. Cole me sujeta tan cerca de su cuerpo y con tanta fuerza que es como si no me quisiera soltar. Justo cuando estoy pensando en salir corriendo como si no hubiera un mañana, retira la mano de la mía un segundo, me levanta la barbilla y sus ojos se clavan en los míos.

—Tienes que mirarme. —Tiene la voz ronca y yo siento que me tiembla todo—. Los jueces tienen que tragarse lo que les vendamos.

Claro que sí. Estamos actuando porque necesitamos ganar. Exhalo lentamente y sé que ya no estoy tan cerca de una muerte segura por hiperventilación como hasta hace unos minutos. El objetivo es ganar a Nicole, nada más.

—Vamos a intentarlo de nuevo, pero esta vez mírame a los ojos, ¿de acuerdo?

Su mano se desliza unos centímetros hacia arriba, siguiendo la curva de mi espalda. Es un movimiento tan lento y sensual que no puedo evitar cerrar los ojos. La puñetera canción no es que sea de gran ayuda. ¡Tengo que decirle a Megan que deje de grabar canciones sensibleras en el iPod!

—Te voy a levantar del suelo, ¿vale?

—Por favor, no me tires al lago —le suplico.

Cole se ríe y me aprieta aún más fuerte contra su pecho.

—¿No confías en mí, Tessie?

—¿Es una pregunta retórica?

Al oír mi respuesta, pone los ojos en blanco.

—Te voy a levantar quieras o no. Vas a tener que aprender a confiar en mí.

A mí se me escapa la risa.

—Es más fácil decirlo que hacerlo, colega. Me has martirizado durante buena parte de mi vida y no sé si matarme sigue estando en tu lista de cosas pendientes.

Murmura algo en voz baja y me parece entender «qué melodramática». Así está mejor, esto es lo normal. Discutir, pelear, querer arrancarnos mutuamente el pelo; eso es lo que se nos da mejor. Cualquier otro sentimiento podría entorpecer esta dinámica tan increíble que compartimos.

Empieza la segunda estrofa de la canción y, sin previo aviso, Cole me levanta por la cintura y en cuestión de segundos mis piernas cuelgan en el aire mientras él nos hace girar a los dos. Las palabras que oímos en nuestros respectivos auriculares resuenan a nuestro alrededor. Entre la forma en que me mira y la voz suave y delicada del cantante, juraría que es el momento más mágico de mi vida.

Cuando me baja, busca mi cintura con las manos. No cabe ni un alfiler entre los dos. Mis pies tocan el suelo y me doy cuenta de que estoy totalmente enredada en él. Sus brazos me rodean, una de sus piernas está entre las mías, mis manos se agarran a sus hombros... Lo que me sorprende es que aún quede algo de espacio entre los dos.

Sus ojos se posan en mis labios y siento que el corazón se me sale del pecho. No lo entiendo. Hasta el último átomo de mi ser es consciente de lo cerca que estamos, de que por fin ha llegado el momento.

Está a punto de pasar algo que cambiará mi vida para siempre.

—Tessie —susurra Cole mientras se inclina sobre mí.

Noto cómo me voy acercando a sus labios cada vez más y más...

Un zumbido estridente perturba el silencio de la noche y siento que me acaban de echar un cubo de agua fría por la cabeza. Cole maldice entre dientes y se aparta de mí, yo me tambaleo y por poco no aterrizo de culo en el suelo. Mi móvil sigue sonando y vibrando; me lo saco del bolsillo con gesto tembloroso.

—¿Sí?

Estoy sin aliento, me falta la voz y tengo ganas de atravesar el cráneo de quien llama con un clavo de veinte centímetros.

—Tessa, menos mal. Tienes que venir a casa de Megan ahora mismo, está al borde de un ataque de nervios y no sé qué hacer.

Beth sigue hablando y explicándome que está preocupada por Megan y que cree que la señora Sharp, con su carácter controlador, ha llevado a su hija al límite. La escucho a medias; mis ojos se posan en la espalda de Cole, que está tirando piedras al agua. Por la postura, diría que está enfadado o como mínimo un poco molesto.

Íbamos a besarnos, de eso estoy convencida. Si Beth no hubiera llamado, ¿lo habríamos hecho por fin?

—¿Estás ahí? ¿Me oyes?

—Sí, ahora voy.

Cuelgo y me acerco a Cole, que oye mis pasos y se da la vuelta. La expresión de su cara no delata nada. Está como siempre, tranquilo, feliz y un pelín chalado.

—¿Va todo bien?

Yo agito una mano en el aire, como queriendo quitarle importancia al asunto.

—Por lo visto, le pasa algo a Megan. ¿Me puedes llevar a su casa?

Con un poco de suerte, los veinte minutos que hay entre su casa y la de Megan serán la oportunidad perfecta para hablar. Hemos estado a punto de besarnos, otra vez. Esto se merece una conversación, ¿no? ¿No es lo que hacen los mayores, hablar las cosas?

Caminamos en silencio hasta su coche, manteniendo en todo momento una distancia un tanto incómoda entre los dos. Me pone de los nervios que no parlotee sin ton ni son o intente burlarse de mí. Quiero que me diga que me visto raro o que tengo los dientes demasiado grandes; me conformo con cualquier cosa que sea mínimamente insultante. Lo que sea menos este horrible silencio.

Cuando llegamos al coche, me pongo el cinturón y él arranca el motor. Busco temas de conversación que sean seguros y empiezo por algo que es imposible que se tuerza: hincharle el ego.

—¿Dónde has aprendido a bailar así?

—Nos enseñó Cassandra para la boda de su hermana. Jay y yo debíamos tener unos diez años. —Sonríe al recordarlo y yo me imagino a un Cole larguirucho y desgarbado aprendiendo a bailar agarrado—. Obviamente, a Jay le costaba más.

Los dos nos echamos a reír porque sabemos lo mal bailarín que es el otro hermano Stone. Cada vez que hay un baile, los gritos de dolor de Nicole resuenan por todo el gimnasio.

—Cassandra tuvo que darse por vencida porque se le llenaron los pies de ampollas. Digamos que mi hermano es muchas cosas, pero no una buena pareja de baile.

—Ahí llevas razón.

Se me escapa la risa y Cole sonríe. De repente, la tensión desaparece y volvemos a ser los de siempre. Solo necesitábamos meternos un poco con Jay y, sinceramente, ahora mismo tampoco es que me moleste hacerlo.

Aparcamos el Volvo justo delante de casa de Megan, en un barrio aburrido de las afueras.

—Gracias por traerme. Te diría que entraras, pero no sé qué te haría la señora Sharp.

Me quito el cinturón y bajo del coche. Cuando estoy a medio camino del porche, oigo pasos y veo que Cole está detrás de mí. Lleva una caja muy grande en las manos, con un lazo plateado.

—¿Qué es eso? —pregunto, nerviosa, y veo que vuelve a rascarse la nuca.

—Mira, no quiero que pienses que te estoy obligando a nada, pero...

—¿Qué es? ¿Por qué pareces tan asustado?

Observo la caja con cautela y mi propia risa se me antoja falsa.

—Sé que estás teniendo problemas para encontrar un vestido y como no quieres parecer una bola de discoteca con el de tu madre, te he comprado esto.

Me planta la caja en la cara, como el niño que le regala una manzana a la profesora el primer día de colegio, aunque, si no recuerdo mal, aquel día la pobre señora Grisham recibió un tarro lleno de gusanos de su alumno menos favorito.

—¿Me has comprado un vestido? —pregunto anonadada mientras le cojo la caja de las manos.

Pero ¿cuánto pesa esto?

—Técnicamente me ha ayudado a escogerlo Cassandra, pero creo que te gustará. Si no, puedes devolverlo. Quiero decir que no pienso obligarte a llevarlo, tampoco es que sepa mucho de vestidos. Cassandra dice que te gustará y yo creo que te quedará bien. En serio, no importa si...

No sabe ni lo que dice. Dios, está tan mono cuando se pone nervioso y acaba parloteando...

Nunca le había visto perder la calma de esta manera y he de decir que la escena es adorable. Sin pensármelo dos veces, me acerco a él y le tapo la boca con la mano.

—Cállate, Cole.

Cuando estoy segura de que no va a empezar otra vez a hablar, me pongo de puntillas y le planto un beso en la mejilla. Aplico la mínima presión posible y dejo que mis labios descansen sobre su piel unos cinco segundos antes de retirarme. Ha merecido la pena enfrentarme a mis miedos a cambio de la expresión de alucinado que tiene ahora mismo en la cara.

—Gracias, estoy segura de que me encantará —susurro antes de retroceder y dirigirme hacia la puerta.

—¡De nada, bizcochito! Eh, acepto masajes suecos como muestra de afecto —grita cuando casi he llegado al porche.

—Sigue soñando, Stone —replico a medio camino entre el grito y el susurro; no quiero que la señora Sharp se escandalice.

Cole me guiña un ojo y se mete en el coche. Antes de irse, me manda un beso y yo me quedo mirándolo mientras se aleja, pensando lo mucho que ha cambiado, lo mucho que hemos cambiado los dos. La diferencia es increíble.

14

Soy tan sutil como la mermelada de cacahuete con tropezones

La última vez que tuve que actuar fue en séptimo. Estábamos preparando una representación de *Romeo y Julieta* y me pidieron que hiciera de enfermera. Entonces tenía sentido, con mi peso y mi ropa de esposa abnegada de los cincuenta, el papel me venía que ni pintado. Por desgracia, mis quince minutos de gloria se fueron al garete en cuanto se me ocurrió echar un vistazo al público. Mis padres estaban sentados en primera fila: mi madre me saludaba entusiasmada, mi padre intentaba animarme y mi hermano no paraba de hacerme muecas.

Aquel día no llegué a conocer la gloria. No me habrían podido descongelar ni con un soplete. La niña que hacía de Julieta hizo lo que pudo para sacar la obra adelante. Se inventó frases, diálogos sin sentido que Shakespeare jamás habría reconocido como propios, pero aun así la escena funcionó. Salí del escenario seguida por las miradas asesinas de la profesora de teatro, más las de los Montesco y los Capuleto. Tardé un rato en darme cuenta de lo que había pasado hasta que por fin llegó la vergüenza, y de qué manera. Tenía tanto miedo por cómo reaccionaría la gente que me pasé el resto de la función escondida en el armario del camerino.

Curiosamente, cuando por fin decidí salir, la situación era mucho más caótica. Resulta que nuestro Romeo había decidido añadir algo de su propia cosecha a la historia y se había negado a besar a Julieta argumentando que los aparatos de su amada le daban asco. Luego cogió a Marsha White, la niña más guapa de la clase que hacía de madre de Julieta, y le plantó un beso en todos los morros. El escándalo fue mayúsculo.

Cole hacía de Romeo.

Ahora, cuando pienso en ello, me pregunto si lo hizo para apartar la atención de mí. No me sorprendería, teniendo en cuenta el giro de ciento ochenta grados que ha dado nuestra relación. Si sigo dándole vueltas, seguro que encontraré una razón detrás de todo lo que ha hecho últimamente, aunque ahora mismo no sé si estoy preparada para hacerlo.

—Ya están aquí.

Cole asoma la cabeza por la puerta del almacén del Rusty's. Se le nota que está emocionado, está en su salsa, conspirando e ideando argucias. Es su fuerte y por fin tiene la oportunidad de demostrarlo. Las tres nos preparamos para la acción y la cabeza de Cole desaparece. Me recoloco el delantal y cojo la cesta del pan.

—Señoras, llegó la hora. Acuérdate, Megan, no puedes salir. Pase lo que pase, tus padres no pueden saber que estás aquí.

Beth actúa como si fuera la directora. Sabe que Megan y yo somos ineptas por lo que a mentir se refiere. Le he pedido a Rusty que la deje trabajar algunos turnos durante esta semana para que hoy pudiera echarnos una mano.

—Vale —asiente Megan, sumisa, pero está temblando.

Está nerviosa, todas lo estamos, pero esto es lo que quiere y es demasiado débil para pedirlo ella en persona.

Respiro hondo y me preparo para hacer el papel de mi vida. Beth ya ha salido del almacén y está acompañando al señor y a la señora Sharp hasta su mesa. Cole ya debe de estar congraciándose con ellos y Alex... Pobre Alex.

—¿Crees que va a funcionar? —me pregunta mi amiga pelirroja, atormentada por la ansiedad, y yo esbozo mi sonrisa más confiada.

—Pues claro que sí.

El señor y la señora Sharp son dos auténticos imbéciles, sin ánimo de ofender a Megan. Los dos son abogados y socios de un bufete muy prestigioso. Para ellos, si no eres rico o poderoso, casi mejor que te mueras. A mí me adoran, supongo que no hace falta que explique por qué. Odio cuando se deshacen en atenciones conmigo mientras ignoran a su propia hija, pero hoy eso nos va a ir de perlas.

Verás, cuando fui a casa de Megan hará un par de noches, me la encontré llorando y hecha unos zorros. Beth y yo nos pasamos horas convenciéndola para que nos contara qué le pasaba. Después de dormir con ella, hacer una maratón de pelis de Audrey Hepburn y finiquitar dos paquetes de Kit Kat entre las tres, nos lo explicó todo. Al parecer, Alex le había pedido que fuera a la gala con él. Están en esa fase en la que son amigos pero los dos quieren algo más. Cuando Alex le hizo la pregunta, ella salió corriendo. Corrió hasta que pudo encerrarse en su habitación e intentó encontrar una solución. Sus padres se negaban en redondo a permitir que fuera con un chico y no pensaban ceder ni un milímetro. Por su parte, Alex temía haber asustado a Megan con la cantidad de llamadas y mensajes que le envió después. Cole nos dijo luego que su amigo creía haberla pifiado.

Era un desastre de proporciones épicas, así que teníamos que arreglarlo como fuera y volver a unir los corazones de nuestros amigos. Para que eso ocurriera, necesitábamos un plan y ¿quién mejor para idearlo que el maestro de la manipulación en persona?

Beth ya ha creado el ambiente, lo noto cuando salgo del almacén con las cartas y la cesta del pan. Los ha sentado en el reservado más limpio que tenemos y el resto del local está vacío, según lo acordado. Tardé en convencer a mi jefe, pero después de prometerle tomates especiales de Farrow Hills de por vida, cortesía de mi padre, aceptó.

Salgo sonriendo tal y como me enseñaron cuando empecé a trabajar aquí. Veo a Cole y las pintas que lleva y me aguanto la risa. Por suerte, consigo contenerme hasta que me planto junto a la mesa, dejo la cesta de pan en el centro y veo cómo se iluminan los ojos de la señora Sharp al verme.

—Tessa, querida, no sabíamos que trabajabas hoy —exclama, y tengo que echar mano hasta del último músculo de la cara para que no se me borre la sonrisa.

Odio a esta mujer, en serio, la odio.

—Buenas tardes, señora Sharp, señor Sharp. Me alegro de verles. Aquí tienen la carta. Avísenme cuando hayan escogido —digo con toda la educación del mundo, antes de dejar las cartas sobre la mesa y retroceder.

—Nunca habíamos estado en un sitio como este.

La señora Sharp mira a su marido, que está pasando un dedo por encima de la mesa en busca de restos de polvo. Menos mal que hace solo unas horas que la he frotado y limpiado a conciencia. El señor Sharp es más bien bajito y está más o menos calvo. Todo el mundo sabe que Megan ha heredado la belleza de su abuela materna.

—Bueno, en ese caso, ¿qué les parece si les traigo el especial de la casa?

No hay ningún especial de la casa. Hemos comprado un par de platos de langosta en un restaurante caro, esperamos que se lo traguen. El señor Sharp se muestra repentinamente interesado y deja de frotar la mesa con el dedo.

—¿Especial? ¿Es lo más caro que tenéis aquí?

Estoy a punto de coger la jarra de agua de la mesa y vaciársela en la cabeza, pero por suerte Cole interviene a tiempo. Está... distinto, con una camisa azul cielo y unos pantalones caqui. Incluso ha conseguido domarse el pelo y lo lleva engominado y peinado hacia atrás para que no le caiga sobre los ojos. A mí el look no me emociona, pero los padres de Megan se lo han tragado. Fue él quien habló con ellos y los invitó a venir. Convenció a la señora Sharp para que deje ir a su hija a la gala y se comprometió a encontrarle un acompañante que fuera de su gusto.

El acompañante será Alex o Alexander, que es como lo llama ahora. Los padres de Megan han venido a conocerlo, o, mejor dicho, a hacerle un tercer grado, y estoy segura de que el pobre chaval está sudando tinta.

—Es el mejor plato del menú. Mis padres lo piden siempre.

En cuanto oyen mencionar al sheriff y a la doctora Stone, levantan las orejas y se deciden por el especial. Beth está detrás de la barra, limpiando el polvo imaginario. Me guiña un ojo y yo me dirijo a la cocina. Ya tenemos la comida emplatada, pero Megan y yo decidimos esperar un poco antes de llevarla a la mesa. A estas alturas, se ha mordido tanto las uñas que casi se le ve el hueso.

—¿Y si no funciona? Y si lo descubren... ¡Me habré metido en una buena! No me puedo creer que le haya pedido a Alex que haga esto. Seguro que me odia, debe de pensar que es idiota por querer salir conmigo.

Escucho su monólogo en silencio mientras esperamos. Le irá bien liberarse del estrés. Cuando termina, resopla y sus hombros se desploman en señal de derrota.

—Escúchame bien, porque solo te lo voy a decir una vez. La persona que está detrás de todo esto es Cole. Lleva mintiendo y conspirando desde el mismo día en que lo conocí. El tío es un genio. Es imposible que falle. Además, Alex está loquito por ti, loco nivel señora que vive con mil gatos. Está dispuesto a pasar por esto para compartir un solo día contigo, Megs, ¿no te parece prueba más que suficiente?

Parece que se calma un poco después de mi sermón. Por un momento, me planteo la posibilidad de dedicarme a las charlas motivacionales.

Asomo la cabeza por la puerta de la cocina y veo que Cole sigue hablando con el señor y la señora Sharp. Ha adoptado su apariencia más perfecta, pero yo sé que detrás de la fachada hay mucho más. No es el niño bonito, el hijo pródigo o lo que pretenda ser. En el pasado, le recriminaba sus imperfecciones, pero hoy esos mismos defectos están sirviendo para ayudar a mi mejor amiga y eso hace que le tenga aún más cariño.

Pongo los platos en la bandeja, salgo de la cocina y veo que Alex se ha unido a la fiesta, solo que no parece Alex en absoluto. En lugar de las camisetas de grupos y los vaqueros rotos que suele llevar, ha seguido el ejemplo de Cole y ha escogido un aspecto mucho más convencional.

Lleva una camisa blanca con un chaleco de punto encima y unos pantalones beis a juego.

Parece mi abuelo, casi hasta en el último detalle. Se ha peinado hacia atrás, a pesar de que lleva el pelo prácticamente rapado, pero ese no es el cambio más evidente. Mis ojos se detienen en las gafas de empollón y tengo que aguantarme la risa. Intento mantenerme seria, pero mis ojos se encuentran con los de Beth, que sigue detrás de la barra, y me doy cuenta de que también se está aguantando.

Dejo la comida sobre la mesa y sonrío, consciente de que los Sharp se están tragando hasta la última palabra que sale por la boca de Alex. Les está explicando un caso de asesinato muy famoso del que últimamente se habla mucho en los periódicos. La señora Sharp mantiene toda su atención concentrada en él y habla que parece una ametralladora. El señor Sharp, por su parte, intenta seguir el ritmo endiablado de la conversación.

—Tessa, no nos habías dicho que las tres sois amigas de Alexander Hart —me dice la señora Sharp haciendo énfasis en el apellido, y entonces sé que ya se lo han dicho.

El padre de Alex es el dueño de una cadena de restaurantes de lujo en Nueva York y su madre pertenece a una familia muy adinerada. Casi puedo ver el símbolo del dólar brillando en los ojos de la madre de Megan.

—Pensé que Megan se lo habría dicho.

Ella agita una mano con desdén.

—La muy tonta me habló de un chico, pero no tenía ni idea de que era Alexander.

—Bueno, que aproveche. Me alegro de veros, Cole, Alexander —les digo asintiendo, y vuelvo a la cocina.

Una hora más tarde, estamos los cinco sentados en una mesa y partiéndonos de risa. Los padres de Megan se han tragado la función de pe a pa. Están convencidos de que Alexander Hart es el buen chico que en realidad no es. No saben que quiere abandonar los estudios o que su padre lo ha amenazado con desheredarlo.

—Si te hubieras quedado un minuto más, creo que mi madre te habría pedido matrimonio —bromea Megan entre risas.

—Qué quieres que te diga, nadie se resiste a Alexander Hart —replica él marcando el apellido como la señora Sharp, y todos nos echamos a reír.

Observo a Cole, que está recostado en su asiento y niega con la cabeza en respuesta a lo que Alex acaba de decir. Hoy no hemos podido hablar en todo el día; de hecho, no estamos solos desde que me regaló el vestido, que, por cierto, sigue esperando dentro de la caja, en mi habitación. No me he atrevido a abrirla. Estoy un poco asustada y esta vez no es por miedo a una de sus bromas pesadas, sino porque sé que en ningún momento me he planteado que se trate de uno de sus trucos habituales. Ni siquiera he considerado la opción de que haya impregnado el vestido con polvos picapica o algo por el estilo. ¿Tanto he bajado la guardia desde que estoy con Cole Stone?

—¿En qué estás pensando, bizcochito?

Me sonríe y yo vuelvo a la realidad, lejos de este dilema vital que me atormenta. Como si supiera exactamente la reacción que está a punto de provocar, se lleva la botella de cerveza a los labios y bebe un trago. Una vez más, me quedo fascinada contemplando los músculos de su cuello. Ver cómo se mueven se ha convertido en una obsesión tan potente como lo es delinquir para Cole.

—Te lo estás comiendo con los ojos —me dice Beth dándome un codazo, y sonríe como si estuviera disfrutando con esto.

Yo me retuerzo en mi asiento, consciente de que los dos me están mirando. Cole tiene la cabeza inclinada hacia un lado y una media sonrisa en los labios.

—Estaba pensando...

—¿En tirarte a Cole? —susurra Beth en voz baja para que nadie más lo oiga.

Alex y Megan llevan rato inmersos en su propia burbuja de felicidad.

—Estaba pensando —repito, haciendo una pausa y mirando fijamente a Beth— en la locura de día que ha sido hoy.

—Todo el mundo necesita un poco de locura en su vida de vez en cuando, Tessie. Chicas, no sé cómo habéis podido vivir todo este tiempo sin mí.

Esto es lo normal, Cole haciéndose el chulillo. El problema viene cuando se pone tierno y a mí me dan palpitaciones.

—Es que no vivíamos —dice Beth. Coge su cerveza y le da un largo sorbo—. Nos pasábamos el día escondidas o permitiendo que la zorra unineuronal de Nicole nos pisoteara.

—Beth —la reprendo.

Y ella me pone los ojos en blanco.

No necesito que le recuerde a Cole todo lo que Nicole nos ha hecho en el pasado. Ya se puso como un loco con lo de Hank. Recordatorios como el de Beth solo sirven para que acabe perdiendo el control, lo cual no sería bueno para nadie.

—Bueno, pues eso tiene que cambiar, en general —replica Cole sin darle mayor importancia, pero por la fuerza con que coge la botella sé que le afecta más de lo que quiere aparentar.

Al cabo de un rato, Beth se va a trabajar porque, según ella, no quiere hacer de carabina. Yo le digo que Megan y Alex están a punto de enrollarse, pero que Cole y yo no. Ella niega con la cabeza, tal vez sorprendida por mi estupidez, y se marcha. Al rato, Alex y Megan también se van porque necesitan tiempo para hablar, sobre todo de los padres de ella.

Cole y yo estamos sentados en su coche, de camino a mi casa. Mis padres han ido a ver a mis abuelos. Papá tiene que currárselo antes de la gala si quiere que mi abuelo también vaya, así que es bastante probable que se queden todo el fin de semana. En otro momento me habría dado miedo quedarme sola, pero la idea ya no me intimida. Últimamente

Travis pasa más tiempo en casa. Cuando no está intentando evitar a papá, pasa el tiempo con mamá y conmigo. Le he ayudado a buscar unos cursos online y creo que también está buscando trabajo.

Las cosas empiezan a volver a su sitio y no todos los cambios me dan pavor.

—¿Seguro que estás bien? Tengo una comida familiar y mi padre quiere que vaya, pero puedo pasar a verte más tarde —se ofrece Cole, y yo le respondo que no con la cabeza y sonrío para mis adentros.

No me importaría tener que acostumbrarme a esta versión de Cole, preocupado y responsable.

—Estoy bien, tengo a Travis. De todas formas, eres un cielo por preocuparte tanto por mí —murmuro y por un momento me parece ver una sombra rojiza en sus mejillas.

—¿Un cielo? No soy un cielo, solo era una excusa para pasar la noche en tu cama.

Ahogo una exclamación de sorpresa y le doy un cachete en la rodilla.

—Pervertido.

—¿Nadie te ha dicho que nunca hay que pegar al conductor?

—Perdona, nunca he tenido la mala suerte de ir en coche con un egocéntrico obseso del sexo.

—Eh, que lo del sexo lo dices tú. A mí es que me gustan tus sábanas de seda.

Me pongo colorada y, cómo no, él se ríe de mí. ¿Por qué me las apaño siempre para quedar como una idiota delante de él? Cole necesita una chica sutil y calmada, alguien que sepa devolverle la pelota, y yo soy tan sutil como la mermelada de cacahuete con tropezones.

No saca el tema del vestido y yo tampoco lo hago, aunque creo que debería. Al fin y al cabo, se ha tomado la molestia de escogerlo por mí y lo menos que puedo hacer es decirle algo.

—Lo del vestido...

Antes de que pueda terminar la frase, Cole gruñe y se da un cabezazo contra el reposacabezas.

—Es horrible, ¿verdad? ¡Lo sabía! Lo siento, Tessie, ha sido una tontería. Yo lo único que sé de vestidos es cómo quitarlos.

Me vuelvo a poner colorada ante esta nueva insinuación. ¿Es algo que haya hecho muy a menudo, esto de quitar vestidos?

—N... no quería decir eso —añade rápidamente, pero ya es demasiado tarde.

—No pasa nada, tampoco es que tu estilo de vida sea un secreto, ¿no?

Me concentro con todas mis fuerzas para que no se me note el enfado en la voz. Después de todo, ¿por qué me siento así? Lo que Cole haga en su tiempo libre no es asunto mío. Es un chico muy guapo, seguro que las chicas se le tiran al cuello continuamente y si se acuesta con ellas... Ojalá pudiera arrancarles las extensiones con mis propias manos.

—Venga, Tessie. No es lo que parece.

—No hace falta que me expliques nada, Cole, no soy tu novia. —Se me escapa la risa nerviosa y no puedo parar de toquetearme el dobladillo de la camisa—. Solo quería decirte que todavía no he visto el vestido, no sé por qué razón todavía no lo he mirado.

—Te prometo que no he metido una rana muerta en la caja. Pregúntaselo a mi madre si quieres —me dice con aire suplicante, y no puedo evitar pensar lo monísimo que está ahora mismo.

Me resulta irresistible el niño que lleva dentro, siempre suplicando la aceptación de los demás.

—Te recuerdo que ahora tengo un hermano medio sobrio, Stone, así que, si has hecho algo, será mejor que confieses —le digo, muy seria, y él me mira con los ojos abiertos de par en par.

—Mierda, me había olvidado de Travis. Me va a matar.

—¿Y eso por qué?

De pronto, la conversación sobre rubias de bote y anfibios muertos y putrefactos es cosa del pasado.

—Porque me dijo que me partiría la cara si volvía a acercarme a ti.

—¿Y eso cuándo te lo dijo?

—Justo antes de que me marchara del pueblo. Me pasé por tu casa para despedirme, pero me encontré a tu hermano y, bueno, el tío siempre me ha dado un poco de miedo.

Su respuesta me deja muda. ¿Cole vino a mi casa a despedirse? ¿Quería verme antes de marcharse? Seguramente entonces no lo habría recibido con pancartas y confeti, pero ahora que lo sé no puedo evitar que se me encoja el corazón.

—Seguro que lo decía en broma. No es tan malo.

—Supongo que no quiere que sepas por qué no me dejó verte aquel día. De hecho, no sé si quiero yo.

—¿Y eso qué quiere decir?

Ahora mismo no es el Cole directo y arrogante con el que he aprendido a convivir, se ha vuelto críptico y ambiguo. Que mi hermano le amenazara es nuevo para mí. Bueno, tampoco es tan sorprendente: el antiguo Travis lo hacía continuamente. Era muy vehemente y protector. El de ahora no es más que una sombra de lo que había sido, pero sé y confío en que volverá.

Llegamos a mi casa y aún no he conseguido respuestas. Hay luz, lo cual significa que Travis está en casa y casi seguro que nos está mirando por la ventana de la cocina. Preferiría no tener que presenciar una versión en directo de *El club de la lucha* en mi propio jardín, así que de momento aparco las preguntas.

—Nos vemos mañana —me despido mientras bajo del Volvo.

Cole responde con un movimiento afirmativo de cabeza y vuelve a poner el coche en marcha. Es consciente de que tengo preguntas pendientes, pero también es suficientemente inteligente como para saber que más le vale protegerse la carita de niño guapo que tiene. Para alguien que se vanagloria de no sentirse atraída por él, quizá le dedico demasiados piropos.

—¡Abre la caja, Tessie, tengo el presentimiento de que te gustará lo que hay dentro! —me grita Cole por la ventanilla mientras se aleja.

Entro en casa y me encuentro a Travis en la cocina con un bol de cereales. No lleva los pantalones cortos y la camiseta raída de siempre, lo cual significa que no se acaba de levantar.

¿Un buen presagio quizá?

Sonrío e intento pasar a su lado sin detenerme para que no me haga preguntas, pero fracaso estrepitosamente.

—¿El que te acaba de dejar en la puerta era Cole Stone?

Vuelve a parecer él mismo, el Travis de antes. Bueno, si a cambio de meterme en problemas puedo ver a mi hermano de vez en cuando, por qué no. No creo que se ponga como un basilisco y me intente fulminar con la mirada. Las cosas han cambiado, ya no soy su frágil hermana pequeña. Llevo dos años enfrentándome al lobo feroz yo sola, he aprendido cosas y he pasado por situaciones en las que Travis no habría querido verme.

Tiene que entenderlo.

—Sí, era él.

Me balanceo sobre los talones mientras él sorbe los cereales.

—Te has subido a ese coche voluntariamente.

Arquea una ceja, que es todo lo que veo, puesto que el bol le tapa media cara.

—Más o menos. Lleva como un mes llevándome y trayéndome del instituto y de momento sigo viva.

—¿No ha intentado nada? ¿No te ha hecho daño?

—No.

—Bueno, ya era hora —murmura entre dientes, y tengo que esforzarme para entender lo que ha dicho—. Está haciendo lo que sabía que haría, me sorprende que no haya vuelto antes.

¿Qué pasa hoy con los hombres de mi vida? ¿Les ha entrado complejo de galleta de la fortuna?

—Trav, ¿qué...?

—Nada, nada, no he dicho nada. Hoy he conocido a una chica.

Sonríe y yo me olvido de nuestra conversación. Es un gran paso para mi hermano, el paso más grande. Travis no ha vuelto a salir con nadie desde que Jenny lo dejó hace dos años. Estaba enamorado, quería casarse con esa sacacuartos. A mí ella nunca me cayó bien, ni siquiera cuando me hacía la pelota y me dejaba sentarme en el colegio con sus amigas las animadoras. La muy manipuladora sabía que la forma de acceder a mi hermano era a través de mí. En cuanto lo tuvo en el saco, volvió a actuar como si yo no existiera. Travis fue feliz a su lado, pero si no hubiera sido la novia de mi hermano, creo que le habría hecho algo de una crueldad inimaginable. En sueños, claro.

Saber que por fin ha conocido a una chica que le gusta me alegra y me asusta a partes iguales. No puedo permitir que recaiga por culpa de su mal gusto con las mujeres. Esta vez tengo que proteger a mi hermano.

—Ah,¿ sí? ¿Y eso cuándo ha sido?

Me dirijo hacia la isla de la cocina, cojo un taburete y me siento delante de él.

—He ido a la tienda de música que hay en el centro y me la he encontrado en la sección de *indie*.

—Y con eso ya has tenido suficiente, ¿eh? —le digo con una sonrisa.

Conociendo a mi hermano, seguramente está convencido de que ha conocido a su alma gemela.

—Algo así, al menos no me ha mirado como si acabara de escaparme de un programa de rehabilitación. No sabía quién era yo, Tess, no sabía que era Travis O'Connell.

—Como la mayor parte del planeta —apunto.

Y él me pone los ojos en blanco.

—La gente del pueblo me mira como si fuera un puto fracasado. A esta chica no parecía darle pena, no me miraba como si tuviera dos cabezas. De hecho, ¡me ha llamado cretino! ¿Te lo puedes creer? —me pregunta, y parece extrañamente feliz, teniendo en cuenta que me está contando que le han insultado.

—¿Eso es bueno?

—Buenísimo. Al menos así sé que no le intereso.

—Repito, ¿eso es bueno?

—Venga ya. Significa que no me está utilizando. Está buenísima y me odia, es la combinación perfecta.

—A ver si lo entiendo, que te odie es perfecto porque...

—Mi querida hermanita, tú deberías saber mejor que nadie que hay una línea muy fina entre el amor y el odio —responde, y se echa a reír.

Se baja del taburete y se marcha. Maldito hermano mayor con complejo de galleta de la fortuna.

En clase solo se habla de la gala benéfica y, de pronto, es como si me hubiera convertido en la mejor amiga de todo el mundo. Ha corrido la voz de que iré con Cole y ahora las chicas quieren hablar conmigo de peinados, maquillaje y el drama que supone tener los poros abiertos.

Yo me dedico a sonreír con amabilidad a todos los que se me acercan. Sonrío al equipo de baile, que una vez dedicó una coreografía completa a mi exceso de grasa. Sonrío a los deportistas, que me provocaron varias contusiones con todo tipo de pelotas. Y por último, aunque no menos importante, sonrío a Nicole.

Solo lo hago porque se la ve muy triste en su mesa, sola, mientras la gente se pelea por sentarse con nosotras. Obviamente, tiene a Jay y a sus esbirros con ella, pero por la forma en que mira en mi dirección, parece que esté a punto de sumarse al resto de los admiradores.

—Hacen buena pareja, ¿eh?

Cole se ríe con dureza, y es que los dos somos muy conscientes de las miradas que nos dedican desde la mesa de delante. Su hermano y la chica que sigue obsesionada con Cole se muestran imperturbables en su intento de abrirnos sendos agujeros en la cabeza usando únicamente la mirada.

—Sí, hacen buena pareja —respondo sin inmutarme.

Estoy en el lavabo de chicas del instituto y quedan un par de minutos para que se acabe la hora de la comida. Megan ha decidido que tiene que retocarse el maquillaje cada dos clases. Una parte de mí quiere decirle que a Alex le gusta igual con el pelo alborotado y los labios al natural, pero decido dejar que siga disfrutando de esta fase de luna de miel mientras pueda. Ni siquiera se han besado, pero a juzgar por la forma en que se le ilumina el verde de los ojos cada vez que oye su nombre, me juego cualquier cosa a que no falta mucho.

—¿Cuál crees que le gustará más, rubor frambuesa o fresa madura? —pregunta sosteniendo dos brillos de labios que, la verdad, a mí me parecen iguales.

El de fresa me hace pensar en el helado que tanto me apetece, así que es el que le sugiero.

Está a punto de acabar con los retoques cuando se abre la puerta y entra la última persona a la que me apetece ver. Nicole viene acompañada de su grupo de esbirros al completo. Las colas de caballo se balancean de lado a lado y los tacones repiquetean sobre las baldosas mientras la líder avanza con decisión hacia nosotras. Me recuerda a uno de esos osos pardos que salen en los documentales de National Geographic y que siempre están cabreados o hambrientos.

—Vaya, si son Puritana Uno y Puritana Dos —se burla Nicole mientras sus esbirros se ríen.

Se me ocurre algo tipo «Zorra Uno, Dos y Tres», pero me lo pienso dos veces antes de decirlo. Está cabreada, seguramente tiene el mono por no haber podido acosarme últimamente.

—Ya nos íbamos —farfulla Megan, y empieza a recoger el maquillaje que está esparcido por toda la encimera del lavabo.

Antes de que pueda recogerlo todo, Marcy, la mano derecha de Nicole, coge un frasco minúsculo de perfume que Megan siempre lleva encima y deja que se le escurra entre los dedos. El cristal choca contra el suelo y estalla en mil pedazos. Sé que ese frasco significa mucho para ella porque se lo mandan sus abuelos desde Francia todos los años por su cumpleaños.

—Ups —dice Marcy, y se le nota tanto que no lo siente que lo vería hasta un ciego.

Veo cómo tiembla el labio inferior de Megan y la sonrisa malvada de mi ex mejor amiga, y siento que la rabia se va acumulando dentro de mí.

—Ni se te ocurra —le advierto, y me coloco delante de Megan.

Nicole me mira sorprendida, pero un segundo después ya está sonriendo otra vez.

—¿O qué, Tessie? ¿Le irás con el cuento a Cole? ¿Tan lenta eres que no te das cuenta de que está harto de ti? Todo el mundo sabe que te hacía caso porque eras un objetivo fácil, pero es evidente que no ha conseguido que te abras de piernas.

—Ya vale, Nicole.

—Puede que me equivoque y quizá ya lo habéis hecho. ¿Por eso aún no se librado de ti? ¿Has aprendido algún truquito nuevo?

—Pero ¿por qué iba a querer acostarse con ella? —interviene Kenna, otro esbirro de Nicole, con esa voz nasal tan desagradable que tiene—. Está tan buena como la vieja que viene a limpiar a mi casa. Es una tabla, tiene el culo enorme y las piernas anchas. Sí, son igualitas.

Me pican los ojos, pero Megan me pone una mano tranquilizadora en el hombro. Sé lo que intenta decirme: no quiere que reaccione. Le preocupa que haga una locura y me meta en problemas. Siempre prudente, esa soy yo, ¿no?

Parpadeo para deshacerme de las lágrimas, yergo los hombros y miro a Nicole directamente a los ojos.

—Dile a tu perrita faldera que cierre la boca ahora mismo.

La he vuelto a coger por sorpresa. Me regodeo viendo la expresión de asombro que se extiende por su cara. Me alegra saber que no me conoce tan bien como cree.

—¿Y eso por qué? ¿Estamos hiriendo tus sentimientos? —se burla, con una mano en la cintura y negándose a recular.

Les sonrío, a todas, como llevo haciendo desde hace una semana más o menos.

—Los míos no, creo que no podría importarme menos lo que digáis de mí, pero, verás, a mi madre le gusta sobreproteger a sus hijos y puede que la estéis ofendiendo.

Las tres se ríen y me miran como si fuera la suciedad pegada a la suela de sus zapatos de marca.

—¿Es lo mejor que se te ocurre? ¿Se lo vas a contar a mamá, Tessie? —Se va acercando a mí hasta que estamos nariz con nariz—. Conmigo no juegues a esto porque no ganarás.

—Qué curioso que hables de ganar —replico como si no me afectara lo más mínimo—. Mi madre, Nicole, es la presidenta del comité que organiza la gala, que incluye el concurso de belleza. Espero que no se te haya olvidado.

Se le tensa todo el cuerpo al oír mis palabras y por una vez es a mí a quien le apetece reírse, pero me aguanto.

—Así que si vuelves a organizar un numerito como este, puedes ir despidiéndote de participar.

Cojo a Megan de la mano y me abro paso a través de su grupito de esbirros. Está a punto de salirles espuma por la boca, mientras que su líder parece... aturdida. Misión cumplida.

Sigo caminando hasta que ya no pueden oírnos y solo entonces me detengo. Megan y yo nos miramos en silencio hasta que ella empieza a gritar y a dar saltitos.

—¡Ha sido alucinante! Dios mío, Tessa, ¿te has fijado en la cara que ha puesto? En serio, ¿le has visto la cara?

—Parecía que había olido mierda de vaca.

Intento aguantarme las ganas de reír porque estamos rodeadas de curiosos, pero es que me siento tan bien... La adrenalina fluye por mis venas y me apetece saltar, bailar y cantar a grito pelado, todo ello mientras engullo un Kit Kat tras otro.

Recorremos el camino hacia clase sin dejar de reír y, una vez allí, me siento al lado de Cole. Me mira y esboza una de sus sonrisas con forma de media luna.

—¿Qué te pasa?

—Que me siento genial.

Me encojo de hombros y él sacude la cabeza.

—Qué rara eres.

—Habló el pervertido.

—Pero te gusto y lo sabes.

—Cierra el pico.

—¿Ves?, te has puesto colorada. Estás coladita por mis huesos.

—Señor Stone, señorita O'Connell, si no les importa dejar de tontear descaradamente, me gustaría empezar la clase.

La profesora nos fulmina con la mirada y me da tanta vergüenza que agacho la cabeza. Todo la clase se ríe y, a juzgar por cómo tiembla la mesa, diría que Cole también.

15
(Primera parte)

Me repasa como si mi cuerpo fuera el mapa de la Atlántida

Ya está, voy a vomitar. Me sujeto el vientre, que no para de rugir, y clavo la mirada en el suelo inmaculado del ayuntamiento. Me entristece pensar que alguien haya invertido tanto esfuerzo en conseguir que brille más que los dientes de Ryan Seacrest para que ahora venga yo y eche la pota.

—No te muevas —me ordena Beth.

No puedo. Tengo que estar preparada porque cuando menos me lo espere ya no podré aguantarme más. ¿En qué momento accedí a pasar por esto? ¿En qué estaba pensando cuando decidí disfrazarme con un vestido bonito y pasearme por delante de toda esta gente que parece que no tiene nada mejor que hacer con su vida?

Vudú, eso lo explicaría todo. Mi madre debe de haber descubierto un nuevo pasatiempo, ahora que se ha quedado sin su club de lectura. La magia negra explicaría mi situación. Estoy sentada delante de un espejo enorme y solo llevo la bata de color rosa chillón que me ha regalado.

—Oye, entiendo que estés nerviosa, pero será mucho peor si acabas con la cara pintarrajeada como un payaso después de una violación en grupo, créeme.

Tiene razón, pues claro que sí. Doy gracias a Dios por que sea ella y no su madre la que me esté ayudando a pintarme. Marie tiene una pequeña peluquería en el pueblo y la ha contratado el comité organizador para que se ocupe del maquillaje y la peluquería de las participantes. Beth es tan buena como su madre, por eso le he pedido que me ayude.

—¿De verdad crees que puedo hacerlo?

Miedo y ansiedad son dos palabras demasiado suaves para describir cómo me siento ahora mismo. Esto no está bien, no está bien, algo dentro de mí me dice que debería montarme en el primer coche que pueda pillar y no bajarme hasta que esté en medio de ninguna parte.

Beth chasquea la lengua antes de responderme.

—Ya sabes que no soy especialmente aficionada a los concursos de belleza. Creo que es denigrante para la mujer porque la convierte en un espectáculo para entretener a la audiencia. ¿Crees que cuando las sufragistas luchaban para conseguir el derecho a voto esto era lo que tenían en mente? Estos concursos son superficiales, egocéntricos y un ejemplo de lo materialista que es el ser humano...

—Al grano, Beth, al grano.

—Ah, sí. Dicho esto, creo que vas a ganar de calle.

Sonríe y luego pone un poco de base en una esponja y me la extiende por toda la cara. Es pegajosa, incómoda y encima pica, pero tengo que llevarla si no quiero parecer un vampiro bajo la luz de los focos.

Alguien llama a la puerta y al cabo de unos segundos entra Megan. Es pronto, así que aún no se ha puesto el vestido. Lleva unos vaqueros y una camiseta. No participa en el concurso, pero ha venido a apoyarme y, sobre todo, a tener su primera cita con Alex. Estamos en una de las alcobas del ayuntamiento, que hacia 1800 fue la residencia de uno de los alcaldes del pueblo. Desde entonces, se ha convertido en una atracción turística y el sitio en el que celebrar actos como este.

—He venido para asegurarme de que no te convierta en Morticia —bromea riéndose, y se sienta a los pies de la cama.

—Je je, me están entrando ganas de hacerlo solo para no oíros más.

—Por favor, ni se te ocurra. Ya tengo suficiente con lo mío, no necesito asustar a los jueces.

Beth frunce los labios y me dedica una mirada de reproche, pero no le dura mucho tiempo. Sonríe de nuevo y me da palmaditas en el hombro.

—Cuando acabe contigo, no vas a asustar a nadie, cariño, los vas a dejar boquiabiertos. Eres preciosa, aunque no seas consciente de ello, y con la cantidad adecuada de maquillaje vas a machacar a la bruja esa.

Ah, Nicole. Todo esto es por ella: machacarla, humillarla y ocupar su puesto.

—La he visto al entrar —interviene Megan—. Le estaba gritando a su madre, pobre. Por lo visto, la espalda de su vestido no es lo suficientemente abierta.

Su vestido siempre tiene que ser algo extremo, no necesariamente espectacular pero sí lo suficiente para asombrar a los jueces. Por increíble que parezca, yo aún no he visto el mío. Una parte de mí está demasiado asustada para imaginarse lo que hay dentro de la caja. El Cole que conocí antes de la escuela militar habría preparado algún tipo de broma pesada dentro de la caja. El Cole de ahora... Bueno, la verdad es que no sé qué va a hacer. Sé que suena estúpido, faltan apenas unas horas para que empiece el concurso y ni siquiera he visto el vestido que voy a llevar.

No soy la única a la que le preocupa el tema.

—Hablando de vestidos, ¿cuándo piensas mirar el tuyo? —pregunta Megan mientras contemplamos la caja que descansa sobre la cama.

Es como si fuera una bomba con temporizador que nos hará saltar por los aires en cuanto la toquemos.

—No quiero abrir la caja. Ni ahora ni nunca —admito, y las dos me miran con incredulidad.

—Tendrás un vestido de reserva, ¿no? Por mucho que me guste el riesgo, no creo que sea buena idea entrar desnuda.

—Ahora mismo lo último que necesito son tus ironías, Beth. El problema es que...

No sé cómo explicárselo. Nadie entiende lo difícil que me resulta confiar en Cole. Es como si supiera que, cuando abra la caja, será como consolidar la relación que tenemos ahora mismo, por impredecible que sea. Si resulta que dentro de la caja encuentro lencería o un biquini minúsculo, sabré que nada ha cambiado. Me gusta pensar que sí que ha cambiado, que hemos avanzado mucho. Ha hecho tantas cosas para demostrarme que no es el Cole de antes que estoy a punto de dejar de desconfiar en todo lo que hace.

—Tonterías, Tessa, te dijo que su madre estaba con él cuando lo compró. Tan feo no puede ser.

Observo el cepillito de rímel que Beth tiene en la mano y rezo para que no me lo meta en el ojo.

—Beth tiene razón.

Megan se pone de pie y se acerca a la caja. La coge, me la trae y la coloca sobre el tocador, que está abarrotado de potingues.

—Ábrela —me dice, y puedo ver la determinación que hay en sus ojos verdes.

Obviamente, no tengo otra opción. Más me vale acabar con esto cuanto antes si no quiero salir ahí fuera en bata. Si lo demás fallara, aún tendría tiempo de improvisar un vestido con los volantes de las cortinas. No soy una princesa de Disney, eso está claro.

Cojo aire y me pongo manos a la obra. Quito primero el lazo, seguido del papel que envuelve la caja. Cuando solo me falta levantar la tapa, contengo un instante la respiración y lo hago. De repente, me ciega una luz blanca. Megan y Beth exclaman asombradas, pero yo no veo nada porque me estoy cubriendo los ojos con las manos. La luz de la lámpara de araña que cuelga del techo se refleja en lo que hay dentro de la caja, y me imagino más una bola de espejos de discoteca que un vestido.

—¡Es... precioso, Tessa! Dios mío, abre los ojos y mira —grita Megan, y mis temores empiezan a disiparse.

Mientras no sea rosa y brillante, todo irá bien.

Abro los ojos y me encuentro con un corpiño deslumbrante. Levanto el vestido para poder verlo entero y me quedo sin palabras. Necesito un buen rato hasta que mis ojos se acostumbren a la pedrería, y cuando por fin consigo admirarlo en todo su esplendor, me enamoro de él al instante.

Es precioso. No, precioso es quedarse corto. Lo miro y sé que el sentimiento es mutuo. Es como si alguien hubiera embotellado luz de luna y luego la hubiera rociado por toda la tela. No tiene mangas y los hombros están hechos de encaje plateado y muy delicado. Como las alas de un pájaro exótico, se extiende hacia abajo y se enrolla alrededor de la cintura, que es entallada y da paso a una falda de corte sirena que se ensancha en la parte más baja. La tela ondea entre mis dedos con tanta delicadeza que casi me da miedo ponérmelo por si lo destrozo.

Me he quedado de piedra. No puedo creerme que Cole Stone sea capaz de ser tan detallista, tan atento y tan... maravilloso.

Parloteamos sin descanso mientras me lo pruebo. Me queda como un guante, acentúa las curvas que pueda tener y me marca la cintura. Estoy eufórica, Tessa la Obesa nunca habría podido llevar un vestido tan bonito como este.

Megan también tiene que vestirse, así que se va. El coordinador del concurso nos dice que tenemos diez minutos para bajar al salón principal, donde nos reuniremos con el resto de los participantes y haremos un ensayo. Me asusta la idea de compartir un espacio cerrado con el tipo de chicas que sé que habrá allí. Sé que han nacido para ganar este tipo de concursos. Seguro que les da algo cuando vean cómo llevo las uñas.

—A por ellas, campeona.

Beth me aprieta el hombro antes de irse. Resulta que, en un giro extraño de los acontecimientos, esta noche hará de DJ. Me pregunto cuánto había bebido mi madre el día que decidió contratarla. ¿Tiene idea del tipo de música que le gusta a Beth? Seguro que no es lo que quiere que escuchen las viejecitas estiradas del pueblo.

Bueno, al menos no nos aburriremos.

Al salón principal se llega a través de una gran sala que hace las veces de vestidor. La atravieso y me dirijo hacia las escaleras dobles que conducen abajo. El salón parece otro, está lleno hasta arriba de adornos florales.

En el vestidor, no puedo evitar fijarme en las chicas con las que tengo que competir. Me ven entrar y se quedan petrificadas, lo cual hace que me sienta increíblemente incómoda.

—¿De dónde lo has sacado? —me pregunta una morena un tanto desagradable mientras me señala con el dedo.

Yo frunzo el ceño, un poco desconcertada al ver que todas me miran de la misma forma. Están pasmadas, estupefactas, maravilladas y un poco cabreadas, todo al mismo tiempo.

—¿El qué? —pregunto con un hilo de voz, y es que me siento superada por la situación.

—El vestido, ¿de dónde lo has sacado?

¿Cómo les digo que me lo ha regalado un chico que, por cierto, no sé qué significa exactamente para mí? No sé por qué, pero creo que, en cuanto diga el nombre de Cole en voz alta, seré recibida con algo parecido a la estampida de *El rey león*. Vale, será mejor que eche mano de mi increíble habilidad para mentir.

—Lo he comprado.

La morena que me está interrogando no se lo traga. La tengo vista del instituto, es del equipo de animadoras y no es muy fan de Nicole. Solo por eso se merece todos mis respetos, pero ahora mismo me da un poco de miedo.

—Imposible. El diseñador todavía no lo ha puesto a la venta, me habría enterado. Llevo semanas en lista de espera y aún no me han contestado.

Lo dice con un tono acusador, como si fuera culpa mía que yo tenga el vestido y ella no. No tenía ni idea de que fuera de diseño y mucho menos que hubiera lista de espera. ¿Quién monta una lista de espera para un vestido?

—Y...yo...

No sé qué decirles. Tampoco entiendo a qué viene tanto drama. Todas llevan vestidos preciosos, aunque sí que es verdad que se nota que el mío es más caro.

¿Cuánto se habrá gastado el muy idiota?

—¿Y bien?

La morena se lleva una mano a la cadera y tamborilea con unas uñas perfectamente pintadas.

—Déjalo ya, Celia, no seas patética.

Una voz rompe el silencio y mis ojos se dirigen hacia ella. Lauren Philips, la capitana de las animadoras, viene hacia nosotras con el entrecejo fruncido. Es como si tuviera poderes sobre la tal Celia. En cuanto se lo ordena, la otra se retira.

—No le hagas caso, a veces se pone un poco chula.

Lauren es una chica preciosa con un cuerpo perfecto. Es rubia como yo, pero su pelo es como la seda, suave y brillante. Hoy lo lleva ondulado y listo para el desfile. Le resalta la cara y le cae casi hasta la cintura. Tiene el cuerpo más moldeado que he visto en mi vida gracias a la gimnasia y a las rutinas de animadora. Lleva un vestido dorado y brillante, largo hasta el suelo, que le queda como una segunda piel sin parecer obsceno. Los tacones hacen que las piernas, largas ya de por sí, parezcan interminables.

Mi ego acaba de llevarse un buen revés. Lauren es preciosa y encima es simpática.

—No pasa nada, gracias por intervenir. Tengo... tengo que irme.

—Espera —me dice cuando ya he dado media vuelta y me dispongo a huir.

Me vuelvo de nuevo y veo que me está sonriendo. La conozco desde la guardería, pero nunca había dado muestras de saber de mi existencia. Quizá el hecho de que yo jamás mostrara interés por tener más amigas que Nicole también explique por qué hasta ahora nunca habíamos hablado.

—¿Adónde vas? Tu tocador está por aquí —me dice, y señala hacia una fila de mesas con unos espejos enormes.

Ah, claro.

—Es que..., bueno..., necesito tomar el aire.

Lauren sacude la cabeza.

—No dejes que te afecte lo que te digan. Se nota que eres nueva en esto. Son como tiburones, todas. Huelen el miedo a kilómetros de distancia, así que intenta que no se te note que te intimidan.

—No sé cómo. A la mayoría ni siquiera las conozco y me miran como si se me quisieran devorar.

Ella sacude una mano, como quitándole importancia a mis palabras.

—Eso es porque le tienen miedo a Nicole. No le gusta que hablen contigo o con tus amigas.

Ya lo sé, lo sabía hace muchísimo tiempo, pero aun así me duele oírlo. Nunca le he hecho nada a Nicole, de verdad. Cuando me di cuenta de que era una carga para ella, me aparté de su camino. No me pegué a ella como un film adherente, que es lo que hace Nicole con Jay, así que sigo sin saber por qué me odia tanto.

—Ah, y que tengas a Cole Stone comiendo de tu mano tampoco mejora las cosas —añade en voz baja mientras las dos nos sentamos en nuestros respectivos tocadores.

La afirmación de Lauren me deja sin respiración. ¿Esa es la impresión que damos cuando estamos juntos?

—No es eso. Tenemos una relación... complicada.

Abro la bolsa del maquillaje y, siguiendo las instrucciones de Beth, me doy los últimos retoques. Casi todo el trabajo es suyo. Llevo el pelo recogido en un moño sobre la nuca y mi maquillaje ya está listo. Intento no dejarme intimidar por el resultado. Me veo... mayor, no como la niña de doce años con la que todo el mundo me confunde.

Quizá Cole también se dé cuenta.

—Pues eso no es lo que parece —replica Lauren mientras se retoca el pintalabios.

Intento convencerla de que no hay nada entre Cole y yo. Si consigo traérmela a mi terreno, puede que todas sus seguidoras dejen de fulminarme con la mirada.

Hablando de fulminar, estoy viendo la cara de Nicole reflejada en el espejo y no parece muy contenta. Hasta ahora me ha dejado tranquila, pero se le nota en la cara el esfuerzo que está haciendo para no saltar. Se muere de ganas de hacer algo; llegados a este punto, casi agradecería que me atacara. Prefiero que vaya directa al grano y acabe cuanto antes a que me la juegue mientras me paseo como un pavo real por el escenario.

Las chicas y yo esperamos unos treinta minutos más hasta que aparece el presentador. Esta vez nos dice que los invitados empezarán a llegar pronto y que será mejor que hagamos el ensayo de vestuario ya. Me da miedo tropezar y partirme el cuello intentando mantener el equilibrio sobre los tacones de quince centímetros que Megan me ha obligado a llevar. Dice que necesito hasta el último centímetro si quiero competir con las «amazonas tamaño gorila» que son mis adversarias.

Tiene razón. Casi todas tienen la altura perfecta para ser supermodelos, así que agradezco los centímetros extra que me proporcionan los tacones, aunque sigo creyendo que son una trampa mortal. Mientras ensayamos, mi vestido sigue cosechando miradas. El proceso es bastante sencillo. Cuando oímos nuestro nombre, salimos del vestidor y ocupamos nuestro lugar en una de las escaleras. Somos cinco en cada lado, y desde aquí nos presentamos ante el público y los jueces. Una a una, bajamos hasta donde nos esperan nuestras parejas, que nos llevan a la pista de baile. Cada pareja tiene cinco minutos para bailar e impresionar a la concurrencia. Luego, las participantes se mezclan con los asistentes y se ganan su confianza hablando y regalándoles los oídos a los ancianos. Aquí es donde los jueces valoran la personalidad. Puedes bailar con quien quieras, pero la presión de saberse juzgado siempre está presente.

Los acompañantes llegarán con el espectáculo ya empezado, así que el ensayo tiene que ser sin ellos. Cada vez que pienso que voy a ver a Cole, siento mariposas en el estómago. Una parte de mí quiere tirarle algo a la cabeza por haberse gastado tanto dinero; la otra preferiría que desapareciéramos los dos en nuestra burbuja. Cuando estamos juntos, solo puedo concentrarme en discutir con él o en intentar estar a la altura de sus comentarios zafios. Creo que echo de menos sus intentos interminables de ligar conmigo.

—Tessie, cariño, ¿eres tú?

Cassandra asoma la cabeza en la sala, que es a donde hemos vuelto después del ensayo. Está encantadora como siempre, con un vestido de encaje color crema. Lleva el pelo recogido en un moño como yo, aunque a ella le queda mucho mejor.

No puedo evitar fijarme en que Nicole se ha puesto especialmente tensa cuando ha visto entrar a la madre de su novio, que se ha sentado en una silla libre que hay junto a mí. Adoro a Cassandra, pero me gustaría que mirara hacia donde está Nicole, aunque solo sea para tranquilizarla.

—Tu madre me ha dicho que te encontraría aquí. Estás preciosa, cariño, sabía que el vestido te quedaría genial —me dice, entusiasmada, y yo me pongo colorada mientras intento no volverme hacia Nicole, que me está atravesando con la mirada.

—Gracias —respondo, confiando en que se me haya notado la falta de entusiasmo.

Después del incidente en el lavabo, Nicole tiene una razón de peso para atacarme; no necesito provocarla aún más.

—No tienes ni idea de las vueltas que me hizo dar Cole hasta que lo encontramos. Tuve que cancelar todas mis citas para poder ir de compras con él, pero nada le parecía suficientemente bueno para ti —explica, y sacude la cabeza como si lo recordara con cariño.

Eh, corazón, tranquilo, deja ya de derretirte.

—Después de dos días sin encontrar nada, tuve que pedir un favor. Tengo un amigo que trabaja para un diseñador muy conocido. No hace mucho operé a su hija y estaba tan agradecido que llevé a Cole a que lo conociera. Le montó una que pensé que a mi pobre amigo le iba a dar un ataque. Nada de lo que veíamos le parecía bien para ti.

¿Es que me considera quisquillosa? ¿Cree que soy una niñata consentida que no se conformaría con nada que no fuera un vestido de varios miles de dólares?

—No te enfades con él, Tessa. Sé que a Cole le gusta ir de chico malo. Cuando tenía tu edad conocí a muchos como él, pero cuando se trata de ti es un blandengue. —Pone una mano sobre la mía y me regala una sonrisa que me remueve algo por dentro—. Sinceramente, pensé que se mantendría fiel a su rutina de cambiar de chica cada semana, pero cuando lo veo contigo siento que aún hay esperanza. Jay es mi hijo, sangre de mi sangre, pero ha sido un idiota por no valorar lo que tenía.

Se me desencaja la mandíbula. Un momento, ¿es que todo el mundo sabía que a mí me gustaba Jay? ¿He llevado un cartel pegado en la frente todos estos años?

—No me... bueno, no me gusta, somos amigos... no, no... —farfullo, pero ella se echa a reír y me da unas palmaditas en la mano.

—No te estoy juzgando. Quiero a mis hijos por igual, pero me alegro de que uno de ellos tuviera las agallas suficientes para luchar por lo que quería.

Me guiña un ojo y yo me quedó ahí, sentada y estupefacta.

—Bueno, ya está, basta de escandalizar a la concursante. Solo he venido a desearte buena suerte y a darte esto.

Me pone una bolsa de regalo sobre el regazo y me mira expectante. Meto la mano y lo primero que toco es un envoltorio liso. Lo saco y descubro encantada que es una barra enorme de Kit Kat.

—Eso es de parte de Cole.

Cassandra sonríe y yo le devuelvo el gesto. ¡Me ha mandado un Kit Kat! ¿Y yo qué puedo hacer frente a eso? Meto la mano en la bolsa por segunda vez y mis dedos se cierran alrededor de una cajita de terciopelo. La saco y descubro alucinada que es una caja granate de Cartier.

—Esto es de mi parte —me dice, y yo sigo sus instrucciones con sumo cuidado.

Dentro encuentro el par de pendientes de diamante más alucinantes que he visto en mi vida. Desprenden un brillo increíble, lo cual me recuerda lo mucho que deben de haber costado.

—Cassandra, n...no puedo aceptarlos, es demasiado...

—Tonterías, los tengo desde hace siglos pero nunca puedo ponérmelos. Te quedarán muy bien con el vestido.

—¿Te los puedo devolver después del concurso?

Ella responde que no con la cabeza y me cierra los dedos alrededor de la caja.

—Quiero que te los quedes.

Cassandra se va y yo me quedo descompuesta. ¿De verdad acabo de tener una conversación con Cassandra Stone donde se ha insinuado que le gusto a Cole?

Pero lo peor que ha pasado es que ha ignorado descaradamente a Nicole. Es como si no se hubiera dado cuenta de que estaba ahí sentada. Apuesto a que esto tendrá consecuencias.

No quiero hiperventilar, así que respiro hondo y me preparo para el concurso. Los invitados van llegando; desde aquí podemos oír las conversaciones, corteses aunque sin sentido, que se suceden en la planta baja. En cualquier momento nos sacarán de aquí y tendremos que desfilar para ellos.

—Diez minutos, chicas.

El sándwich de pavo que me he comido a mediodía amenaza con volver a salir por donde ha entrado. Respira hondo, Tessa, eso es, respira hondo y saldrás viva de esta. Después ya tendrás tiempo de quitarte los tacones de quince centímetros y de aplastar a Cole con ellos.

—Intenta no ahogarte, gorda —me espeta Nicole con una sonrisa maligna cuando pasa junto a mí para ponerse a la cola.

El vestido de seda carmesí que lleva, con un solo hombro cubierto, flota tras ella mientras camina. Está jugando sus mejores cartas, el torso y los pechos, que se intuyen a la perfección. La parte de atrás del vestido es más o menos inexistente, con una sola cinta conectando la parte de arriba con el principio de la falda. Su aspecto es tan extremado como lo es ella misma y yo no puedo evitar temer por mi vida.

La cabeza me da vueltas cuando oigo mi nombre y sé que tengo que ocupar mi sitio en la escalera. El público es muy numeroso y nos observa; al parecer, ha venido todo el pueblo. Mi madre está encaramada a su podio recitando nuestros nombres. Los acompañantes forman una línea en la pista de baile elevada que ocupa el centro del salón. El corazón me da un vuelco cuando veo los ojos de Cole posados sobre mí. No me dejan ni un segundo mientras avanzo lentamente hasta ocupar mi puesto.

Está tan guapo, tan perfecto, que no puedo evitar un ligero tembleque. Lleva traje como el resto de los chicos, pero a él le queda mucho más... sexy que a los demás. La corbata es gris acero, sobre una camisa blanca y a juego con mi vestido, y resalta el azul de sus ojos. Cuando nuestras miradas se cruzan, me guiña un ojo y yo tengo que contener la risa.

Formo la palabra «gracias» con los labios y espero que entienda que lo digo por el vestido. Luego me doy cuenta de que no me puede ver de cuerpo entero porque me tapa la chica que tengo delante, que mide al menos metro setenta y cinco. Bueno, ya me verá cuando bajemos.

Una a una, las diez participantes nos presentamos frente a los asistentes. Veo a mi padre en medio de la multitud, pero Travis no está por ninguna parte. Es muy alto, lo localizaría sin problemas, pero no está.

Una oleada de decepción me golpea. Me había prometido que vendría a apoyarme, cuando acabara de cebarse a base de pizza, claro. Entiendo que quiera evitar las miradas generalizadas, pero, si quiero seguir adelante con esto, necesito gente que no se burle de mí si me quedo sin palabras, o, mejor dicho, cuando eso pase. Travis es una de esas personas.

Suena una música suave mientras, uno a uno, los acompañantes nos guían hasta los límites de la pista de baile. Cuando llego junto a Cole, siento que el corazón se me va a salir del pecho. Me cuesta respirar y me siento tan débil que podría desplomarme en cualquier momento. Con gesto tembloroso, extiendo una mano en busca de la de Cole, que me mira desde el pie de las escaleras con los ojos abiertos como platos.

Sé que solo pasa en las comedias románticas más cursis, pero por un momento me siento como una de esas chicas. Es como si el tiempo se hubiera detenido y solo quedáramos el chico malo con corazón de oro y yo, la chica rara con la que le gusta pasar el tiempo.

Siento un cosquilleo en la piel cuando entrelazamos nuestros dedos y me ayuda a bajar. Sus ojos se pasean descaradamente por mi cara y por mi cuerpo, y esta vez no intento esconderme. Es su vestido: si quiere mirar, que mire. Me repasa como si mi cuerpo fuera el mapa de la Atlántida y no me importa. Esto lo hago por él; toda esta pantomima es por él y ya va siendo hora de que lo admita. Siento una gratitud inmensa por todo lo que ha hecho por mí últimamente. Me gustaría agradecérselo de la mejor forma posible.

—Estás preciosa —me dice cuando nuestro momento *La película de tu vida* se termina, y me doy cuenta de que la gente está aplaudiendo a nuestro alrededor.

Incluso veo a Megan dando saltos de alegría, gritando y saludándome como una histérica. Me hace gracia verla así, sobre todo porque Alex, que está a su lado, no tiene ni idea de cómo actuar. Los saludo con la mano y dejo que mis ojos recorran la sala en busca de más caras conocidas. Beth me sonríe desde la cabina del DJ. Parece una profesional, con los auriculares en la cabeza y parapetada detrás de un aparato de aspecto complicado.

Mis ojos siguen escaneando la estancia mientras Cole me lleva a la tarima que hace las veces de pista de baile. De pronto, se detienen en Jay, que está en un lateral, y no puedo evitar fruncir el entrecejo. ¿Qué hace ahí? ¿No debería hacer de acompañante de Nicole? Me vuelvo hacia ella y veo que va del brazo de Henry, el hijo del ayudante del sheriff.

Qué jeta tiene la muy bruja. Sé lo que ha pasado aquí, lo sé en cuanto veo la expresión abatida de Jay. Se ha deshecho de él porque todo el mundo sabe que es inepto para el baile. Obviamente, alguien tan decidido a ganar como ella no escogería a un tío con dos pies izquierdos como pareja de baile, pero aun así, ¡es su novio! Llevan saliendo tres años. Jay lo debe de estar pasando fatal, sobre todo viendo cómo Henry le magrea el culo a Nicole y ella no hace nada para evitarlo.

—¿Por qué pones esa cara? —me pregunta Cole cuando ocupamos nuestro sitio y yo giro la cabeza para mirar a Jay.

Sí, a pesar de todo lo que ha hecho y dicho, no puedo evitar sentirme fatal por él. Ahí solo, con las manos en los bolsillos y los hombros caídos, parece tan... triste... Me gustaría que desapareciera su tristeza, me gustaría asesinar a Nicole por atreverse a tratarlo así.

—Nicole no ha escogido a Jay como pareja —murmuro, furiosa, y Cole suspira.

—Créeme, Tessie, a él le da igual. No está jodido por eso.

Me aprieta la mano con tanta fuerza que está a punto de hacerme daño. No entiendo qué quiere decir, pero por la forma en que aprieta los dientes sé que es mejor que cambie de tema.

—El vestido... es increíblemente bonito, Cole. Gracias, no sé qué decir.

Él se ríe entre dientes y sacude la cabeza.

—¿Desde cuándo no sabes qué decir? ¿Ya te has acabado de leer *Respuestas ingeniosas para dummies*?

Le aprieto la mano con fuerza.

—Intenta no tomártelo a broma, aunque solo sea esta vez. Gracias, de verdad.

—No es para tanto, tampoco tuvimos que buscar mucho. Lo encontré en una tienda *vintage* a la que me llevó mi madre.

Sonrío para mis adentros al comparar la versión de Cassandra con las explicaciones contradictorias de Cole. Sé que es él quien miente. Lo que llevo puesto no parece sacado de una tienda de ropa de segunda mano. Puede que sea un tanto analfabeta en lo que a moda se refiere, pero sé reconocer un vestido caro en cuanto lo veo.

Si prefiere quitarle importancia al gesto, eso es cosa suya. Puede que se sienta incómodo contándome el esfuerzo que le ha costado encontrar el vestido, así que mejor lo dejo en paz. Me gusta provocarle, me encanta llevarlo al límite, pero esta vez no diré nada.

De una en una, las parejas se van dirigiendo hacia el centro de la pista y empiezan a bailar. Cada vez que practicábamos, Cole me decía que mantuviera siempre el contacto visual y ahora sé por qué. Aparte de Laura y su novio Mike, entre el resto de las parejas no hay química. Sus movimientos parecen automáticos, ensayados y, la verdad, aburridos.

Resulta especialmente interesante observar al Chico de Oro. Henry Riley intenta inclinar a Nicole hacia atrás y la deja caer al suelo. La escena es muy cómica y tengo que meterme un puño en la boca, literalmente, para dejar de reírme como una idiota. Tampoco ayuda que Beth haga sonar el «Gold Digger» de Kanye justo cuando se disponen a abandonar la pista. Beth se disculpa poniendo carita de cordero degollado y yo recuerdo por qué nos hicimos amigas.

Cuando por fin nos toca a nosotros, siento que mi cuerpo se paraliza. Cole me tira de la mano para guiarme, pero yo estoy a punto de perder el conocimiento. Me mira, preocupado, con esa cara tan perfecta que Dios le ha dado y luego se inclina sobre mí hasta que nuestras caras están al mismo nivel.

—¿Nerviosa?

Asiento.

Me sujeta un mechón de pelo detrás de la oreja y sus dedos me rozan la mejilla, incendiando la piel a su paso.

—Míralo de esta manera: si tú fracasas, yo fracaso, y yo odio fracasar. Está chupado, Tessie, podemos hacerlo —me promete.

—Es lo mismo que dijiste cuando me convenciste para que saltara desde la cabaña del árbol. Acabé en urgencias con un tobillo roto.

Se rasca la nuca y se le escapa una mueca.

—Pensé que caerías sobre el trampolín, pero da igual, esto es distinto. Y... ya no soy el niñato estúpido de antes. Te prometo que no habrá más visitas a urgencias.

—¿Estás seguro? —pregunto, consciente de que ya me siento mucho mejor.

—Que me muera ahora mismo si estoy mintiendo, bizcochito.

Le sonrío, me cuelgo de su brazo y nos dirigimos hacia el centro de la pista.

15
(Segunda parte)

Centrémonos en hacer trizas el ego tamaño Bieber de Jay

Los primeros acordes de la canción, que escuchaba tantas veces cuando era pequeña, me sorprenden, pero ni siquiera el «I'll Be» de Edwin McCain consigue distraerme. Soy perfectamente consciente de la cantidad de ojos que nos observan. Algunos son rostros amables y sonrientes que nos transmiten ánimos, pero otros, especialmente los de las admiradoras de mi acompañante, me miran con el entrecejo fruncido. La tensión es palpable; nadie habla, solo la voz del cantante que resuena a nuestro alrededor.

—Eh, no los mires. Mírame a mí, solo a mí, como en los ensayos —me susurra, y yo me descubro mirándolo fijamente a los ojos.

En serio, ¿cómo pueden ser tan azules?

Me tranquilizo, apoyo una mano en su hombro y entrelazo la otra con la suya. Llevamos días practicando, pero la tensión del primer momento nunca se supera. Tengo un cosquilleo en la piel, pequeñas descargas de electricidad recorriéndome los brazos, y siento como si me hubieran abrasado la cintura, justo donde descansa la mano que le queda libre.

La gente, sobre todo las mujeres del club de jardinería al que pertenece mi madre, parlotean a nuestro alrededor mientras nos balanceamos por toda la pista. Los bailes de salón no son la actividad más excitante del mundo, pero es una experiencia tan bonita que sé que he descubierto una nueva pasión. Todo es tan delicado, tan complejo y tan... romántico... No hay música atronadora ni movimientos de baile salvajes, solo dos personas moviéndonos al compás.

Me pongo colorada al pensar en otra actividad parecida.

—¿Lista para el paso estrella? —me susurra al oído, y tengo que contener el gemido que está a punto de escapárseme por la boca.

Digo que sí con la cabeza; estoy completamente aturdida. Cole nunca me había parecido el tipo de chico al que se le da bien algo tan sutil como bailar agarrados. Antes me lo imaginaba como alguien que no se avergüenza de restregarse contra el personal en la discoteca de turno. Siempre he sabido que se le daba bien bailar, e incluso la parte de mí que le tenía más pánico quería ser la chica que se deslizara con él por la pista de baile.

La música gana ritmo justo en el momento en que Cole me levanta del suelo por la cintura y giramos en una pirueta. Atrás queda el miedo a caerse que me ha preocupado durante tanto tiempo. Sonrío de oreja a oreja y la gente a nuestro alrededor comenta la jugada entusiasmada. Me olvido de los ojos que nos observan y me concentro en la persona que me sujeta en el aire. Me doy cuenta de que por primera vez en quince años, los años que hace que conozco a Cole, por fin confío en él. A pesar de que sea un cerdo narcisista.

Nuestro baile no ha acabado, pero la gente ya nos aplaude y nos vitorea. Reconozco la voz de Megan elevándose por encima de la multitud. Lo más probable es que se esté dejando los pulmones, y es que esto es su fantasía hecha realidad. Siempre ha querido vivir un momento así y, por su propio bien, espero que Alex sepa bailar tan bien como su mejor amigo.

Cole me baja al suelo y sus ojos no se apartan de los míos. Me quedo de piedra cuando me doy cuenta de que está tarareando la canción, lo cual duplica el efecto. Siento que se me doblan las rodillas y pienso en el ridículo que haría si me cayera de culo delante de toda esta gente. Cole se da cuenta y me pasa las manos por la cintura y yo respondo rodeándole el cuello con los brazos.

—¿Estás bien? —me pregunta con la frente apoyada contra la mía.

Cierro los ojos y trago saliva. Estos nervios, este tembleque, este deseo de que desaparezca todo el mundo y nos quedemos a solas, todo esto me resulta tan ajeno como irresistible. No soy tan tonta como para no darme cuenta del tipo de sentimientos que experimento. Me ha ocurrido con Jay desde que soy capaz de recordar, pero esto parece más... fuerte. Cole; de toda la gente que podía provocar este efecto en mí, tenía que ser Cole.

—Genial —susurro, y abro los ojos.

De pronto, me suelta, pone una mano en la parte baja de mi espalda, me coge de la otra y empieza a inclinarme hacia el suelo. Acabo de ver lo que le ha pasado a Nicole, así que recupero mis miedos, esta vez más fuertes que nunca. El movimiento es tan rápido que cuando me doy cuenta ya estoy a escasos centímetros del suelo. Me deja ahí unos cinco segundos, luego me ayuda a incorporarme y me hace girar con una mano.

Todo el mundo empieza a aplaudir y a aclamarnos, momento en el que Cole decide soltarme y cogerme solo de la mano. Saludamos con una reverencia y no puede evitar levantar la voz por encima del torrente de aplausos.

—Y así, señoras y señores, es como se hace un paso de baile en condiciones —grita, guiñándole el ojo a un enfurruñado Henry y a una colorada Nicole.

Estoy totalmente de acuerdo, ha sido el mejor momento de la noche.

Todavía cogidos de la mano, me lleva fuera de la pista de baile. Somos la última pareja en actuar, así que ya podemos dispersarnos y hacer lo que nos venga en gana. Necesito beber al menos un par de litros de agua, tengo la garganta más seca que el desierto del Sáhara. Me dirijo hacia la mesa de las bebidas y me tomo una cantidad generosa de la única bebida disponible: una especie de ponche de frutas de aspecto un tanto extraño.

—¿Qué te tengo dicho sobre lo que se sirve en las fiestas? —pregunta Cole, e intenta arrancarme el vaso de plástico de la mano.

Necesito que ese líquido fresco fluya sin descanso por mi gaznate, así que le aparto la mano de un golpe.

—Ya sabes que es bastante probable que le hayan echado alcohol, ¿verdad?

Seguramente tiene razón, y estoy a punto de atragantarme con el ponche, pero antes me meto un par de lingotazos.

—¡No es verdad! —protesto, tan madura como siempre, pero me deshago del vaso por si acaso.

Si el presunto alcohol no ha entrado ya en mi cuerpo, prefiero no tentar a la suerte.

—No te preocupes, no le habrán echado nada demasiado fuerte. Hoy en día a los chavales les preocupa demasiado la autoridad —me explica, y pone los ojos en blanco como si le decepcionara que nadie se haya atrevido a vaciar una botella de Jack Daniel's en el ponche.

—Bueno, tú nunca has tenido ese problema, ¿verdad, Stone?

El comentario sarcástico no es mío, me doy cuenta cuando veo a Travis dirigiéndose hacia nosotros, ignorando las miradas curiosas de los metomentodos que nos rodean. Las mujeres, con las caras hinchadas por el bótox, susurran entre ellas. Sé lo difícil que es para Travis presentarse en un acto como este, no necesita que las chismosas de turno se lo compliquen todavía más.

—¡Travis! —exclamo, y paso junto a Cole, que de repente se ha apartado, para abrazar a mi hermano.

Va hecho un pincel, después de no sé cuánto tiempo. El traje le queda un poco más ancho que hace dos años, pero está impecable y sé que no hay un solo par de ojos femeninos que no se hayan fijado en él.

—Creía que me habías dejado tirada —le digo al retirarme.

Él se ríe.

—¿Pensabas que te iba a dejar pasar por esto tú sola? —Desvía la mirada hacia donde están nuestros padres—. Mamá te iba a cambiar la canción, ¿sabes?

Inclino la cabeza a un lado, sin acabar de entender.

—¿Qué?

—Creía que impresionarías más a los jueces con algo más actual. He tenido que convencerla para que no lo hiciera. Luego papá ha tenido la brillante idea de hablarle de ti al decano de Dartmouth, pero no te preocupes, también me he ocupado de eso.

Me guiña un ojo y enseguida noto cómo se deshace el nudo que se me ha hecho en la boca del estómago al oír la palabra «Dartmouth». Mi padre estudió la carrera allí y le es más fiel a su universidad que a su mujer. Hace mucho que evitamos hablar del tema, pero acabo el instituto este año y en algún momento tendré que decirle que quiero ir a Brown.

Le doy otro abrazo y me alegro más que nunca de que el Travis de siempre haya vuelto.

—Eres el mejor hermano del mundo.

—Agradécemelo con un baile.

Me coge de la mano y me lleva hacia la pista de baile, que está abarrotada. Miro por encima del hombro y veo que Cole está bebiendo una lata de Coca-Cola que obviamente se ha traído de casa. Me guiña el ojo y yo le sonrío, pero el gesto se me borra de la cara en cuanto Travis se da cuenta y fulmina a Cole con la mirada. Durante un minuto, los dos se enzarzan en una especie de competición de miraditas hasta que Cole se rinde y se marcha, visiblemente enfadado.

—¿Qué ha sido eso? —le pregunto a Travis cuando empezamos a bailar.

La gente ya ha perdido la vergüenza y nos mira descaradamente como si estuviéramos desnudos. A mi hermano se le nota que está incómodo, más les vale que aprendan a meterse en sus cosas o tendré que tomar cartas en el asunto.

—Nada.

—No, nada no. ¿Por qué os estabais mirando así?

—Porque sí.

Aprieta los dientes y mira en todas direcciones menos hacia mí. Sus ojos se detienen en algo que le hace abrirlos de una forma muy cómica, pero, antes de que pueda ver lo que le ha llamado tanto la atención, aparta la mirada y nos alejamos hacia otra zona de la pista.

—Venga, Trav, pensaba que las cosas entre vosotros estaban arregladas.

Pienso en su comportamiento la noche que Cole me llevó a casa, el día en que conoció a la chica misteriosa. Entonces no le pareció tan mal que pasara tanto tiempo con mi antiguo torturador. De hecho, me pareció que se alegraba de que nos lleváramos tan bien. Entonces ¿a qué viene este cambio de opinión?

—Tiene que empezar a pensar en las consecuencias de todo esto. ¿Crees que no sé toda la mierda que te ha hecho pasar Nicole?

—No te entiendo —respondo bajando la voz, y espero que él también lo haga antes de que a mi madre le dé un ataque al corazón.

—Mira, si dependiera de mí, te diría que estás mucho mejor sin ninguno de los hermanos Stone. Uno no tiene huevos y el otro te va a meter en problemas.

—Yo también sé en qué me estoy metiendo —le digo, y mis palabras suenan un poco más duras de lo que pretendía—. Cole tiene una legión de seguidoras y seguramente antecedentes penales, pero no podría pedir un amigo mejor que él. Es raro, lo sé, pero quiero que esto funcione.

Travis inclina la cabeza a un lado y me observa, como si estuviera estudiándome. Al principio está serio, pero luego le cambia la cara y me regala una sonrisa que me coge por sorpresa. ¿A qué vienen estos cambios de humor? ¿Se ha metido una botella de lo que sea entre pecho y espalda antes de entrar?

—¿Has oído eso, Jason? Es su mejor amigo. Ya puedes dejar de seguirla como un perrito.

Oh, Dios mío, dime que no se lo ha dicho a quien creo que se lo ha dicho. Me quedo petrificada, incapaz de mover un músculo, mientras mi hermano pasa a mi lado y seguramente empuja a Jay en su camino.

—Vaya, me odia, ¿verdad? —pregunta Jay, que acaba de ocupar el sitio de Travis.

Me miro los pies e intento moverlos, aunque sin demasiado éxito por culpa de estos tacones asesinos. En situaciones como esta, hago lo que mejor se me da y esta vez recurro a Britney Spears. Murmuro entre dientes eso de que lo he vuelto a hacer, y confío en que no me oiga. Mejor que no me ponga aún más en ridículo delante de él.

—¿Qué?

Jay acerca la oreja y da un paso hacia mí. Yo me encojo de hombros mientras se me escapa la risa nerviosa.

—No le hagas caso, está haciendo de hermano protector.

Pongo una mano en su hombro y él me coge la otra. Miro a mi alrededor en busca de Cole o de Nicole, preguntándome cuál de los dos reaccionará peor. Llevo soñando con esto desde que conozco a Jay, pero ahora me doy cuenta de que me siento incómoda. La rabia que sentí cuando le oí menospreciar a mi hermano se ha transformado en decepción. Sé que no debería ser rencorosa, pero no puedo evitarlo. Si hubiera sido cualquier otra persona y no Travis, las cosas serían distintas, pero escogió a la persona equivocada.

—Cree que soy un cobarde que te ha hecho daño y no le culpo porque es verdad.

Se ríe con amargura mientras nos balanceamos lentamente.

—Jay, no... No es eso.

—Soy idiota, el mayor gilipollas del planeta. No tenía derecho a decirte lo que te dije de Cole; es evidente que ya no es asunto mío.

Se le nota la amargura hasta en la voz. Sus ojos no se apartan de los míos.

—¿Qué estás intentando decirme?

—Te di cuerda demasiado tiempo. Sabía lo que sentías por mí, no debería haberte dado esperanzas. Siento haberte roto el corazón.

A ver, a ver, un momento. ¿Ahora resulta que el mojón de burro este lo siente por mí? ¿Cree que me ha destrozado porque prefirió a la zorra de mi ex amiga antes que a mí? Bueno, igual era así hace un mes, pero ahora...

De pronto, pasa algo absolutamente mágico. La música lenta desaparece y en su lugar la sala se llena con las notas atronadoras del himno a la ruptura de Gloria Gaynor. Le va que ni pintado a la situación y la cara que pone Jay no tiene desperdicio. Me aguanto la risa como puedo y mis ojos buscan a Beth, que no aparta la mirada del cogote de Jay. Creo que acabo de encontrar a alguien que está tan cabreado con él como yo.

Le doy unas palmaditas en el pecho y le sonrío, muy tranquila.

—Es verdad.

Suspiro en plan dramático mientras nos dirigimos hacia el centro de la pista. Si voy a hacer esto, al menos que sea montando un buen numerito delante de su novia.

La letra, bastante profética, del «I Will Survive» me da la fuerza que necesito para cortar con esto de raíz. Jay sigue mirándome como si fuera a darme un ataque en cualquier momento. Sí, a alguien le va a dar un ataque, pero ese alguien no soy yo.

—Pero un día me di cuenta de algo. Me di cuenta de que conocía a un tío guapísimo, el tío más bueno que he visto en mi vida y, en lugar de ir detrás de él, estaba perdiendo el tiempo contigo. Sinceramente, y no pretendo ofenderte, pero tú no eres tan guapo ni de lejos.

Jay abre los ojos de par en par pero no hace nada que pueda llamar la atención. Estamos justo en el centro de un salón lleno de gente y más le vale tener cuidado con lo que hace.

La canción es tan perfecta que me asusto un poco. ¿Es así como pasa el tiempo Beth, preparando listas de canciones que forman la banda sonora de mi vida? Da igual, centrémonos en hacer trizas el ego tamaño Bieber de Jay.

—Creo que estoy mejor ahora. Entiendo tu preocupación, ¿eh? Cole es..., bueno..., Cole; pero los chicos malos tienen algo tan sexy..., ¿no te parece? ¿Cómo resistirse a eso?

Se le desencaja la mandíbula y por un momento creo que se le van a salir los ojos de las órbitas. Le doy un empujón para apartarlo de mí. No sé de dónde he sacado el valor o esta vena provocativa, pero estoy disfrutando como una loca. Quizá el ponche sí llevaba alcohol, pero qué más da.

—Tessa, ¿estás... borracha? —pregunta, completamente atónito.

Me pongo un dedo en los labios y finjo que pienso.

—Quiiizá —respondo con una risita.

Esto es muy divertido, ¿por qué no me habré emborrachado antes? Es como si tuviera permiso para decir lo que quiera sin tener en cuenta las consecuencias.

—Me cago en...

Se pasa una mano por el pelo y mira a su alrededor como si buscara ayuda. Qué tontería, no necesito ayuda. Estoy perfectamente, solo me siento más valiente de lo normal.

Lo dejo plantado en la pista y me dirijo hacia donde está Cole rodeado de un puñado de hienas, todas hembras. La estampa me hace fruncir el entrecejo; una de ellas le está acariciando un brazo y, para mi gusto, él parece demasiado cómodo. No pienso permitir que tontee con otra mientras sea mi pareja. Seguro que es una violación flagrante de las normas de cualquier concurso de belleza.

Avanzo abriéndome paso entre las niñatas que lo rodean, que parecen sacadas de un tríptico de enfermedades de transmisión sexual. Cole le echa un trago a la lata y, por la cara que pone, diría que se lo está pasando en grande.

—Qué, ¿ya te has aburrido de Jay Jay?

Está sonriendo, pero su voz suena tan fría que me sorprende no sentir los primeros síntomas de congelación. ¿Y ahora qué le pasa?

—Es un idiota, lo he puesto en su sitio —murmuro, y me duele un poco que me haya hablado así delante de sus *groupies*; seguro que piensan que soy tan patética como ellas.

Se sorprende al oír mi respuesta y aparta el brazo de la chica que se está restregando contra él.

—¿Habéis discutido?

Parece que ahora sí le interesa el tema.

—Sí, le he dicho que creo que es feo. ¿Contento?

Se le ilumina la cara y yo empiezo a sentirme más cómoda. No me gusta que esté enfadado conmigo, cada vez se me hace más difícil.

—Por supuesto.

Me coge de la mano y tira de mí hasta que estoy a su lado. Las *groupies* me fulminan con la mirada, pero empiezan a dispersarse porque son conscientes de que acaban de perder su atención. Nos dirigimos hacia el centro del escenario, donde mi madre está convocando a todas las participantes. Al parecer, ha llegado la hora de emitir el veredicto. Mis compañeras han empezado a hiperventilar y yo no puedo evitar poner los ojos en blanco. Por el amor de Dios, que esto no es Miss Universo, haced el favor de tranquilizaros.

Nos colocamos en fila delante de los jueces. Estoy un poco aturdida, así que sujeto la mano de Cole. Nicole está al borde de un ataque de nervios y a Henry se le nota que está sufriendo. Pobrecillo, seguro que le está clavando las uñas en la mano. He compartido suficientes pelis de terror con ella como para saber que eso es lo que hace cuando está nerviosa o asustada.

Mi madre nos suelta un discurso interminable sobre la importancia de ser un ciudadano responsable. Se me cierran los ojos y siento la necesidad imperiosa de meterme en la cama y pasarme el resto del siglo durmiendo. Apoyo la cabeza en el hombro de Cole e intento ponerme cómoda, y estoy a punto de conseguirlo cuando, de pronto, alguien me zarandea a conciencia.

—¡Despierta, bizcochito, que has ganado!

¿Eh? ¿Qué tiene que ver ganar con la hamburguesa doble con queso que estoy oliendo en el Rusty's? ¿Y qué hace Cole aquí? ¿No tiene prácticas?

—Venga, despierta.

Insiste tanto que bostezo y abro los ojos. La gala, la estúpida gala, aún no ha terminado. Cole me lleva de la mano y la gente aplaude a nuestro alrededor. Megan nos intercepta y me da un abrazo gigante.

—¡Lo sabía! Sabía que ganarías.

Alex tira de ella y yo le dedico una sonrisa perezosa a mi amiga. Sí, estoy borracha. Avanzo a trompicones detrás de Cole, que hace todo lo que puede para que no me vaya de morros al suelo. La mirada severa de mi madre tiene un efecto desintoxicante. Creo que sospecha lo que pasa, pero espero no apestar a alcohol. Ni siquiera sé qué he bebido, pero no era nada ligerito, eso seguro.

—Miss Farrow Hills 2014 es para Tessa O'Connell —dice en voz alta, y yo intento imaginar qué haría la Tessa sobria en mi lugar.

Seguro que se pondría colorada al saberse el centro de tanta atención y luego se confundiría con el decorado hasta que otra persona le robara el protagonismo. Pues hoy no va a ser así.

Me ponen una tiara, que sé que es falsa, en la cabeza y yo sonrío de oreja a oreja y empiezo a saludar a la gente. Me acerco a mi madre y tropiezo, pero consigo quitarle el micrófono de la mano.

Carraspeo, me subo a la tarima y me dirijo a la gente de mi pueblo.

—Quiero aprovechar la oportunidad para dar las gracias a mi familia: a mis padres —y señalo hacia la zona del escenario en la que están— y a mi querido hermano. —Travis suelta un grito al oír que le mencionó y la gente se echa a reír—. También quiero dar las gracias a mis amigos. Beth, eres la mejor DJ que hemos tenido. En serio, el del año pasado se dedicó a ponernos canciones que no deberían haber sobrevivido a la Edad Media. —La gente vuelve a reírse y yo también—. Megan, eres la mejor. Eres mi animadora personal. Alexander, cuida de ella o te pateo el culo a lo Jackie Chan.

Alex grita algo así como «Lo haré», pero yo ya he empezado a hablar otra vez.

—Cassandra, te quiero, eres una tía genial —suelto, y la aludida, que está en el escenario conmigo, me da un beso en la mejilla y se ríe—. Por último, quiero darle las gracias a Cole, mi colega, mi amigo. Es un chico increíble y un bailarín de primera, chicas. Si queréis su número...

—Vale, ya está, Tessie.

Cole me quita el micrófono de la mano y se lo da a mi madre, que da la velada por acabada, aunque anuncia que la gente aún puede quedarse una hora más para disfrutar de la música y de la comida.

—¿Mi hija está borracha? —pregunta mi madre entre dientes en cuanto nos alejamos un poco de la multitud.

Cole parece un poco avergonzado mientras le tiro del pelo y respondo:

—Un poco.

—Ha sido la primera tanda de ponche. Casi se lo bebe entero y estoy bastante seguro de que alguien le había echado alcohol.

—Lo mato —exclama furiosa mi madre, y se dirige hacia un chico de mi edad que va por el salón recogiendo platos.

Lo coge de la oreja y se aleja tirando del pobre chaval, que no para de gritar de dolor. Cole se ríe a carcajadas, lo cual hace que le salgan unas arruguitas junto a los ojos y se le marquen aún más los hoyuelos. Siento la tentación de meter el dedo en las pequeñas hendiduras de sus mejillas, pero él mismo me quita la idea de la cabeza cogiéndome de las manos y retrocediendo.

—¿Adónde vamos? —pregunto entre la carcajada y el hipo, y él me dedica una de sus sonrisas malévolas.

—Voy a aprovecharme de tu recién descubierta valentía y vamos a hacer algo que va a hacer que te sientas genial.

—Tengo frío —me quejo mientras atravesamos el aparcamiento.

Estoy temblando. Aún llevo el vestido, que no tiene mangas ni casi espalda. Pasamos de largo su coche y nos detenemos junto a un Jeep que me resulta muy familiar. Cole sonríe y saca una navaja del bolsillo de los pantalones.

—¿Llevas una navaja en el bolsillo? —pregunto, y no sé por qué no me sorprende.

—Sí —responde como si tal cosa.

Me la da y yo empiezo a ponerme nerviosa. ¿Qué quiere que haga y por qué necesito empuñar un arma?

—Pínchale las ruedas —me dice Cole, y yo sacudo la cabeza con fuerza.

—Esto es mala idea, muy mala idea, y lo sé incluso estando borracha. Volvamos dentro, Cole —replico, armándome de paciencia.

Él no parece muy dispuesto a ceder. De hecho, mientras hablamos saca otra navaja, esta más pequeña. Mierda.

—Es idiota, tú misma lo has dicho. Bueno, pues esta es nuestra revancha. Rajémosle las ruedas —insiste, entusiasmado.

Pienso en las cosas que Jay dijo de mi hermano y la compasión con la que me ha mirado esta noche.

No quiero su compasión.

—Vale, manos a la obra.

Una hora más tarde entramos en mi habitación. La casa está en silencio, como siempre. Mis padres han ido a tomar algo con los mecenas de la gala y Travis seguramente está buscando a la chica de la tienda de discos.

—Ve a cambiarte, Tessie, parece que te vayas a morir de un momento a otro—me dice Cole riéndose.

Se sienta en los pies de mi cama y se quita los zapatos y después la corbata. Luego se sube las mangas de la camisa y se desabrocha los tres primeros botones.

Ñam.

Cojo una camiseta vieja de Travis del armario y me desvisto con mucho cuidado en el lavabo. Soy consciente de que lo que llevo puesto vale más que todo mi vestuario junto. En cuanto el vestido caído del cielo está a salvo, respiro aliviada y vuelvo a la habitación.

—Estoy muerta —murmuro, y me dejo caer sobre la cama con un ruido seco.

Nadie responde, así que abro los ojos y veo a Cole de pie junto a la cama, a medio metro de mí, pálido como las sábanas.

—¿Qué pasa? —pregunto.

Bostezo y aprovecho para estirar todos los músculos del cuerpo. Dudo que los tacones y yo tengamos una relación especialmente duradera.

—No llevas nada, solamente la camiseta —tartamudea, y yo frunzo el entrecejo.

¿Y qué?

—Todo el mundo duerme sin pantalones, Stone. No es para tanto.

Se me escapa otro bostezo, así que hundo la cabeza en la almohada y me acurruco.

—Ah, no, tienes que taparte.

—No quiero —replico, y lo maldigo porque no me deja caer en el sueño más reparador que he tenido en meses.

Se queda callado. Espero que no insista más con el tema. De pronto, me tapa una manta y estoy oficialmente metida en la cama. Suspiro al sentir el calorcito y tiro de la colcha para arroparme. Mmm, qué a gustito.

—Eh, Cole —digo al oír la puerta de la habitación.

—¿Sí? —pregunta él con la misma voz grave de siempre.

—Por favor, quédate —murmuro contra la almohada.

Incluso medio dormida, oigo el clic de la cerradura unos cinco minutos después. No sé qué debate interno ha tenido consigo mismo, pero por lo visto ha llegado a una conclusión porque noto que se levantan las mantas y Cole se desliza debajo.

—Buenas noches, Tessie —susurra, tumbados uno al lado del otro guardando las distancias

—Buenas noches —respondo, y me vuelvo a quedar dormida.

16

Victoria para los inadaptados sociales del mundo

Allá por mi noveno cumpleaños, mi madre tuvo una de sus «brillantes» ideas. Ha tenido muchas más desde entonces, pero esta se llevó la palma. Invitó a la mitad de la clase a una fiesta de pijamas, incluso contrató a un organizador de fiestas para que lo planificara todo. Su objetivo era que yo ampliara mi círculo de amistades más allá de Nicole. Quizá había tenido una epifanía sobre lo bruja que acabaría siendo mi mejor amiga.

En cualquier caso, imagina la sorpresa, el horror y el miedo paralizante cuando los hermanos Stone se presentaron aquel día en la puerta de mi casa. Todo el mundo los consideraba hermanos aunque fueran de madres distintas. Yo era la única que veía lo diferentes que eran. Uno era un ángel, el otro, Lucifer.

Monté una pataleta, quería que Cole se marchara, pero las «niñas educadas» no se comportan así. Se quedó a dormir y al final el daño no fue tan irreparable como pensaba. Solo acabé con un sarpullido de los polvos picapica que me echó en el saco de dormir, una reacción alérgica por culpa de las rosas blancas que me trajo y, al día siguiente, un leve color verde en el pelo después de lavármelo con champú.

Para él, fue un aburrimiento en toda regla. Creo que se controló porque era mi cumpleaños.

En eso estoy pensando el día después de la gala cuando me levanto. Bueno, en eso y en que tengo cientos, miles de Umpa Lumpas bailando zumba dentro de la cabeza. Es como si el cráneo me pesara una tonelada y alguien lo hubiera confundido con unas maracas. ¡Parad ya de zarandearme! A esta sensación le sigue otra: no puedo respirar, literalmente. Algo me comprime los pulmones. Me duele cada vez que intento respirar y me pongo muy nerviosa. Me entra el pánico, abro los ojos e intento liberarme del peso que me está aplastando, mientras combato este maldito dolor de cabeza.

Alguien gruñe cerca de mí y yo me quedo petrificada. Dejo de empujar con las manos lo que parece un muro de acero y me deslizo hasta el borde de la cama. Pero ¿qué...?

—¿Así es como despertáis a la gente en esta familia? —murmura Cole a mi lado, y me quita el brazo de encima del pecho.

Cole. Brazo. Torso. Cama. Mi cama.

Con la delicadeza que me caracteriza, suelto un grito en cuanto las palabras que acabo de oír cobran sentido.

—No te acordabas de que estaba aquí, ¿eh?

Un Cole sin camiseta se despereza y luego bosteza. Mis ojos se pasean por todo su torso desnudo y se detienen sobre sus ondulantes músculos y sus abdominales bien definidos.

—Sí, va a ser eso.

Intento recuperar el aliento y desvío la mirada. La cama cruje, por lo que sé que se ha levantado.

—Ya puedes mirar, estoy presentable.

Lo dice con demasiada chulería para mi gusto, pero me lo merezco. Sabe que le acabo de pegar una repasada. Seguro que es lo que hacen todas las chicas cuando lo conocen. No estoy ciega, soy una adolescente con las hormonas alborotadas, las mismas hormonas que nunca me habían hecho sentir como una pervertida hasta que Cole apareció en escena.

—¿Cuánto bebí ayer por la noche? —farfullo, levantando las rodillas hasta el pecho y apoyando la cabeza en ellas.

Me vienen a la cabeza imágenes de Jay y de Gloria Gaynor, me veo subida a un escenario dando un discurso y a Cole rodeado de un grupito de chicas con las tetas operadas. Vale, puede que no todas las tuvieran operadas, pero sí que babeaban por él y diría que eso es igual de malo.

—No lo suficiente como para olvidarte de todo.

Resopla y se sienta a mi lado. Me aparta la mano de la cara y me obliga a mirarle. Mientras tanto, yo me debato entre las ganas de vomitar y la necesidad de controlar el ataque al corazón que está a punto de darme. De verdad, estar cerca de Cole me afecta de una forma muy extraña.

—Lo recuerdo casi todo. A ver, ¿qué sentido tiene emborracharse si luego puedes visualizar hasta la última estupidez que has hecho estando piripi?

—No hiciste ninguna estupidez. Fuiste sincera por primera vez en tu vida, Tessie, y eso mola.

Observo la expresión decidida de su cara. De repente, todo cobra sentido y soy consciente de que ayer hice cosas que Cole siempre me ha pedido que haga. Le planté cara a al chico que llevaba tanto tiempo controlándome. Fui yo misma delante de todo el pueblo, en lugar de comportarme como la Tessa tímida, callada y sumisa. Hice algo increíblemente egoísta: le rajé las ruedas del coche a Jay pero me sentí genial haciéndolo, así que no pasa nada.

—Tienes razón, ayer estuve de diez, ¿no?

Cole se ríe y luego se va a la habitación de invitados, que tiene baño propio. No me preocupa que alguien lo vea salir de mi habitación por la sencilla razón de que no hay nadie en casa. Mis padres suelen tomarse un descanso después de la gala. Este año se han ido a pescar con unos amigos. Y Travis ya se habría hecho notar, así que deduzco que tampoco está.

Me dirijo al cuarto de baño con la intención de no salir de la ducha hasta parecer una pasa, pero algo me detiene.

Cierro los ojos y vuelvo sobre mis pasos hasta que estoy frente al espejo de mi habitación. Me estoy poniendo colorada como un tomate, y no es por el peinado tipo nido ni por los churretones de rímel que tengo por toda la cara. Ni siquiera me importa tener los labios manchados de carmín. Ah, no, todo eso no me preocupa, aunque debería. Lo que de verdad me preocupa es que ¡no llevo pantalones!

He dormido en la misma cama que Cole Stone y he olvidado ponerme los pantalones. Por favor, que alguien me traiga un vaso con cianuro.

Después de ducharme a conciencia y quitarme toda la mugre, decido ponerme algo cómodo para pasar el día. La tiara, que descansa sobre el tocador, es un recordatorio constante de lo que conseguí ayer. Si quisiera, ahora mismo podría convertirme en Nicole o en cualquiera de las chicas más populares del instituto. La prueba irrefutable es este subidón de autoestima. Sé que puede parecer un poco superficial, pero siento que por fin he dejado de ser Tessa la Obesa, la perdedora, la amiga gorda de Nicole. También sé que el chico por el que creo que empiezo a sentir algo y que es el responsable de casi todas mis pesadillas está en mi casa. Miro de reojo la enorme camiseta raída que tengo en la mano y la lanzo al fondo del vestidor. Seguro que se me ocurre algo mejor. Al final, me decanto por un look más fino y que, a ser posible, no delate que le he dedicado casi treinta minutos. Me pongo unos vaqueros cortos de marca que me compró mi madre, un top blanco de punto con un hombro al aire y añado un toque informal con unas chanclas para lucir las uñas de los pies, que me pinté ayer para la ocasión.

Cole está abajo, silbando mientras cocina. La imagen es muy parecida a otra bastante reciente, pero la diferencia es obvia. Ahora estoy mucho más pendiente de él. Me gusta mirarlo y estudiar su perfil. Admiro la gracia atlética con la que se mueve de aquí para allá, removiendo, batiendo y girando en el aire. Me encanta cómo se muerde el meñique cuando algo sabe raro. Adoro el leve fruncido de sus cejas cuando se le quema una tostada.

Me acerco a él de puntillas, intentando no hacer ruido. Está de espaldas a mí, preparando café. El olor me arrolla como un tren de mercancías, pero en el mejor sentido. Se me hace la boca agua y los Umpa Lumpas de mi cabeza gravitan hacia la fuente de tan delicioso olor.

—¿Cuánto azúcar le pones?

Vaya, se acabó el sigilo.

—Una cucharada. Ah, y un poco de leche.

Se sienta delante de mí y yo me bebo el café de un trago. Es como el elixir de la vida, sobre todo teniendo en cuenta mi estado mental. No sé a qué viene tanto revuelo con el alcohol. Beber no es divertido y la resaca, menos.

—Tómate esto, pero con la barriga vacía no.

Me pasa un par de ibuprofenos y un vaso de agua. Se me revuelve el estómago solo de pensar en comer, pero consigo tragarme un huevo duro y un par de tostadas. Cuanto más insulso, mejor. Las pastillas me hacen efecto unos diez minutos más tarde, momento en el que los Umpa Lumpas vuelven por fin a la Fábrica de Chocolate.

Me da tanta vergüenza haber dormido medio desnuda a su lado que no me atrevo a mirarlo. Él, por su parte, canturrea en voz baja, lo cual es señal de que está de buen humor. Al parecer, mi falta de ropa no le ha afectado en absoluto.

—¿Por qué estás tan callada? —me pregunta mientras se bebe el café, y arquea una ceja.

Yo me encojo de hombros, tratando de quitarle hierro al asunto.

—Estoy pensando en lo de anoche —digo, y es verdad.

No me refiero a la gala o a ganar el concurso de belleza, sino a lo que pasó después. No es la primera vez que dormimos en la misma cama, pero esta vez algo ha cambiado. Seguro que él también lo ha notado y por eso estaba abrazado a mí cuando me he despertado.

—Sí, estaba convencido de que ganarías —replica con una amplia sonrisa.

Sabía que lo entendería mal, ya contaba con ello.

—Nicole debe de estar echando pestes ahora mismo. Me da hasta miedo encontrarme con ella.

Me estremezco, pero lo digo en broma. Ayer por la noche fue como si algo cambiara, como si las inhibiciones que llevo arrastrando toda la vida hubieran desaparecido. Hablar con Jay, decirle lo que realmente pienso y admitir que Cole es mejor persona que él, me ha hecho más valiente. Ahora sé que puedo plantarle cara a Nicole. Sigue siendo la misma chica que tiene pánico a las hormigas, la misma con una alergia horrible al cilantro y la que lloró horas y horas sin parar cuando murió Marissa Cooper en *The O. C.* Sí, la conozco como si la hubiera parido, y saber que es tan humana como yo me ayudará a tomar la decisión de acabar con su sufrimiento.

A Cole le cambia la cara, no se ha dado cuenta de que estaba bromeando. Lo mío es meter la pata, ¿eh?

—Hasta aquí hemos llegado, Tessie, ya basta. Se acabó, ya no tiene poder sobre ti. Si dependiera de mí, después de lo de Hank, estaría criando malvas. La vamos a destruir, pero tú tienes que dejar de tenerle miedo.

—Pero es que no me da miedo —lo interrumpo y espero su reacción. Se niega a mirarme a los ojos y sigue comiendo. Tengo que hacerlo bien o esto se me irá de las manos—. Si dejo que se salga con la suya es porque voy un poco justita de autoestima. —Intenta decir algo, pero le interrumpo—. Ya, ya lo sé. Puede que no sea suficientemente rubia, lista y delgada, pero no me merezco todo lo que me hace. Hasta ahora he dejado que me pisoteara porque creía que me lo merecía, pero ahora las cosas han cambiado.

—¿Por qué?

Sus ojos se clavan en los míos. El ambiente está cargado, se puede palpar la tensión a nuestro alrededor. Casi echo de menos que me vacile, que me tire los tejos, incluso al *bully* que lleva dentro.

—Porque he conocido a un inútil integral que ha conseguido que me diera cuenta de que a veces ser un poco egocéntrico es bueno para el alma.

Me llevo una mano al corazón y suspiro con aire dramático. Luego se rompe el hechizo del momento y a Cole se le escapa la risa, que es como música para mis oídos.

Holgazaneamos un rato. Aún no son las doce, así que les mando un mensaje a Megan y a Beth preguntándoles si les apetece hacer algo. Sus respuestas son un jarro de agua fría: Megan no puede salir de casa porque ayer casi se salta el toque de queda y Beth trabaja. Casi siempre está trabajando, en lo que le salga. Su madre es una cantante frustrada reconvertida en esteticista. No fue muy cauta con el dinero de su herencia y se lo gastó casi todo en una maqueta que envió a una discográfica para que la contratara. Luego se quedó embarazada y tuvo que abandonar su sueño temporalmente, y volvió al pueblo para criar a su hija. Nadie habla del padre de Beth, ni siquiera ella. Es un tabú para todos. Marie no ha sido la mejor madre del mundo. Aún ahora sigue gastando como si se ganara la vida atracando bancos. Sigue soñando con triunfar, pero, cuantos más fracasos acumula, más se hunde en la miseria. Beth se hace la fuerte, pero sé lo que le está costando ahorrar para la universidad.

Estamos viendo dibujos, Cole tumbado en el sofá de la sala de estar y yo acurrucada en mi butaca favorita. Le está mandando un mensaje a alguien y no quiero admitirlo, pero me molesta.

Me molesta mucho.

¿Y si es una de las chicas de ayer? Parecían más que dispuestas a darle sus números. Eran todas guapísimas, Cole sería imbécil si pasara de ellas. Seguro que son más ocurrentes y saben ligar mucho mejor que yo. Ahora mismo estarían haciendo algo más interesante que ver reposiciones de *Rugrats*. Cole se ríe por décima vez y yo le tiro un cojín que, cómo no, consigue esquivar sin inmutarse.

—¿Qué he hecho? —pregunta con incredulidad, y yo frunzo el entrecejo.

—No me dejas escuchar los dibujos con esa risita de cerdo. ¡Deja de mandar mensajitos a tus *groupies* o lárgate! —resoplo, y me cruzo de brazos.

Me mira atónito durante un par de segundos y luego se le escapa una carcajada. El muy imbécil tiene las santas narices de reírse de mí, de burlarse de mis celos, que son más que evidentes. Empiezo a sentirme incómoda y me hundo en la butaca para ver si así puedo desaparecer. Otro tanto para mi boca, victoria para los inadaptados sociales del mundo.

—Estaba hablando con mi abuela.

Se le caen las lágrimas de tanto reírse y le tiembla el cuerpo entero. De pronto, hunde la cara en el respaldo del sofá y le da un puñetazo. Vaya, menuda metida de pata.

—N...no lo sabía. Es que era un poco molesto.

Frunzo el entrecejo y subo las rodillas hasta el pecho. Ahora mismo lo que necesito es que se abra la tierra y me trague. Es que ni me inmutaría si un meteorito impactara contra el planeta y acabara con la raza humana.

—Estabas celosa, Tessie, admítelo.

Se está haciendo el chulo, pero le brillan los ojos y yo no puedo evitar que me invada un calorcito por dentro. Le gusta la idea de que esté celosa y a mí me gusta que le guste. Refuerza la sensación de que quizá, solo quizá, para él soy distinta del resto de las chicas de su club de fans.

Pero tengo que representar mi papel, así que pongo los ojos en blanco y resoplo.

—Estás flipando, Stone.

—Pero estás celosa. —Me chincha hasta que me pongo colorada.

Esta vez se lo he puesto en bandeja. Tengo que cambiar de tema antes de que se dé cuenta de que tiene razón.

—¿Cómo está la abu Stone? Hace siglos que no la veo.

La abu Stone es la madre del sheriff Stone y una de las personas más guais que conozco. Rompe..., no, tacha eso, fulmina cualquier estereotipo que puedas tener de alguien mayor de sesenta años. Cuando éramos pequeños y vivía en el pueblo con su marido, el abuelo de Cole, solía ir a su casa muy a menudo porque siempre se ofrecía voluntaria para hacerme de canguro. Aún recuerdo la ropa tan estrafalaria que solía llevar. Tenía un montón de pelucas de todos los colores y las combinaba con unos atuendos a cual más alocado. Un día se ponía una peluca rosa chicle y un vestido hasta los pies, y al siguiente optaba por una peluca negra con pantalones de piel, camiseta negra y chupa de cuero. Además, era la única persona que no permitía que Cole se fuera de rositas cada vez que me hacía algo. Una vez lo pilló vaciándome una bandeja de hielo por la espalda y le impuso como castigo limpiar todos los váteres de la casa. Obviamente, para mí era un ídolo.

Cuando murió su marido, vendió la casa y se mudó. La gente dice que viaja por todo el mundo y que hace submarinismo en el Caribe; me pregunto si es verdad. Sé que Cole la ve a menudo, incluso cuando estaba a varios estados de aquí, en la academia militar. Está muy unido a ella, aunque siempre intenta que no se le note. Por lo que sé, antes iba a visitarla cada quince días. Es un blandengue cuando se trata de su abu, por mucho que la gente lo considere el chico malo del pueblo.

No sé si es consciente de que estoy intentando evitar el tema de los celos, al menos no se le nota. Mira la pantalla del móvil y sacude lentamente la cabeza.

—Es la viejecita más chiflada que conozco. Me acaba de contar que el otro día tiró una bomba fétida en una partida de bingo.

Muy propio de ella.

—¿La sigues viendo a menudo?

Cole asiente.

—Lo intento, pero no quiere que vaya a la residencia. Si por ella fuera, estaría por ahí corriendo con el coche, pero mi padre ha dicho que hasta aquí. No sabes cómo odia ese sitio.

Me lo puedo imaginar. Para un espíritu libre como la abu Stone, estar encerrada en una residencia de ancianos tiene que ser una pesadilla. Da igual lo bien que cuiden de ella, no está hecha para estar encerrada entre cuatro paredes.

Cole me observa y yo desvío la mirada hacia la ventana. Soy incapaz de quitarme de la cabeza que me está mirando. Empiezo a sentir un cosquilleo en la piel y me muero por saber qué es lo que está pensando, pero me da miedo meter la pata otra vez. Mis sentimientos son cada vez más evidentes, tengo que ponerme en guardia antes de que se dé cuenta de todo.

—¿Te apetece acompañarme a verla? Estás libre, ¿no? Tenemos todo el fin de semana por delante y nada que hacer. ¿Quieres ir? Seguro que le hará ilusión.

Me gustaría, la verdad, hace mucho que no la veo. Por lo que explica Cole, vive a cuatro horas de aquí, el trayecto tampoco es tan largo. Sé que a mis padres no les importará; de hecho, no vuelven hasta mañana. Travis es el único que podría liarla, pero puedo ocuparme de él. Además, está tan obsesionado con la Chica Misteriosa que lo demás no le importa.

Lo lamentable de esta situación es que mientras una minúscula parte de mí tiene en cuenta estas consideraciones, la otra, mucho mayor, da saltitos, emocionada. Pues claro que quiero ir.

Cole está esperando mi respuesta, pero me parece detectar cierto recelo en él, cierto nerviosismo incluso, como si me estuviera poniendo a prueba. Me pregunto qué pasaría si dijera que no, pero supongo que nunca lo sabremos porque se me escapa un «sí» por la boca.

Se le ilumina la cara y sonríe como un niño el día de Navidad. Nos ponemos manos a la obra. Yo me maquillo mientras él va a casa a cambiarse y a buscar el coche. Así tengo tiempo para tranquilizarme y pensar.

Te aseguro que no soy adivina, pero tengo la sensación de que este viaje va a determinar nuestra relación. Hasta ahora hemos estado oscilando como un péndulo entre ser enemigos, amigos o algo más. Los bailes, los vestidos, los casi besos... Ya hemos pasado a la siguiente fase, ¿no?

Imagino todas las posibilidades y empiezo a hiperventilar. Estoy distraída, fregando los platos para calmarme, cuando de pronto siento que se me eriza el pelo de la nuca. Sé que es él, no hace falta ni que lo pregunte.

—¿Lista para irnos? —me susurra al oído.

No me había dado cuenta de que estaba tan cerca. Se me cae una taza de plástico y aterriza en el suelo con un estrépito considerable.

Me doy la vuelta y veo que me tiene retenida entre sus brazos. Me falta la respiración y el corazón me late desbocado contra las costillas.

—¡No hagas eso! Casi me matas de un susto —le espeto, pero estoy jadeando y eso disminuye el efecto de la reprimenda.

Espero que me chinche, que se burle de mí y convierta la situación en otra de sus bromas, pero está tan serio que me sorprende. Le brillan los ojos, tiene los labios un poco separados y las mejillas coloradas.

—Tess, ¿qué...? ¿Le has dicho a Jay que crees que soy sexy?

Mierda.

Quiero desaparecer, que me abduzcan los extraterrestres y que me atropelle un camión de gran tonelaje. ¡Pero será bocazas! Ayer me sentí un poco culpable por rajarle las ruedas del coche, pero ahora tengo el convencimiento que me quedé corta. Como coja un bate de béisbol, le dejo el Jeep que no se lo arreglan ni los de la MTV. ¿Cómo ha podido...? Pero ¿qué pretendía...?

¿Por qué me tienen que pasar estas cosas a mí?

—N... no quería decir exactamente... Jay me malinterpretó y yo...

No sé qué decir y que el corazón me lata tan fuerte tampoco ayuda. Me está subiendo la sangre a la cabeza y tengo un pitido en los oídos. Creo que no me encuentro bien.

—¿Te gusto, Tessie?

Trago saliva. ¿Ahora viene cuando por fin hablamos sobre esta extraña tensión que hay entre los dos? ¿Quiero admitir que estoy colada por Cole Stone? Las palabras «colada» y «Cole Stone» en una misma frase suenan muy extrañas, como si no pegaran, pero la verdad es que sí pegan.

Me levanta la barbilla para que le mire a los ojos. Hay una extraña mezcla de felicidad y miedo en su cara. Me cuesta aún más responder. Toda la esperanza, todo el nerviosismo, todos los sentimientos contradictorios están ahora al descubierto. Podría cargármelo todo con una sola palabra.

—No lo sé.

Cole inclina la cabeza y sonríe de medio lado.

—Bueno, mejor eso que un no.

—No puedo decir que no, después de todo lo que hemos pasado —digo con un hilo de voz, incapaz de volver a mirarlo.

El latido de mi corazón se ha vuelto errático, no es normal. El martilleo es tan potente que apenas me oigo a mí misma.

Me sujeta por la mejilla, acariciándome la piel con el pulgar. Se me cierran los ojos e instintivamente me apoyo contra su mano. Es un momento tan perfecto, tan devastador e irreal que siento que en cualquier instante me despertaré y descubriré que todo esto no es más que una fantasía urdida por mi mente.

—Tessie —me dice con un tono de voz que habla por sí solo: anhelo y deseo, calidez y protección, añoranza y... algo más.

Respira hondo, como si se preparara para algo. Me da miedo soltar el aire que llevo un buen rato conteniendo. Tengo la cabeza llena de pensamientos, emociones, sentimientos que no puedo expresar con palabras. Creo que no estoy preparada para lo que está a punto de decir.

—Nos lo tomaremos con calma, con toda la calma que tú quieras. —Oigo que traga saliva y me siento mejor porque sé que está tan nervioso como yo—. Lo que necesites, las condiciones las pones tú. Yo solo quiero que me des la oportunidad de demostrarte que ya no soy el imbécil de antes.

Ya no eres el mismo chico que se marchó, me gustaría poder decírselo en voz alta. Quiero que sepa que me ha cambiado la vida, literalmente, pero estoy bloqueada, soy incapaz de hablar. Asiento como una idiota y él aparta las manos de mi cara, me coge de la mano y entrelaza los dedos con los míos.

—Te lo prometo, Tessie, no te decepcionaré.

No sé qué decir, así que le aprieto la mano a modo de respuesta. Solo la gente que me conoce de toda la vida sabe que para mí ese gesto tiene más valor que las palabras. Cole sabe que no soy la persona más elocuente del mundo y no me presiona, no insiste para que hable. Acabamos de fregar los platos entre los dos y entonces es la única vez que me suelta la mano.

Más tarde, me aseguro de que la casa está bien cerrada y Cole y yo nos dirigimos hacia su Volvo. No hemos hablado mucho, solo de cosas prácticas y con monosílabos. ¿Será siempre así a partir de ahora? ¿Nos sentiremos incómodos o demasiado avergonzados para tratarnos como siempre?

Cole pone en marcha el coche y yo me siento a su lado. Nos incorporamos al tráfico y me vuelve a coger la mano. Sonríe tímidamente y yo le devuelvo el gesto.

—Tessie —me dice al cabo de un rato, y yo aparto la mirada de la ventanilla.

—¿Sí? —pregunto en voz baja, temiendo lo que viene a continuación.

—Le he dicho a Jay que lo de rajarle las ruedas fue idea tuya.

Se ríe y yo lo miro con los ojos abiertos de par en par.

—¡No habrás sido capaz!

Me abalanzo sobre él por encima del hueco que separa los dos asientos, pero me retiene el cinturón. Él se ríe de mi torpeza y mi azoramiento, y entonces lo entiendo. No importa en qué nos convirtamos el uno para el otro, al final lo más importante en nuestra relación es su capacidad para sacarme de quicio.

Y de momento lo está bordando. Aun así, no le suelto la mano ni una sola vez durante todo el trayecto.

17

Abu, no te despelotes encima de la mesa de billar

Los miembros de la familia Stone no son especialmente conformistas. La abu Stone nunca fue la clásica abuela tejedora, cocinera y besucona. Su marido era como Cole pero en viejo. Se parecían incluso físicamente, eran tal para cual. Cuando murió, Cole se quedó sin cómplice. Recuerdo lo mal que lo pasé por él, las lágrimas que compartimos en silencio el día del entierro. Era un chico de trece años que acababa de perder a su mejor amigo y, a pesar de todo lo que me hacía pasar, yo solo quería que no llorara.

Pienso en el pasado mientras atravesamos un pueblo costero bastante pijo. Es como los Hamptons, pero con un glamour más sutil. Parece el típico sitio al que se retiran los jubilados adinerados. Veo el océano desde la ventanilla del coche y las enormes villas de estilo español que se suceden a lo largo de las calles. Es bonito, claro que sí, pero apesta a dinero y me resulta un poco confuso.

Ahora mismo, no es lo único que me resulta confuso.

—¿Qué quiere decir que se ha escapado?

—Quiero decir exactamente eso, que está chalada.

Cole le da un puñetazo al volante y cuelga el teléfono. Todavía no me ha soltado la mano y, aunque me preocupa su abuela la escapista, no consigo concentrarme en nada que no sea ese pequeño punto de contacto. Madre mía, es lo único que tenemos de momento y yo ya me estoy convirtiendo en la psicópata de *Fanática*.

—¿Dices que ha dejado a su cuidadora fuera de combate y se ha escapado de la residencia después de robarle el coche a la misma cuidadora?

Me cuesta creer que una mujer de sesenta y cinco años sea capaz de hacer todo eso. Es una Stone, vale, pero tampoco es invencible.

—Le he dicho que me esperara. Le habría conseguido algo mejor que un Mustang destartalado.

¡Ja! No está enfadado porque su abuela se haya escapado de la residencia, en la que es obvio que la cuidan bien, está enfadado porque no ha robado un coche mejor. ¿Quién dice que solo frecuento a gente aburrida?

—Entonces, si ibas a ayudarla, como parece, seguro que sabes adónde ha ido. Problema solucionado; llama a tu padre y dile que está todo controlado.

El sheriff Stone nos ha llamado hará una media hora. Al parecer, le acababan de informar de que su madre había atacado a una trabajadora antes de escaparse; ah, y le había robado el coche. Estaba que se subía por las paredes y creía que Cole la había ayudado. Ahí he tenido que intervenir yo. Le he dicho, muerta de vergüenza, que Cole estuvo conmigo ayer por la noche y hoy. La cosa se ha puesto un poco rara y el señor Cole ha preferido aparcar el tema. Cuando se ha enterado de que íbamos a visitar a la abu Stone, en un cruel giro del destino, nos ha pedido que la encontremos y que la devolvamos sana y salva a la residencia.

Por lo visto, Cole ya lo ha hecho unas cuantas veces. Es un encantador de abuelas, y cada vez que la suya la lía, siempre está más o menos involucrado. Sabe cómo piensa, así que si está haciendo autoestop camino de Texas la encontraremos.

—No es tan fácil, bizcochito. Si no me ha esperado es porque está planeando algo gordo. Sabe que acabaré diciéndole a mi padre dónde está porque todos nos preocupamos por ella. No quiere que la encuentren.

Cierra los ojos y tamborilea sobre su frente como si pretendiera que las respuestas llegaran solas. Hace tiempo que conozco a la abu Stone, pero eso no me capacita para saber dónde demonios está. Una cosa es ayudarla a cargar globos de agua hasta la terraza para tirárselos al cartero y otra muy distinta localizarla en plena huida.

—Bueno, quizá deberíais dejarla a su aire un tiempo. No sé, es evidente que necesita espacio, ¿qué tiene eso de malo? Es más que capaz de cuidar de sí misma.

Cole abre los ojos y suspira. Se le nota en la cara que está preocupado y yo también sufro por él. Cuando estamos juntos, hace lo que sea para que me ría. Nunca me explica sus problemas, solo los que tiene con Jay. No me puedo creer lo egoísta que he sido. Nunca le he preguntado qué tal le va. No hemos hablado de la academia militar, por qué volvió..., nada.

Vale, hora de cambiar, Tessa. Cole te necesita. Últimamente se ha convertido en tu hada madrina y ahora ha llegado la hora de devolverle el favor. Es evidente que esto significa mucho para él y tienes que estar a su lado, pase lo que pase.

—Tiene asma, Tessie, y es grave. No se lo toma en serio. Yo intento seguirle la corriente y dejo que se escape, pero nunca le quito el ojo de encima. Sé dónde está, qué está haciendo y, si se pone enferma, la encuentro y la traigo de vuelta inmediatamente. Ahora mismo estoy muerto de miedo porque sé que le importa un pito su salud.

Se me hace un nudo en el estómago. La verdad es que suena mal, muy, muy mal. Una mujer de la edad de la abu Stone, con asma y una vena salvaje, por ahí sola, haciendo vete a saber qué. De repente, tengo una sensación de ahogo. Temo por el chico que está a mi lado, que seguramente ahora mismo está a punto de volverse loco. Ya ha perdido a su abuelo; no puede perder a la única persona que le entiende y lo quiere de una forma incondicional.

Me acerco a él, salvando el espacio que hay entre los asientos. Ha detenido el coche, tiene la cabeza entre las manos y le cuesta respirar. Siento la necesidad imperiosa de consolarlo y es una sensación tan potente que me coge por sorpresa. No soy una persona especialmente sobona, me gusta tener mi propio espacio, pero esta vez es diferente. Le paso los brazos alrededor de la cintura y apoyo la cabeza en su hombro. Se le acelera la respiración cuando se da cuenta de lo cerca que me tiene, pero seguramente es porque no se lo esperaba.

—Todo irá bien, la encontraremos —murmuro contra su camiseta.

El corazón le late tan fuerte que casi puedo oírlo. Si deslizo las manos un poco más arriba, hasta la zona que palpita, seguro que lo noto, pero ahora no es el mejor momento para ponerme sobona.

Sus brazos me rodean al instante, como un acto reflejo. No sé si le ha sorprendido mi reacción, al menos no se le nota. Esconde la cara en el hueco de mi cuello, me aprieta muy fuerte y así, sin más, acabamos abrazados en medio del aparcamiento de una zona residencial. Si nos viera cualquiera de *Las mujeres perfectas* que viven aquí, seguro que sacarían una conclusión equivocada porque estoy prácticamente sentada a horcajadas encima de él. Algo tan inocente como un abrazo de repente adquiere un significado distinto. No sé qué hacer. ¿Me aparto y ya está? ¿Me quedo sentada donde estoy? No sé por qué, pero me gusta más la segunda opción. Su aliento me acaricia el cuello y me produce escalofríos. Si no me estuviera apretando tan fuerte, seguramente me estremecería de placer. Ya sé qué hace falta para sentirse así, he leído unas cuantas novelas románticas. Entonces ¿por qué todo lo que pensaba que era verdad resulta que es mentira?

—Tessie —susurra contra mi piel, y una sola palabra suya basta para romperme en pedazos.

Ha sonado tan, tan... seductor. ¿Qué hago? ¿Le doy un beso? ¿Intento decir algo inteligente? Necesito un manual de instrucciones, por favor.

Se ríe y siento el sonido reverberando por todo mi cuerpo. ¿Qué le hace tanta gracia?, me pregunto. Mi falta de experiencia, está claro. Ahora es cuando me dice que lo de esta mañana ha sido un error y que mejor sigamos siendo... una pareja complicada y sin etiquetas.

—¿Recuerdas lo que te dije sobre lo de no pensar demasiado y disfrutar del momento?

Recuerdo el incidente de la piscina y siento un calor que me sube por las mejillas. Creía que los dos habíamos guardado en una caja aquel momento para cuando lo volviéramos a necesitar. Por lo visto, ya ha llegado ese momento.

—Ajá.

¿Dónde se mete Shakespeare cuando más lo necesitas? Si fuera el tipo de chica predestinada a estar con Cole, diría algo descarado, muy segura de mí misma, y, lo convencería de que soy la mujer más irresistible del mundo. Seguro que ahora mismo está buscando la manera de poner fin a lo que hay entre nosotros, sea lo que sea, y me romperá el corazón.

—De verdad, tienes que trabajar este aspecto de tu personalidad.

Intento contenerme, pero se me escapa la risa. Los dos sabemos que, por mucho que me esfuerce, nunca seré capaz de dejarme llevar. Cole saca lo peor y lo mejor de mí. Cuando no estoy cabreada con él, estoy derritiéndome a sus pies. Es imposible que aprenda a «disfrutar el momento» y así se lo digo.

—No creo que pueda.

La expresión de su cara lo dice todo. Sabe el efecto que tiene sobre mí y está orgulloso de ello.

—Bueno, al menos podemos intentarlo, tenemos mucho tiempo —me promete.

No sé si sus palabras son una estrategia para romper conmigo, pero, si no es así, le está saliendo el tiro por la culata. Las palabras «tenemos» y «tiempo» me suenan más dulces que cualquier canción de amor que haya escuchado en toda mi vida. Ni siquiera se está poniendo poético, solo es... Cole. Lo que acaba de decirme me impresiona y me resulta un poco agobiante, intento comprender qué significa con respecto a nosotros.

Tampoco puedo decir mucho más porque, de pronto, le suena el móvil. Me aparto de su regazo y vuelvo a mi asiento. Ya echo de menos su calor. Le cambia la cara, se nota que está aliviado; seguro que es algo relacionado con la abu Stone. El tono de la llamada es una melodía de los

Beatles que recuerdo haber escuchado a menudo cuando su abuela me hacía de canguro.

—Abu, te dije que me esperaras —refunfuña, sujetando el teléfono con el hombro y poniendo el coche en marcha con la mano que le queda libre.

Intento seguir la conversación, pero cuando empiezo a oír palabras como «allanamiento», «robo» y «persecución en coche», siento que la cabeza me da vueltas. ¿Hay algo que esta mujer no sea capaz de hacer?

—Espera, ¿qué? ¿Que estás haciendo qué?

Apoya la espalda contra el asiento y se golpea contra el reposacabezas. Yo observo la escena con una emoción a medio camino entre la preocupación y el interés. Si hay alguien capaz de conseguir que le salgan canas a Cole, esa es su abuela.

—Abu, no te despelotes encima de la mesa de billar —le dice armándose de paciencia, como si hablara con un niño—. ¿Qué? ¿No pretenderás que te deje sola? Ahora mismo voy a buscarte, dime dónde estás.

Oigo la voz de su abuela al otro lado del teléfono y el sonido contagioso de su risa. Cole aprieta los dientes, visiblemente molesto. Por lo visto, la abu Stone se va a salir con la suya porque su nieto murmura varios «vale» y luego cuelga.

Arqueo una ceja. Acabo de presenciar la media conversación más extraña que he oído en mi vida.

—Supongo que no ha ido bien del todo.

—¡Está en un bar con un amigo que ni siquiera sabía que existía!

Abro la boca para intervenir, pero él sigue a lo suyo.

—No me puedo creer que me esté haciendo esto. Teníamos un plan, lo tenía todo pensado, pero ahora resulta que está demasiado ocupada dejando ciegos a un puñado de borrachos. Mañana aparecerá en YouTube, ya verás. Mi abuela, la alcaldesa de Villa Tigresa.

Cuando por fin deja de despotricar, está sin aliento y me parece aún más adorable que antes. Lo sé, resulto un poco sádica disfrutando con sus desgracias, pero no lo puedo evitar. Cole Stone, siempre tan comedido y reservado, también es capaz de perder el control, y esta particularidad suya lo hace aún más atractivo.

—Cole, tranquilízate. Sabe lo que hace, seguro. Es más que capaz de cuidar de sí misma.

—Pero...

—Pero nada. He oído que te decía que la recogieras a primera hora de la mañana y que la llevaras de vuelta a la residencia. Dale un día de margen y mañana, si quieres, ya la atas a la pata de la cama.

Soy una persona sin capacidad para el liderazgo aunque tampoco la deseo. Me contento con sentarme en la última fila. Si quieres, puedes poner pegamento de impacto en la silla que no me quejaré. Supongo que por eso a los dos nos sorprende el tono autoritario de mi voz. Parpadea una vez, dos, y yo noto que se me incendian las mejillas.

Acto seguido me regala su sonrisa de pavo real y sé que estoy perdida.

—Te pones muy sexy cuando te enfadas.

Me guiña un ojo y siento que me hierve la sangre de las mejillas. Sí, no es la primera vez que me dice algo así, pero, después de lo de esta mañana, sus palabras adquieren un nuevo significado y yo sudo a mares. Está tonteando conmigo, ¿verdad? ¿Y ahora qué hago? ¡Piensa, piensa, piensa en todas las veces que has visto *The Hills*! ¿Qué es lo que dice siempre Megan? ¿QHLC? ¿Qué haría Lauren Conrad?

—Cierra la boca.

No, creo que L. C. no lo haría así.

Por suerte, no insiste en avergonzarme. Por alguna absurda razón, le intereso, a pesar de mis nulas habilidades sociales y de todo lo demás. Eso me gusta, en serio, porque soy incapaz de cambiar, aunque lo he intentado.

—¿Y ahora qué? —pregunto mirando a nuestro alrededor.

Hemos venido hasta aquí para nada, pero es una lástima perdernos toda esta belleza. Seguramente no estaría bien proponerle que nos quedáramos, sobre todo porque la persona a la que hemos venido a ver está en un garito de mala muerte, sabe Dios dónde.

Cole estudia mi cara en silencio. Es como si estuviera debatiendo consigo mismo, pero unos segundos después parece que ya ha tomado una decisión y una media sonrisa le ilumina la cara. Arranca el motor y me lleva a un restaurante, justo delante de la playa, que yo me he quedado mirando cuando veníamos de camino.

¿Esto es una cita? La idea me hace hiperventilar. Una cita con Cole. Otra oportunidad para quedar en evidencia yo sola. Necesito tiempo para adaptarme a los cambios que ha habido entre nosotros. Necesito aprenderme el *Cosmopolitan* de memoria, maldita sea.

—Tranquila, solo vamos a comer algo. No se me ocurriría tener una primera cita tan poco... planificada —decide tras una pausa, y arruga la nariz.

Mientras él aparca, yo me hundo en el asiento. Ahí está otra vez, provocándome un ataque al corazón con solo unas palabras.

—Lo siento —murmuro avergonzada.

Entramos en el restaurante, que parece bastante agradable. Es más o menos como el Rusty's, pero más limpio. Es mediodía, así que no hay mucha gente, pero las camareras no paran ni un segundo detrás de la barra. Nos sentamos en un reservado y siento que el corazón me da un vuelco. Para no ser una primera cita, se le parece bastante.

Miro por la ventana, que ofrece unas vistas espectaculares del océano. Estoy tan concentrada intentando tranquilizarme con el vaivén de las olas que no me doy cuenta de que los dedos de Cole descansan sobre los míos, encima de la mesa. Veo la expresión de su cara y siento que me falta la respiración.

—No te importa, ¿verdad?

Se le nota nervioso. Recuerdo que se comportó igual el día que me regaló el vestido. Parece que las dos únicas personas capaces de sacar a relucir ese aspecto de Cole somos su abuela y yo. No me gusta que dude cuando está conmigo. Es una monada, de verdad, pero no le pega.

—N...no me gusta que me lo preguntes.

Parece sorprendido por mi respuesta y también un poco aturdido.

Me pongo colorada ante mi propia osadía, pero ¿por qué no aprovechar ahora que he cogido carrerilla?

—No tienes que cambiar por mí, no hace falta que lo hagas.

—Entonces si hago esto —se inclina rápidamente hacia delante y me da un beso en la mejilla que me saca los ojos de las órbitas y enciende un castillo de fuegos artificiales en mi interior— sin preguntar, ¿no te importa?

Me dedica una de sus sonrisas descaradas y yo me desintegro. Acaricio con la mano el sitio donde me acaba de besar y no dejo de pensar que quiero más. Tartamudeo una respuesta incoherente y él se ríe. Imbécil.

Antes de que pueda contestarle como Dios manda, aparece la camarera, una señora mayor. Yo pido una ensalada de pollo y Cole una hamburguesa con queso, como siempre. Se me adelanta y me pide un batido de fresa. Yo pensaba pedir agua, pero por dentro doy saltos de alegría porque me apetece mucho el batido.

Comemos en silencio, pero no consigo concentrarme porque Cole no para de dibujar círculos en el dorso de mi mano. Lo pillo mirándome un par de veces mientras yo me lleno los carrillos de lechuga, una imagen preciosa, lo sé. Y así transcurre la comida, entre miradas furtivas y sonrisas tímidas. Es algo distinto a lo habitual, pero en el mejor de los sentidos.

Estamos en la playa y Cole ha ido a buscar unas mantas al maletero de su coche. El sol se acerca peligrosamente al horizonte, lo cual me recuerda que será mejor que hable con los míos. Saco el móvil y envío unos mensajes rápidos a Travis y a las chicas para que sepan que mi cuerpo no está descansando en el fondo del Pacífico.

—¿A qué hora tienes que estar en casa? —pregunta Cole mientras extiende las mantas sobre la arena.

Menos mal que hay dos. No me importaría acurrucarme a su lado, pero la idea de tenerlo tan cerca amenaza con provocarme otro accidente coronario.

—El toque de queda es a las diez, aunque debería volver un poco antes. Mis padres no están en casa, pero a Travis podría darle por hacer preguntas.

Cole asiente como si entendiera por qué mi hermano es un problema. Tengo que averiguar qué se llevan estos dos entre manos, pero por el momento prefiero concentrarme en Cole, que se sienta y da unas palmaditas sobre la manta para que me instale a su lado. Es lo que hago, aunque dejando un espacio considerable entre los dos. Me llevo las rodillas al pecho y las abrazo para mantener las manos ocupadas. Si las dejara a su libre albedrío, seguramente acabarían enredadas en el pelo de Cole. Llevo mucho tiempo conteniéndome, pero, ahora que estamos a punto de ser algo más que amigos, los límites empiezan a desdibujarse.

—Siento haberte traído hasta aquí para nada. Si hubiera sabido que pensaba hacer algo así...

Sacude la cabeza, pero sé que es consciente de lo divertida que ha sido toda la situación.

—No pasa nada, estoy acostumbrada a lidiar con los miembros menos cuerdos de los Stone. Es mi nueva especialidad.

Sonrío y choco el hombro contra el suyo. Vale, genial, ahora resulta que cualquier excusa es buena para arrimarse.

—Lo cual me recuerda que tengo que pedirte perdón, Tessie —me dice, un poco brusco, la voz tensa.

Intento imaginar por qué se está disculpando esta vez, pero no se me ocurre nada. Se porta tan bien conmigo, es tan atento y me cuida tanto que no sé a qué se refiere esta vez.

—¿Por qué?

—Por todo. Tómatelo como una disculpa general por los catorce años que me he dedicado a hacerte la vida imposible.

Estoy estupefacta, me ha cogido por sorpresa. ¿Ahora me saca a relucir el pasado? Después de ignorarlo durante tanto tiempo, ¿va y escoge uno de los días más perfectos de mi vida para recordarme cómo eran las cosas entre nosotros hasta no hace mucho? De repente, levanto unos muros de protección. Intento convencerme de que no quiere hacerme daño, pero en mi cabeza se suceden imágenes de los dos desde que nos conocemos y se me ocurren tantas razones por las que salir corriendo... Respira, Tessa, ya no es el de antes y tú hace tiempo que no acudes a Urgencias, lo cual es una muy buena señal.

—Yo era un chico bastante imbécil —continúa, ignorando que estoy a punto de sufrir un ataque de nervios— y tú, la chica más guapa que había visto en mi vida. Supongo que intenté ganarme tu atención de la única forma que sabía.

—¿Tirándome en una zanja llena de barro? —pregunto, un poco seca, interrumpiéndole el monólogo.

Aquel día llevaba mi vestido azul favorito y mi madre me había levantado antes para trenzarme el pelo y ponerme cintas. Era el primer día de colegio y también la primera de las muchas humillaciones por las que me hizo pasar Cole.

Lo miro a la cara mientras él hace una mueca y se pasa las manos por el pelo.

—Sí, podría haberlo hecho mejor. Yo quería ser tu amigo, pero los otros niños...

—¿Se habrían burlado de ti por juntarte con una niña?

Aún recuerdo el grupito de niños revoltosos que tenía por amigos en primaria. Eran iguales que él, aunque, ahora que lo pienso, nunca se metían conmigo. Me estremezco al pensar lo que podrían haberme hecho, sobre todo porque muchas veces fui testigo de lo que eran capaces de hacer por los pasillos del colegio.

—De hecho, más bien se habrían metido contigo por ser amiga del niño que no tenía madre. Con el tiempo entendí que los niños a esas edades suelen ser muy crueles. Ya te lo he dicho antes, yo era un poco imbécil.

Se me parte el corazón ante semejante revelación. Es como si lo estuviera viendo. Cole, el niño desgraciado lleno de inseguridades. Me basta un solo segundo para perdonarle todo lo que me ha hecho.

Me dejo llevar por un impulso y le paso los brazos alrededor de la cintura, entierro la cara en su cuello e intento consolar al niño que lleva dentro.

—¿Y qué pasó cuando crecimos? ¿Por qué seguiste haciéndolo? —pregunto muy bajito mientras me aparto. No puedo soportar la idea de que sea como los demás, de que mi peso de entonces determinara la forma en que me veía—. ¿Era... era por mi peso?

Cuando lo miro, sus ojos son de un azul oscuro como una tormenta. Tiene la mandíbula tensa y las aletas de la nariz dilatadas. Está enfadado conmigo, pero no sé por qué.

—¿Eso es lo que piensas de mí? Yo nunca...

Deja la frase a medias, gruñe y se tira del pelo con tanta fuerza que por un momento me da miedo que se lo arranque. Se tapa la cara con las manos y distingo perfectamente una retahíla de palabrotas.

—Si es que me lo merezco. Haces bien en pensar lo peor de mí, no puedo quejarme. —Gira medio cuerpo hasta que estamos cara a cara y yo pierdo la compostura cuando me sujeta la cara entre las manos y me acaricia las mejillas—. Para mí siempre fuiste la chica más guapa del colegio. Me da igual cuánto peses, Tessie, cincuenta kilos o doscientos, me es indiferente. Siempre serás mi bizcochito, la chica preciosa que ni siquiera lo sabe, que es amable y generosa, sarcástica y divertida como ella sola.

¿Cómo se hace para respirar? Recuerdo haber leído algo sobre pulmones y oxígeno, pero ahora mismo soy incapaz de relacionar las dos cosas.

—No te daba miedo plantarme cara, me tratabas como el imbécil que era y yo... estaba asustado. Tener esa clase de sentimientos con once años no es muy normal. Al principio, solo quería que fuéramos amigos, pero no sabía cómo conseguirlo. Cuando empecé a sentir algo más, tú solo tenías ojos para Jay. Estaba tan celoso que te lo hice pagar. Lo siento.

Vaya, vaya. Tendré que comprarle a Beth una tarjeta regalo de su tienda de discos favorita. Resulta que tenía razón desde el principio.

—Cole, y...yo...

Me acaricia el labio inferior con el pulgar y juro que por un momento oigo el latido de mi propio corazón.

—Espera. No pretendo que ahora, de repente, sientas lo mismo que yo. Sería estúpido si creyera que, después de todo lo que te he hecho, todavía quieres tener algo que ver conmigo. Me arriesgué cuando decidí volver, pero ha resultado ser la mejor decisión que podría haber tomado. Dame otra oportunidad, Tessie, y te juro que esta vez lo haré bien.

¿Cómo se le dice al chico que está luchando con uñas y dientes por ti que ya se ha ganado tu corazón? La temida palabra de cuatro letras hace su aparición, pero la aparto rápidamente de mi mente. Ahora no es el momento, no tiene por qué saber que soy aún más rara de lo que la gente cree. Nos lo estamos tomando con calma; si quiere ganarse mi corazón, que lo haga. Me vendrá bien un poco de atención.

—Vale —susurro sin saber muy bien qué decir.

Sin embargo, reacciona como si acabara de entregarle el mapa del Santo Grial. De estar hecho polvo pasa a estar eufórico, le brillan los ojos y los rayos del sol potencian el efecto.

—¿Acabas de decir que vale? ¿Saldrás conmigo?

—Sí, Cole, sí. Saldré contigo.

Pero yo quiero más, mucho más.

18

No estarás intercambiando mensajitos con Cole Stone, ¿verdad?

A la mañana siguiente, veo tiernos unicornios por todas partes y arcoíris fluorescentes en el cielo. Desde ayer que no me quito esta sonrisa de empanada de la cara y solo consigo concentrarme si es para revivir lo que pasó en la playa. Cole vendrá a buscarme dentro de un par de horas e iremos a echarle el lazo a la abu Stone para llevarla de vuelta a la residencia. Si protesta, el plan consiste en tentarla con un pastel con doble cobertura de chocolate. Estoy intentando convencerme a mí misma de que la razón por la que estoy despierta a las siete de la mañana de un largo fin de semana es porque quiero ver a la abu Stone; pero, en serio, no me lo creo ni yo.

Hoy quiero estar especialmente guapa. Lo último que deseo es que llegue Cole y me confunda con un extra de *The Walking Dead*. Ayer por la noche me duché y me alisé el pelo antes de irme a la cama. Los mechones, rubios y ondulados, caen formando suaves ondas hasta la parta baja de la espalda, y está feo que yo lo diga, pero cuando me doy la vuelta, parecen sacados de un anuncio de Pantene.

En cuanto a la ropa, no sé si apostar fuerte. Tampoco quiero que piense que quiero convertirme en otra persona por él. Podría ponerme una minifalda y una camiseta de tirantes ajustada, pero ¿a quién estaría engañando? Tessa la Obesa jamás se vestiría así y yo tampoco. Es importante que intente ser fiel a mí misma para hacer lo que vamos a hacer, que no sé qué es. Sí, eso es, Tessa, compórtate como una mujer fuerte e independiente y no permitas que un hombre te haga perder la cabeza.

Claro que si consideramos la cantidad de horas de sueño que estoy perdiendo por su culpa, diría que ya es demasiado tarde para eso. Al grano; me pondré lo primero que encuentre en el armario.

Estoy sopesando las ventajas de dicha decisión cuando, de pronto, suena el timbre y yo doy un respingo. Es demasiado pronto para que sea Cole. Aún estoy en pijama; espero que no se haya atrevido a tenderme una emboscada. Corro a la ventana de mi habitación, desde donde tengo unas vistas bastante buenas de la puerta principal. Ahora que lo pienso, no puede ser Cole. Aún tiene la llave que le dio mi madre, por mucho que me moleste y me lo restriegue por la cara siempre que tiene ocasión.

Saco la cabeza por la ventana justo en el momento en que la recién llegada se sienta en el porche. Enseguida sé quién es y corro escaleras abajo sin detenerme a respirar ni una sola vez. Abro la puerta y me encuentro a una Beth agotada que se ya se ha puesto en pie. Su aspecto me coge por sorpresa. Desde que nos conocemos, Megan, Beth y yo hemos dormido juntas unas cuantas veces y nos hemos visto en nuestros peores momentos, pero esto es otra cosa totalmente diferente. Es como si se hubiera puesto lo primero que ha encontrado, unos vaqueros viejos y una camiseta que no pega para nada. Sin embargo, lo que me preocupa no es la ropa, sino que tiene los ojos inyectados en sangre. Parece que lleve varios días sin dormir, y el hecho de que se balancee de un lado a otro tampoco ayuda. Lleva el pelo hecho un desastre, como si se lo hubiera estado tocando continuamente, y cuando me fijo con más detenimiento, consigo ver los surcos de las lágrimas que tanto se ha esforzado por disimular.

—¿Qué ha pasado?

Pero no hace falta que pregunte, lo sé incluso antes de que me lo diga, y me siento triste y cabreada al mismo tiempo.

—Marie —responde Beth, y no hace falta que diga nada más.

La hago entrar en casa y ella se dirige hacia la cocina y se apoya en la encimera. Ha pasado bastante tiempo desde la última vez que las cosas se torcieron. Marie lleva una buena temporada sin hacer nada demasiado drástico, pero ver a mi amiga así hace que todo eso se me olvide. No es justo. Sé que a mí tampoco me ha tocado la lotería en lo que a padres se refiere, pero Beth no se merece todo lo que está viviendo.

—¿Te apetece comer algo? Puedo hacer café si quieres y, si no me equivoco, queda un poco de lasaña en la nevera.

Beth sonríe y de pronto es como si no hubiera pasado nada. No me gusta verla así, derrotada y tan... rota. A Megan y a mí nos costó mucho franquear sus defensas, pero tras muchos intentos al final se abrió. Siempre le cuesta hablar de lo que pasa en su casa, pero más o menos conseguimos sacárselo. Intuyo que hoy será otro de esos días.

—¿Me estás ofreciendo lasaña a las siete de la mañana? No estás programada para funcionar antes de las doce, ¿eh?

—Es comida y tú tienes hambre. No entiendo por qué, como sociedad, insistimos en etiquetar las comidas según la hora del día. Si te apetece comer lasaña, adelante, que le den al reloj —concluyo mi discurso.

Ella sonríe y luego niega con la cabeza.

—Vete a la cama, Tessa. No deberías estar levantada, ya sabes que no te va bien. ¿Te he despertado?

—No, ya estaba levantada. He quedado con... —Dejo la frase a medias porque no sé qué decir. Si digo su nombre, Beth querrá saber más y desviará la atención hacia mí para no tener que hablar de lo que le ha pasado en casa—. He quedado con mi compañero del trabajo de historia, pero puedo posponerlo.

Espero que haya sonado convincente.

—No, tranquila, no pasa nada. Solo necesito dormir un rato y luego me voy.

Se le escapa un bostezo a media frase y por un momento siento el deseo incontrolable de pegar a Marie.

—No, mejor me quedo. Mis padres nos han encargado un montón de tareas y seguro que Travis no ha hecho ninguna, así que será mejor que empiece por las suyas.

—¿Tareas? ¿Desde cuándo tenéis tareas en esta casa? ¿Es que no tenéis asistenta, cocinero y jardinero?

Cierto.

—Mi madre les ha dado vacaciones toda la semana. Ya sabes, por las fiestas del pueblo.

Qué forma de mentir.

—Vaya, pues qué mierda.

Beth no parece muy convencida, pero tampoco está de humor para investigar. Cuando por fin consigo que se trague todas mis mentiras, la acompaño al dormitorio de invitados, le doy una camiseta y unos pantalones cortos de Travis y decido dejarla sola un rato para que duerma. Ya tendré tiempo luego de coserla a preguntas, cuando no esté a punto de desmayarse. Me quito el pijama, me pongo unos vaqueros y una camiseta a rayas blancas y negras y decido probar suerte con los fogones. Sí, es verdad que casi quemo la cocina, pero hay algunos platos que no me salen del todo mal. A Beth le irá bien comer algo caliente cuando se levante. Juraría que ya ha cubierto el cupo de pizza para el resto de su vida.

Sin embargo, antes tengo que ocuparme de otra cosa. Rescato el móvil de debajo de una montaña de ropa y me preparo para lo que está a punto de pasar. ¿Qué clase de relación se supone que vamos a tener? Ni siquiera hemos tenido nuestra primera cita oficial y ya le estoy dando plantón. Se me revuelve el estómago solo de pensar que pueda hacerle daño. Sé que está deseando ir a buscar a su abuela conmigo, y yo también, pero no puedo pasar de mi mejor amiga. Beth siempre ha estado ahí cuando la he necesitado; lo mínimo que puedo hacer es estar a su lado ahora que la que me necesita es ella.

Yo: «Hola, me ha surgido algo, no voy a poder acompañarte. Lo siento».

Le doy al botón de enviar y dejo el móvil sobre la encimera, lo más lejos posible de mí. Ya sé que Cole no va a surgir de repente del teléfono, dispuesto a romperme el corazón, pero ahora mismo estoy a punto de tener un ataque de pánico y la culpa la tiene esa plaga tecnológica con forma rectangular.

Estoy acabando de reunir los ingredientes que necesito cuando mi móvil me anuncia que he recibido un mensaje. Vaya, qué velocidad. Quizá se siente aliviado ahora que he anulado la cita y tiene vía libre para quedar con otra chica más de su estilo. Hagamos como si la idea no fuera un puñal y no me estuviera atravesando el corazón.

Abro el mensaje a regañadientes y cierro un ojo como si eso fuera a mitigar el golpe.

Cole: «Estás bien?? Quieres que vaya a tu casa? Llamo a Cassandra?».

Ah. No está rompiendo conmigo. Ni siquiera sé si podemos romper, aún no estamos saliendo oficialmente, pero al menos no me ha dejado ni está enfadado. Suelto el aire que he estado conteniendo durante un buen rato y una sensación cálida me inunda el pecho. ¿Por qué tiene que ser tan perfecto? ¿No puede meter la pata ni una sola vez, aunque solo sea para demostrarme que sigue siendo el Cole de antes?

Yo: «Estoy bien. Es Beth. Tengo que quedarme con ella. Lo siento, de verdad».

El comentario sobre Beth ya lo dice todo. Cole es suficientemente observador como para saber que su vida familiar es bastante inestable. Una vez me preguntó y yo intenté responderle sin traicionar la confianza de Beth. No le gusta que la gente sepa cómo es su vida, dice que no quiere que se compadezcan de ella. Solo espero que algún día se dé cuenta de que no es compasión lo que intentamos ofrecerle, sino empatía.

Cole: «Llámame si necesitas algo, en serio. Prométēlo o no podré irme. Y para de decir lo siento o me aseguraré de que lo sientas de verdad».

Es un sol y ni siquiera es consciente de ello. No tiene ni idea del efecto que sus palabras provocan en mí. Ah, y al final del mensaje, ¿me está tirando los tejos? ¿Se la tengo que devolver? Ni idea.

Yo: «Prometido, no te preocupes por nosotras. Ah, ¿y cómo piensas conseguir que deje de disculparme?».

Toma, pregunta final abierta con el toque justo de insinuación.

Cole: «Besándote, ya ves qué fácil».

Que entre la hiperventilación y larga vida al rey de los mensajes sugerentes.

Me tiemblan literalmente las manos y por poco no se me cae el teléfono al suelo. Miro la pantalla y parpadeo mientras leo el mensaje una y otra vez. ¿Soy yo o aquí hace calor?

Cole y yo besándonos. Acabará pasando, está claro. He aceptado salir con él y besarse es algo natural en una relación. Entonces ¿por qué no lo he pensado hasta ahora? Hemos estado a punto de hacerlo un par de veces, pero ahora todas mis fantasías pueden convertirse en realidad.

Pero, claro, eso no se lo puedo decir a él. Si quiere jugar conmigo, jugaremos los dos.

Yo: «¿Y por qué estás tan seguro de que te dejaría besarme?».

La respuesta es instantánea, como si no necesitara pensárselo dos veces. ¿Y si se da cuenta de que yo tardo varios minutos en responder porque tengo los nervios destrozados?

Cole: «No sé por qué, pero algo me dice que lo harías encantada, Tessie».

Respiro y suelto el aire poco a poco para ver si me tranquilizo, pero es que esta conversación... me está poniendo. Nunca es tan directo con estas cosas cuando estamos juntos. Hace comentarios brutos, eso sí, pero solo para chincharme y sacarme de quicio por mi comportamiento de virgen inmaculada. Esto, en cambio, es otra cosa. Está ligando conmigo y me encanta.

Yo: «Tengo que hablar con Beth. Te dejo, ¿hablamos luego?».

Soy una cobarde y un fracaso total en lo que a conversaciones íntimas se refiere, pero espero que lo entienda. Me conoce tan bien que espero que se dé cuenta de que estoy muy nerviosa y que no me lo estoy quitando de encima.

Cole: «Tengo ganas de verte. Pásatelo bien, bizcochito».

Yo: «Tú también, Cole».

—No estarás intercambiando mensajitos provocadores con Cole Stone, ¿verdad?

Levanto la cabeza del móvil como una exhalación y veo a mi hermano cruzando la cocina hacia mí. Lo fulmino con la mirada y borro la sonrisa de mi cara.

—¿Acabas de decir lo que creo que has dicho?

Me estremezco. Esa insinuación jamás debería haber salido de la boca de mi hermano, al menos no dirigida a mí.

—Qué pasa, eres mi hermana pequeña. Mi obligación es hacerte sentir incómoda con el tema chicos hasta que decidas meterte a monja.

—Deberías hacértelo mirar —le digo dándole unos toquecitos con los nudillos en la frente.

—Como es evidente que estabas intercambiando mensajes con Cole, supongo que el de la habitación de invitados no es él.

Abro el armario de encima del fregadero y saco un paquete de cereales. Ya cocinaré algo en condiciones más tarde. A los dos nos gustan con la leche caliente, así que caliento un poco y preparo el único desayuno que sé hacer. Nos sentamos en la isleta, uno en cada punta, y solo entonces decido responder su pregunta.

—Es Beth.

Su cuchara se queda flotando en el aire. Una mirada de sorpresa le cruza la cara, pero se desvanece tan rápido como ha aparecido. Sigue comiéndose sus cereales en silencio y yo sigo su ejemplo.

—Es una de tus nuevas amigas, ¿verdad? ¿Es la pelirroja?

—No son mis nuevas amigas, las conozco desde hace dos años y no, la pelirroja es Megan. Beth era la que pinchaba en la gala, ¿la recuerdas?

—Ah. ¿Va todo bien? Quiero decir, ¿está bien?

De pronto, no me apetece guardármelo para mí. Quiero hablar de ello con alguien que entienda de familias disfuncionales y ¿quién mejor que mi hermano? Si se lo cuento, quizá sepa cómo puedo ayudar a Beth.

—Ella intenta aparentar que está bien. Beth es así, no quiere que la gente vea lo que hay bajo la superficie, pero ojalá nos contara lo que le pasa, porque luego acaban ocurriendo cosas como esta.

Travis tiene las cejas fruncidas y la mirada clavada en sus cereales. Está tan concentrado que parece que esté intentando descifrar el mayor enigma de la Tierra, que es precisamente lo que Beth es para muchos: un misterio.

—¿Qué quieres decir exactamente con cosas como esta?

—Básicamente, su madre. A veces se le olvida quién es la adolescente de la familia. Organiza fiestas en su casa que duran días. Beth tiene que irse a la biblioteca si quiere hacer los deberes. Duerme con la puerta cerrada con llave para que los borrachos no entren en su habitación a magrearla. Trabaja para pagar las facturas y mantener el negocio de su madre a flote. Ya sé que papá y mamá tampoco son perfectos, pero Beth nunca tiene un respiro y es todo por culpa de su madre.

Sé que debería sentirme culpable por contarle todo esto a Travis, pero no es así. Seguro que se le ocurre algo, es mi hermano mayor y siempre sabe qué hacer. Siempre ha sido así desde que éramos pequeños.

Lo miro de nuevo y me parece que está cabreado, pero cabreado tipo orejas rojas y todo. Supongo que es su instinto protector. Debe de sentir que mi amiga es como una hermana pequeña para él y, teniendo en cuenta cómo es, querrá protegerla de todo lo malo que le pueda pasar, como a mí.

—¿Y por qué no se va y asunto arreglado? Tiene dieciocho años, ¿no? ¿Por qué no invierte el dinero que gana en buscarse un sitio decente donde vivir?

Megan y yo hemos tenido, o al menos lo hemos intentado, esa misma conversación con Beth muchas veces, pero sin resultado alguno. Incluso le hemos ofrecido quedarse en casa de cualquiera de las dos el resto del curso, pero se mantiene firme. No quiere dejar sola a su madre, al menos no hasta que empiece la universidad. Los motivos son un poco vagos, pero supongo que el factor familia forma parte de la ecuación. Por muy cuestionables que sean sus habilidades maternas, Marie sigue siendo su madre, y Beth la quiere lo suficiente como para quedarse.

—Ella no es así, Trav. No abandona a la gente, se queda a su lado hasta el final.

Murmura algo entre dientes y nos terminamos el desayuno en silencio. Luego me pregunta qué planes tengo para el resto del día y yo le digo que seguramente lo pasaré con las chicas y que luego se quedarán a dormir. Él asiente, me da treinta dólares para comida y luego vuelve a su habitación. Reaparece un par de horas más tarde, ya vestido. Aún es pronto, cerca de las diez, por lo que me sorprende verlo tan animado. Lleva una camisa blanca, unos pantalones caqui y unas Converse. Hacía tiempo que no se esforzaba tanto escogiendo la ropa, sin contar el día de la gala, claro.

—¿Tienes una cita con la chica misteriosa?

Dejo de frotar las baldosas de la cocina y me pongo de rodillas, sonriendo. Él suspira.

—Ojalá.

—¿Sigues sin tener suerte? Vaya, es la primera chica que te lo pone tan difícil. Ya me cae bien.

Él finge que me mira con los ojos entornados.

—Sí, podríais ser muy buenas amigas, pero no te preocupes, tengo la situación bajo control.

Lo dice con arrogancia, más seguro de sí mismo. Hasta ahora, siempre que hablábamos de la chica misteriosa, me parecía que estaba un poco desesperado, así que me alegro de que por fin tenga un plan. Cualquier chica que sea capaz de resistirse a sus encantos durante más de dos semanas merece mucho la pena, seguro. Travis siempre lo ha tenido muy fácil, y estoy convencida de que a ninguna de las que ha conocido últimamente le ha importado un comino que estuviera encerrado en su habitación abrazado a una botella de Jack Daniel's. Sigue siendo el soltero de oro del pueblo, así que el día de la gala había muchas revoloteando a su alrededor; pero esta chica, en cambio, se las está haciendo pasar canutas.

—Bueno, pues que tengas suerte. Si acaba cediendo, me gustaría conocerla.

—Serás la primera en saberlo, hermanita.

Me alborota el pelo y yo le aparto el brazo de un manotazo, luego se dirige hacia la puerta entre risas. Se nota que está de buen humor. Yo resoplo y sigo limpiando hasta que vuelve a asomar la cabeza por la puerta de la cocina.

—Ah, ya sé lo del viajecito con tu novio y sin carabina. Hablamos cuando vuelva.

—Y con hablar quieres decir que harás que todo suene mucho más sucio de lo que en realidad fue, ¿a que sí?

—Me conoces tan bien, pequeño saltamontes...

Lo fulmino con la mirada y él da media vuelta y se va. Aún oigo su risa cuando se sube al coche.

Beth lleva durmiendo más de seis horas seguidas. Debía de estar agotada, la pobre. Cada segundo que pasa me cabreo más con Marie. ¿Cómo puede hacerle esto a su propia hija? Si no levanta el pie del acelerador, acabará perdiendo a la única persona que se preocupa realmente por ella. Aunque Beth no lo crea, se merece algo mucho mejor y ya va siendo hora de que lo entienda.

Megan se acaba de ir a Boston a pasar las vacaciones con sus abuelos. No puedo llamarla para hablar de esto. Ya está suficientemente ocupada con la protectora de animales, la Cruz Roja y el orfanato; será mejor que de momento la deje tranquila.

Preparo la ensalada preferida de Beth para cuando se levante, con mucha lechuga, tomates, jalapeños y olivas. Queda un poco de pollo asado en la nevera, así que lo corto en pedacitos y lo añado, antes de regarlo todo con un aliño ranchero. Luego preparo una jarra grande de té helado y lo subo todo en una bandeja. Está despierta, tumbada en la cama con la mirada clavada en el techo. Es el estado de ánimo que más temo porque, cuando está así, siempre acaba tomando decisiones importantes y casi siempre autodestructivas.

—La comida está servida —anuncio, y dejo la bandeja sobre la cama, a su lado.

Ella se sobresalta, como si no me hubiera oído entrar, lo cual me preocupa aún más. Esto no tiene buena pinta, tendré que distraerla.

—¿La has preparado tú? —pregunta examinando la comida minuciosamente.

—Bueno, si no quieres comértela... —respondo, dejando la frase a medias, y, como sé que le encantan los jalapeños, me meto uno en la boca para darle envidia.

—¡Eh! —Me aparta la mano y se abraza al bol—. No toques mi comida.

Yo ya he comido, así que la dejo comer tranquila mientras yo preparo una sesión de cine en mi habitación. Como sé que odia cualquier cosa que huela a comedia romántica, saqueo la colección de Travis y escojo una peli de Matt Damon. Le encanta.

Quito la colcha de mi cama, la estiro en el suelo y luego esparzo unos cuantos cojines. Preparo un bol enorme de palomitas y saco unos cuantos Kit Kat de mi reserva secreta.

Mientras se ducha, le dejo una camiseta y unos pantalones cortos en la habitación. Cuando sale, me sorprende porque lleva la misma camiseta de esta mañana pero con mis pantalones.

—Es más cómoda —me dice encogiéndose de hombros.

A media película, intento preguntarle qué ha pasado. Estamos apoyadas contra los pies de la cama, sepultadas bajo varias mantas, rodeadas por un montón de cojines que forman un capullo a nuestro alrededor y experimentando un subidón de azúcar.

—¿Te puedo preguntar qué ha hecho Marie está vez?

Beth se encoge de hombros sin apartar los ojos de la pantalla.

—La misma mierda de siempre. Fiesta, drogas, desconocidos metiéndose en mi cama.

Se me escapa una mueca de asco. La última parte es nueva.

—Se ha gastado lo que ganó en la gala en alcohol. Le había dicho que necesitábamos el dinero para pagar la luz, pero se ha gastado hasta el último centavo. No sé cuántos turnos más soy capaz de hacer, mis notas empiezan a resentirse y en Berkley no aceptan a vagos.

Apoyo la cabeza en su hombro.

—Eres una productora musical buenísima, te aceptarán en cuanto oigan una de tus mezclas. No te preocupes por eso.

—Pero aun así tengo que pagar la matrícula. Es imposible que consiga ahorrar si continuamente tengo que hacerme cargo de sus metidas de pata.

—¿Y qué vas a hacer?

—Ahora mismo —se ríe, pero sin gracia— no tengo ni idea. Mi intención es ir día a día y ver adónde me lleva todo esto. Voy a plantarle cara. Tiene que dejar de hacer el idiota.

—Bueno, si necesitas ayuda, ya sabes dónde encontrarme.

Apoya su cabeza sobre la mía y vemos el resto de la película en silencio.

Vamos por la tercera de la trilogía de Bourne cuando alguien llama a la puerta. Debe de ser Travis porque lleva buena parte del día fuera, así que imagina mi sorpresa cuando abro la puerta y me encuentro el par de ojos azules más brillantes que conozco.

Cole.

—Eh.

Me dedica una de sus medias sonrisas y siento que mi corazón se me sale del pecho. Acabo de darme cuenta de lo mucho que lo echaba de menos. Durante todo el día he tenido la sensación de que algo no iba bien, aparte de lo de Beth, claro. Me sentía incompleta, un poco triste, y ahora sé por qué. Cole no estaba aquí para alegrarme el día.

—Hola —le digo, y la voz me sale un poco susurrante.

—Hola —repite él; los dos orbes azules que tiene por ojos brillan aún más y las comisuras de sus labios se elevan dibujando una sonrisa deslumbrante.

—Hola.

—¿Es que no pensáis decir nada más o qué?

La voz de Beth me despierta del coma al que Cole acaba de inducirme y al segundo me pongo colorada como un tomate. Abro la puerta del todo y retrocedo para que entre. Lleva dos bolsas de Walmart en las manos y va vestido con una camiseta gris de manga larga y unos vaqueros. De pronto, me acuerdo de la conversación de esta mañana y me ruborizo más.

—Hola, Beth —la saluda Cole, un poco avergonzado, y ella pone los ojos en blanco.

—Si alguno de los dos vuelve a pronunciar la palabra «hola», juro que os mato a palos.

Él levanta las manos, cargadas con sendas bolsas, en un gesto defensivo.

—Ni un saludo más, recibido. Además, si me mataras, me llevaría mis ofrendas de paz conmigo.

Saca tres tarros distintos de helado y, por imposible que parezca, me enamoro aún más de lo que ya lo estoy. ¿Cómo ha sabido que era justo lo que necesitaba ahora mismo?

—Fresa y nata para ti, menta con trocitos de chocolate para ti.

Me da un tarro a mí, del tamaño más grande que venden en la tienda —por poco no se lo arranco de la mano—, otro a Beth y, por último, saca el tercero, su favorito: helado relleno de pastel. Y así, sin más, se une a la velada. Me muevo un poco hasta colocarme entre Beth y él. Estamos tan cerca que tengo los nervios de punta y no puedo parar de pensar en el poco espacio que nos separa. Me pregunto si oye el latido de mi corazón, que palpita a lo loco. Desde aquí huelo su colonia, mezclada con la loción de afeitado y un olor especiado a calabaza. Si pudiera, metería este aroma en una botella y lo conservaría para siempre.

—Hola —me susurra al oído, muy bajito para que Beth no lo oiga, aunque de todas formas está tan absorta contemplando a Jason Bourne que le da igual.

—Hola —replico yo sonriendo y mordiéndome el labio de lo nerviosa que estoy.

Me pasa un brazo alrededor de los hombros y me atrae hacia sí, de forma que todo el lado derecho de mi cuerpo descansa sobre él. Puedo sentir el calor que desprende y atraviesa la ropa de los dos. Se me pone la piel de gallina, pero no tiene nada que ver con el frío. Por un momento, me olvido de respirar, y la necesidad de acercarme aún más es tan fuerte que no puedo contenerme.

Cojo aire y apoyo la cabeza en su hombro. Se le acelera la respiración y yo siento una extraña sensación de satisfacción. He sido yo la que ha provocado esa reacción, tengo algún tipo de poder sobre él. No soy la única a la que esto le afecta tanto.

Cuando su respiración vuelve a la normalidad, levanto la mirada y me encuentro con sus ojos. Es como si ardieran y me abrasan por dentro con solo posarse en mí.

—Te he echado de menos.

No lo dice él, lo digo yo, y a los dos nos coge por sorpresa. Lo he susurrado, pero da igual porque es como si estuviéramos en nuestro propio mundo, un mundo en el que Cole es el centro del universo.

Sus dedos se cierran sobre mi cintura y se hunden en mi piel, pero no de una forma dolorosa. En todo caso, se acerca más al placer que al dolor.

—Yo también te he echado de menos, bizcochito, mucho.

Con una sonrisa, vuelvo a apoyar otra vez la cabeza en su hombro y vemos el resto de la película abrazados el uno al otro. Con que se lo iba a ocultar a Beth, ¿eh? Ya.

19

Atrapada en un episodio interminable de *Hospital general*

Si tuviera que hacer una lista de los momentos más dolorosos de mi vida, la mayoría estarían relacionados con Cole. En todos los recuerdos bochornosos y las humillaciones públicas, él aparece en primer plano. Creo que en el primer puesto de la lista figura el día que colgó carteles por todo el colegio anunciando que aquella semana yo tenía la regla.

No te imaginas la cantidad de tampones que aparecieron en mi taquilla.

Sin embargo, hay algo que supera aquel momento y, por supuesto, también tiene que ver con él, aunque esta vez no es nada vergonzoso ni físicamente doloroso. Ahora es culpable de conseguir que lo eche de menos, y de qué manera. En el vuelo de regreso a nuestro pequeño pueblo de Connecticut, pienso en las dos semanas de vacaciones de invierno que he pasado con mis abuelos y me doy cuenta de que casi todo el tiempo he estado enfurruñada. Menos mal que el único que lo ha notado ha sido Travis o me habrían llamado la atención. Él también estaba de bajón, así que nos hemos dejado en paz el uno al otro.

Si he sobrevivido a la separación es porque me ha llamado todos los días, puntual como un reloj. Hablábamos durante horas, antes de que yo me fuera a dormir. Durante el día, nos enviábamos mensajes casi cada diez minutos, así que era casi como si lo tuviera conmigo, y «casi» es la palabra clave. El día de Navidad ninguno de los dos pudo hacer la llamada diaria, pero me lo compensó enviándome el correo electrónico más dulce que he leído en mi vida. Hablábamos de todo un poco, seguíamos siendo Cole y Tessa pero algo había cambiado y de qué manera. Me sentía como si me ahogara sin él y solo podía confiar en que él sintiera lo mismo.

Nochevieja fue una tortura en toda regla. Los dos salimos de fiesta, los dos estábamos rodeados de parejas que se besaron cuando el reloj marcó las doce. Yo tenía el teléfono pegado a la oreja y me estaba concentrando en el sonido de su respiración. Nos quedamos callados durante un minuto, pensando dónde querríamos estar y lo que nos gustaría estar haciendo. Esa idea bastó para que me pusiera nerviosa y eufórica a la vez. Sabía que pronto recibiría mi primer beso y la voz ligeramente ronca de Cole era la prueba.

El avión aterrizará en breve y soy incapaz de estarme quieta. Mi madre me regaña con la mirada y luego sigue leyendo. Vamos en primera clase, así que yo me siento con ella y Travis, con mi padre. Son ganas de llamar al mal tiempo, y es que su relación no ha progresado mucho que digamos, pero mi madre ha insistido porque, según ella, necesitan pasar tiempo juntos. Desde mi asiento veo que Travis está viendo una película y mi padre está ocupado leyendo una revista. Pues sí, parece que ha merecido la pena.

Cuando por fin pasamos la aduana, ya es media tarde. Hemos intentado viajar ligeros de equipaje y con maletas de mano, pero aun así nos pasamos una hora esperando en la zona de recogida. Es alucinante la cantidad de gente que viaja por estas fechas, debería haber supuesto que iríamos con retraso. Eso no impide que esté nerviosa, no paro de dar golpecitos con el pie y si las maletas no aparecen pronto estrangularé a alguien.

—Te arrepientes de haberle dicho a tu amado que no viniera al aeropuerto, ¿eh?

Travis está disfrutando con esto y se le nota. Ya se le ve mejor, como si al cambiar de estado se hubiera esfumado la melancolía. Espero que la chica misteriosa le dé una respuesta pronto, no sé si podría soportar otra vez sus cambios radicales de humor.

—No sé de qué estás hablando —le digo, toda dulzura, sin dejar de vigilar a mis padres por el rabillo del ojo.

Están a unos metros de nosotros, pidiendo un par de cafés en el Starbucks. Eso sí, no creo que vuelvan. Hay tal cantidad de gente esperando sus maletas que en cualquier momento podría haber una estampida, y Dios no quiera que mi madre se rompa una uña o que a mi padre le arranquen un botón de la camisa. Hay una fina línea entre ser hijo de alguien y su esclavo, ¿verdad?

Travis me golpea el hombro con el suyo y casi me caigo en la cinta transportadora. Lo fulmino con la mirada, pero de pronto localizo dos de nuestras maletas y rápidamente las cojo.

—Dos menos, faltan otras dos —anuncio resoplando, antes de que Travis me las coja de las manos y las cargue en el carrito.

Pero ¿qué ha metido aquí mi queridísima madre? ¿Huevos de avestruz?

—No sabía que ibais tan en serio.

Travis me mira con ese par de ojillos tan perspicaces que tiene y sé que, como siempre, no puede salir nada bueno de esto. Seguramente no he conseguido engañarlo, a pesar de mis intentos por esconder lo que hay entre Cole y yo. La cuestión es que no quiero que lo sepan mis padres, al menos no todavía. Si se enteran, son capaces de buscar una iglesia y casarnos en menos de una hora. No es el tipo de presión que necesito ahora mismo. Que Travis lo haya descubierto es bueno y malo al mismo tiempo. Es bueno porque es con quien mejor me llevo de mi familia y estaría bien poder compartirlo con él. ¿Que por qué es malo? Porque no quiero que le dé una paliza a la persona responsable de mi felicidad.

—Solo nos vemos de vez en cuando, no es nada serio —me apresuro a responder.

Quiero que entienda la naturaleza de nuestra relación y para eso necesito más tiempo. Tiene que darse cuenta por sí mismo de que Cole ha cambiado y que cuando estoy con él soy más feliz de lo que lo he sido en años. En cuanto lleguemos a casa, me pondré manos a la obra. Le enseñaré cómo es Cole cuando está conmigo.

Travis coge una bolsa Nike de la cinta transportadora, la suya, y se la cuelga de la espalda.

—Tú no eres así, Tess, no haces nada que no sea serio —me dice dibujando unas comillas con los dedos alrededor de la palabra «serio»—. Te entregas a tope o no te entregas, así que no te lo compro.

No puedo mirarle a los ojos, esta conversación me resulta demasiado familiar. Recuerdo la última vez que la tuvimos. Yo estaba en casa, llorando como una Magdalena porque Jay había besado a Missy Reeve durante un baile del colegio. Sabía que él estaría allí y que iría con ella, y por eso no me apetecía ir; pero mi madre insistió. Me obligó a embutirme en un vestido que me iba demasiado pequeño y luego me puso los zapatos de tacón más incómodos del mundo. Cada segundo encaramada en ellos era como una tortura, pero con la ayuda de Nicole conseguí abrirme paso hasta el gimnasio. Cole no tenía intención de regalarnos su presencia aquella noche, así que la velada se presentaba prometedora. Por desgracia, en cuanto vi a Jay bailando con otra chica, muy pegados, y mirándola a los ojos, supe que no debería haber acudido. Por si fuera poco, de pronto la besó y yo sentí que algo se rompía dentro de mí. Recuerdo que salí de allí corriendo, llamé a Travis y le pedí que me llevara a casa. Fue entonces cuando me dijo unas palabras muy parecidas. Tenía razón entonces cuando me pidió que pasara de Jay, que no me entregara tanto emocionalmente hablando, y yo lo escuché sin intención alguna de hacerle caso. Sin embargo, ahora es distinto, Cole es diferente.

—Me gusta —le digo a mi hermano sin mirarlo a los ojos—. No es la persona que creíamos que era. Todo lo que me hacía era porque...

—Le gustabas, siempre le has gustado.

Lo dice como si fuera la cosa más evidente del mundo. Me lo quedo mirando en silencio.

—¿Lo sabías? ¿Desde cuándo?

—Lo sabía todo el mundo, Tess. Desde tu primer día de colegio hasta ahora, no hay nadie que no lo sepa. Supongo que pensamos que lo mejor era que os aclararais vosotros solos —responde, y luego se encoge de hombros.

—Pero no...

Travis levanta una mano y mira por encima de mi hombro.

—Ya hablaremos luego. Sé por qué no quieres que lo sepan mamá y papá, y créeme, es mejor que no lo sepan.

Nuestros padres llegan al cabo de unos segundos, justo a tiempo para recoger la última maleta. Una vez que lo tenemos todo, cogemos un taxi hasta Farrow Hills y, conforme nos aproximamos, yo me voy poniendo más y más nerviosa. No me ha sonado el móvil ni tengo mensajes pendientes, así que empiezo a estar un poco preocupada. ¿Y si se ha olvidado de que llego hoy? ¿Y si ha hecho planes por su lado? No debería pretender que me recibiera con un ramo y tan desesperado por verme como yo a él. Qué tonta eres, Tessa.

Cuando nos detenemos delante de casa, yo sigo mirando el móvil con el entrecejo fruncido. La decepción es tan demoledora como nunca lo ha sido con Jay. Quizá era eso lo que me esperaba de él y por lo tanto mis expectativas se han visto cumplidas. Cole siempre me sorprende, siempre se supera a sí mismo, tanto que supongo que me he acostumbrado. Supongo que eso era lo que esperaba que hiciera hoy, que me sorprendiera.

—¿Quién es ese que está sentado en el porche? —pregunta papá mientras le paga al taxista.

Levanto la mirada del móvil y sé que es él, seguro. No le veo la cara porque la tiene escondida entre las rodillas, pero el pelo lo delata. La chupa de cuero también ayuda, pero es casi como si fuera magia. Quizá suene exagerado, pero noto su presencia cuando estoy cerca de él y tengo que hacer uso de toda mi fuerza de voluntad para no saltar del coche y correr hacia él.

—Es Cole, ¿verdad, cariño? ¿Qué hace aquí? —pregunta mi madre, debatiéndose entre la confusión y el aturdimiento.

Seguramente no es el mejor momento para decirle «Eh, mamá, ¿ves a ese chico que está sentado en el porche? Pues digamos que hay algo entre nosotros, pero no puedo decírtelo porque empezarías a pensar en adornos florales y centros de mesa, y yo me moriría de la vergüenza. Él huiría a las montañas y yo te odiaría el resto de mi vida».

—No tengo ni idea.

Travis se ríe y yo estoy a punto de dejarlo ciego de un codazo.

—Bueno, no tengas al pobre chico esperando y ve a preguntarle —me dice mi madre mientras ellos acaban de sacar las maletas del taxi.

Cole está mirando en mi dirección y su expresión es un reflejo de la mía, aunque apuesto a que mi sonrisa es mucho más grande. Intentamos disimular nuestro entusiasmo por lo que pueda pensar mi familia, pero, en cuanto estamos a una distancia suficiente como para tocarnos, es como si hubiera un campo magnético entre los dos. Siento un hormigueo en los brazos de lo mucho que me apetece abrazarlo. Me imagino escondiendo la cara en su cuello y percibiendo su perfume siempre chispeante. Cole levanta una mano como si fuera a acariciarme la cara, pero se lo piensa. Se nota que entiende la incomodidad que me genera la presencia de mis padres. Suspira decepcionado, retira la mano y acto seguido me ofrece un ramo de calas.

—Bienvenida a casa —susurra.

Me ha comprado calas. Soy extremadamente feliz y siento más ganas que nunca de tocarlo. Es como me imaginaba al hombre perfecto y mucho más. ¿Se puede morir por un exceso de sueños cumplidos?

—Gracias —replico con timidez y me llevo el ramo al pecho.

Casi puedo notar la mirada de mi madre clavándose en mi espalda. Papá y ella querrán hacerme preguntas más tarde, pero, a diferencia de mi hermano, no se darían cuenta de la verdad aunque les mordiera. A veces tener unos padres despistados es una bendición.

—Estás muy guapa.

Me repasa de arriba abajo y yo me pongo colorada. Sé perfectamente que no es verdad, pero Cole siempre se comporta como un perfecto caballero. Esta mañana teníamos que coger el avión muy temprano, así que solo he dispuesto de diez minutos para ducharme. Luego mi madre ha monopolizado el único secador que había y mi pelo ha acabado como el de la medusa pero multiplicado por diez. Por si fuera poco, llevo cero maquillaje. Seguro que me han salido bolsas debajo de los ojos del tamaño de tiranosaurios, por no hablar de la ropa. Me he puesto la primera camiseta que he encontrado, una con un Garfield raído sobre un fondo negro, y la he combinado con los vaqueros más viejos que tengo. Mi madre casi sufre un aneurisma cuando me ha visto aparecer durante el desayuno, pero llegábamos tarde y el resto de la ropa ya estaba en la maleta. Tampoco ha ayudado que me tirara el café encima yo sola mientras esperábamos nuestro vuelo. De ahí que apeste a Starbucks.

—Sí, y qué más.

Pongo los ojos en blanco, pero no parece que esté bromeando. Se me acerca un poco más sin apartar sus ojos de los míos.

—¿Quieres que salgamos de aquí? Si quieres, te cuento por qué creo que estás preciosa.

Me quedo sin aliento y es como si la fuerza de sus palabras me arrollara. ¡No puede decirme estas cosas con mis padres a un par de metros de distancia! No me hago responsable de mis actos. El cambio que se ha producido en él es alucinante, tanto que me pongo nerviosa solo de pensarlo. Su mirada es tan intensa que se me acelera la respiración. Me muero de ganas de aceptar su proposición.

—Cole, hijo, me alegro de verte. —Se oye la voz de mi padre a nuestras espaldas.

Intercambian uno de esos saludos que están a medio camino entre el apretón de manos y el abrazo. Mamá también lo abraza, con demasiada efusividad para mi gusto. Casi puedo ver las campanas de boda flotando alrededor de su cabeza y formando un halo divino. Travis, por su parte, lo saluda con un gesto de la cabeza y entra en casa, dejándonos a los cuatro aquí plantados. Después de la típica conversación de compromiso, Cole decide jugársela.

—Cassandra me ha pedido que invite a Tessa a cenar. No ha oído hablar de otra cosa en todas las vacaciones. Tessa esto, Tessa lo otro...

Mis padres comentan lo amable que es Cassandra y Cole aprovecha para guiñarme un ojo.

—¿Tengo que ir? —les pregunto, poniendo mi mejor cara de «por favor, no me obliguéis».

Si finjo que preferiría ir a cualquier sitio menos a casa de los Stone, sé que es precisamente allí donde me mandarán.

—¡Por supuesto! Claro que tienes que ir, Cassandra ha sido muy amable al invitarte.

A mi pobre madre se le nota en la voz que está decepcionada. Obviamente, Cole no ha caído en la cuenta de que una invitación para cenar de parte de Cassandra Stone es como el santo grial de las invitaciones. Se ha puesto un pelín verde de la envidia, pero no pienso permitir que venga conmigo.

Enseguida retoma la conversación anterior, aprovechando que mi padre ha entrado en casa para ir a buscar algo para el sheriff. Reaparece con una botella de vino gran reserva, de esas que cuestan cientos de dólares. Me dice que se la dé a los Stone y por fin nos dejan libres. Cole ni siquiera me deja entrar un momento para ducharme o cambiarme de ropa. Lo que daría ahora mismo por enjabonar a conciencia hasta el último centímetro de mi cuerpo.

—No puedo ir a tu casa con estas pintas —le digo cuando doblamos la esquina—. Pero si llevo una camiseta con un gato enorme, por el amor de...

Mis palabras se quedan a medias cuando, de pronto, Cole se detiene, da media vuelta y me atrae hacia su pecho. Me pasa los brazos alrededor de la cintura, hunde la cara en mi pelo y oigo que inspira.

Madre mía. Me quedo petrificada durante unos segundos. Está haciendo exactamente lo que a mí me habría gustado hacer en cuanto lo he visto en el porche de casa, pero no he tenido el valor suficiente. Por suerte, me lo acaba de poner en bandeja. ¿Quién soy yo para resistirme? La sorpresa inicial se disipa y mis brazos se deslizan alrededor de sus hombros como si tuvieran vida propia. Apoyo la cabeza en su pecho y hago lo mismo que acaba de hacer él, inspiro. Por fin siento que el nudo que tengo en el estómago desde hace dos semanas se deshace y el peso que he estado cargando se desvanece. Me lleno los pulmones con su olor embriagador y disfruto el momento.

Nos quedamos así, enredados el uno en el otro, durante lo que podría ser un segundo, una hora, una eternidad. Cuando por fin nos separamos, la cara de Cole expresa una ternura que se parece peligrosamente a cierta emoción a la que le tengo pánico. Me mira de tal manera que el corazón me da un vuelco. Sus dedos se deslizan por mi cara, resiguiendo cada línea, hasta detenerse sobre la mejilla, que está caliente y probablemente colorada.

—¿Te he dicho ya lo mucho que te he echado de menos?

Yo respondo tímidamente que no con la cabeza y veo aparecer una mirada risueña en sus ojos.

—Mmm, ya decía yo. Pero no es culpa mía. Si no nos hubiéramos ido, tu madre habría acabado pidiéndome matrimonio.

Me echo a reír y él hace lo mismo. Parece increíble que siempre sepa lo que estoy pensando o sintiendo y que no tenga miedo de decirlo.

—Será mejor que te mantengas alejado de ella, no sé cuánto tiempo podré contenerla. Parece que está un poquito obsesionada contigo. Es raro.

—¿Y te extraña? No se me resiste ninguna O'Connell.

Pongo los ojos en blanco ante semejante bravuconada, pero la verdad es que me siento aliviada ahora que hemos cambiado de tema. Se me ha quedado grabada en el cerebro la imagen de antes y, si te soy sincera, estaba muerta de miedo. Aún es demasiado pronto para esa clase de sentimientos, al menos para mí. No sé si estoy delirando.

Echo a andar hacia atrás, apartándome de él y en dirección a su casa.

—Intenta no tropezar con tu enorme ego, Cassandra y el sheriff te querrán en casa de una pieza.

Se ríe y echa a andar detrás de mí. No pasa mucho tiempo hasta que acabamos cogidos de las manos, con los dedos entrelazados y sonriéndonos el uno al otro como dos tontos. He de admitir que en el avión de vuelta a casa estaba preocupada. Es bastante habitual que la gente se sienta más cómoda hablando por correo electrónico, a través de mensajes o incluso por teléfono. Estar cara a cara lo hace todo más incómodo y eso es lo que pensaba que pasaría entre nosotros, pero por suerte no ha sido así. Nos ponemos al día de lo que hemos hecho. La abu Stone pasó las Navidades en casa y tuvo que soportar que su hijo la sermoneara y luego la castigara. Se me escapa la risa cuando me explica que aunaron esfuerzos para intentar escaparse a tomar algo al Rusty's, pero que el sheriff Stone los pilló in fraganti mientras intentaban abrir la puerta de la calle con una horquilla.

—Intenté visitar a Beth como me pediste, pero su madre me dijo que no estaba —me dice, y no puedo evitar preocuparme.

Las pocas veces que hemos hablado en estas dos semanas, Beth parecía distante. Siempre me decía que estaba muy liada con el trabajo y que llegaba a casa agotada. No hemos vuelto a hablar de lo que pasó el día que apareció por mi casa, no he querido forzar el tema. Oculta algo, de eso estoy segura, pero ¿qué puede ser y por qué no me lo cuenta?

—¿Marie estaba sobria? No quiero imaginarme la clase de fiestas que ha organizado durante las vacaciones —digo amargamente, con la mirada clavada en las grietas de la acera.

Cole se da cuenta del bajón que acabo de tener y me aprieta la mano con fuerza. El nombre de Marie siempre me deja un sabor rancio en la boca, tanto que me arrepiento de haber sacado el tema.

—Me he pasado todos los días por allí. No ha montado una sola fiesta en estas dos semanas, ni siquiera en Nochevieja. A Beth la he visto por el pueblo, pero siempre trabajando y parecía como si...

—¿Te evitara? —termino la frase.

—¿Tú también lo has notado? —pregunta y, cuando ve que asiento, me atrae hacia él y apoya su barbilla en mi cabeza.

Respiro hondo y no me muevo. Siempre que le dejo llevar las riendas, su presencia me tranquiliza. La mayoría del tiempo estoy demasiado pendiente de él para relajarme, pero esto es distinto, es agradable.

—Al menos a Megan y a Alex les va bien. El tío está loquito por ella —anuncia, y yo sonrío.

Son buenos el uno para el otro, opuestos absolutamente, pero cuando están juntos son literalmente como las dos mitades de un todo.

—Ella siente lo mismo por él, estoy segura.

—El primer amor, menudo cliché.

Se le escapa la risa y yo le doy un codazo que le hace gruñir de dolor.

—No te burles de ellos y ni se te ocurra decirle nada a Alex.

Cole se frota la zona donde ha recibido el golpe.

—Sí, señora —se burla, me atrae de nuevo hacia sí y yo me derrito.

Recorremos los cinco minutos que nos separan de su casa en silencio y cuando llegamos, muy oportunamente, nos encontramos a Jay y a Nicole peleándose, pero peleándose de verdad, a gritos y empujones.

—Mierda —reniega Cole a mi lado y yo pienso para mis adentros que esto no tiene buena pinta.

Nicole está teniendo uno de sus brotes, de esos en los que le da por usar las manos para que quede claro hasta qué punto está cabreada. Ahora mismo está golpeando a Jay en el pecho para ver si así recibe el mensaje. Jay, el pobre, no sabe qué hacer, solo intenta detener sus ataques. Con los años, he visto a Nicole peleándose con muchos de los chicos con los que ha salido y no tiene piedad con ellos. Cuando decide liarla, aun en el caso de que ellos no hayan hecho nada, está dispuesta a hacer todo lo necesario para rematar la faena.

No se me escapa lo irónico de la situación. Siempre he querido presenciar el momento en que la parejita perfecta se diera cuenta de que no son tan perfectos como creían. Sin embargo, ahora pienso que ya no me da igual. En todo caso, me da un poco de pena que Jay tenga que pasar por esto. Si hay alguien que sepa lo cruel que puede llegar a ser Nicole, esa soy yo.

—Ven, entremos por la puerta de atrás.

Cole me coge de la mano y me lleva hacia el patio trasero. Nicole y Jay, ajenos a todo, siguen gritándose. Arrimo la oreja para saber qué pasa, pero solamente oigo a Nicole despotricando y a Jay pidiéndole que se tranquilice.

Intentamos pasar desapercibidos caminando de puntillas al estilo de *Misión imposible*, pero en cuanto cruzamos la puerta de madera que da acceso al patio trasero, oigo que alguien me llama por mi nombre. Si se me permite una sugerencia, Tom Cruise debería conservar su papel.

—Sigue andando, no tienes por qué contestar.

Cole me pone una mano en la parte baja de la espalda y se acerca a mí en actitud protectora, pero yo quiero saber qué tiene que decir Nicole y por qué me mete en esto. No sé muy bien por qué, pero de pronto es como si la discusión ya no me intimidara.

—No pasa nada, puedo apañármelas.

Sonrío, pero la cara de Cole es un poema. Hay algo que no me está contando y eso me asusta. Tampoco me da tiempo a preguntárselo. Nicole se abalanza sobre mí con Jay detrás, intentando controlarla. Está cabreada, tiene la mirada trastornada y no estoy segura de que ahora mismo esté sobria.

Sus ojos se clavan en la mano con la que Cole sujeta la mía y se le dilatan las aletas de la nariz. Nunca la había visto así, ni siquiera en sus peores momentos conmigo. Su mirada desprende tanto odio hacia mí que por un momento me asusto.

—Dile a tu novia que retroceda, Jay —le espeta Cole a su hermano cuando Nicole da un paso hacia nosotros.

—Nic, venga. No quieres hacer esto, ahora no.

Intenta sujetarla por el hombro, pero ella se lo quita de encima con un gesto violento.

—Miraos los dos, babeando por la gorda esta.

Su risa es amarga y sus palabras tienen como objetivo hacerme daño, pero ya no me afectan. Se acabó el intentar ser suficientemente buena para ella, se acabó buscar su aprobación y, sobre todo, se acabó pensar que ojalá nuestra amistad hubiera sobrevivido.

—Nicole —le advierte Cole.

Tiene la vena del cuello hinchada y la mano libre cerrada en un puño.

—Ignórala, ya no me afectan sus palabras —le digo a él.

A ella le dedico mi expresión más fría y flemática y mantengo un tono de voz considerablemente monótono.

— ¿Qué problema tienes, Nicole? ¿Qué quieres de mí?

Ella entorna los ojos y se lleva las manos a la cadera. Por la posición de su cuerpo, diría que se me va a tirar encima en cualquier momento.

—Tú eres mi problema, zorra. ¿Por qué coño no sales de mi vida? ¿De verdad crees que pegándote como una lapa al hermano de mi novio, camelándote a su madre con tu pinta de niñata inocente y robándome la corona tu vida va a ser como la mía? ¿Sabes qué, Tessa?, no eres más que una triste y patética acosadora.

Sus palabras me duelen tanto como si me hubiera dado una bofetada. Parpadeo una vez, luego dos y así sucesivamente. ¿Diez años de amistad y esto es lo que significo para ella? ¿Alguna vez me consideró amiga suya?

—¡Basta! —truena la voz de Cole, haciendo añicos el silencio.

Me concentro en respirar e intento formular una respuesta. No sé qué se hace cuando alguien te ataca verbalmente con tanta virulencia. En las películas, a la heroína de turno siempre se le ocurre la réplica perfecta. Tiene un montón de diálogos en la cabeza y consigue poner a la abeja reina en su sitio, pero esas cosas en la vida real no pasan. Me quedo literalmente muda.

—¡Nicole!

Esta vez es Jay. Sus ojos amenazan con salirse de las cuencas y la mandíbula le roza el suelo. Es evidente que nunca ha visto a su novia en todo su esplendor. ¿Cómo es posible?

—Sois los dos patéticos. Miradla, por el amor de Dios, si es una inútil y una sebosa. Viviríamos todos mucho mejor sin ella y sus chuminadas.

No le pegues, Tessa, contente. No utilices el gancho de derecha que te enseñó Travis, no vale la pena.

—Ya sé que no se debe pegar a una mujer, pero Jay, si dentro de dos segundos no me la has sacado de delante, te juro que no me lo pienso dos veces.

La voz de Cole se ha reducido a un susurro triste y frío mucho más peligroso que cuando grita. Me dan escalofríos solo de oírlo y Nicole se pone pálida. Jay esboza una mueca de sorpresa y empieza a arrastrarla del brazo, consciente de que Cole está a punto de llegar a su límite.

—Cuando íbamos a noveno, le dijiste al profesor de química que le harías una mamada si te ponía un sobresaliente. Querías ir al campamento de baile, pero antes necesitabas aprobar.

Nicole me mira boquiabierta y se pone aún más pálida.

—Perdiste la virginidad con un universitario cuando tenías catorce años. Les dijiste a tus padres que dormías en mi casa, pero en vez de eso te colaste en una fiesta de su residencia. Por la mañana te echó de una patada y tú no saliste de casa durante una semana entera.

Jay cada vez está más sorprendido, así que entiendo que tampoco sabía nada de este pequeño incidente. Cole simplemente me mira, siento su mirada clavada en mí mientras por fin hago lo que llevo siglos queriendo hacer.

—El verano antes de empezar el instituto, me dijiste que estabas enamorada de Cole. —Lo miro y él hace una mueca, pero ahora mismo me siento especialmente malvada—. Fuiste a su casa y le dijiste que querías acostarte con él, pero te dijo que no le interesaba. Te pasaste días llorando.

»En la fiesta de Jared, convenciste a Hank para que se propasara conmigo. ¿Eso tampoco se lo has contado a tu novio?

Ni siquiera puede mirarme a los ojos, no necesito una confesión para nada.

—La cuestión, Nicole, es que sé muchas cosas de ti. Esto no es más que la punta del iceberg de todas las cosas que has hecho y que no quieres que sepa la gente. No quiero una vida como la tuya porque sé lo bajo que has caído.

—Zorra asquerosa...

Se abalanza sobre mí, pero Cole le bloquea el paso, la sujeta por los hombros y la aparta de un empujón.

—Lárgate ahora mismo y, si sabes lo que te conviene, no vuelvas a acercarte a ella.

Nicole mira a Jay como si esperara que saliera en su defensa, pero él parece tan abatido que ni siquiera se mueve. Está ahí de pie, con la cara descolorida y temblando, y por un momento me siento fatal por él.

No tenía por qué enterarse de todo esto, al menos no así, pero tampoco puedo retirar lo que he dicho. Me siento como si estuviera atrapada en un episodio interminable de *Hospital general.*

Al final, cuando tiene la seguridad de que nadie va a salir en su defensa, Nicole me grita unas cuantas lindezas más y sale escopeteada hacia su coche. Arranca y se aleja haciendo chirriar las ruedas, dejándonos a los tres aquí plantados y en silencio.

No sé cómo hemos acabado aquí, pero está sucediendo. Estoy tumbada en la cama de Cole, intentando quitarle la camiseta mientras él me besa en el cuello. Dice que no me besará en la boca, que espera un momento más especial para hacerlo, pero yo ahora ya me conformo con esto.

Después de que Nicole se marchara, me arrastró dentro de casa y, como una exhalación, nos dirigimos hacia su cuarto. Una vez allí, tuve que oír cómo despotricaba sobre lo increíblemente..., bueno, digamos que utilizó una palabra muy gruesa para describir a Nicole. Luego me dijo que yo había hecho lo correcto. Me sentía muy culpable y él solo intentaba que me sintiera mejor.

Mientras me animaba, se arrodilló delante de mí, que estaba sentada a los pies de su cama, me acarició la mejilla y me pasó el pulgar por el labio inferior, algo que siempre me deja sin sentido.

—Nada de lo que ha dicho es verdad. Esa chica no está bien de la cabeza, Tessie, lo sabes, ¿verdad?

—Antes pensaba que tenía que haber algo de verdad en lo que me decía. No sé, habíamos sido amigas durante tanto tiempo que creía que me conocía mejor que nadie, pero estaba muy equivocada. No es la persona que pensaba que era.

—¿Desde cuándo mi bizcochito habla con estos aires de abuelita china con complejo de Confucio? —murmura.

Yo me río.

—Es algo que se aprende quieras o no cuando una ególatra pone a prueba tu paciencia a cada segundo.

No sé cómo, pero la conversación me llevó a hacerle cosquillas y de las cosquillas pasamos a tumbarnos en la cama, él encima de mí. Luego resollé como una loca, me retorcí debajo de él para intentar vengarme, le metí las manos por debajo de la camiseta y a partir de ahí todo cambió. El deseo se apoderó de los dos, mezclado con una fuerte sensación de alerta. Cole jadeó mientras mis dedos correteaban por encima de sus fuertes abdominales, y eso me animó poderosamente a continuar. Jamás me había sentido tan valiente ni tan excitada. Algo cambió también en él y perdió la capacidad para controlarse. Así es como hemos llegado a donde estamos ahora mismo. Me está besando el cuello, volviéndome totalmente loca. Sus manos están por todas partes y yo emito ruiditos que ni siquiera sabía que pudiera hacer.

—Tus padres... —consigo decir mientras él recorre con la lengua las zonas por las que sus labios acaban de pasar.

—Picnic en la comisaría —murmura, distraído, y enseguida vuelve a lo que estaba haciendo con tanta habilidad.

Esto es alucinante. ¿Por qué no lo habremos hecho antes? El tacto de sus labios es increíble. Si lo único que pudiera hacer el resto de mi vida fuera enrollarme con Cole, lo haría encantada. Ni siquiera me ha besado, pero todo me parece flipante.

—Eh, chicos...

La manija de la puerta gira y los dos nos quedamos petrificados. A mí me cuesta respirar, estoy jadeando como una loca y Cole tiene el pelo alborotado porque se lo he estado manoseando. Lleva la camiseta medio subida y está colocado entre mis rodillas. Este es el panorama que se encuentra Jay.

Seguramente por eso maldice en voz bastante alta, cierra la puerta de golpe y huye despavorido como un vampiro vegetariano en un banco de sangre.

20

Mi falta de experiencia es tan obvia como si lo llevara tatuado en la frente

—Ni de coña.

—Venga, Tessie, pruébalo una vez, solo te pido eso.

—Es demasiado pronto, no puedo.

Agacho la cabeza, derrotada, y me maldigo en silencio. ¿Por qué tengo que ser tan cobarde? Tampoco me está pidiendo que haga algo inaudito. La gente lo hace continuamente; es algo básico cuando eres adolescente.

—No tiene que darte miedo. Yo te ayudaré en todo lo que pueda y me aseguraré de que te lo pases bien —me promete, y su voz desprende sinceridad.

Estoy tentada a aceptar, la idea suena prometedora y, a medida que el tiempo pasa, me siento menos intimidada, pero sigo dudando de mí misma y tengo tanto miedo que esto me impide aceptar. Soy la peor casi novia del mundo, en serio.

—Tú te lo pasarás bien, seguro; yo no puedo decir lo mismo.

Cole suspira porque sabe que estoy intentando buscar pelea. Maldito sexto sentido, ¿por qué no puede ser tan insensible como el resto de la población masculina?

—Tessie, no te insistiría si no creyera que esto nos ayudaría a los dos.

—No necesitamos ayuda, estamos bien como estamos y no necesitamos hacerlo.

—Pero si lo hace todo el mundo. No hay para tanto, no tienes por qué ponerte nerviosa. Ya te lo he dicho, yo me encargaré de que estés lo más cómoda posible.

—Pero...

Justo en ese momento, Alex asoma la cabeza entre los dos. Ni siquiera me he dado cuenta de que se ha levantado de su asiento junto a Megan, en la mesa de la comida, así que cuando nos habla soy consciente de que no estábamos prestando atención al mundo que sigue girando a nuestro alrededor. ¿Nos podría culpar alguien? Estamos discutiendo un tema muy peliagudo.

—Os dais cuenta de lo que parece esta conversación, ¿verdad?

Beth se atraganta con el refresco y Megan intenta aguantarse la risa, pero en vano. Cuando por fin entiendo lo que quiere decir, todo el mundo ha dejado ya de fingir que no acabo de hacer el ridículo más espantoso de toda mi vida. Me pongo colorada como un tomate y fulmino a Cole, que, como siempre, parece estar disfrutando con mi humillación. Espera a que todos se calmen y me da un empujoncito con el hombro.

—Quiero que sepas que he disfrutado mucho con la conversación.

Me vuelvo a poner, aunque esta vez no es de vergüenza.

La posibilidad de que algo así pase entre nosotros es ridícula, teniendo en cuenta que ni siquiera nos hemos besado. Llevamos «juntos» casi tres semanas, ¿a qué está esperando? ¿Es que no le apetece tanto como a mí que nos besemos?

—Entonces qué, ¿cuál es el veredicto? ¿Vamos o no? —pregunta Alex, y yo respondo sin demasiado convencimiento.

—¡Tenemos que ir! —Megan se pone del lado de su novio, la muy traidora, pero cuando se da cuenta de la mirada asesina que le acabo de echar intenta defenderse—. Piénsalo, Tessa. La gente solo habla de vosotros dos. Si vais juntos a la fiesta como pareja, todos dejarán de hacer cábalas. ¿No decías que estabas harta de tanta atención?

Lo último, por desgracia, es verdad. Volver a clase después de las vacaciones de Navidad ha sido una tortura, y me quedo corta. La fábrica de chismes estaba cargadita de historias de Cole y de mí. Que fueran ciertas era lo de menos porque aun así me he sentido violenta e intimidada. Por si fuera poco, Nicole ha perdido su trono de la forma más cruel posible. Se ha quedado sin corona y sin novio en cuestión de semanas, lo cual la ha relegado al escalón más bajo de la pirámide.

Hemos intercambiado los papeles y no podría sentirme peor al respecto. Chicas que ni siquiera me habían mirado de pasada ahora se mueren de ganas de ser mis mejores amigas. Gente que me había ridiculizado y que había apoyado a Nicole en su propósito de convertir mi vida en un infierno ahora me trata como si yo fuera el miembro largamente perdido del clan Brangelina. Cole es la razón principal de semejante cambio. Por la forma en que nos hemos estado comportando toda la semana, es evidente que hay algo entre nosotros. No sé si es porque nos damos la mano, porque me lleva los libros o por esos besos en la frente ya no tan disimulados y que tanto me gustan, lo cierto es que todo da a entender que estamos juntos. ¿Ir a la fiesta ayudaría a que la gente entendiera lo que ha tenido delante de las narices desde el primer momento? Si la respuesta es sí y además sirve para que dejen de seguirme a todas partes, entonces quizá no sea tan mala idea.

—¿Estáis seguros de que funcionará?

Mi experiencia con las fiestas no ha sido muy buena que digamos. Solo he ido a una en todos mis años de instituto y ya sabemos cómo acabó. Cole me pone una mano en la pierna porque es consciente de mis temores. Es el único de toda la mesa que sabe qué ocurrió exactamente. Casi puedo sentir la rabia que desprende. Si a Hank no lo hubieran trasladado a un instituto al otro lado del pueblo, seguramente ahora temería por su vida. O puede que no.

—Sí. En cuanto sepan que estáis juntos, os dejarán en paz. Sois como el juguete nuevo con el que están obsesionados. Si actuáis como si no fuera nada especial, seguro que pasan.

Me vuelvo hacia Beth y le dedico una mirada suplicante.

—¿Estás segura de que no quieres venir?

Me sonríe y sigue mordisqueando lentamente la patata frita que tiene entre los dedos. Otra traidora, se le nota que está encantada con la posibilidad de que vaya a la fiesta. Dicho esto, si supiera lo que pasó la última vez, sería mi guardaespaldas particular.

—Estoy convencida de que tu novio cuidará bien de ti.

No sé qué me apetece más ahora mismo, estrangularla o pegarle un puñetazo en toda la cara. Miro a Cole de reojo y veo que está ocupado hablando con Alex, así que quizá no lo ha oído. Las chicas han sido un gran apoyo para mí en esta nueva etapa, si por apoyo entendemos a Megan hiperventilando durante más de una hora; pero no paran de pedirme que etiquete lo que somos el uno para el otro.

No quiero que Cole se sienta presionado. Sé que le gusto, él sabe que me gusta y con eso basta, ¿no?

Cole me acompaña a casa, aún faltan unas cuantas horas para la fiesta a la que, muy a mi pesar, he aceptado ir. Él me comprende y está siendo especialmente encantador. Creo que el motivo real por el que quiere llevarme es para que supere el miedo a las fiestas. Juré que no volvería a pisar una y eso le cabrea. No quiere que Hank tenga ese poder sobre mí, así que esta es la forma de devolverme las riendas de mi vida.

—Eh.

Me detiene a medio camino de la cocina pasándome un brazo alrededor de la cintura. Por suerte, mis padres raramente están en casa y Travis ha empezado a quedar con sus amigos de antes, así que dejo que me atraiga hacia sí. Apoya su frente contra la mía y me da un beso en lo alto de la cabeza que me hace cerrar los ojos.

—Lo siento si te sientes obligada a hacer esto por mí. Es que... quiero que te diviertas sin tener que mirar todo el rato por encima del hombro. Me sabe fatal que lo pases mal y que yo no pueda hacer nada al respecto.

Parece tan angustiado que inmediatamente empiezo a sentirme culpable. Nunca había pensado en ello desde esa perspectiva y entiendo lo que quiere decir. Desde lo de Hank, me pone un poco nerviosa salir, sobre todo si es a sitios ruidosos con mucha gente. Cole se merece algo mejor, alguien que no prefiera pasarse el fin de semana encerrada en su habitación, aunque en cuanto me lo imagino con una chica fiestera tipo Snooki, los celos asoman la cabecita. De repente, tengo miedo pero por otra razón totalmente distinta. No puedo perder a Cole por algo así; si quiere que vaya a esa fiesta, iré por él. Prefiero pasar unas cuantas horas bebiendo cerveza caliente antes de permitir que una de sus *groupies* lo magree.

—No tienes que disculparte —susurro, y estamos tan cerca que el corazón me palpita—. Esta cosa que siento, esta fobia, es una tontería y tienes razón cuando dices que tengo que superarla. Quiero hacerlo contigo.

Al oír mis palabras, una sonrisa le ilumina la cara, me levanta en alto y me hace girar. Su entusiasmo es recompensa más que suficiente. Haría cualquier cosa para verlo así de contento, y una absurda fiesta de instituto tampoco parece gran cosa.

—Ya estamos otra vez con los dobles sentidos, Tessie —bromea después de dejarme en el suelo, y yo le doy un golpe en el brazo.

Hombres.

Una vez en mi habitación, me permito ponerme un poco de los nervios antes de que vuelva Cole para llevarme a la fiesta. Mientras ha estado aquí he fingido que no pasaba nada, que estaba perfectamente, y nos lo hemos pasado bien acurrucados en el sofá y viendo *realities* en la tele. Ahora, en cambio, juraría que tengo todos los síntomas de un ataque de nervios. Me parece increíble que haya conseguido vestirme yo sola, pero por lo visto he hecho grandes progresos para no ser una *fashion victim*. Ponerse un par de camisetas superpuestas y unos vaqueros ajustados es con diferencia la parte más fácil de la noche. Más fácil aún es el maquillaje porque a Cole no le gusta que me ponga mucho.

En serio, ¿qué me pasa hoy con los dobles sentidos?

Consigo controlarme justo a tiempo y volver a poner la misma cara de pepino que he paseado durante toda la tarde. Cole suele llamar al timbre cuando viene a buscarme. Siempre he pensado que se jacta en exceso de tener acceso directo a mi casa, pero, cuando se trata de citas oficiales, es el perfecto caballero. Respiro hondo y bajo las escaleras corriendo para no darme tiempo a pensar y acabar montando una barricada en la puerta. Todo irá bien, valdrá la pena. Me digo a mí misma que esto lo hago por Cole, que no puedo permitir que siga sintiéndose culpable.

—¿Te he dado suficiente tiempo para que te convenzas a ti misma de que no quieres hacerlo?

Es lo primero que me pregunta Cole cuando abro la puerta y yo me abalanzo literalmente sobre él. Siento la necesidad imperiosa de seguir con esto, de jugármela, y él es perfectamente consciente, pero admiro su capacidad para quitarle importancia.

—Ah, no, señorito, quiero seguir con esto. Vamos a ir a esa maldita fiesta y nos lo vamos a pasar en grande. Me da igual si acabo respirando en una bolsa de papel, vamos a salir como una pareja normal y a divertirnos. ¿Me has oído, Stone? Vamos a divertirnos.

Al final de mi discurso, exhalo con fuerza y percibo la mirada risueña de Cole. Bien, no cree que esté loca. La noche es joven y al fin y al cabo yo soy Tessa O'Connell.

—¿Pareja?

Sonríe y yo pongo los ojos en blanco.

—¿Es la única palabra con la que te has quedado?

—Es la única que me importa. La fiesta me da igual, bizcochito. Para mí es suficiente que tú estés dispuesta a salir ahí fuera. Sinceramente, pensaba que tendría que romper un par de puertas y sacarte a rastras de aquí, pero me equivocaba. Estoy muy orgulloso de ti, pequeña.

De pronto, una muestra de cariño tan poco original e inspirada como la palabra «pequeña» significa mucho más. De hecho, de todo lo que me ha dicho Cole hasta ahora, es mi palabra favorita.

Él se ríe al ver mi cara de pasmada y me pasa un brazo alrededor de la cintura.

—Si no quieres ir, solo tienes que decirlo. Podemos salir igualmente; ir a un chino y luego al cine, pasear por el parque, nadar un poco, lo que tú quieras.

Es tan considerado conmigo que no puedo evitar que mis sentimientos hacia él se vuelvan mucho más fuertes. Se preocupa tanto por mí que lo mínimo que puedo hacer es intentar encajar en su mundo. No quiero que haya una línea divisoria entre la persona que es con el resto del mundo y el novio perfecto que es conmigo. Si sigo adelante, si salgo con sus amigos y las novias de estos, quizá podrá tener lo mejor de los dos mundos al mismo tiempo.

—No, quiero ir, de verdad. Vámonos.

La casa de Ryan Foster es más un piso de soltero que otra cosa. Sus padres viajan por todo el mundo porque trabajan como presentadores y productores en un canal de televisión, así que vive solo. Esa es la historia que me cuenta Megan cuando entramos en el bloque de apartamentos de estilo minimalista. Todo son encimeras de granito y acabados en acero con detalles en negro. Esta fiesta es mucho más moderada que la otra, hay menos gente y me cuesta menos relajarme.

Quizá también influya que Cole no se haya apartado de mi lado desde que hemos llegado. Me ha presentado a todos los chicos de su equipo y no se me han escapado las miraditas de sus amigas las animadoras. Todo el mundo parece un poco hostil, pero Megan dice que es porque están asustados. Las chicas están acostumbradas a seguir las órdenes de Nicole y, ahora que ya no está, son como cachorros perdidos. Por si fuera poco, estoy saliendo con Cole, lo cual a nivel de instituto equivale a tener contactos con la mafia.

¿Pasa algo si estoy moderadamente contenta? Esto es increíble, algunas de las chicas se han encogido literalmente de miedo y yo no he podido evitar sentirme como el Padrino. Si se me permite, mola y de qué manera.

—¿Quieres beber algo?

Observo los vasos rojos que todo el mundo sostiene en la mano y respondo que no con la cabeza. Mi última experiencia con la bebida no fue demasiado bien, así que prefiero no ponerme en evidencia delante de toda esta gente.

—No, creo que esta noche paso del alcohol.

Cole esboza un puchero y se ríe.

—Oooh, vaya, y yo que esperaba ver a Tessie la borracha.

—Sí, tengo entendido que es muy divertida —replico yo, un tanto seca, y a él le brillan los ojos de diablillo.

—Ya sabes que siento predilección por ella porque opina que soy increíblemente sexy.

Gruño entre dientes y me tapo la cara con las manos. Esto no lo olvidará jamás. ¿Por qué tuvo Jay que abrir la bocaza? ¡Tendré que vivir el resto de mi vida con ese peso sobre la cabeza!

—Va, venga, que estoy bromeando. No pienso volver a sacar el tema, te lo juro —dice, pero no tengo intención de creérmelo.

Da igual lo mucho que me esfuerce para intentar ocultarlo, para olvidar lo que aquella noche significa para mí. Lo más importante de todo es que esas palabras se las dije yo a Jay, y para Cole significan el fin de un enamoramiento que debería haber acabado mucho antes.

—Eh, chicos.

Siento que se me tensa la espalda y el brazo de Cole se pone rígido alrededor de mi cintura. Estamos bailando agarrados en la pista, rodeados de más parejas, y yo estoy encantada de poder disfrutar de mi pequeña burbuja con Cole. No necesito volver a oír esa voz, sobre todo después de lo que pasó en su casa.

—Estás borracho —dice Cole, y yo estoy demasiado asustada para darme la vuelta y enfrentarme a la persona que tengo detrás; en vez de eso, me hundo aún más en el pecho de Cole en busca de protección.

—Y una vez más a ti se te ve muy a gusto con algo que, para empezar, no era tuyo.

Si Cole sigue tensando el brazo alrededor de mi pecho, acabará aplastándome los pulmones. Intento zafarme pero es inútil.

—Vete, Jay, no es el momento.

—Qué, ¿te da miedo que te deje en evidencia delante de tu novia, que se dé cuenta de que no eres más que un perdedor?

Por favor, que esto no esté pasando. ¿Existe algo así como un dios de la fiesta? Si existe, te lo ruego, oh, Dios de la Fiesta, apiádate de tus fieles antes de que uno de los hermanos Stone acabe en la cárcel por intento de homicidio y el otro, en el hospital.

La gente empieza a mirarnos con atención; es como si sintieran una satisfacción enfermiza viendo a estos dos chicos, que son hermanos, tratándose de esta manera. Ya sé que Jay se comporta así por culpa del alcohol. Sí, también sé que no se llevan muy bien, pero aun así siempre se guardan las espaldas. ¿Por qué nadie los separa? ¿Es que no se dan cuenta de cómo puede acabar esto?

Soy consciente de que la irascibilidad de Cole pende de un hilo. Una sola palabra más de Jay e irá a por él. Aprovecho que está distraído para librarme de su brazo y plantarme delante de su hermano. Está horrible, lo cual tiene mérito teniendo en cuenta lo guapo que es. Tiene los ojos inyectados en sangre, barba de dos días y el pelo sucio y necesitado de un corte urgente. Por si fuera poco, apesta a alcohol y a tabaco.

Es como el chico ideal tras una ruptura difícil, pero es que el pobre tiene que enfrentarse a muchas cosas, no solo a la pérdida de Nicole. Me siento mal por él y terriblemente culpable por la persona en la que se ha convertido. Recuerdo al chico que vino a hablar conmigo un par de días antes de que Cole volviera al pueblo. Recuerdo que se ofreció para apoyarme y ¿qué hice yo? Me obsesioné tanto con Cole que básicamente me olvidé por completo de él. No me arrepiento de un solo segundo de los que he pasado con Cole, pero quizá no debería haber borrado a Jay de mi vida, no de una forma tan drástica. Ha dicho algunas cosas que no tenía derecho a decir, sí, pero nos conocemos de toda la vida y durante una época creí estar enamorada de él. Ahora sé que lo que sentía no era ni de lejos amor, estaba colgada por él y se merecía algo mejor.

—Jay, por favor, estás borracho. Vete a casa y duerme un poco —le suplico, pero tiene los ojos tan vidriosos que soy incapaz de saber si me ha entendido.

Está mirando fijamente a Cole, como si quisiera matarlo con sus propias manos.

—¿Ves lo que has hecho? Tessa se ha pasado la vida pensando que yo era su puto príncipe azul. ¡Me quería a mí, no a ti! Pero no podías soportarlo, ¿verdad? ¡Me has quitado a mi madre, a mi novia y ahora a ella! —exclama, y le da un empujón a Cole.

Le bloqueo el paso justo cuando se dispone a golpear a su hermano y el puñetazo destinado a Cole impacta en mí. Me quedo sin aire, me sujeto el costado e intento por todos los medios no echarme al suelo en posición fetal. Oigo gritos de sorpresa a mi alrededor, pero la voz que sobresale por encima de las demás es la de Cole.

—Tessie, ¿estás bien?

—Lo siento, Tessa, no quería...

Las disculpas de Jay se quedan a medias porque Cole se abalanza literalmente encima de él y lo tira al suelo. Su puño aterriza en la cara de su hermano y de pronto oigo el sonido inconfundible de algo que se rompe.

—¡Alex! —grito, buscando a alguien a mi alrededor que pueda detenerlo.

Las cosas se suceden a cámara lenta, como si todo el mundo estuviera jugando a las estatuas y yo no pudiera hacer nada, solo presenciar cómo Cole le pega una paliza a su hermano, que está demasiado borracho para defenderse.

Al fin alguien tira de él y yo siento que me abrazan. Megan está histérica, me pregunta una y otra vez si estoy bien y me pide perdón por no haber llegado a tiempo. Creo que le digo que no es culpa suya, no sé, estoy un poco mareada. Veo a Alex apartando a Cole de Jay y sujetándolo. Varios chicos más se deciden finalmente y corren a ayudar a Jay, que está bastante maltrecho. Tiene la nariz rota, el labio partido y un corte bastante feo en la mejilla.

El pecho de Cole sube y baja a un ritmo endemoniado. Cuando nuestros ojos se encuentran, veo tristeza en ellos, veo un ruego, una súplica. Creo que está esperando que yo estalle, pero, por muy mal que me sienta ahora mismo, no consigo estar enfadada. No sé qué ve él en mis ojos, pero el dolor desaparece y en su lugar solo quedan remordimientos. Así es Cole, una persona increíblemente apasionada. Es esa pasión incontrolable la que lo empuja a hacer locuras y luego, cuando se rompe el hechizo, se da cuenta de que el resultado de sus actos no es tan genial como parecía.

—Llévatelo a tu casa, Tessa. Yo me ocupo de Jay, ya me inventaré algo para el señor y la señora S.

—No hace falta —protesta Cole, pero Alex le echa una mirada que, al parecer, lo dice todo.

Están hablando en silencio y no sé qué intenta decirle Alex pero funciona, porque lo siguiente que sé es que Cole entrelaza sus dedos con los míos y tira de mí. Miro a Megan y esbozo una pequeña sonrisa, y ahora somos nosotras las que hablamos en silencio. Quiere que le mande un mensaje cuando todo se haya acabado y le prometo que lo haré.

Le hago caso a Alex y conduzco el coche de Cole hasta mi casa. Las luces de la cocina están encendidas y el coche de mis padres está aparcado en la entrada. Genial. Me doy un cabezazo contra el volante de pura frustración. Hoy todo me sale al revés.

—¿Te duele?

La voz de Cole rompe el silencio y es entonces cuando me acuerdo de mis costillas.

—Sí, bueno, nada que un calmante no cure —respondo, pero por la reacción que veo en su cara sé que no me cree.

—Lo siento, Tessie, por todo.

Su voz está cargada de remordimiento. Sé que lo dice de verdad, pero no es con él con quien estoy enfadada, sino conmigo misma. Esta noche iba a ser divertida, nos íbamos de fiesta a pasarlo bien, pero no, siempre tengo que llevar el drama conmigo.

—No sé... no sé qué decir, Cole. No deberías haberle pegado, pero él ha dado el primer paso. Estaba borracho y es tu hermano... No deberíais pelearos por mí. No vale la pena.

Cole inspira con fuerza y sé que lo que acabo de decir le ha molestado. Lo miro a través de las pestañas y veo que tiene la mandíbula tensa, el cuerpo rígido.

—No vuelvas a decir eso. Claro que vales la pena, para mí lo eres todo.

Intento contener las lágrimas e ignoro el nudo que tengo en la garganta. La tensión entre los dos es evidente, como si Cole supiera que estoy en plan autodestructivo. Tengo que salir del coche cuanto antes.

—Tessie...

—Estás herido, vamos dentro —lo interrumpo.

Me bajo del coche y él me sigue después de mirarse la piel resquebrajada de los nudillos. No puedo quitarme de la cabeza las palabras «culpa mía» y repetirlas me provoca náuseas. Me da miedo cruzarme con mis padres. Adopto mi expresión más neutral, o al menos espero que sea neutral y no de oh-Dios-soy-Yoko-Ono.

Por suerte, en cuanto pongo un pie en casa sé que nadie me va a molestar. Mis padres están en plena competición de gritos y, cuando eso pasa, me dejan en paz. El alivio es tal que ni siquiera me da vergüenza que Cole oiga a mis padres en la peor versión de sí mismos. Subimos las escaleras en silencio y nos encerramos en mi habitación.

Lo hago sentar en la cama y voy al lavabo a coger el botiquín. Me tomo un par de calmantes para mis costillas y vuelvo junto a Cole.

Un solo vistazo a sus nudillos y me empieza a temblar la barbilla. Le iría mucho mejor sin mí. Si tuviera algo de conciencia, lo dejaría en paz, pero estoy demasiado involucrada para pensar siquiera en ello.

—Dame la mano.

Me siento a su lado y empiezo con la cura. Cuando le pongo el desinfectante, él suelta algún taco, pero esas son las únicas palabras que intercambiamos. Le vendo las dos manos y me dejo llevar por el impulso de darle un beso en los nudillos.

—Tessie —susurra él acariciándome la mejilla.

—Lo siento mucho, Cole —sollozo, incapaz de contener por más tiempo las lágrimas.

—Eh, eh, Tessie, mírame. Chisss, preciosa, no pasa nada. Estoy bien, por favor, mírame.

Estoy exagerando, lo sé. Solo ha sido una pelea, pero no puedo dejar de llorar porque sé que en cierto modo es culpa mía. Cole se ha hecho daño por mí, se ha peleado con su hermano por mí y yo lo único que puedo hacer es llorar.

—Ven aquí.

Me abraza y yo apoyo la cabeza contra su pecho, y lloro un rato más hasta que me libero de la ansiedad y la tensión que llevo acumulando desde el enfrentamiento con Nicole. Cuando por fin se agotan las lágrimas, me embriago con su olor. Respiro hondo, dejo que la Tessa tímida y retraída se aleje volando por la ventana y poso los labios sobre su cuello. Se le acelera la respiración y el corazón le palpita, y yo no puedo evitar sonreír contra su piel.

Se aparta un poco y me mira a los ojos como si me pidiera permiso. Yo me muestro más que dispuesta y le paso los brazos alrededor del cuello. Me acerco más a él y, por una vez, intento ser valiente.

—¿Tessie?

Su voz es tan grave, tan ronca, que casi no la oigo.

—Dime.

—Nunca te han besado, ¿verdad?

Siento una oleada de vergüenza y humillación. Lo sabe, se me nota; mi falta de experiencia es tan obvia como si lo llevara tatuado en la frente. Aquí me tienes, intentando desesperadamente acercarme a él, olvidando por completo que no tengo ni idea de cómo hacer que alguien me desee. Seguro que le parezco tan empalagosa que lo estoy ahuyentando.

—No... no... nunca.

Mis palabras están impregnadas de vergüenza y él se da cuenta enseguida.

—No es malo, al contrario, es la mejor noticia de todo el día. Eres mía, Tessie, y si otro chico hubiera tocado esos labios antes que yo, no sé qué haría.

Se me dispara el corazón al oír sus palabras. Desde que volvió, no ha dejado de demostrarme que es demasiado bueno para mí. Es la viva imagen de la perfección y yo tengo la suerte de estar con él.

Acerca un poco la cara, me cubre la mejilla con una mano y con la otra me rodea la nuca y tira lentamente de mí.

Me concentro en sus ojos, que me abrasan. No quiero olvidar este momento por nada del mundo. Si mañana sufriera de amnesia y solo pudiera conservar este recuerdo, sería una mujer feliz.

—Dios, no sabes las ganas que tenía de hacer esto.

Coge aire y en un instante recorre el espacio que nos separa y cubre mis labios con los suyos.

21

«Joven hospitalizada tras contemplar el pecho de Cole Stone»

¿No te parece curioso? Nos pasamos la vida esperando el momento perfecto, al chico perfecto y el beso perfecto. Es empezar a ver a los hombres como algo más que simples roedores infectados por enfermedades y, de pronto, solo puedes pensar en qué pasará el día que pierdas la cabeza por uno. Luego te pasas buena parte de los años de instituto intentando llamar la atención de ese chico tan mono que va a tu clase de álgebra y, cuando por fin se da cuenta de tu existencia, no te sacas de la cabeza la imagen de sus labios sobre los tuyos.

Lees libros, ves películas y sueñas con un sinfín de posibilidades, pero deja que te diga una cosa: nada, y cuando digo nada quiero decir nada, se acerca ni por asomo a la sensación que te recorre el cuerpo cuando al fin llega el momento. ¿Las novelas románticas que tienes encima de la mesilla de noche? Exacto, ni por asomo te explican cómo es en realidad. Ryan Gosling en todo su esplendor no puede compararse con lo que sientes por el chico que te da tu primer beso.

Cualquier pensamiento, cualquier movimiento que tuviera planeado se desvanece en cuanto los labios de Cole tocan los míos. Son todo lo que había imaginado y más, suaves pero con la rugosidad exacta para que, al movernos, la sensación de fricción sea deliciosa. Cierro los ojos y siento que me acaricia una, dos veces y luego un par más hasta que estoy a punto de suplicar. Sus manos siguen sujetándome la cabeza y me da miedo moverme porque, si lo hago, podría cargarme este momento tan increíble, tan mágico, tan alucinante.

Y, de repente, sucede. Sus labios rozan los míos con algo más de presión y yo respondo al instante. No sé qué estoy haciendo, pero he visto suficientes películas como para hacerme una idea general. Nuestros labios se mueven al compás y es como si alguien estuviera lanzando cohetes debajo de mis párpados. Dios, qué sensación. ¿Por qué no lo hemos hecho antes? Cole lleva meses aquí, podríamos haber empezado antes. La cantidad de tiempo que he perdido haciendo el imbécil cuando podría haberlo dedicado a morrearme con el tío que mejor besa de la historia de la humanidad.

Cole no se aparta, así que me animo. Eso quiere decir que no lo estoy haciendo tan mal, ¿no? Deslizo una mano por su pecho y me detengo encima de su corazón. Late como un martillo neumático y la niña de trece años que llevo dentro grita de emoción porque sé que esto lo estoy provocando yo. Gime contra mi boca y es el mejor sonido que he oído en toda mi vida. Envalentonada por su respuesta, le rodeo el cuello con las manos y me aprieto contra él. Siento la necesidad imperiosa de eliminar el espacio que nos separa y él parece experimentar lo mismo. Nos besamos lentamente, con languidez, y él me atrae hacia su regazo. Me arde la piel cada vez que me toca y siento descargas de electricidad por todo el cuerpo. Es la sensación más alucinante del planeta.

Nos separamos, pero solo porque nos hemos quedado sin respiración. Qué absurdo, qué débiles somos los humanos que no podemos vivir sin aire. Estoy cabreada, no quisiera detenerme, pero los dos estamos resollando, así que supongo que debemos parar.

—Uf —resopla él.

Apoya su frente contra la mía y yo no puedo contener una sonrisa de oreja a oreja. Cole, el chico que se lo ha montado con tantas chicas que prefiero no saberlo, ha disfrutado besándome.

—Lo sé —exhalo, tratando de oírme por encima del latido de mi corazón—. Ha sido... —empiezo.

—¿Increíble, alucinante, el momento más espectacular de mi vida?

Sonríe y yo lo imito.

—Seguramente más.

Si seguimos sonriendo, puede que nuestros carrillos no lo soporten. Me toco los labios, que todavía me hormiguean, y miro a Cole totalmente pasmada. Soy incapaz de describir lo que siento. Es una mezcla entre el subidón de cuando acabas de bajarte de una montaña rusa y la satisfacción de comerte un bote entero de helado de fresa.

Cole me sujeta la cara y sus ojos se clavan en mi pulgar, con el que aún me estoy acariciando el labio inferior. Su mirada se oscurece y otra vez se inclina sobre mí. Siento que me derrito por dentro y me dispongo para el segundo asalto, aunque esta vez estoy más preparada.

Alguien llama a la puerta y nos separamos de un salto. Cole maldice entre dientes y se sienta en una silla, mientras yo me entretengo guardándolo todo otra vez en el botiquín. Coge una revista al azar del montón que tengo en la habitación y justo en ese momento mi madre asoma la cabeza por la puerta y nos sonríe. Tiene los ojos rojos; es evidente que la discusión con mi padre no ha terminado bien. Normalmente, intenta que esta situación no le afecte demasiado, pero a veces las cosas se descontrolan y hoy parece que es una de esas ocasiones.

—Hola, chicos. Cariño, ¿puedo hablar un segundo contigo? —pregunta, y nos pide perdón con la mirada.

—Ah, claro —murmuro, y sé que esto no va a acabar bien.

Cole me aprieta la mano cuando paso junto a él y el gesto, aunque discreto, me anima.

Salimos al pasillo y, de pronto, tengo la sensación de que el aire aquí fuera es más frío, así que me cruzo de brazos. Llámalo premonición o como quieras, pero sé que algo va muy, pero que muy mal. Mis padres siempre nos evitan a Travis y a mí después de una de sus peleas.

—¿Qué pasa? —pregunto, mientras mi madre camina delante de mí.

La miro y me digo que el atuendo de pija que lleva ha vivido tiempos mejores. La camisa está arrugada, los pantalones tienen multitud de líneas marcadas y se ha puesto las pulseras de cualquier manera. No parece mi madre. Tiene la expresión rota y el aspecto de la mujer que una vez perdió la esperanza de poder salvar su matrimonio. El sentimiento de pérdida se convirtió en indiferencia y luego en aturdimiento. Los últimos cuatro años he vivido con la versión ausente de mi madre, así que no es culpa mía si no sé muy bien qué hacer.

—Tu padre y yo...

Deja de pasearse y me mira, como si intentara encontrar las palabras correctas para decirme lo que ya sé. Quiero decirle que no pasa nada, que lo entiendo. Sé que mis padres se odian, que posiblemente mi padre tenga una aventura con alguien y que mi madre es más o menos adicta a los antidepresivos. ¿Qué más podría decirme?

—Últimamente hemos tenido más problemas de lo normal y hemos decidido que necesitamos darnos un tiempo.

Ya, un tiempo. Son demasiado cabezotas para reconocer lo tóxicos que son el uno para el otro, que estarían mucho mejor si fueran cada uno por su lado, pero eso es imposible. Mi padre necesita el dinero de mi madre y mi madre necesita la seguridad del matrimonio. Nada la alejaría más de sus amigas del club de campo que un divorcio.

—¿Te vas? —pregunto, y me arropo con los brazos.

Está sucediendo, al final ha sucedido.

—Sí, me voy a casa de tus abuelos por la mañana. Tengo que hablar con mi padre, aclarar algunas cosas. Es mejor así, cariño, créeme. Necesito tiempo.

Debería sentirme un poco peor ahora que mi propia madre me abandone, pero lo cierto es que la culpa es de los dos. Cambiaron, pasaron de mí, así que tampoco es culpa mía si me da un poco igual, ¿no?

—Vale.

Es lo que digo al cabo de un rato y ella parece sorprendida. No sé qué esperaba. ¿Pretende que le grite, que llore o algo por el estilo?

—Tu padre estará aquí y Travis también. Si necesitas hablar con alguien...

—Tranquila, mamá —la interrumpo y sonrío tímidamente—. Estoy bien. Hasta ahora me las he arreglado, ¿verdad? Será mejor que te acuestes, se te ve cansada.

Ella abre la boca, pero se calla. Está ausente, como siempre, y ni siquiera es capaz de sentir sus propias emociones, por no hablar de transmitírmelas. Asiente, da media vuelta y baja las escaleras hacia su habitación. La sigo con la mirada y me pregunto si volverá algún día.

Cole entiende que no quiera hablar de lo que ha pasado con mi madre, sea lo que sea. De hecho, no quiero que ese recuerdo enturbie el de nuestro primer beso. Me tumbo en la cama, con la espalda contra su pecho, y él me abraza hasta que consigo relajarme. Me encanta que esté aquí, que siempre sepa qué hacer, y también me da miedo pensar qué pasará cuando ya no esté conmigo.

—Cole —lo llamo en la oscuridad.

—¿Mmm? —murmura él contra mi cuello, y siento mariposas en el estómago al notar el movimiento de sus labios sobre mi piel.

—Tú no me dejarás, ¿verdad?

Se queda callado un momento y temo haber formulado la pregunta equivocada. Es demasiado pronto para preguntar algo así. No sé en qué estaba pensando. Vale, puede que la marcha precipitada de mi madre me haya puesto un poco nerviosa, pero ¿por qué lo he hecho? Ya puestos, me marco un Taylor Swift y empiezo a trabajar cuanto antes en nuestro disco de separación.

Debo decir en su favor que no se aparta ni un milímetro de mí. Me acaricia el cuello con la cara y su brazo se cierra con fuerza alrededor de mi cintura. Casi puedo ver lo que le pasa por la cabeza. Seguro que piensa que soy de esas chicas que leen demasiado en un beso y enseguida esbozan un plan para los próximos diez años. Me preparo para recibir el golpe, para que me diga que ya no está tan seguro de lo nuestro, que quizá necesitamos darnos un tiempo como mis padres.

—No tengo elección, bizcochito. No podría dejarte ni aunque quisiera. Ya lo intenté y no funcionó. Tendrás que apechugar conmigo.

Sella la promesa con un beso justo debajo de la oreja que me acelera la respiración al instante.

¿Acaso tiene un libro tipo *Cómo ser el chico perfecto para dummies*? ¿Cómo es posible que cada vez que me espero lo peor Cole diga algo y las aguas vuelvan a su cauce?

El corazón me está bailando un tango contra las costillas. Saboreo el momento y me dejo envolver por la sensación de seguridad que desprenden sus palabras. Me gustaría decir algo, lo que sea, para que sepa lo mucho que significa para mí, pero me quedo muda, como siempre que intento expresar mis sentimientos. Puedo insultarlo a demanda y durante toda la noche si hace falta, pero tú pídeme que le diga cómo me siento y soy incapaz de pronunciar ni una palabra. Así pues, hago lo único que se me ocurre: cojo el móvil y busco una canción que le transmita lo que significa para mí.

Respiro hondo y pongo una canción que siempre me hace pensar en Cole, «Just a Kiss» de Lady Antebellum. Él sonríe de nuevo contra mi cuello y sé que ha entendido lo que quería decirle. Es lo mejor que tenemos.

Al final, Cole tiene que irse a casa. Su móvil no para de sonar, creo que sus padres están intentando localizarlo. Estábamos tan acaramelados que casi nos hemos olvidado del encontronazo con Jay, pero ahora que se va empiezo a preocuparme. No quiero que se meta en problemas porque lo que ha pasado ha sido culpa mía, bueno, mía y de Jay. Cole solo intentaba protegerme, pero, supongo que cuando vean lo que le ha hecho a su hermano, se llevará la peor parte. Espero que Alex haya obrado un milagro y Jay tenga mejor pinta que cuando nos hemos ido.

Me vuelve a besar, un beso de despedida en la puerta aprovechando que lo acompaño hasta la salida. Es breve y muy dulce, pero contiene tantas emociones que lo prefiero a un morreo. Me siento medio tentada a tirarle de la chaqueta, arrastrarlo otra vez dentro de la habitación y no dejar que se marche. Pero el pobre se tiene que ir a casa, ¿no?

—¿Nos vemos mañana? —pregunta cuando ya se va, y yo asiento.

Lo necesito, siempre, pero mañana creo que será él quien me necesite a mí. Ya no puede ignorar los problemas que tiene con Jay y lo único que puedo hacer yo es ayudarle en todo lo que necesite.

Asiento y lo sigo con la mirada mientras se aleja y, cuando desaparece de mi vista, siento como si me estrujaran el corazón. Es horrible, ya lo echo de menos. Me siento tan unida a él que no puedo evitar estar asustada. Toda la gente a la que me he acercado en el pasado ha acabado abandonándome de una forma u otra. Mis padres, mi mejor amiga, Jay e incluso mi hermano, aunque ahora tengo la suerte de tenerlo de vuelta. Sin embargo, si fuera Cole el que me abandonara, no sé si sería capaz de superarlo.

Antes de meterme en la cama, le mando un mensaje a Megan y le digo que hemos llegado sanos y salvos y que Cole se ha tranquilizado. Contesta enseguida y me dice que Jay no ha necesitado ir a Urgencias y que Cole, al parecer, se ha controlado porque no le ha roto nada. Alex lo ha acompañado a casa y le ha dicho al sheriff Stone que solo ha sido un rifirrafe durante la fiesta, que debería ver al otro chico. Sacudo la cabeza cuando lo leo, como si el sheriff Stone fomentara la violencia. Además, en cuanto vea los nudillos vendados de Cole, no tardará en atar cabos y ese momento sí me da miedo.

Me cuesta dormir. Ha sido un día muy intenso, o, mejor dicho, una noche. Dos chicos se han peleado por mí, he recibido mi primer beso y mi madre me ha dicho que se va. No podría inventármelo aunque quisiera.

Después de pasarme buena parte de la noche dando vueltas, consigo quedarme dormida pero me despierta el sonido de un motor y unas ruedas derrapando. Corro hasta la ventana y veo el coche de mi madre alejándose calle abajo. Se ha ido, así, sin más. Ni siquiera se ha molestado en despedirse.

Me pongo las pilas a pesar de que es sábado, lo cual significa que en condiciones normales no me levantaría hasta tarde, pero hoy no puedo dormir y eso es señal de que algo no va bien. Me siento especialmente resolutiva, así que decido hacer algo que llevo tiempo posponiendo. No me queda otra si quiero asegurarme de que Cole y yo no volvamos a tener problemas como el de ayer.

Me visto, cojo el móvil y el bolso y salgo de mi habitación. No hay nadie levantado, así que pillo una barrita de cereales y salgo a la calle. De camino a casa de los Stone, me desvío del camino para comprar un pastelito de arándanos en el Rusty's, su favorito. Aparecer con una ofrenda de paz seguro que me ayuda a salir indemne de la conversación. Físicamente, sé que no volverá a hacerme daño; emocionalmente, quizá me queden cicatrices para el resto de mi vida.

Llamo al timbre y es Cassandra la que me abre la puerta. Sonríe, pero no es el gesto contagioso de siempre. Se le nota que está seria y puedo imaginar por qué. Me pongo en su lugar y no puedo evitar sentirme culpable. Quiere a Cole como si fuera su propio hijo y le debe de resultar muy difícil tener que elegir entre Jay y él. Los quiere por igual y yo soy la culpable de dividirlos como si fueran las aguas del mar Rojo.

—Sabía que te tendríamos pronto por aquí —me saluda con cariño y me deja entrar.

—Quería saber si va todo bien, después de lo de anoche. Jay no tenía muy buena pinta, así que he pensado en traerle su pastel favorito.

Levanto la caja en alto como si fuera la prueba de que vengo en son de paz.

—Bueno, ayer mis hijos no tuvieron su mejor momento. Supongo que al menos me alegro de que no nos mintieran. Lo siento, Tessa, te pido perdón por el comportamiento de mi hijo.

—No es necesario... —protesto, pero ella levanta una mano en alto para que me calle.

—Como ya te dije, sé que Jason ha cometido muchos errores. Lo que te ha hecho pasar no es propio del hijo que he criado, pero también estoy orgullosa porque sé que Cole te hace feliz. Me alegro de que escogieras bien. Jason aún tiene que madurar mucho antes de encontrar a la chica adecuada.

Sacude la cabeza, como si quisiera resaltar lo decepcionada que se siente. Tengo un nudo en la garganta, no tengo nada que decir, pero al mismo tiempo siento que debo defender a Jay.

—Es un buen chico. Sé que últimamente no lo parece, pero ha sido mi amigo durante mucho tiempo. Me protegía a su manera, y aunque ya no me gusta del mismo modo, es un tío genial, Cassandra. Lo sé, y por eso... me gustaba tanto. El chico de antes sigue ahí, escondido, y quiero ayudarle a traerlo de vuelta.

Acabo el discurso y siento que se me cierra la garganta. Cassandra pone una mano sobre la mía y me la aprieta. Quiero liberarla de esta tristeza y por eso estoy más decidida que nunca a ayudar a Jay. Su madre se merece lo mejor y no pienso permitir que sufra por culpa de un absurdo drama de instituto. Es una persona maravillosa, lo más parecido a una madre que tengo.

Después de hablar con Cassandra, subo en silencio a la habitación de Jay. Cassandra me ha dicho que Cole no se levantará hasta dentro de una hora más o menos, lo cual es un alivio. No me gusta hacer cosas a sus espaldas, pero no creo que esto le haga mucha gracia y yo necesito hablar con Jay. Llamo a la puerta y oigo una música amortiguada. Jay está despierto. Cuando abre la puerta, me mira sorprendido y su mano se queda inmóvil en el pomo. Retrocede un poco y abre la boca. Las secuelas de anoche aún son visibles, los moretones parecen aún más evidentes después de la ducha que parece que acaba de darse. Contengo la respiración cuando veo la piel cárdena encima del ojo derecho, la sangre reseca en el labio superior y la nariz vendada.

—Hola.

Esbozo una media sonrisa y él sigue mirándome, inmóvil. Me siento un poco violenta, así que le ofrezco la caja con el pastel. Él sigue sin apartar los ojos de mí y no se da cuenta de mi gesto hasta que hablo.

—Te he traído esto. Es tu preferido, ¿no?

—¿Eh?

Vale, poco a poco. Reprimo el impulso de mirar por encima del hombro hacia la puerta de Cole. Sé que no debería estar tan preocupada por su reacción, al fin y al cabo esto no es más que un encuentro inocente, pero no sé por qué me siento como si no le estuviera siendo leal.

—El pastel, Jay, he pensado que te apetecería.

Sacude la cabeza como si por fin me hubiera entendido y me coge la caja de las manos. Murmura un «gracias» que apenas oigo y abre la puerta del todo para que pueda entrar. Su habitación es lo contrario de la de Cole. Está limpia y ordenada, las paredes son blancas y con detalles en azul. Hay una cama, ya hecha, con un sencillo edredón azul y una mesa de estudio con una pila de libros encima. De las paredes cuelgan antiguos uniformes de béisbol enmarcados. Hay un televisor montado a los pies de la cama y, encima de este, la única cosa en común con la habitación de su hermanastro: la colección de DVD más grande a este lado del Atlántico.

—Lo siento, Tessa, no sabes cuánto lo siento —me dice en plena agonía mientras yo observo su habitación.

El momento es surrealista. Siempre había querido estar aquí, a solas con él, pero, ahora que por fin lo he conseguido, me muero de ganas de salir corriendo hacia la habitación de enfrente.

Me doy la vuelta hacia él y veo que tiene los ojos vidriosos. Está sentado en el borde de la cama, con la cabeza entre las rodillas. Respiro hondo, me siento a su lado y le empujo el hombro con el mío.

—No estoy enfadada contigo. Entiendo por qué actuaste así y quiero que sepas que no estoy enfadada.

Le tiemblan los hombros y se le escapa un gruñido de pura frustración.

—¡Es que no me puedo creer que te haya hecho daño! Yo solo quiero que seas feliz y mira lo que te hago. Voy y te doy un puñetazo.

Me mira y el dolor que transmiten sus ojos me llega a lo más hondo.

—Y soy feliz, Jay. Soy feliz con Cole y necesito que lo sepas.

Él sacude la cabeza y me sonríe con amargura.

—Es lo que me merezco, ¿verdad? Te dejé escapar y, de todos los tíos con los que podías acabar, vas y eliges a Cole. El que nunca hace nada malo, ¿verdad?

Ahí está otra vez la rabia que siente hacia su hermano. Es lo que tengo que eliminar, pero no va a ser fácil.

—Cole nunca me ha pedido que lo escoja a él en lugar de a ti. Entiendo que te sientas así, pero su intención nunca ha sido hacerte daño. Compartís la sangre, nunca te lastimaría a propósito. En cuanto a mí, creo que Cole siempre ha estado ahí. Incluso cuando me hacía *bullying* y mi vida era un infierno, en cierto modo conseguía que me sintiera especial. Sentía que había alguien a quien le importaba, un elemento constante en mi vida. Siempre podía contar con él, aunque se dedicara a hacerme caer en charcos de barro. Supongo que malinterpreté lo que sentía por ti. —Se le escapa una mueca al oír mis palabras y yo me apresuro a corregirlas—. Me gustabas, Jay, de verdad que sí, pero con Cole las líneas no estaban tan claras. En algún momento, no sé cuándo, me di cuenta de que no importa lo que haga, es en él en quien confío. Sé que puedo contar con él, que nunca me abandonará.

—Eso es lo que yo hice mal, ¿verdad? No confías en mí por cómo te traté cuando Nicole y yo empezamos a salir.

Sacudo una mano como tratando de quitarle importancia a sus palabras.

—Eso está superado. Sí, entonces me dolió y quería saber por qué actuabas así, pero ahora lo comprendo. Tú eras el deportista más popular del instituto y ella, la chica más guapa. Tenía sentido que estuvierais juntos. Conmigo habrías tenido muchos problemas y entiendo que quisieras evitarlo.

Me escucha en silencio, por eso sé que he dado en el clavo. En cierto modo, me siento mejor ahora que sé que me rechazó por una cuestión de reputación y no por mí misma.

Jay respira hondo antes de responder a mi conclusión.

—Pensé que Nicole acabaría gustándome. Quiero decir que era tu mejor amiga, ¿no? Supuse que sería como tú y que además así podría estar cerca de ti. Cuando te borró de su vida y encima de la forma como lo hizo, me cabreé con ella y conmigo mismo. Me comporté como un débil, me preocupaba tanto mi reputación que ni se me ocurrió la posibilidad de cortar con ella. Por primera vez en mi vida, era yo el que lo tenía todo, no Cole. Ya sé que te hacía *bullying*, pero...

—No pasa nada, Jay, está superado. —Intento reconfortarlo, pero él no me hace caso.

—Deberías odiarme. No tengo derecho a estar celoso de Cole después de cómo te he tratado, pero ¡joder, lo estoy! Ni siquiera tiene que ver con él, sino conmigo mismo y con lo imbécil que he sido. Te mereces algo mejor, pero me cuesta mucho dejarte ir. Quiero que me mires como antes, Tessa. Por favor, dame una oportunidad.

Estoy tan estupefacta que me quedo callada. ¿De verdad acaba de decir lo que creo que ha dicho? He venido a limar asperezas entre Cole y él, no a escuchar una declaración de amor. Esto no va a acabar bien.

—No... no puedo. Lo siento —respondo, aturdida.

—¿Te lo pensarás al menos? Podríamos hacer que fuera real, Tessie, estaríamos genial juntos, estoy seguro.

—Es Tessa.

—¿Qué?

—Que me llames Tessa, solo Cole me llama Tessie.

Se hace el silencio entre los dos. Así tengo tiempo de organizarme e intentar tranquilizarme. Me levanto y me doy la vuelta hacia él.

—Cole y yo estamos juntos, y si alguna vez dejamos de estarlo, será porque me deje él a mí. No tengo intención de alejarme de él, Jay. Espero que lo entiendas y respetes mi decisión.

Está un poco serio, pero asiente. No sé si he conseguido algo viniendo a verle, pero al menos he dicho lo que quería y eso es todo lo que puedo hacer. Si después de esto sigue comportándose como un gilipollas, entonces no tendré más remedio que dejarlo en manos de Cole.

Salgo a toda prisa de la habitación, empezaba a agobiarme en ese espacio tan cerrado. Bajo las escaleras y me quedo petrificada. Cole está en la cocina, sin camiseta, vestido únicamente con unos calzoncillos y bebiendo zumo de naranja directamente del cartón.

Lo contemplo boquiabierta y él me sonríe. Juro por lo más sagrado que esto lo tenía planeado. Sigue bebiendo lentamente y yo me quedo hipnotizada por el movimiento de los músculos de su cuello. Y eso que no he empezado con el pecho.

«Joven hospitalizada tras contemplar el pecho de Cole Stone.» Sería un gran titular.

—¿Cómo está hoy mi doctor Phil particular? —pregunta cuando considera que ha terminado de torturarme.

Estamos en lados opuestos de la isleta de la cocina y yo soy incapaz de conseguir que me funcione el cerebro. Me siento como si estuviera sumida en una especie de estupor provocado por el deseo. Está claro que, después de esto, Cole tendrá munición al menos hasta que yo cumpla los ochenta.

—¿Ni calva ni gorda? —replico.

Él se ríe, entorna los ojos y se le marcan los hoyuelos.

—Supongo que el cara a cara con Jay ha ido bien, entonces.

Le pone el tapón al cartón del zumo y lo vuelve a meter en la nevera sin marcarlo. Si fuera cualquier otro, me parecería asqueroso, pero ahora mismo estoy demasiado ocupada haciéndole un agujero en la espalda con la mirada. ¡También se le contraen esos músculos!

—No exactamente, pero hemos llegado a un acuerdo amistoso.

—Supongo que eso es bueno. Si le vuelvo a pegar, mi padre me hará pasar una noche en el calabozo con la banda de moteros del pueblo al completo.

La idea le arranca un escalofrío y yo me río. Y así, sin más, recuperamos la habilidad para pincharnos mutuamente.

—Entonces ¿no estás enfadado? —pregunto un tanto indecisa.

No parece que lo esté, pero, aunque así fuera, nunca me lo haría pagar a mí.

—No podría estar enfadado contigo, Tessie. Sé por qué querías hablar con él, sé que quieres arreglar la relación entre mi hermano y yo, pero eso es problema mío, ¿vale? Te agradezco lo que intentas hacer, pero deja de preocuparte, ¿de acuerdo?

Yo asiento. Me coge de la mano y nuestros dedos se entrelazan. Nos miramos en silencio, sonriendo como idiotas hasta que me doy cuenta de que aún sigue medio desnudo. Me pongo colorada y él se da cuenta. Se ríe, rodea la isleta y me atrae hacia su cuerpo. Se inclina sobre mí y me susurra al oído:

—¿Quieres pasar el día conmigo?

Respondo que sí con la cabeza.

—Genial, dame un momento para que me vista y nos vamos.

Le hago un puchero y él se ríe al ver mi cara de decepción ante la posibilidad de que se vista. Me planta un beso en la boca que me deja muda y se dirige hacia la puerta, no sin antes añadir:

—Pronto, preciosa, muy pronto.

No hace falta que te diga que estoy más colorada que la nariz de Rudolph.

22

Os he pedido que me hagáis una sopa, no que me deis un sobrino

Debería haberlo hecho antes. Lo digo en serio, porque, ahora que he empezado, siento que no puedo parar. Llámame fulana si quieres, pero si salieras con un chico tan macizo como Cole Stone, tampoco serías capaz de tener las manos quietas.

—Tenemos que ir a clase —digo casi sin aliento, intentando poner algo de distancia entre los dos.

—Tranquila, no llegaremos tarde.

Los labios de Cole continúan atacando mi cuello sin piedad y yo arqueo la espalda a modo de respuesta, porque nada me gustaría más que unir mi cuerpo al suyo. ¿Se puede saber qué he estado haciendo con mi vida hasta ahora? Lo he tenido así de cerca durante meses, pero mi cabezonería hizo que no me percatara de la atracción más que evidente que hay entre los dos. Bueno, mejor tarde que nunca, ¿no?

No es la situación ideal, con la puerta del almacén bloqueada, pero no teníamos otra opción. La última vez que nos besamos fue cuando me recogió esta mañana para traerme al instituto y desde entonces no hemos tenido ni un solo momento para estar a solas. Cole lleva todo el día provocándome, echándome miraditas que me incitan a comérmelo a besos. Durante la comida, me ha puesto una mano en el muslo y yo no he podido tragar ni un solo bocado. Ha sido entonces cuando nos hemos inventado la excusa de que teníamos que coger unos libros en la biblioteca y hemos huido despavoridos en busca de un poco de intimidad.

Nadie se lo ha tragado, obviamente. Alex, que es encantador, ha añadido unas palabras cargadas de sabiduría:

—¡No olvides usar protección, Stone!

Eso es lo que ha gritado delante de todo el mundo, pero Cole ni siquiera lo ha oído. Típico de los chicos que solo tienen una cosa en la cabeza.

—Cole... —protesto, pero en vez de eso se me escapa un gemido.

De pronto, se le encienden los ojos como un árbol de Navidad porque es consciente del efecto que provoca en mí. Me besa de nuevo, un beso largo y profundo, hasta que oímos el timbre de clase. Aparto los brazos de su cuello pero él no me suelta. Nos miramos en silencio, un poco atontados, antes de que el sonido estridente del timbre destruya el momento.

Cole gruñe y me coge de la mano.

—Vamos, Tessie. Después de clase ya buscaré un sitio mejor para enrollarnos.

Se le nota tan frustrado que no puedo evitar que se me escape la risa. Me gusta que le obsesione tanto como a mí la idea de besarnos; vamos, de tocarnos en general. Lo último que quiero es convertirme en la novia empalagosa a la que solo le apetece pasar el rato encerrados en la habitación. Por muy tentador que me parezca, creo que Cole acabaría desarrollando claustrofobia.

El resto del día transcurre más o menos igual. Nos sonreímos a escondidas; bueno, yo le sonrío, él me guiña el ojo como si me insinuara algo y yo me pongo colorada. Ahora entiendo tanto alboroto con lo de salir con alguien. Según Megan, que ahora es nuestra experta en relaciones, estoy en la fase de la luna de miel, que todavía durará un tiempo más, así que genial. El único bajón del día ha sido ver a Jay y a Nicole. Es curioso pero siempre había pensado que el día que no estuvieran juntos yo sería feliz. Supongo que es mi penitencia por desearles el mal. Cuando eran pareja yo me sentía miserable, pero ahora lo único que desearía es desaparecer. Las miradas que me echan, el sentimiento de culpabilidad que pretenden que me corroa, no hacen más que demostrarme que están hechos el uno para el otro. Pero no pienso dejar que me afecte. Tengo a Cole y tengo a mis amigos, así que no me puedo quejar. La cuestión es que entiendo el odio de Nicole. Ha sido sin querer, pero mi ataque de sinceridad la ha convertido en mera espectadora. Ya no tiene amigos, la han abandonado hasta sus esbirros, que ahora van a la caza de una nueva abeja reina. Todavía forma parte del equipo de baile pero, por lo que he oído, la han convertido en una paria. Supongo que nadie puede sobrevivir a Jay Stone. Jay, en cambio, es un puzle cuyas piezas soy incapaz de encajar. Sí, le he parado los pies, pero ¿de verdad creía que me lanzaría a sus brazos? Se está comportando como un imbécil con Cole y conmigo. Yo, en su lugar, no pondría a prueba la paciencia de su hermano. No le vendría mal un poco de prudencia, sobre todo si tenemos en cuenta que aún tiene cardenales de la última vez que se enfrentaron.

El sábado dejo a un lado el drama en el que se ha convertido mi vida y lo cambio por un poco de emoción, de esa que te pone los nervios de punta y sientes mariposas en el estómago. Cole pasará a recogerme dentro de una hora. ¡Tenemos una cita! Es la primera vez que salimos desde que vamos más en serio. Lleva dos semanas castigado, por el incidente con Jay y por escaparse conmigo a la mañana siguiente. El sheriff Stone era partidario de mandarlo de vuelta a la academia militar, pero Cassandra consiguió tranquilizarlo. Eso fue después de que Jay confesara que él había empezado la pelea. Ahora que lo veo con más distancia, ni siquiera sé por qué empezó a gustarme.

Llevo un vestido cruzado morado y unos botines con tacón. Sé que a Cole le encantan porque, cada vez que me los pongo, me mira las piernas y no se molesta en disimular. Me gusta que sea tan sincero, que me mire abiertamente; es más, me resulta halagador.

Aún me estoy maquillando cuando suena el timbre. Tengo el cepillito del rímel en la mano y no quiero sacarme un ojo, así que me tomo un par de minutos extra para acabar con las pestañas. Luego corro escaleras abajo, intentando no matarme, y me quedo petrificada cuando veo que es Travis quien le ha abierto la puerta a Cole. Trago saliva porque se están mirando de arriba abajo y eso no augura nada bueno. Su relación sigue siendo un misterio para mí. Entiendo que a mi hermano mayor le cueste confiar en él después de todo lo que me ha hecho, pero ojalá se dé cuenta de que ahora las cosas son muy diferentes. Si lo hiciera, la situación sería mucho más fluida.

—Eh, chicos —digo para romper la tensión y llamar su atención.

El cambio de expresión en las caras de ambos resulta casi cómico. La dureza de Travis desaparece y es sustituida por una expresión de preocupación, y la mirada fría y a la defensiva de Cole se desvanece casi tan rápido como la de mi hermano. Se le iluminan los ojos y por la comisura de sus labios asoma una sonrisa pícara. El corazón me da un vuelco porque sé que la responsable de esa reacción soy yo.

—¿Vas a algún sitio, Tess?

Desde que mi madre se marchó, Travis se ha vuelto aún más protector. Siempre ha cuidado de mí, pero ahora lo está llevando a un nuevo nivel.

Me dirijo hacia Cole y él es suficientemente valiente como para cogerme la mano y susurrarme «Estás preciosa, bizcochito» en la oreja. Los ojos de Travis se clavan en nuestras manos entrelazadas y él frunce el entrecejo.

—Sí, salimos a dar una vuelta. Estaré fuera un par de horas, volveré antes del toque de queda.

—Pero no puedes ir —replica Travis con toda la naturalidad del mundo.

Aún estoy procesando lo que acabo de oír y empezando a formular una respuesta cuando, de repente, siento que los dedos de Cole se tensan alrededor de los míos y me aprietan con tanta fuerza que me hace daño.

—¿Por qué no? —le espeta a mi hermano antes de que yo pueda responder.

Tiene los dientes apretados, mientras que Travis se limita a sonreír. No está siendo precisamente de mucha ayuda, sobre todo porque conoce a Cole y sabe que lo último que tiene que hacer es incitarlo.

—Porque estoy enfermo y necesito que me cuide.

Lo observo detenidamente con los ojos entornados.

—A mí me parece que estás perfectamente, Trav.

—Achú.

Finge el estornudo más falso de la historia de los estornudos y se toca la frente. Entonces me pongo furiosa. Sé que está desesperado y que no va a dejar que me vaya, pero lo que no sé es por qué lo hace.

—¿De verdad esperas que se lo trague? —replica Cole, y siento el impulso de interponerme entre los dos.

Me coloco delante de Travis, que parece que se lo está pasando en grande con la situación, y arqueo una ceja mientras me llevo una mano a la cintura.

—No estás enfermo, ¿a qué viene esto?

—Estoy enfermo, solo que no lo notas. No me digas que piensas abandonarme cuando más te necesito, hermanita —protesta, y pone esa cara tan suya a la que nadie es capaz de resistirse.

Así es como consigue camelarse a las chicas. Cierto, yo soy su hermana y me conozco todos sus trucos, pero aun así no puedo resistirme. Suspiro y me pellizco la frente.

—¿Y qué quieres que haga? A mí me parece que estás bien. ¿Cómo quieres que te cuide si ni siquiera sé qué te pasa?

Al oírlo, se le iluminan los ojos y oigo que Cole murmura algo entre dientes. Seguro que las chicas con las que ha salido hasta ahora no tienen familias tan disfuncionales como la mía. Apuesto a que no se tragan las mentiras de sus hermanos y tampoco tienen madres que prefieren tomar el sol en Miami que arreglar su matrimonio.

—Podrías empezar preparándome un poquito de caldo. Me muero de hambre, ayer no conseguí retener nada en el estómago.

Me debato entre su expresión optimista y la cara de amargado de Cole. Es como si tuviera que elegir entre un Kit Kat y un helado de fresa: imposible. ¿Y ahora qué hago? Si planto a Cole, las posibilidades de que me deje son considerables. Si dejo solo a Travis, que es lo que él no quiere, me pasaré el día sintiéndome culpable.

—Vale, vale, me quedaré a prepararte la puñetera sopa, pero con una condición.

Travis me dedica su sonrisa más infame y me da un abrazo de oso que casi me deja muerta. Cuando se aparta, es evidente que se siente vencedor, pero lo que no sabe es que sus planes están a punto de irse al garete.

—Lo que quieras.

¿Ves? Error.

—Bueno, supongo que ya te veré más tarde —murmura Cole detrás de mí.

Me doy la vuelta, le cojo la mano y, sin mirar a Travis, digo algo que sé que no le va a hacer muy feliz.

—Cole se queda y tú vas a ser amable con él. Nos dejarás tranquilos y harás los trabajos del curso que sé que tienes pendientes. Si intentas pelearte con él, me voy y tú te quedas sin sopa.

En cuanto las palabras salen por mi boca, siento que me ha tocado el gordo. Cole sonríe, pero no con su típica media sonrisa socarrona, sino con otra de oreja a oreja que podríamos bautizar como «la rompebragas». Me aguanto las ganas de abanicarme; no quiero que mi hermano se dé cuenta de que ahora mismo estoy más salida que el pico de una mesa.

Se hace el silencio, pero al cabo de unos segundos Travis responde con un sonido que se parece sospechosamente a un «vale» y desaparece escaleras arriba.

—Pues habrá que hacer un poco de sopa, ¿no?

Miro a Cole y le pido perdón con la mirada. Me siento fatal por haberme cargado sus expectativas de lo que iba a ser esta «cita». No sé qué tenía en mente, pero seguro que no incluía jugar conmigo a las casitas. La verdad, no sé por qué insiste en querer estar conmigo.

—Tessie... —empieza, pero yo soy incapaz de callarme.

—No hace falta que te quedes si no quieres. Quiero decir que no tienes por qué pasar por esto. No sé en qué estaba pensando cuando le he dicho a Travis que te quedarías. Sal, haz algo divertido, no sé, lo que hagáis normalmente los chicos. He oído que hay mucha pesca en esta época del año, quizá Alex...

No consigo acabar la frase porque Cole me pone una mano en la nuca, tira de mí y me besa antes de que tenga tiempo de reaccionar. Al principio abro los ojos como platos, pero en cuanto siento la presión de sus labios sobre los míos, me dejo llevar por el instinto y le devuelvo el beso. Me da igual que Travis esté arriba o que mi padre pueda llegar del trabajo en cualquier momento. Soy incapaz de concentrarme en nada que no sea Cole y lo bien que besa. Le paso los brazos alrededor del cuello y me apretujo contra su pecho. Él gime y desliza una mano hacia mi trasero.

Nos separamos porque empiezo a estar un poco mareada y me falta el aire. Cole se ríe mientras me sujeta un mechón de pelo detrás de la oreja y luego me da un beso en la mejilla. Es un gesto casto comparado con lo que estábamos haciendo hace un segundo, pero aun así me tiemblan las rodillas.

—Creo que esto despeja cualquier duda que puedas tener sobre si quiero quedarme o no.

Todavía tengo la cabeza llena de fuegos artificiales, así que tardo un buen rato en conseguir que sus palabras tengan sentido. Asiento como una imbécil. Un intenso hormigueo me recorre toda la piel. ¿Esto le pasa a todo el mundo? Tengo que hacer una encuesta para asegurarme de que no soy una especie de ninfómana.

—Ajá...

Él se ríe otra vez, me arrastra del brazo hacia la cocina y, como aún no he recuperado la funcionalidad de las piernas, me sienta sobre la encimera. Luego busca en la nevera y saca lo que necesita para preparar una sopa de pollo con fideos, mientras yo observo la escena como sumida en un trance. De repente, invade el espacio que hay entre mis piernas y por fin consigo concentrarme en algo que no sea este torrente de sensaciones que me atraviesa.

—Eres consciente de que fregaría el suelo si hiciera falta solo para estar contigo, ¿verdad?

Le quiero.

No es solo por lo que acaba de decir, que también; es la conclusión lógica a la que me conduce cada uno de los momentos que he pasado a su lado. Antes de que volviera a mi vida, pensaba que no estaba a su altura. Y lo creía por culpa de la obsesión malsana que tenía por Jay y su relación aún más tóxica con Nicole. Creía que había algo malo en mí y que por eso la gente escogía a los demás antes que a mí. Mis padres preferían ocuparse de sus problemas personales, mi hermano prefería una botella de Jack Daniel's, mi mejor amiga prefería ser popular y el presunto amor de mi vida prefería tener una reputación. Comprenderás que no tuviera la autoestima más alta del mundo. Permití que Nicole me pisoteara porque creía que me lo merecía, pero ahora sé que no es así. La gente me tratará mejor si yo también aprendo a hacerlo, y eso es lo que Cole me ha enseñado. Nadie me ha hecho sentir tan bien conmigo misma como él y ha conseguido que me acepte tal y como soy. Me ha enseñado que todos merecemos una segunda oportunidad y que podemos cambiar a mejor, no solo a peor.

Por eso le quiero y seguramente estoy enamorada de él. La certeza me golpea como una combinación entre un rayo y un tren de mercancías. Si no estuviera sentada, me caería redonda por culpa del impacto. Su mirada, esa luz que le brilla en los ojos, me dice que quizá él siente lo mismo, pero aún no soy tan valiente como para contárselo. Es muy pronto y yo estoy asustada. No quiero ahuyentarlo, sobre todo ahora.

—Por suerte no tendrás que hacerlo, te creo.

Tiene las manos alrededor de mi cintura y dibuja círculos con los pulgares sobre mi ombligo. Últimamente hace cosas así y yo ya no huyo. Es como si hubiéramos cruzado un puente invisible y ahora estuviéramos mucho más cómodos y nos sintiéramos libres para tomarnos ciertas libertades.

Se inclina hacia mí y me da un besito.

—Mejor —susurra sobre mis labios y luego se retira.

Se pone manos a la obra y yo lo observo como hipnotizada. Un buen plato de sopa casera servirá para acercar posturas entre Travis y Cole, seguro, al menos más que la sopa de bote que pensaba calentarle yo, así que no interfiero. Se mueve increíblemente bien en la cocina, es como un arte y él se desenvuelve con tanta seguridad que resulta sexy como él solo. Encima cocina como los dioses, ¿qué más se puede pedir?

—¿Dónde has aprendido a cocinar así? —murmuro mientras él corta las verduras como si el cuchillo fuera una extensión de su brazo.

—Necesitaba un trabajo en la academia militar —responde sin levantar la mirada de la tabla—. Mi padre no era muy generoso que digamos con la paga. Le caía bien a la cocinera, la señora Montgomery, así que un día le pregunté si después de clase podía trabajar en las cocinas. Ella fue quien me enseñó todo lo que sé —recuerda.

Caigo en la cuenta de que casi nunca hablamos del tiempo que pasó en la academia militar. Siempre que lo menciono se las arregla para cambiar de tema con tanta habilidad que ni siquiera me entero. Últimamente le he insistido más; me pregunto si ya estará preparado para hablar de ello.

—¿Y cómo era? La academia militar, quiero decir. ¿Era tan horrible como en las pelis?

Se encoge de hombros sin dejar de mover el cuchillo, pero se nota que está tenso.

—Es como cualquier internado, pero más estricto. Hay más disciplina, supongo. La gente cree que están llenos de chavales con antecedentes, pero casi todos son niños ricos con padres incapaces de dedicar su tiempo en arreglar los problemas de sus hijos.

Es la confesión más personal que obtengo sobre el tema desde que ha vuelto. Se nota que está cabreado. Ahora no puedo parar, necesita hablar de esto con alguien y sacarlo todo. Lleva meses ayudándome a luchar contra mis demonios y ahora me toca a mí hacer lo mismo por él.

—Cole, no creerás que tu padre...

Junta las verduras, las tira en la olla con la mantequilla y se encoge otra vez de hombros mientras las saltea. Creo que forma parte de su mecanismo defensivo fingir que algo no le afecta cuando es evidente que sí.

—Fui porque quise. Me lo sugirió mi padre cuando empecé a portarme peor, pero no me obligó.

Esto es nuevo. Siempre pensé que no había tenido elección. No me parecía el tipo de persona que se presentaría voluntaria para semejante castigo. ¿Y por qué lo hizo? Decido preguntárselo. Él concentra toda su atención en remover la olla que tiene delante.

—Era un cobarde, Tessie. Escogí el camino fácil.

Me mira y supongo que se da cuenta de que no entiendo nada porque decide explicarse sin que se lo pida.

—Una vez te dije que creía que tenía que alejarme de ti para olvidarte. Me estaba volviendo loco, nunca he llevado bien los celos. Tú estabas tan convencida de que estabas enamorada de Jay que era como si no me vieras. Tenía que liarla y mucho para que te dieras cuenta de mi existencia. Me odiabas, sí, pero al menos sabías quién era.

Intento hablar, a pesar de que tengo un nudo en la garganta del tamaño de una pelota de golf.

—Siempre supe que existías, Cole. Siempre estuve atenta.

—Porque me tenías miedo —se mofa, y veo en sus ojos el desprecio que siente por sí mismo—. Me fui porque no quería que la situación empeorara. Pensé que con el tiempo me recordarías como el chaval que se metía contigo en el colegio y que me bastaría con eso.

—Pero... —protesto.

—No pude mantenerme alejado. Lo intenté, créeme. Tenía muchas distracciones y me comporté como un auténtico gilipollas, pero no dejaba de pensar en ti.

Sé que debería estar emocionada por lo que acaba de decirme, pero no puedo reprimir una mueca de sorpresa al oír que tuvo muchas distracciones. Pues claro que sí. Seguro que las chicas perdían la cabeza por él.

De pronto, las odio, a todas, a cualquiera que haya significado algo para él, aunque sé que ellas no fueron el motivo de que abandonara el pueblo para irse a la academia militar.

—¿Por qué tardaste tanto en volver? Has estado fuera casi cuatro años y durante ese tiempo no volviste de visita ni una sola vez, ni en vacaciones. ¿Qué te hizo tomar esa decisión?

Intento que no se me note en la voz que estoy dolida, que mis palabras no le suenen a acusación, pero por lo visto no lo consigo. Cole se pasa una mano por el pelo, está avergonzado. Se acerca, evitando en todo momento el contacto visual.

—Sí que volví.

—¿Qué?

—Vine el verano pasado, un solo día. Cassandra me llamó, estaba muy alterada. Me dijo que la culpa de que yo no volviera era suya. No sé por qué, supongo que pensaba que nunca la había querido como a mi propia madre. Tuve que venir para hablar con ella.

La madre de Cole murió de un repentino ataque al corazón cuando él tenía cuatro años. Yo era muy pequeña y apenas llegué a conocerla, pero mi madre siempre me decía que era una mujer maravillosa y que Cole era igualito a ella. Sé que me está diciendo la verdad, que está siendo sincero.

—¿Y por qué no viniste a verme?

—Lo intenté. Me pasé por tu casa. No sabía lo de Travis y sus problemas con la bebida, pero en cuanto me vio perdió el control. Intenté decirle que yo solo quería disculparme, pedirte perdón por todo lo que te había hecho, pero no me dejó. Supongo que le toqué mucho las pelotas porque casi me rompe la nariz.

—¿Qué? —exclamo y me bajo de la encimera de un salto.

Le pongo las manos en los hombros y lo obligo a mirarme.

—Por favor, dime que eso no es verdad —le suplico.

—Él no tiene la culpa. Yo era el imbécil que se dedicaba a hacerle la vida imposible a su hermana, me lo merecía.

—No, no lo entiendes. Travis siempre supo que yo te gustaba, él no haría una cosa así. Tuvo que ser el alcohol. Por suerte, ya no es esa persona.

—Lo sé, Tessie, de verdad. No hace falta que lo defiendas. Lo que no te dijo es que me había visto, ¿verdad? Ni cuando me fui ni cuando volví.

Yo respondo que no con la cabeza. Estoy triste y al mismo tiempo cabreada. Tendría que habérmelo contado, no tenía derecho a guardar un secreto que no le pertenecía, pero se había convertido en otra persona. Sus días y sus noches estaban consagrados a la bebida y nada más. No estaba en sus cabales, ni siquiera podía mantener una conversación civilizada y mucho menos recordarla.

—Pero ¿sabes qué?, te vi. Cuando me iba, te vi desde el coche y por eso decidí volver en otoño.

Sus palabras me confunden aún más. Estudio la expresión de su cara e intento entender qué le hizo volver.

—Estabas sentada en la acera. Tenías la cabeza apoyada en las rodillas, pero enseguida supe que eras tú. Llevabas aquella sudadera de Batman, que siempre te ponías para ir a clase. En cuanto la vi, supe que eras tú. Te temblaban los hombros, pero no sé si estabas llorando o riéndote.

Sé a qué día se refiere, lo recuerdo perfectamente, tanto que me pongo colorada como un tomate. Si hubiera visto lo que ocurrió después, ahora me sentiría aún más patética de lo que ya me siento por haberme dejado avasallar durante tanto tiempo. Recuerdo el encontronazo con Nicole y sus arpías y es como si la escena se reprodujera en mi cabeza. Yo había ido a la cafetería que hay cerca de la oficina de mi padre después de mantener con él una conversación especialmente agotadora sobre la universidad. Mi padre insistía en que fuera a Dartmouth cuando yo siempre he querido ir a Brown. En determinado momento de la conversación, apareció la zorra de su secretaria, se sentó en su regazo y básicamente se dedicaron a tontear como si no hubiera un mañana. Yo salí de allí corriendo, desesperada por una de las dos debilidades que han sobrevivido de mi etapa Tessa la Obesa: el helado. Una vez en la cafetería, me pedí un cucurucho de dos bolas con virutas de colores por encima y fue justo entonces cuando me asaltaron.

El radar *bully* de Nicole apuntó directamente hacia mí y al cono gigante que tenía en la mano. Reunió a la mitad del equipo de baile y se me acercó. A mí ya me daba vergüenza que me hubieran pillado poniéndome como una gorrina. Aún no me sentía a gusto con mi cuerpo, a pesar del peso que había perdido, y Nicole venía dispuesta a hacerme trizas.

Y vaya si lo hizo. Cuando acabó conmigo, yo solo quería meterme en un agujero y morir. Tiré el helado al suelo y salí de allí como pude. Corrí con todas mis fuerzas y acabé cerca de las afueras del pueblo. Me desplomé en el suelo y lloré hasta quedarme sin lágrimas.

Luego hice algo que aún hoy no me he perdonado. No lo he vuelto a hacer, pero aquel día estaba tan desesperada, tan hundida, que me metí los dedos y vomité. Allí mismo, en plena calle, aunque creía que estaba sola. Al parecer no era así.

—No me...

—Sí, lo siento, Tessie. Sé que no querías que te viera, pero...

—¿Volviste porque te sentías mal por mí?

Mi voz suena demasiado aguda y estridente, como siempre que estoy enfadada, pero esta vez es peor. Me siento tan desnuda, tan vulnerable...

—¡No! —exclama y me sujeta con fuerza del brazo para que no me escape—. Volví porque me di cuenta de que no podía pasar más tiempo lejos de ti. Necesitaba tenerte cerca, saber que estabas bien. Cuando te vi llorando, sentí como si me hubieran arrancado el corazón del pecho. ¡Joder! Luego cuando... hiciste eso, me quedé roto. Quería matar a la persona que te había hecho creer que tenías que hacerte algo así. ¿No lo ves? ¡No era pena, era lo que sentía por ti! Lo que siempre había sentido.

Lo miro asombrada, con los ojos llenos de lágrimas. ¿Tengo que creerme lo que dice? ¿De verdad no le doy pena? Estoy desconcertada, no sé qué pensar. Quiero creerlo, pero es demasiado bonito para ser verdad.

—Tessie, por favor, créeme. Nunca te mentiría, lo sabes, ¿verdad?

—Te... te creo.

Al oír mis palabras es como si todo su cuerpo se relajara de golpe. El amor que siento por él explota de repente y poco menos que me abalanzo sobre él, me lanzo a sus brazos. Entierro la cara en su pecho y me embriago con su olor, mientras él me abraza y me levanta del suelo.

—Gracias, gracias, gracias.

Dibujo un sendero de besos sobre su pecho y siento el latido de su corazón contra mi piel.

—¿Gracias por qué, preciosa? —pregunta con la voz ronca y luego me da un beso en lo alto de la cabeza.

Me aparto, le doy un beso en los labios y sujeto su cara entre mis manos.

—Por salvarme.

Le brillan los ojos y de repente sus labios explotan contra los míos con un sonido gutural. Me pide que le pase las piernas alrededor de la cintura y yo lo hago. Me cojo con fuerza a su pelo y él me mete una mano debajo de la camiseta. Asoma la lengua entre los labios y la lanza como un dardo contra los míos. La sensación es tan increíble que me vuelvo avariciosa, quiero más. Abro la boca sin demasiada convicción y nuestras lenguas se tocan por primera vez. Qué maravilla. Noto su sabor y no puedo evitar que se me escape un gemido. Me hace retroceder por la encimera de granito y siento que el borde se me clava en la espalda, pero me da igual, estoy demasiado ocupada flotando en este mar de nubes. Me besa con rabia, como si su vida dependiera de ello, y yo intento seguirle el ritmo.

—Eh, chicos, os he pedido que me hagáis una sopa, no que me deis un sobrino.

Hay ciertas cosas que preferirías que tu hermano no viera nunca, por ejemplo, ropa interior, productos de higiene femenina y mensajes de tu novio. Que te pille en la cocina cachonda perdida con el chico al que presuntamente odia ocuparía el primer puesto de la lista. Pero, eh, que estamos hablando de mí, la única persona a la que le pasan estas cosas.

23

Es como si tuviera *El libro de la selva* metido en la puñetera barriga

He tenido una mala semana. Tacha eso, he tenido la madre de las malas semanas y aunque es viernes y en un par de horas se habrán acabado las clases, me siento como si llevara siglos soportando esta agonía. Verás, últimamente he estado viviendo un sueño con lo de Cole y todo eso. No podría pedir un novio más atento y cariñoso que él, y el hecho de que ni siquiera él haya sido capaz de alegrarme empeora todavía más la situación.

Mi madre le ha mandado a mi padre un mensaje, sí, has leído bien, un mensaje, en el que le decía que no piensa volver y no sé qué mamarrachadas sobre descubrirse a sí misma. En mi opinión, es un poco pronto para tener una crisis vital, pero esa es precisamente la cuestión, que nadie me pregunta. A mi padre le da igual todo; hace años que lo único que le interesa de mi madre es el dinero de mi abuelo. Ha seguido como si nada con su vida y con su secretaria, que, si no me equivoco, el otro día le hizo un chupetón.

Mi madre volverá, ese no es el problema. Está demasiado preocupada por mantener las apariencias y a la larga su ausencia podría sembrar dudas. Eso explica por qué nos ha pedido que, si hablamos con las esposas del club de campo, les digamos que está en alguna aldea remota de África, trabajando de voluntaria para la prevención de la malaria. A veces me preocupa el alma de mi madre, de verdad que sí. Puede que no sea la mejor madre del mundo, pero tampoco se merece arder en el infierno para el resto de la eternidad. El problema de verdad es que cree que está dejando no solo a su marido, sino también a sus hijos. Ni Travis ni yo sabemos ni una sola palabra de ella y eso me está volviendo loca.

Todo esto ha coincidido con «esa semana», ya sabes, ¿esa en la que te gustaría cortarle la cabeza a todo el mundo con un hacha sin afilar? Tengo problemas serios de abandono y la huida de mi madre no ha hecho más que avivar mis inseguridades hasta tal punto que creo que estoy psicótica. Me he tomado un descanso en mi trabajo, aunque solo voy dos veces por semana. Últimamente no estoy atenta en clase y he rechazado una noche de chicas con Megan y Beth. Aun así, nadie me presiona; todos saben lo que me pasa. Me alegro de que sean tan comprensivos, sobre todo Cole. Entiende cómo me siento durante lo que él llama «tus días de mujercita» y me deja el espacio que necesito tan desesperadamente, pero esta vez es muchísimo peor. Gracias, mamá, de corazón.

Lo que me supone un problema es la facilidad con la que ha arrancado su vida de raíz y ha seguido como si tal cosa. Cuando las cosas se han puesto difíciles, se ha montado en el primer coche dispuesto a recogerla y ahora está decidida a reinventarse. ¿Cómo ha podido irse de esta manera sin pararse a considerar el daño que provocaría su marcha? Vale, tampoco es que fuera la madre del año, pero al menos estaba aquí. Ahora no hago más que oír historias de ella con socorristas y me pongo enferma. Lo que mis padres tienen ahora mismo es un matrimonio asquerosamente abierto, una vergüenza para la institución. ¿Por qué no se divorcian y nos dejan tranquilos de una vez? Al menos así sabría que se ha acabado; pero no, les encanta jugar con mis sentimientos.

Con ese pensamiento en la cabeza, cierro la taquilla de un portazo y me dirijo con paso decidido hacia la última clase del día. Es la que comparto con los hermanos Grimm y Nikki la Zorra. Si se le ocurre mirarme mal, le saco un ojo con un lápiz del dos sin punta. Mis hormonas y yo estamos hasta las narices de sus miraditas, es hora de avanzar, hermana.

—Eh —me saluda Cole tímidamente, como si estuviera comprobando el estado de las aguas.

Me apetece gritarle que no soy un tiburón. Ahora mismo estoy tan cabreada que me preocupa mi reacción, aunque no pueda hacer nada para actuar de otra manera.

Echo mano de toda mi fuerza de voluntad, esbozo una tímida sonrisa y me dispongo a sacar los libros de economía de la mochila. Aún nos sentamos al fondo de la clase, pero ahora Cole me ayuda con los apuntes. Formamos un buen equipo y, desde que estudiamos juntos, mis notas han ido mejorando. Debería estarle agradecida, pero ahora mismo me cabrea no poder ver la pizarra y que el profesor sea demasiado vago para levantar un poquito la voz. De pronto, veo a Nicole en primera fila y me apetece estrangularla con un alambre de púas. Qué bien me vendrían ahora unos Kit Kat; tanto pensamiento violento no puede ser normal.

La clase avanza a toda prisa, pero mi libreta sigue intacta. Garabateo un poco en los márgenes, miro el reloj e ignoro que Cole está mirando mi perfil. Solo quiero irme a casa y pasarme el fin de semana encerrada en mi habitación. Cuando por fin suena el timbre, soy la primera persona en levantarse de la silla.

—Tessa, espera —me dice Cole desde detrás.

Mete los libros a toda prisa en la mochila y se la cuelga del hombro. Dios, qué guapo está cuando hace eso. Me posee la lujuria; culpemos pues a las hormonas. La gente dice que cuando miras a la persona de la que estás enamorado, notas como mariposas en el estómago, y luego estoy yo. Una sola mirada a Cole y es como si tuviera *El libro de la selva* metido en la puñetera barriga. Se pasa una mano por el pelo y corre para alcanzarme con esa mirada de preocupación tan adorable.

Me coge de la mano y me aleja de la zona desde la que los dos miserables, Jay y Nicole, nos miran. Por desgracia para ellos, tienen que sentarse juntos el resto del año. Supongo que debería sentirme mal por lo incómodo de la situación, pero soy incapaz de reunir ni un solo átomo de simpatía hacia ellos.

—Te llevo a casa, ¿no?

Asiento y enseguida me siento culpable. Esta mañana he venido con Megan en vez de con él porque me sentía especialmente malvada. Megan sabe cómo me pongo porque cuando le toca a ella es como Hulk hasta los dientes de esteroides. Tenemos algo parecido a un acuerdo tácito sobre nuestros cambios de humor, así que es lógico que intentemos pasar juntas el mayor tiempo posible, aunque solo sea para librar a los demás del horror. Beth nos evita como la peste y con razón. Por mucha bota que lleve y mucha sombra de ojos negra que se ponga, es una blandengue y una hippy.

Cole parece un poco molesto, supongo que no debería quitármelo más de encima. Estos últimos días no he sido yo y he descargado toda la ira que siento en él. Si hay algo que debería poder hacer es comportarme como un ser humano por el bien del chico del que estoy enamorada.

—Claro, si no te importa.

Me mira como si hubiera perdido la cabeza y luego me empuja el hombro con el suyo mientras recorremos los pasillos de la mano.

—Claro que no me importa, Tessie.

Con la cabeza apoyada en su hombro, nos dirigimos hacia su coche y yo me pongo el cinturón. Por ahora vamos bien, nada de momentos Hulk. Puedo hacerlo; sí, hormonas, estáis acabadas. Mirad cómo os aplasto como si nada. Soy la dueña de mi propio destino, la capitana de mi alma. En clase hemos estado estudiando a Henley, es imposible que no se me quede en la cabeza.

—¿Qué vas a hacer este fin de semana? —me pregunta y pone la mano que le queda libre sobre mi muslo, cubierto por la tela de los vaqueros.

Siempre hace lo mismo, ojalá pudiera pegársela con cola para que nunca la apartara. Es como un bálsamo para la ansiedad y los cambios de humor, aunque al mismo tiempo su presencia intensifica la potencia de mis emociones. Por eso llevo toda la semana evitándolo. Sí, con él voy de subidón en subidón, pero basta con una palabra equivocada para que yo acabe llorando en el lavabo de chicas.

—No lo sé, supongo que nada.

En realidad, lo tengo todo planeado al detalle. En cuanto Cole me deje en casa, reuniré las provisiones necesarias, a saber, helado, Kit Kat y bastoncillos de queso. Luego sacaré la manta más gustosa que tenga, me pondré el pijama de una sola pieza más viejo que encuentre y me pasaré el resto del fin de semana en compañía de mi amigo McDreamy. Megan me regaló por mi cumpleaños una caja especial de *Anatomía de Grey*. Está claro que entiende los poderes terapéuticos del doctor Shepherd.

—¿Estás segura de que no quieres que me pase a verte?

—Te arrastraría conmigo. Estoy bien, Cole, sobreviviré. Necesitas pasar tiempo con tus amigotes.

Últimamente pasamos mucho tiempo juntos y a veces me pregunto si estará harto de mí, pero, por otro lado, sé que estamos bien. Después de la conversación de la semana pasada, ahora que sé lo que vio y por qué decidió volver, mi fe en él ha ido a más. Le creo, ciegamente, así que quizá debería dejar de cuestionarlo todo.

—De eso quería hablarte. Unos amigos de la academia militar pasarán un par de días en la ciudad. Les dije que iría a verlos, me marcho hoy y no vuelvo hasta el domingo.

Me mira fijamente a la espera de mi reacción. No sé cómo sentirme. Quiero estar sola y que Cole no se me acerque hasta que me haya tranquilizado. Es exactamente lo que necesitamos. Pero entonces ¿por qué me siento como si me acabara de seccionar la yugular?

—¿Tessie?

Soy consciente de que estamos parados delante de mi casa, pero me quedo aquí sentada, con la barbilla temblando y los ojos llenos de lágrimas. Por fin me he trastocado del todo, es hora de llamar al manicomio. Siento la necesidad de cabrearme y montar un buen pitote. De pronto, me resulta imposible soportar la combinación entre las hormonas alteradas y el abandono de mi madre. Cole también se va, seguramente a correrse una buena juerga con sus amigos los delincuentes. Habrá mujeres, moteras macizas y tatuadas con piercings en sitios en los que ni siquiera sabía que se pudieran llevar. Cuando me dé cuenta, ya estará montándoselo con una tal Yolanda y me dirá que me vaya a tomar por saco, que no molo lo suficiente para él.

—Vale, vete, pásatelo genial.

El sarcasmo que me sale por la boca escuece, incluso a mí misma, pero no puedo parar. Cojo la mochila, me levanto del asiento y cierro de un portazo. Él también se baja, al menos es lo que me parece oír, y cada sonido que hace basta para que me ponga de los nervios.

—Eh, espera. ¿He hecho algo malo?

Aprieto los dientes. ¿Cómo puede ser que los chicos sean todos tan despistados? Estoy a punto de explotar, necesito chocolate cuanto antes y solo me apetece cavar un agujero en el suelo y esconderme.

—Por favor, vete. No me apetece hablar.

—No, no me voy. Entiendo lo que te pasa, Tessie; ha sido una semana difícil por tu madre y por otras cosas.

Se pone colorado al mencionar esas «otras cosas» y yo quiero morirme. No puedo creer que esté hablando de la regla con Cole. Él sigue hablando, ajeno a mi malestar.

—Pero no puedes apartarme. No pienso permitir que nuestra primera pelea sea por algo tan estúpido.

—¿Estúpido? ¿Que mi madre se haya ido te parece estúpido? Pues lo siento, ¡siento haberte hecho perder el tiempo contándote mis estupideces!

—No quería decir eso —protesta Cole—, me refería a que yo me vaya unos días. Si prefieres que no vaya, dilo.

—De ninguna manera, no permitas que mi estupidez y yo te arruinemos la diversión, Cole. Venga, adelante, haz lo que quieras pero déjame en paz.

Intento irme pero me coge del brazo, y estoy a punto de estallar cuando, de pronto, aparece Travis en el porche. Supongo que nos ha oído discutir o más bien me ha oído a mí comportándome como una auténtica arpía.

—Tío, será mejor que te vayas. Cuando está así, lo mejor es hacer lo que dice.

Parece un poco avergonzado y es entonces cuando me doy cuenta de mi nivel de neurosis. Si Travis se siente obligado a disculparse con Cole en mi nombre es que algo va muy, pero que muy mal.

—¡Lo siento!

Me tapo la boca con la mano, salgo corriendo y no paro hasta que llego a mi habitación. Me lanzo sobre la cama e intento controlarme, pero no soy suficientemente rápida. Grito de pura frustración y le doy un puñetazo tras otro a la almohada. No voy a llorar, no voy a llorar. Repito el mantra para mis adentros, pero obviamente no funciona y me pongo a llorar a mares.

Ni siquiera sé por qué lloro. Quizá es por mi madre o por mi padre, pero sé que la razón principal es porque acabo de cargarme lo único bueno que hay ahora mismo en mi vida. Quiero salir corriendo a buscar a Cole para pedirle perdón y decirle que no quería discutir con él, pero seguro que se ha ido hace rato. Llevo horas encerrada aquí. Por el ruido de mis tripas, ya debe de ser muy tarde, demasiado incluso para besarse y arreglar las cosas.

Me pongo un pijama viejo y bajo a la cocina mareada como un pato. La cabeza me pesa una tonelada y me pican los ojos. Si a eso le sumamos la maldición de todos los meses, ahora mismo soy la viva imagen de la desgracia. De pronto, percibo un olor delicioso procedente de la cocina. Es Travis, está inclinado sobre una olla y no deja de remover su contenido. Diría que está preparando su famosa receta de chili, mi preferida, y al verlo no puedo evitar salivar.

—Hola —murmuro con un hilo de voz mientras me siento en la isleta.

Travis me sonríe, tapa la olla y baja el fuego. Rodea la isleta y se sienta junto a mí, con un brazo alrededor de mi hombro. Apoyo la cabeza en el suyo, cierro los ojos y me relajo por primera vez desde hace días.

—¿Cómo te encuentras?

—Como si me hubiera pasado un autobús por encima. Dos veces.

Se ríe y me alborota el pelo.

—Me ha parecido oírte llorar un buen rato.

Nos quedamos en silencio durante unos minutos hasta que finalmente decido responder.

—Odio a mamá por lo que ha hecho. Odio que sea tan egoísta y que a papá le dé igual. Odio que no se separen y ya está, que dejen de fingir.

—Tess, los dos sabemos que papá y mamá son un desastre. Hemos crecido sabiendo que para ellos la reputación lo es todo. Ojalá fueran distintos, pero no lo son. Cuesta aceptarlo, lo sé, pero no tienes más remedio que hacerlo, no puedes dejar que te hagan esto, créeme, no se merecen que llores por ellos.

Me acurruco contra su hombro.

—Pero no siempre han sido así. Los recuerdo felices, contentos. Antes éramos una familia normal, Trav. ¿Qué pasó?

—No lo sé —responde él y suspira—. Puede que siempre hayan sido infelices en su matrimonio y nosotros no nos enteráramos. Las cosas empeoraron cuando papá se convirtió en alcalde; a partir de entonces fue como ver un tren a punto de descarrilar. Siento no haber estado a tu lado todo este tiempo, Tess, te juro que haría cualquier cosa para compensártelo.

—No te disculpes —digo sorbiendo los mocos por la nariz—. Tú me hiciste de padre mucho mejor que ellos.

—Gracias, hermanita. —Sonríe y me abraza más fuerte—. Quizá al final consigamos salir de aquí con vida. Eso sí, se acabó volver a llorar por ellos.

Yo asiento.

—Vale.

—Ah, oye, Tess.

—¿Sí?

—Llama a Stone, ¿quieres? Lleva todo el día dándome la lata.

A las diez de la noche estoy delante de la puerta de los Stone. No tengo la menor idea de qué voy a hacer, pero lo que sí sé es que necesito estar cerca de Cole. No ha ido a ver a sus amigos, me lo ha dicho Travis. Lleva todo el día preguntando por mí y yo me siento fatal por haberlo tratado tan mal. Las ganas de estar con él superan con creces el sentimiento de culpabilidad. Es una locura, como si alguien me partiera en dos y se llevara una mitad. Necesito que sepa que soy una idiota, una estúpida que está coladita por él y que a veces no sabe qué hacer con el aluvión de emociones que se apoderan de ella.

Tengo tan mala suerte que es Jay quien me abre la puerta. Parece sorprendido al verme o quizá le asusta mi aspecto. Tampoco es que me haya deslomado, llevo unos vaqueros normalitos y una camiseta blanca. Tengo el pelo un poco alborotado, pero, a pesar de las prisas, me ha dado tiempo a pasarme el cepillo y ponerme un poco de brillo.

—Hola.

Al parecer se ha quedado sin aliento y la idea no me gusta. Tiene que dejar de actuar como si mi presencia le afectara tanto. Si alguna vez Cole se da cuenta de las miradas que me echa Jay cuando cree que nadie le ve, estoy segura de que llegarán a las manos.

—¿Quién es? —pregunta la voz de Cassandra desde la sala de estar, y yo me pongo histérica.

¿Qué pensará de mí, presentándome a estas horas en su casa para ver a su hijo, que seguramente ha pasado todo el día enfurruñado?

—Es Tessa —responde Jay sin apartar los ojos de los míos.

Empiezo a sentirme un poco incómoda, espero que deje de mirarme así o le pego un puñetazo.

—Hola, señora Stone —le digo, y sonrío con timidez.

Ella se dirige hacia mí.

—Hola, cariño. No sabía que venías.

Agacho la cabeza, avergonzada.

—Y no iba a venir, pero necesito hablar un momento con Cole.

Me analiza y una sonrisa asoma por la comisura de sus labios.

—¿Esto tiene algo que ver con que lleve todo el día encerrado en su habitación?

Se me ponen las mejillas rojas al instante. Seguro que me odia, Cole se merece algo mucho mejor que yo y encima ahora resulta que me dedico a jugar con sus sentimientos.

—Pues... no, es que... me equivoqué y necesito pedirle perdón.

—¿Os habéis peleado?

Reprimo el impulso de fulminar a Jay con la mirada. Se le nota contento y yo pienso para mis adentros lo mucho que me gustaría poder arrancarle la sonrisa de la cara con la ayuda de un cuchillo de carnicero. Tengo las palabras «métete en tus asuntos» en la punta de la lengua, pero no puedo decirlo delante de su madre, la misma madre que ahora mismo seguro que me detesta.

—Por favor, Jay, sube a tu habitación. No tienes derecho a hacer una pregunta tan personal —le espeta a su hijo y, de repente, siento que me enamoro aún más de esta mujer.

—Pero mamá...

—A tu habitación, Jason.

—Vale —protesta Jay, pero al final nos deja solas.

Cassandra posa una mano en mi brazo y me lo aprieta suavemente en un gesto claramente maternal. Luego señala con la cabeza hacia donde ha desaparecido Jay y sus ojos se llenan de calidez y comprensión.

—Será mejor que subas a ver a Cole. Sea lo que sea, estoy segura de que lo arreglaréis.

—Gracias.

Sé que tengo los ojos llorosos, pero me da igual. Subo corriendo las escaleras hasta la habitación de Cole y cuando abro la puerta me quedo petrificada.

No lleva camiseta, solo los pantalones del pijama, y está sentado en el borde de la cama. Tiene el móvil entre las manos, los puños apretados contra los ojos y los hombros caídos, y con cada respiración profunda los músculos del abdomen se mueven siguiendo el ritmo.

—Cole.

Me sale la voz un poco ronca, pero me oye igualmente y enseguida sabe que soy yo.

—Tessie.

Se levanta y el móvil cae al suelo con un sonido sordo. Nos miramos sin decir nada, uno a cada lado de la habitación. El silencio es agobiante y poco propio de nosotros. Siempre nos rodea un aura de tanta naturalidad que la tensión del momento se me hace extraña. Todo esto es culpa mía, tengo que arreglarlo cuanto antes.

—Soy idiota —tartamudeo.

—Tessie...

—Soy imbécil, gilipollas, tonta, una cabeza hueca, una pardilla, una anormal...

Cole da dos pasos largos y se planta delante de mí, sujetándome la cara entre las manos.

—¿Acabas de decir cabeza hueca y pardilla?

Me está apretando las mejillas, así que ahora mismo tengo morritos de pez.

—Chi.

Me planta un beso en los labios, rápido pero embriagador, y luego se echa a reír a carcajadas.

—Dilo otra vez.

—Soy una cabeza hueca, haciendo énfasis en la parte de hueca.

Cole se ríe con más ganas.

—¡La otra también!

—Pardilla, Cole. Soy. Una. Pardilla.

Se me escapa la risa y en cuestión de segundos acabamos encima de la cama tronchándonos como un par de hienas. Cole me coge de la mano y entrelaza nuestros dedos, como suele hacer.

—¿Se te ocurre algo más?

—Cierra el pico —murmuro sobre su piel y escondo la cara en el hueco de su cuello.

Soy consciente de que va medio desnudo y sí, lo prefiero así.

—No, en serio, ha sido alucinante. ¡Quiero más!

—Mala suerte, se acabó el espectáculo.

—Y menudo espectáculo.

Le doy un tortazo en el hombro.

—¡No hace gracia!

—¡Era broma, era broma, perdona!

Me rodea con el brazo y me aprieta contra su costado. Nos quedamos así, tumbados y en silencio, disfrutando el uno del otro. Los dos hemos tenido un día duro y supongo que queremos estar seguros de que el otro sigue ahí. Me aterra tanto la posibilidad de perderlo que espero no montar nunca más un numerito como el de hoy.

—Lo siento, Cole.

—No hace falta que te disculpes, bizcochito.

—Sí hace falta. No debería haberte gritado así. Es que... es como si en mi familia todo fuera mal.

Me aprieta más fuerte y me da un beso en lo alto de la cabeza.

—Lo sé, preciosa. No tienes que darme explicaciones.

—Pero ibas a ver a tus amigos y al final no has ido. Te has quedado por mí. No puedo creer que te haya hecho sentir culpable a propósito para arruinarte el fin de semana —murmuro.

Cole chasquea la lengua.

—Yo estoy bien mientras esté contigo, bizcochito. Además, el domingo aún andarán por aquí, puedo hacer el viaje mañana.

Ah. Vale, admito que me apetecía pasar el día con él. Prácticamente tengo las hormonas bajo control y, la verdad, echaba de menos estar con él, pero tiene su propia vida y no puedo entrometerme a todas horas.

—Sí que hay una cosa... —continúa, ajeno a mi festival del drama.

—¿El qué?

—Les he dicho que me llevaría a mi novia.

De repente se me dispara el corazón. Estoy flotando, ligera como el algodón de azúcar; del rosa, claro. Disimulo la sonrisa de oreja a oreja que amenaza con devorarme y le doy un beso en el cuello, justo donde él siempre me los da a mí.

—¿Quieres que vaya contigo?

—Si tú quieres. No creo que sea capaz de salir del pueblo si no te tengo a mi lado.

Tengo la palabra que empieza por «a» en la punta de la lengua. Quiero gritarla desde los tejados y tatuármela en la frente, decírsela y luego arrancarle la vida a base de besos, pero este no es el momento. Los dos estamos un poco asustados, nos sentimos vulnerables. No me tomaría en serio por mucho que lo intentara.

—Me encantaría conocer a tus amigos.

Noto que sonríe sobre mi piel y me pongo nerviosa al pensar que puedo influir en sus cambios de humor de una forma tan drástica. Conocer a Yolanda será pagar un precio ridículo a cambio de la felicidad de Cole. Haría casi cualquier cosa por él.

—Genial, pues te recojo a las siete de la mañana.

Nótese que he dicho casi cualquier cosa, algunas no están abiertas a discusión.

—Es broma, ¿no?

24

Eres un verrugoncio

Siempre he pensado que mi capacidad para detectar la presencia de otra persona en mi habitación era algo realmente útil. En principio, significaría que, incluso mientras duermo, mis poderes de superninja me protegen. Sin embargo, el sábado por la mañana a una hora intempestiva, las siete para ser más exactos, parece más una maldición. Bella Durmiente, considérate afortunada. ¡Qué suerte ser capaz de dormir ininterrumpidamente y encima sin envejecer! ¿Cómo va a ser eso una maldición?

Me doy cuenta de que alguien se acerca sigilosamente a mi cama y no puedo evitar pensar en una de esas pelis de miedo tan cutres. Si fuera menos perezosa, me levantaría y gritaría «¡NOOO!». Dentro de mí se libra una batalla silenciosa. La mitad, bueno, más bien un noventa y nueve por ciento de mi persona, prefiere seguir durmiendo, mientras que el mísero uno por ciento restante me recuerda que Cole seguramente está aquí, siendo testigo de cómo babeo sobre la almohada. Vestida con mi pijama de Bob Esponja, ni más ni menos.

¿A que no sabes quién gana la batalla?

—Tessie.

Me envuelvo con las mantas hasta formar un capullo alrededor de mi cuerpo. Tengo la cabeza enterrada bajo la almohada e intento bloquear el sonido de su voz. Lo quiero, claro que sí, y tiene una voz celestial, pero es imposible que algo me parezca agradable a estas horas de la mañana.

—Venga, bizcochito. No me hagas sacar la artillería pesada —me dice con la voz cantarina, y noto cómo se hunde la cama bajo su peso.

A estas alturas, me he enredado de tal manera con las sábanas que parezco una momia.

—Mmmf.

Estoy tan cansada que este es el único sonido de protesta que soy capaz de emitir. Encima el síndrome menstrual sigue dando sus últimos coletazos, lo cual, sumado a la pereza que me embarga, no me permite actuar de una manera coherente.

—No entiendo a la versión dormilona de Tessie, ¿puedo pedir la normal?

—Es demasiado pronto para que te conteste con un chascarrillo —murmuro, o al menos es lo que espero haber dicho.

Por lo que pescan mis oídos, mi voz suena como si me hubieran metido un guante de boxeo en la boca. No estoy en mi momento más coherente, eso está claro.

—Tessie, venga. Te compraré unos donuts y dejaré que te pidas el de la cobertura asquerosa.

Me está sobornando con donuts, al menos eso sí soy capaz de procesarlo. Atraída por la promesa del azúcar, abro un ojo y luego el otro. De pronto, el mundo se baña de una claridad cegadora y mi propósito en la vida es levantarme de esta cama.

Deliciosos donuts rellenos de Nutella y un café extralargo.

Ahora que sabe que su soborno ha funcionado, me da un beso en lo alto de la cabeza y me deja a solas, pero no antes de que yo diga la última palabra.

—Verrugoncio.

—¿Qué?

—Que eres un verrugoncio.

—¿Y se supone que es un insulto, Tessie?
—En mi cabeza sonaba mucho más fuerte.

Es la forma perfecta de empezar el día. Si dijera que no estoy nerviosa, estaría dejando a la altura del betún al mismísimo Pinocho. Los amigos de Cole son ex convictos; bueno, al menos la mayoría. No es que los esté juzgando, soy yo la que me preocupa. Soy la típica rubia cortita que lo más cerca que ha estado de hacerse un tatuaje fue el día que se lo *photoshopeó* en un brazo en clase de nuevas tecnologías porque se aburría. ¿Y si la lío? Cole hace tiempo que no los ve y no me gustaría ser quien le impidiera disfrutar de ese tiempo con los amigos que tanto necesita.

Si no me muevo, acabaré convenciéndome yo sola de que lo mejor es que me quede en casa, así que me meto corriendo en la ducha. Debajo del chorro de agua caliente es más fácil imaginar a los amigos de Cole como seres humanos y no como miembros de la mafia rusa. Él también fue a una academia militar y es perfectamente normal, ¿no? Bueno, quizá «normal» no es la palabra que mejor lo define, creo que extraordinario se acerca más.

La cuestión es que no debería juzgarlos tan duramente. No sé cómo son, así que este miedo es absurdo. Por otro lado, si no les cayera bien tampoco sería un buen augurio, ahora que Cole y yo por fin hemos conseguido sentar las bases de nuestra relación, libre de dramas. Si Beth y Megan no le hubieran dado el visto bueno a Cole, yo también me lo habría pensado dos veces.

Escojo un atuendo sencillo pero con personalidad: vaqueros, camiseta estampada y botas de ante marrón con tachuelas. Necesito un par de intentos hasta dar con la combinación perfecta, pero estoy satisfecha con el resultado.

Cuando bajo, me encuentro una escena bastante peculiar en la cocina. Al parecer, mi padre está intentando mantener una conversación con mi hermano y con Cole. Travis y él siempre intentan que sus horarios no coincidan, por lo que resulta especialmente extraño verlos a los tres desayunando juntos como si fueran un equipo.

—Vaya, qué sorpresa. Quién me iba a decir a mí que mi hija sería capaz de levantarse ella sola antes de las doce.

Mi padre se ríe y yo le hago una mueca. ¡Traidor! En esta familia somos todos unos dormilones, no pasa nada porque a mí me guste dormir un poco más que al resto de mi estirpe.

—Te dije que lo conseguiría, venga, suelta la mosca —le dice Cole a mi hermano con una sonrisa, y este saca un fajo de billetes de la cartera y se los da al que pronto dejará de ser mi novio porque en cuanto pueda me lo cargo.

—¿Habéis apostado sobre si me levantaría de la cama o no?

Entorno los ojos y miro fijamente a los tres hombres que están sentados al otro lado de la isleta. Tengo que echar mano de toda mi fuerza de voluntad para no tirarles por la cabeza el néctar de los dioses recién preparado que tengo entre las manos.

—Cariño, la verdad es que no se puede decir que seas una gran madrugadora. Intentar despertarte un fin de semana por la mañana es como meterse con un oso en plena hibernación. Acuérdate de aquella vez que tu madre intentó levantarte para ir a visitar a los abuelos.

A Travis se le escapa una sonora carcajada, pero yo no puedo evitar que una sensación cálida me inunde por dentro, y eso a pesar de la provocación. No solo es la primera vez que mi padre habla de mi madre con cariño desde que se fue, también es la primera vez que Travis y papá están juntos en el mismo lugar comportándose como dos personas normales. Si dejarme en ridículo con los detalles más sórdidos de mi naturaleza soporífera es la clave para que se lleven bien, adelante.

—¿Te refieres a aquella vez que activó «por error» la alarma antiincendios de su habitación y mamá y tú os pasasteis el resto del día intentando encontrar el origen de los pitidos?

Tengo que reprimir una sonrisa al recordar aquel día. Las velas aromáticas son más útiles de lo que la gente cree. Si las escondes disimuladamente en una esquinita, puedes disfrutar de unas merecidas horas de descanso mientras los demás buscan el origen de algo que bien podría incendiar la casa, y todo con un delicioso aroma a melocotón. Cuando se pasa tanto tiempo con Cole, es casi imposible no ir cogiendo ideas de aquí y de allá.

Lo observo y me echa una mirada a medio camino entre la sonrisa y la adoración, lo cual me provoca una explosión gigantesca de mariposas en el estómago. Ahora que lo miro, que lo miro detenidamente, me doy cuenta de que se me cae la baba. Supongo que todo el odio que siento hacia el ser humano mientras duermo no me ha dejado advertir que hoy hay algo distinto. Siempre está de toma pan y moja, eso es evidente, pero hoy tiene cierta aura de chico malo y peligroso que no le había notado hasta ahora. No sé si es la camiseta roquera, los vaqueros negros o la muñequera de cuero; el caso es que hoy desprende un atractivo especial, un halo oscuro y peligroso. Normalmente, suele ser bastante sutil, sobre todo desde que volvió. Conmigo se ha comportado como un perfecto caballero, pero alguna vez me ha parecido vislumbrar al Cole de antes de la academia militar, sobre todo cuando Jay está en las inmediaciones. Pero hoy su apariencia expresa mejor quién es él en realidad y es impresionante.

Espera a que estemos todos desayunando para decirme que se ha dado cuenta de que me lo estaba comiendo con los ojos.

—Me gusta cuando me miras con tanto descaro; deberías hacerlo más a menudo, bizcochito.

Por supuesto, me pongo colorada. Es mi reacción más instintiva, la que primero aflora. Por el rabillo del ojo veo a mi padre leyendo el periódico y a Travis revisando el móvil mientras se mete una cucharada de cereales en la boca. Aprovecho que están distraídos para posar la mirada en los labios de Cole.

—Me gustan las vistas.

Y se le oscurecen los ojos de tal manera que me digo que ojalá estuviéramos a solas. Últimamente me he aficionado a esto de tontear, si es que se me permite la expresión. Cole es el maestro perfecto, sin embargo, yo ya no me veo como una idiota cada vez que intento expresar cómo me siento. La clave está en sentirse seguro de uno mismo y eso me lo ha enseñado él.

Me pone la mano en la rodilla por debajo de la encimera y el corazón me da un vuelco. Siento que me arde la piel y me pregunto si algún día me acostumbraré a esta sensación tan embriagadora que me asalta cuando estoy con él.

Compartimos un instante, un segundo en el que nuestras miradas se encuentran y en los ojos de Cole revolotea una fuerte emoción que me aterra... Es como si estuviera intentando expresar algo muy importante con una sola mirada y yo no puedo evitar asustarme. Algunos dirán que no es demasiado pronto para sentirse así, que lo que sentimos es demasiado fuerte para esperar el momento indicado, sea cual sea, pero no puedo hacerlo, todavía no.

Pues claro que estoy enamorada de él. ¿Qué chica en sus cabales no lo estaría? Lo que no quiero es ahuyentarlo. El amor y yo no tenemos muy buenos antecedentes que digamos. Ya sea por mis padres, por mi hermano o incluso por Nicole, lo cierto es que me he sentido abandonada tantas veces que ahora me da miedo hacerme ilusiones, aunque sea con alguien como Cole.

Nos vamos justo después de desayunar. Tras varios litros de café y la promesa de unos donuts, estoy totalmente operativa y en plena posesión de mis facultades. La muñequera que lleva en el brazo me parece tan ajena a la imagen que tengo de él que no puedo dejar de mirarla.

—¿Qué está pasando dentro de esa cabecita tan adorable y complicada que tienes? —me pregunta Cole, conduciendo con una mano y con la otra apoyada sobre mi rodilla.

—¿Te puedo preguntar una cosa?

Frunce el entrecejo y me mira como si estuviera intentando leerme la mente, pero asiente.

—¿Cómo eras cuando estabas en la academia militar? Nunca hablamos de eso, o casi nunca, y quiero conocer al Cole de entonces para saber en qué me estoy metiendo.

Él no desvía la mirada, sigue concentrado en la carretera, hasta que de pronto me aprieta la rodilla y se inclina hacia mí para darme un beso en lo alto de la cabeza. Respira hondo y suelta el aire lentamente antes de contarme algo que, imagino, significa mucho para él.

—Al principio fue un desastre, me comportaba como un listillo y era incapaz de cerrar la boca.

—Vamos, lo que vendría a ser el Cole de siempre —bromeo y recibo un empujón a modo de castigo.

—Sí, me comportaba igual que aquí, hasta que, a fuerza de experiencia, aprendí que no es muy buena idea hacerse el gallito en un sitio lleno de tíos como tú.

Ah, una legión de Coles, seguro que fue como la seda. Le dejo seguir, me interesa mucho su historia. Él ya sabe cómo pasé yo los tres últimos y miserables años de mi vida, así que es justo que yo sepa cómo los pasó él. Hemos crecido juntos y eso significa que siempre ha estado presente en mi vida, que conoce hasta el último detalle, mientras que a mí me faltan muchas cosas por saber de la suya.

—Los profesores eran duros, y durante el primer año no sabes cómo me arrepentí de haber acabado en aquel agujero, pero entonces conocí a un grupo de tíos que me entendían, ¿sabes?

Yo asiento y, de pronto, lo entiendo todo. A pesar de lo unidos que estaban, Jay y Cole siempre fueron polos opuestos. Jay, al igual que mi hermano, era la viva imagen del chico perfecto. Cole, en cambio, siempre fue más polémico, más ruidoso y mucho más problemático.

—Está Landon, pero ni se te ocurra llamarle así. —Me mira muy serio, pero se nota que está fingiendo porque se le escapa una sonrisa—. Lan y yo nos parecemos mucho, lo descubrimos el primer día de clase, durante el segundo año que pasé allí. Nos pusieron en la misma habitación y estuvimos a punto de partirnos la cara. —Supongo que ve la cara de sorpresa que pongo porque decide desarrollar el tema—. Digamos que a ninguno de los dos le cabía el ego por la puerta y no nos hacía especial ilusión compartir el espacio.

»Después de eso, las cosas mejoraron. Lan me presentó a un par de tíos más muy majos; hoy los conocerás a todos. Son geniales, bizcochito, no te los presentaría si no lo fueran. —Luego añade tímidamente, con un leve rubor en las mejillas—: Para mí significa mucho que me acompañes. Me apetece fardar de novia.

Yo sonrío y una sensación cálida me inunda el pecho. Dios, cómo quiero a este chico.

El tiempo pasa deprisa. A veces hablamos hasta quedarnos afónicos y a veces compartimos el silencio. El drama de ayer es cosa del pasado y yo ya me siento mucho mejor ahora que «eso que nos pasa a las mujeres» está a punto de acabarse. Me relajo mientras Cole me habla de sus amigos. Parecen gente normal y agradable, por lo que aún es más importante que les caiga bien.

Estoy pensando en ello mientras acaricio la muñequera de Cole con aire ausente.

—Veo que no dejas de mirarla. ¿Te gusta?

¡Sí! Es muy chula, muy de chico malo, pero eso no se lo puedo decir, ¿verdad?

—No te la había visto antes. Es... interesante.

—¿Interesante para bien o interesante en plan «te hace parecer una chica y la odio»?

La pregunta es tan exagerada que me río. Deslizo un dedo debajo de la muñequera y le acaricio la piel. Es uno de sus movimientos estrella, siempre consigue que se me doblen las rodillas, así que cuando se le acelera la respiración, descubro que a él también le afecta más o menos de la misma manera.

—Interesante para bien, sin duda.

Le sonrío y él traga saliva con tanta fuerza que lo oigo desde mi asiento. Me pongo cómoda. Tessa: 1, Cole: cien mil millones. Ah, qué bonitas son las pequeñas victorias.

Entramos en la ciudad y siento que me pongo otra vez nerviosa, aunque esta vez la sensación es más llevadera que antes. Después de todas las historias desternillantes que Cole me ha contado de sus amigos, es como si fueran más reales, menos intimidantes, aunque yo sigo teniendo el mismo problema de ansiedad de siempre cuando se trata de conocer gente nueva.

—Eh, mírame. —Cole mete el coche en el aparcamiento de lo que parece ser un complejo de apartamentos de cinco estrellas—. No estés nerviosa, tienen muchas ganas de conocerte. Les he hablado tanto de ti que es como si ya te conocieran;, seguro que están tan locos por ti como yo.

Trago saliva y me doy cuenta de que he empezado a sudar. Es la peor versión de mí misma: la falta de confianza, la timidez patológica y la sensación de incomodidad permanente, las razones por las que a veces prefiero estar sola.

—No... hum, no puedo...

—Respira hondo, Tessie, coge aire.

Me frota la espalda y me habla para que me calme. Estoy a escasos segundos de ponerme a cantar una de Hannah Montana cuando se inclina hacia mí y me besa. Y así, sin más, desaparecen todas mis preocupaciones. Olvido por qué estoy tan estresada, por qué me comporto como una neurótica y por qué me apetece tirarme delante de un tractor.

Me besa lentamente, recreándose, como si tuviera todo el tiempo del mundo. Mis ojos se cierran solos, como siempre, y mis manos acarician el pelo de su nuca. Nos besamos hasta que perdemos la noción del tiempo y del espacio y entonces, cuando ya me cuesta respirar, se aparta y apoya su frente contra la mía. Jadeamos un poco, los dos, y yo siento un leve cosquilleo en los labios, que están un poco hinchados gracias a Cole.

—¿Todo bien?

Sonrío y, de repente, me siento eufórica.

—Todo genial.

—El padre de Lan tiene un apartamento en este edificio, pero siempre está en viaje de negocios, así que es como el pisito de soltero de Lan —me explica mientras atravesamos un vestíbulo de suelo brillante cuya puerta nos ha abierto el portero de la finca, un tipo muy estirado y servicial.

Estoy familiarizada con sitios pijos como este por mis padres y mis abuelos, pero me cuesta sentirme cómoda. Cuando creces rodeado de dinero, la gente te juzga constantemente por ello, así que debes aprender a separarte de los títulos y de la autoridad.

—Qué bonito —digo mientras subimos en el ascensor hasta la planta quince.

Me miro en el espejo y Cole me abraza y me aprieta contra su pecho.

—Estás preciosa —me piropea, y me besa en la mejilla mientras yo me acurruco contra él.

Un sonido de campanilla anuncia que hemos llegado a nuestro destino. Nos cogemos de la mano y salimos del ascensor. Cole llama a la puerta que está justo a nuestra izquierda, sonríe y me aprieta la mano. Tengo que hacerlo por él. Ha puesto mi mundo patas arriba y lo mínimo que puedo hacer yo es llevarme bien con la gente que es importante para él. Hoy es imposible que algo salga mal.

Excepto por la rubia platino medio desnuda que nos abre la puerta con una sonrisa de hiena en la cara y se lanza sobre mi novio para atacar sus labios con los suyos. He hablado demasiado pronto. Un momento que me ocupo de ella.

25

Será una zorra pero no le falta razón

Durante unos minutos, mi cerebro se limita a procesar por qué una sanguijuela le está chupando la vida a mi novio. Es como contemplar un cuadro abstracto e intentar imaginarse qué pretendía representar el autor con su obra. Todo es un amasijo de formas y colores y tú estás ahí plantado, tratando de convencerte a ti mismo de que no eres tonto, que es el artista el que no tiene talento.

Hay una chica, una chica que no lleva prácticamente nada puesto, y está abrazada a Cole como si fuera un mono araña. Creo que voy a vomitar. Diría que estoy balbuceando algo sin sentido, pero me da igual. Lo importante aquí es que hay otra chica y que está manoseando a MI novio.

—¡Pero qué haces, Kimmy! —oigo que le grita alguien a la sanguijuela, y la apartan de un empujón.

Ella protesta y se dispone a atacar de nuevo, pero la sujetan por los brazos y tiran de ella antes de que pueda sorberle el alma a alguien por la boca.

—Pero, Cooole, te he echado de menos.

Vale, la sanguijuela sabe hablar.

—Ya vale, Kimmy. No me hagas sacar los tranquilizantes.

Intenta controlar a la sanguijuela, que se retuerce entre sus brazos. Pero ¿qué le pasa a esta tía? ¿Es epiléptica? ¿Está teniendo un ataque?

—Joder, Lan, dijiste que no vendría.

Giro la cabeza y de pronto me doy cuenta de que ahora es Cole el que protesta mientras se frota los labios con vehemencia. Vaya, demasiado tarde, colega, estás cubierto de saliva y de gérmenes por todas partes. Me compadezco del pobrecillo, pero entonces veo la mirada alicaída de la sanguijuela y de repente todo tiene sentido. Está haciendo pucheros y mirando a Cole al mismo tiempo como si le fuera la vida en ello. Reconozco esa mirada, es la misma que uso yo últimamente.

—Yolanda —exclamo, y los tres se vuelven para mirarme, cada uno con una expresión distinta en la cara.

Cole parece arrepentido y a punto de tener un ataque de pánico, como si estuviera esperando a que yo salga corriendo de aquí. No podría hacerlo aunque quisiera: me ha traído él. Luego está Yolanda, la sanguijuela, que me está fulminando con la mirada con una malicia solo comparable a la de Nicole. Por último, ahí está Lan.

Es de la misma altura que Cole y tiene una complexión parecida. Es alto y delgado, con los brazos no excesivamente musculados y lleva una camiseta ajustada que le marca los bíceps y la musculatura del pecho. Tiene el pelo oscuro y abundante y, cuando por fin llego a su cara, veo que tiene los ojos de un verde intenso y que me miran con recelo y algo parecido a la vergüenza.

—¿Y esta quién eees?

Acabo de darme cuenta de que Yolanda, la sanguijuela, enfatiza al menos una palabra en cada frase, con un efecto final bastante extraño. De momento me cuesta encontrarle la gracia a la situación, entre otras cosas porque ahora mismo lo que me apetece es rebanarle el cuello.

Noto una mano en la parte baja de la espalda y el calor que desprende el cuerpo de Cole junto al mío.

—Esta es mi novia, Tessa. Será mejor que la respetes, Kimmy —le espeta con un tono tan duro que podría servir para cortar acero, y yo me apiado de la pobre persona que tenga que recibir un mensaje como este, siempre que no sea ella.

La tal Kimmy me hace la repasada básica del gremio. No es la primera vez que me sucede, así que ya no me siento tan insegura como antes. Revisa hasta el último centímetro de mi cuerpo, con la boca torcida en lo que pretende ser una sonrisa salvaje.

—¿Con eeesto sales?

Esboza una mueca de asco y siento que el cuerpo de Cole se tensa aún más, si es que eso es posible. No quiero que acabe siendo el saco de boxeo de la velada, por lo que decido intervenir.

—Me temo que sí, pero alégrate, mujer, porque después de ti subió el listón.

—Miau.

Diría que ha sido Lan, pero estoy demasiado ocupada jugando a las miraditas con Yolanda, que parece más que dispuesta a eliminarme. Cole se ríe, resopla aliviado y me atrae hacia su cuerpo. ¡Ja!, cree que se ha librado, pero ni siquiera he empezado con él. Esto debe de ser una de las «maniobras de distracción» que aprendió en la academia. No sé ni qué decir. Me duele más de lo que creía; tendremos que hablarlo en cuanto podamos, pero antes hay que poner a la sanguijuela en su sitio.

—¡Cómo te atreeeves! —Se pone a dar patadas en el suelo, literalmente, y yo me aguanto la risa. Es como un cliché con patas, tan evidente que ni siquiera hace gracia—. No tienes niii idea de lo que Cole y yo compartimos. Te está usando para pasar el tiempo hasta que volvamos a estar juntos —me espeta, y a mí se me escapa una carcajada.

Si no confiara en Cole como confío, la creería, pero hemos compartido demasiadas cosas como para, a estas alturas, seguir dudando de él. Es evidente que esta chica delira o está obsesionada con Cole de una forma que nada tiene que ver con el amor. No es más que una niñata cabreada porque no puede tener lo que quiere. Conozco a unas cuantas como Yolanda; de hecho, durante muchos años fui amiga de otra igualita a ella.

—Lo siento, pero a mí desde aquí no me parece que esté sufriendo por estar lejos de ti. En todo caso, es bastante más probable que le hayas provocado un trauma al intentar arrancarle los labios. ¿Te funciona esa técnica? —le pregunto, muy seria, pero a Lan se le escapa la risa y se carga el efecto de mis palabras.

Yolanda lo fulmina con la mirada y luego se dirige hacia mí.

—Atrás, Kimmy, ya vale —interviene Cole y se coloca delante de mí.

Ah, así que mi Yolanda en realidad se llama Kimmy.

Nos mira primero a mí y luego a Cole, como si estuviera sopesando el tiempo que necesita invertir para acabar con lo nuestro. Creía que gente como ella solo existía en las peores novelas románticas. La típica ex psicótica despiadada que hace todo lo necesario para interponerse entre el héroe y la heroína de la historia. Si hasta tiene eso del tic en el ojo que me saca de quicio. ¿Qué vería Cole en ella?

O quizá no fue su personalidad alegre y jovial la que lo atrajo. La sola idea basta para que se me revuelva el estómago.

—Venga, Kimmy, no hagas más el ridículo. Vuelve a tu habitación y olvidemos que esto ha pasado.

Lan vuelve a hacer de mediador y esta vez consigue que Kimmy le haga caso. Me echa una última mirada asesina, resopla y da media vuelta con tanta energía que todos vemos lo que lleva debajo de la falda. Tanga, cómo no, ¿de qué me sorprendo?

Aún en el vestíbulo, oímos el ruido de una puerta y todos suspiramos aliviados. Cole y Lan están manteniendo una conversación en silencio y es bastante cómico porque casi puedo adivinar lo que está pasando.

Decido romper el silencio, que ya dura demasiado, y hacer lo más educado, que en este caso es presentarme a Lan.

—Hola, soy Tessa. —Le tiendo la mano al tipo enorme que tengo delante—. Tú debes de ser Landon, Cole me ha hablado mucho de ti.

Uso su nombre completo para pincharle un poco y devolvérsela por haber traído a Kimmy la sanguijuela a mi vida. Él esboza una mueca, pero acepta la mano que le ofrezco, aunque en lugar de estrecharla le planta un beso. Me pongo colorada como un tomate y siento que los dedos de Cole se hunden en mi espalda.

—Lan, por favor, llámame Lan. Es un placer conocerte al fin, Tessa. Tu novio ya me tenía la oreja frita de tanto hablar de ti.

Me sonríe y yo le devuelvo el gesto sin darme cuenta.

—Yo también me alegro de conocerte, aunque permite que te diga que tu gusto es un tanto cuestionable en cuanto a invitados.

Lan recibe mis palabras con una risa nerviosa y Cole me aprieta contra su costado.

—No sabes cuánto lo siento, Tessie. Aquí mi amigo el futuro cadáver me dijo que Kimmy no estaría.

Mira fijamente a Lan y este levanta las manos en actitud de defensa.

—Esa tía está chalada. Un día se me escapó por error que los chicos y tú veníais a la ciudad y no sé cómo pero se las arregló para que su madre la dejara salir del manicomio. Somos hermanastros —me explica Lan—, aunque preferiría comerme mi propio brazo a ser familia suya.

Ya estamos dentro del enorme apartamento y nos hemos sentado en el sofá modular que domina la sala de estar. Salta a la vista que ha sido decorada por un profesional.

—¿Y tú de qué la conoces? —le pregunto a Cole, que está pensativo.

Cuando veo que se rasca la nuca, sé que no me va a gustar lo que saldrá a continuación de su boca. Aguanto la respiración y me preparo para lo peor.

—Pues... eh, ella... iba a la academia militar conmigo. Su padre es profesor allí y, bueno, nosotros... Dios. —Se pasa una mano por el pelo, inclina la cabeza hacia atrás y cierra los ojos—. ¿Recuerdas que antes te he dicho que por aquel entonces estaba hecho un lío? Bueno, pues ella formaba parte de ese lío.

—Así que vosotros dos...

La insinuación planea sobre nuestras cabezas, aunque es tan evidente el tipo de relación que tenía con «Kimmy» que casi prefiero no oírlo de su boca. Muy a mi pesar, mi cerebro empieza a visualizar imágenes de Cole a lo largo de los años con distintas chicas sin rostro. Au, eso duele.

—Sí, nosotros dos.

Trago saliva e intento con todas mis fuerzas no comportarme como la típica novia celosa. Todo eso ya forma parte del pasado, del mismo pasado en el que se suponía que estaba languideciendo por mí, pero vaya. Me duele el pecho y estoy un poco mareada. ¿De verdad se acostó con esa... cosa de entre todas las chicas con las que podría haberse enrollado?

Lan interviene para clavarme más hondo el puñal.

—Si te sirve de consuelo, Kimmy se ha acostado con media academia. Cuando estás con ella, sabes exactamente a qué atenerte. Algo rápido y que no significa nada, un pol...

—¡Tío, cierra la boca! ¿No crees que ya la has pifiado bastante?

Lan parece avergonzado, pero la expresión de su cara se suaviza en cuanto se da cuenta del estado en que me encuentro.

—Oye, Tessa, lo siento, de verdad. Se ha presentado aquí sin avisar, no podía echarla. Si te sirve de consuelo, al menos es mucho mejor que Erica.

¿Se puede saber quién es Erica? Estoy tan confusa que mi rostro se contrae y Lan se muerde la lengua como si hubiera dicho algo fuera de lugar. Me vuelvo hacia Cole, que me recibe con un gruñido.

—¿Erica?

—Es una amiga de la familia —responde haciendo especial hincapié en la palabra «amiga»—. Pasamos el verano con su familia en una casa que tienen en la playa. Lan la odia porque lo rechazó.

Cole mira a su amigo con el entrecejo fruncido y ahí acaba el tema. Yo asiento e intento sonreír, pero estoy bastante segura de que lo que me sale es una mueca. Ahora mismo estoy tan cómoda como si me estuvieran sacado una muela y haciéndome las ingles brasileñas al mismo tiempo.

—Cierto, por eso la odio; pero Tessa, en serio, si hubiera sabido que Kimmy haría esto, la habría echado sin pensármelo dos veces.

—No pasa nada, te entiendo. Sé qué es tener una familia disfuncional —le digo con total sinceridad. Luego miro a Cole y le pregunto—: ¿Por qué ella precisamente? ¿Es que es tu tipo?

Arrugo la nariz y él se ríe porque ha entendido que de momento lo mejor es aparcar el tema. Se inclina sobre mí y me da un beso en lo alto de la cabeza.

—Aprendí por las malas que era el tono de rubio equivocado para mí.

Esperamos un rato a que lleguen dos amigos más de Cole. Lan es un anfitrión genial, atento, divertido y encantador. Ahora me avergüenzo de haberlo juzgado con tanta dureza cuando ni siquiera lo conocía. No es como me imaginaba y si dejara de hacer comentarios sobre la tal Erica, sería perfecto. Tendré que coger a Cole por banda para que me cuente más sobre esa chica.

Kimmy no sale de su habitación, aunque a través de la puerta se oye una sucesión de canciones pop a cuál más estridente. Estará de buen humor. Cole sigue avergonzado y lo demuestra siendo especialmente atento conmigo. Sí, imagínate lo maravilloso que es ya de normal y ahora multiplícalo por cien. Casi siento el impulso de acabar con su calvario, pero mi parte más rencorosa está disfrutando un montón. Ahora mismo está en la cocina; por algo es el cocinero residente del grupo. Cuando lleguen los demás chicos, el plan es relajarse un rato en el apartamento y luego ir a una fiesta universitaria.

Sí, soy consciente de mi historial con las fiestas, pero Cole me ha preguntado unas cien veces si me parece «bien» el plan. Quizá solo sea porque se siente culpable, pero aun así es todo un detalle por su parte que sea tan considerado, y lo último que quiero es estropearle los planes, así que he dicho que sí. Aquí no habrá ninguna Nicole y quizá, quién sabe, las cosas salgan bien.

—Lo siento, de verdad. Kimmy siempre ha sido un grano en el culo, pero últimamente parece una mezcla entre Britney Spears y Miley Cyrus.

Lan se sienta a mi lado y yo no puedo evitar reírme al oír la comparación. Es tan acertada y ni siquiera se me ha ocurrido a mí.

—¿Cole, mmm, salía con muchas chicas como ella?

Utilizo el verbo «salir» porque prefiero obviar lo que hacía realmente con ellas. Lan entiende a la primera lo que intento decir y duda un instante.

—No sé si debería responder a esa pregunta.

—¿El código de los colegas?

—Exacto.

—¿Y Erica? ¿Debería preocuparme?

Lan suspira pero esta vez sí responde.

—Cole se cortaría el brazo derecho antes de hacerte daño, de eso estoy seguro, pero esa chica es un tema aparte. Prométeme que si alguna vez te la encuentras, no dejarás que te haga uno de sus truquitos mentales.

—No lo entiendo, ¿cómo puede ser que nunca haya oído hablar de ella?

—Sus familias están muy unidas. Yo he pasado algunos veranos con él y Erica siempre andaba cerca. Está obsesionada con Cole, mucho más que Kimmy, y él ni siquiera se da cuenta. No me gusta hablar de ella, pero es que últimamente ha estado preguntando por él. La tengo vigilada por si acaso se entera de que estáis saliendo y decide actuar. Si algún día la conoces, no te dejes engañar.

No me quito de la cabeza las palabras de Lan sobre la misteriosa Erica ni el asalto a mano armada de Kimmy contra la boca de Cole. Me encojo de hombros y, cuando Cole me pregunta, respondo con una sonrisa, pero en realidad no puedo dejar de pensar que es peor de lo que me imaginaba. Ha estado con tantas chicas que hasta su mejor amigo se niega a hablar de su historial de conquistas. Este es uno de esos momentos en que la chica le pide al chico una lista completa de todas las mujeres con las que ha estado, pero yo a Cole no se la puedo pedir.

Por lo visto, no hay suficiente papel en todo el universo.

—McGinty, si no le quitas las manos de encima a mi novia, te las arranco.

Intento no reírme del ataque de celos de Cole, pero no puedo. Sus amigos Seth y Jameson llegaron hará una hora y desde entonces Seth ha demostrado que no le tiene miedo a la muerte. El chico no se corta un pelo y ha decidido atacar con toda la artillería. Si no es el abrazo que me ha dado nada más entrar, es el casi sobeteo al que me está sometiendo en el sofá. Hace un buen rato que Cole tiene los puños cerrados y creo que ya es hora de que dejemos de torturarlo.

—Relájate, Stone. Solo quiero conocerla después del tiempo que te has tirado babeando por ella. Es todavía más guapa de lo que decías.

No sé si lo dice solo para provocar, pero no puedo evitar ponerme colorada, mientras Cole gruñe y Jameson y Lan se ríen disimuladamente. Los chicos están jugando a la consola; bueno, dos juegan y los otros dos están enzarzados en una especie de jueguecito para demostrar quién es más cromañón. Seth me pasa un brazo alrededor de los hombros y yo me pongo tensa.

—Dime, Tessa, ¿tienes alguna hermana?

—No, no tiene hermanas y si no paras de toquetearla en breve tu hermano será hijo único.

—Para el carro, colega. Estás un poco tenso, pero yo también lo estaría si esta preciosidad fuera mía.

Me guiña un ojo y, aunque sé que cualquier otra chica en mi lugar se desmayaría, yo no puedo evitar reírme porque sin saberlo me está ayudando a vengarme del Casanova aquí presente. Me siento tan poderosa que la situación casi pierde su gracia.

—Encima no le des coba.

Cole fulmina a Seth con la mirada y casi me arrastra hacia su lado del sofá.

—Solo intenta ser amable, Cole, relájate.

Me mira de reojo, pone morros como si fuera un niño malcriado y murmura entre dientes:

—Demasiado amable.

Seth forma parte del equipo de lucha libre, así que es más corpulento que Cole y que Lan. Tiene el pelo rubio, muy corto, y los ojos azules más claros que he visto en mi vida. Se le nota que es un ligón y el donjuán del grupo, pero me cae bien porque lo hace todo de buen humor. Me recuerda al Travis de antes del derrumbe. Jameson se parece más a mí, es más callado y parece un poco tímido. No parece que hable mucho, pero encaja en el grupo a la perfección. Su físico va a juego con su personalidad un tanto taciturna. Es alto y delgado, tiene el pelo castaño y alborotado, los ojos grises y probablemente en algún momento se rompió la nariz. Me llama la atención el tatuaje que le asoma por debajo de la manga de la camisa. Parece algo escrito en un idioma extranjero, pero no puedo fijarme como me gustaría si no quiero quedar como una loca.

—Vamos a la fiesta de la fraternidad, ¿no? —pregunta Lan y apaga el juego.

Hay un murmullo unánime de síes y yo suspiro para mis adentros. He leído mucho sobre las fiestas de las fraternidades y la mayoría acaban con alguien desnudo y dormido en la bañera. Espero no ser yo.

—Genial, se lo voy a decir a mi primo.

—No voy vestida para salir de fiesta precisamente —murmuro cuando los chicos no me oyen, y Cole se gira hacia mí.

—Vas muy bien. ¿Qué le pasa a la ropa que llevas? —pregunta y frunce el entrecejo.

Ah, tan dulce y adorable como siempre.

—Ya sé que tu obligación es decirme que voy bien, pero, si vamos a ir a una fiesta, yo necesito algo mejor que esto.

Él sigue frunciendo el entrecejo.

—A mí me parece que siempre vas guapísima, pero si quieres podemos ir de compras.

Me derrito por dentro al oír lo que acaba de decir. Está dispuesto a dejar a sus amigos y llevarme de compras, con eso me basta para disipar cualquier duda que haya podido tener con respecto a su pasado. Quizá lo hace porque se siente culpable, o no, pero lo que está claro es que no debería cuestionar la honestidad de sus sentimientos, no después de la cantidad de veces que me ha demostrado lo que siente por mí.

—¿Vamos al centro comercial?

Los dos nos volvemos hacia Seth, que se está zampando un sándwich de beicon, lechuga y tomate. Parece tan encantado con la idea que Cole no tarda en emitir otro de sus gruñidos de hombre de las cavernas.

—¿Al centro comercial? Mola, he oído que tienen un par de juegos nuevos en las recreativas. ¡Eh, Jameson, que nos vamos al centro comercial! —le grita Lan a su amigo, que también acaba de volver de la cocina.

De repente, todos comentan la jugada y se ponen a hacer planes. La situación es tan absurda que se me escapa la risa, que se convierte en una carcajada cuando veo la cara que está poniendo Cole. Parece que no está muy contento.

De pronto, todo el mundo está de pie y listo para salir. Estamos esperando a que Seth acabe de hablar con alguien por el móvil cuando Kimmy sale de su guarida, se dirige hacia la puerta, gira el pomo y nos grita con una mirada de impaciencia en los ojos.

—¿Qué? ¿No íbamos al centro comercial? Venga, daos prisa.

Ir de compras ya es divertido de por sí, pero ir de compras con cuatro chicos realmente es la monda. Cuando les digo que necesito algo que ponerme para la fiesta, todos están de acuerdo en acompañarme como caballeros que son. Insisto en que vayan a su aire, pero no quieren. Enseguida me doy cuenta de que están intentando evitar que Kimmy me tienda una trampa.

—Ese es muy bonito.

—Te queda genial.

—Madre mía, estás de toma pan y moja.

El último comentario es de Seth, por supuesto. Cole se limita a gruñir a modo de respuesta.

Estoy delante del vestidor, ataviada con unos vaqueros negros y una sencilla camiseta roja con cuello de barco que me queda muy bien. No sé si fiarme de ellos porque han dicho exactamente lo mismo de los tres últimos conjuntos que me he probado. Cole se muestra posesivo conmigo y tampoco es de mucha ayuda. En serio, ¿cómo puede ser que esté molesto cuando yo tengo que soportar a su amiga la Barbie zorrona, que seguramente me está preparando una muerte lo más dolorosa posible?

—Cole...

Insiste en comportarse como un niño de cuatro años en pleno berrinche, así que se me ocurre algo. Necesita reafirmarse en su calidad de «propietario» y, aunque no es lo más sano para una relación, tampoco pienso permitir que su inmadurez me estropee el día.

—¿Te importa venir un momento?

Se da cuenta de que me pasa algo y la expresión de su cara se suaviza. Entramos en el vestidor. Está dividido en dos zonas, una para cambiarse y la otra para esperar, separadas por una cortina. Cole se mira los pies y evita cualquier tipo de contacto visual conmigo.

—No encuentro nada que me guste. ¿Te importaría escoger algo tú?

Si se da cuenta de mis intenciones, no lo demuestra. De hecho parece más contento.

—Sí, claro.

Se inclina sobre mí para darme un beso en la frente y sale del vestidor de mucho mejor humor.

Recorremos el resto del centro comercial cargados con las bolsas de ropa que Cole ha escogido para mí e insistido en pagar. Los chicos se van a las recreativas y yo aprovecho para tomarme un café. Me siento en una cafetería, y cuando ya tengo mi café y mi magdalena de arándanos delante, Kimmy rápidamente me tiende una emboscada. Al final resulta que separarme de los chicos no ha sido tan buena idea como parecía.

—Todavíííía sigues por aquí.

Sonríe y se sienta en la silla que tengo delante.

—Y está claro que tú sigues sin entender el concepto «espacio personal».

Tarda casi un minuto en procesar lo que acabo de decir y, cuando finalmente lo entiende, me fulmina con la mirada.

—Puede que ahora le apetezca estar con una mojigata como tú, pero créeeeme, yo sé lo que quiere en realidad. Le gustan las chicas malas y salvajes y tú, cariño, nuuunca serás así.

Vaya, será una zorra pero no le falta razón. O al menos no tengo ningún argumento para rebatírselo. El pasado de Cole así lo atestigua, claro que luego está todo lo que me ha dicho a mí y la certeza de que no miente.

—¿Sabes cómo se llama de segundo nombre?

—¿Eh?

Kimmy me mira como si nos acabáramos de enzarzar en una discusión sobre astrofísica.

—¿Cuál es su comida favorita?

—Pero ¿qué...?

—¿Sabes de qué tono exacto de azul son sus ojos?

Llegados a este punto, ya no se esfuerza por entender lo que le estoy diciendo, solo me mira con cautela, como si yo hubiera perdido la cabeza.

—Lo que intento que entiendas, Kimmy, es que da igual lo que hayáis compartido, no puede ser muy importante, sobre todo teniendo en cuenta que no sabes nada de él.

Ella abre la boca, la cierra y la abre de nuevo. Contemplarlo resulta bastante entretenido. Nunca he sido muy dada a abofetear verbalmente a la gente, pero hoy me dejo ir, claro que el mérito es suyo porque la pobre es un objetivo fácil.

—¡Lo que tú digas! —exclama y se levanta—. No tengo por qué oír esto.

Y así, sin más, se aleja con paso decidido, muy en su línea.

—Lo siento, me he comportado como un mono celoso.

Estoy en una de las habitaciones de invitados acabando de arreglarme cuando, de pronto, Cole aparece detrás de mí y me abraza por la espalda. Esconde la cara en el hueco de mi cuello y yo no puedo evitar que se me cierren los ojos. No sé muy bien cómo, pero consigo recuperar la voz.

—Me has comprado unos zapatos. En el mundo de las chicas, eso lo arregla todo —bromeo y siento que su risa resuena por todo su pecho.

—Y lo de Kimmy, menudo desastre. No sabes cuánto lo siento, bizcochito.

Yo me encojo de hombros lo mejor que puedo, teniendo en cuenta que me tiene sujeta entre sus brazos.

—No me preocupa, la verdad. Esa chica tiene la cabeza llena de tinte en vez de neuronas.

—No tendrás que preocuparte nunca más por ella, te lo prometo. Lo mío con ella fue un error, pero tú, Tessie... Tú eres lo mejor que me ha pasado.

Y a pesar del día que llevamos, a pesar de todo lo que he descubierto hoy de su pasado, le creo. Quizá no hace mucho le habría quitado hierro al asunto, me habría reído y hubiese bromeado, pero ya no. Se trata de tener fe, de darte cuenta de que no todos los que te quieren acabarán abandonándote. Cuando consigas que eso se te quede grabado en el cerebro, dejarás de tener miedo y aprenderás a aceptar.

—Y tú también, Cole —le digo, y nos besamos.

26

Cole está más sobrio que una piedra. ¿Lo pillas? ¿Más sobrio que una piedra?

—¿Dónde está esa canción de Justin Bieber?

Miro a Cole con los ojos entornados e intento entender qué ha querido decir con eso. A ningún tío se le ocurriría mentar a Justin Bieber a menos que sea para hacer algún tipo de comentario cruel.

—¿Qué?

Me pasa el brazo alrededor de los hombros y me atrae hacia sí, lo cual me libra de chocar con el milésimo universitario borracho de la noche.

—Estamos en una fiesta y tú pareces cómoda. Estoy esperando que te pongas a cantar en cualquier momento hasta que me sangren los oídos.

Se me escapa la risa y me aparto de él propinándole un buen codazo.

—Perdona, no sabía que mi capacidad vocal te hacía tan desgraciado. ¿O es mi voz en general? Quizá debería retirarte la palabra. Voy a preguntarle a Seth, a ver qué opina.

Entorna los ojos y luego desvía la mirada hacia el vaso de plástico que sujeto en la mano. No me da tiempo a reaccionar, me lo quita y lo tira a la basura. Puede que haya bebido un poco más de la cuenta, pero es solo para tranquilizarme, en serio.

—Basta ya, Tessie, se acabó la cerveza.

Me cruzo de brazos con gesto desafiante y levanto la cabeza bien alta.

—Esto es una fiesta, Cole, se supone que tenemos que beber cerveza barata y pasárnoslo teta. ¿Por qué eres tan aguafiestas?

Él arquea las cejas y suspira antes de pellizcarse el puente de la nariz. Suspira, se coge a mi brazo y tira de mí.

—Se me había olvidado que cuando te emborrachas te vuelves cruel.

Hago pucheros y arrastro los pies por el suelo de madera solo para molestar, pero Cole no se rinde. Se abre paso entre el gentío y luego enfila las escaleras. Brandon, el anfitrión, es amigo de Cole y de los chicos, aunque iba un par de años por delante de ellos. Apenas he tenido tiempo de conocerlo, pero parece... majo. Vale, estaba colocadísimo y me ha preguntado si conocía a su bisabuela Myrtle.

—Y tú eres un amargado.

Se ríe y sigue avanzando por el pasillo hasta que se detiene delante de la última puerta. Saca una llave del bolsillo trasero de los pantalones, la abre y entramos los dos. Luego la vuelve a cerrar y se guarda otra vez la llave. Yo voy un poco piripi, pero Cole está más sobrio que una piedra. ¿Lo pillas? ¿Más sobrio que una piedra? Como su apellido en inglés significa... Vale, ni caso.

Estoy en la típica habitación de chico. Ropa tirada por el suelo y una cama de dos por dos sin hacer. En la esquina hay un escritorio sobre el que descansa un portátil y una montaña de libros. La ventana está abierta y a través de ella entra una fría brisa de principios de primavera. Veo un iPod conectado a un altavoz por el que suena una música suave.

Nos envuelve la oscuridad hasta que Cole enciende la luz. Se apoya contra la puerta y me observa mientras yo miro a mi alrededor. Cierto es que la inspección solo me interesa en parte, lo hago para ignorar los latidos desbocados de mi corazón. Estoy a solas con mi novio, encerrados en una habitación. No hay padres a la vista, ni hermanos metomentodo ni restricciones de ninguna clase.

—Siéntate.

Obedezco y me siento en el mismo borde de la cama. Cole se acerca a la nevera mini que hay a un lado de la habitación, coge una botella de agua y busca algo de comida. Debe de ser la habitación de Brandon, por eso lo toca todo con tanta naturalidad. Coge una bolsa de patatas fritas sin abrir y me la tira.

—Bebe.

Me pasa la botella de agua, la abro y cuando empiezo a beber me doy cuenta de que estoy sedienta.

—Ahora come algo.

Ataco la bolsa de patatas y enseguida me siento más despejada, más yo misma, lo que no tiene por qué ser necesariamente algo bueno. De repente, me pongo histérica. Estoy en una fiesta, encerrada en una habitación con Cole. ¿Cuántas veces he visto esta película? Pero lo gracioso del caso es que no me he puesto nerviosa porque no quiera que pase algo, sino porque sé que, si pasa, seguro que se me da fatal. Quizá también se me da fatal lo poco que hemos hecho hasta la fecha. Cole lo sabe, seguro, pero no creo que me lo diga.

—¿Por qué no te relajas? Parece que vayas a salir por piernas en cualquier momento.

Se pone de cuclillas delante de mí, me coge de la barbilla y me acaricia la mejilla con el pulgar. Me pregunto si se me nota que ahora mismo lo que me apetece es cogerlo por el cuello y juntar nuestras bocas para el resto de la eternidad. Supongo que en algún momento se dará cuenta de que no tengo el valor ni la seguridad necesarios para hacer lo que me apetece, sobre todo cuando se trata de él.

—Te he traído aquí porque no quiero que bebas más. La gente que hay en este sitio... No es buena idea. No sé si podría cuidar de ti en condiciones.

—Yo confío en ti —susurro.

—Entonces ni se te ha ocurrido la posibilidad de que te haya traído aquí para aprovecharme de ti, ¿no?

Está sonriendo, pero es evidente que le importa mi respuesta. Se le nota en los ojos, por mucho que intente disimularlo.

—No te puedes aprovechar de mí si yo te dejo, Cole.

Tengo los ojos clavados en mis zapatos. No me puedo creer lo que acabo de decir. Ponme en un ring con la bruja de Kimmy y me la como con patatas, pero si me encierras entre cuatro paredes con mi novio... Seguro que piensa que soy como las chicas de abajo que se le han estado tirando al cuello, literalmente, desde que hemos cruzado la puerta.

Cole se da cuenta de que me he puesto colorada y me sujeta la cara. No tengo más remedio que mirarlo a los ojos y lo que veo en ellos me reconforta. Me mira... me mira como si fuera lo más importante del mundo y la expresión de su cara me sorprende.

—Eh, nunca te avergüences por decirme lo que te apetezca. Me gusta cuando eres sincera; de hecho me encanta. Me hace sentir como la persona en la que más confías.

—Es que lo eres —replico, y los ojos se le llenan de tanta felicidad que el corazón me da un vuelco.

—¿De verdad?

Yo asiento y él se muestra tan sorprendido que no puedo evitar sonreír. Siempre está diciendo o haciendo cosas que me demuestran lo mucho que le importo. Soy consciente de que nunca me arriesgo, puede que por timidez o porque siempre estoy esperando lo inevitable, pero, si lo pienso, no sé qué más debería hacer Cole para que me crea que no me va a dejar ni me romperá el corazón.

—Oye, Cole.

—Dime.

—Bésame, por favor.

No se lo tengo que pedir dos veces. Aún de cuclillas en el suelo, se inclina sobre mí y cubre mis labios con los suyos. Al principio, es como una caricia, apenas nos rozamos. Se me escapa un sonido del fondo de la garganta, una protesta, y él sonríe contra mi mejilla. Ahí es cuando la cosa empieza a avanzar. Cole se levanta y tira de mí hasta que estoy tumbada en la cama. Lentamente, se coloca encima de mí, cubriéndome con todo su cuerpo. Estamos tan cerca el uno del otro que me quedo sin aliento. Me pierdo en el azul verdoso de sus enigmáticos ojos y él me mira con tanta ternura, con tanta adoración, que por un momento creo que voy a perder la cabeza.

Me pasa una mano alrededor de la nuca y me vuelve a besar, esta vez con más ímpetu. Mis brazos se deslizan alrededor de su cuello; quiero estar más cerca, borrar la distancia que nos separa. Se me escapa un gemido al sentir la punta de su lengua siguiendo la línea de mis labios, y a partir de ese momento todo es una maraña de brazos, piernas y besos apasionados. Su lengua se cuela en mi boca y yo respondo a cada uno de sus movimientos con la mía. Su sabor me abruma. Yo debo saber a cerveza barata, pero él no ha bebido nada durante la fiesta y su saliva es una mezcla de menta y algo más, un sabor que es Cole en toda su esencia. Es tan embriagador que creo que estoy borracha de él.

Mis manos se mueven como si tuvieran vida propia, recorren su espalda y luego se cuelan debajo de la camiseta. Los músculos se tensan allá donde mis dedos presionan la piel y Cole gime en mi boca. Sus besos se vuelven más ardientes mientras recorro los montículos de su columna. Desliza los labios hasta mi mandíbula y la cubre de besos, luego sigue bajando hasta el cuello y yo arqueo la espalda. Quiero más.

¡Esto es increíble! Pero ¿por qué no lo hacemos a todas horas? Ahora sé por qué Megan y Alex no quedan con nosotros tanto como antes. ¡Deben de estar ocupados, encerrados en una habitación haciendo esto mismo! Y, la verdad, no se lo reprocho.

Cole me mete una mano debajo de la camiseta y yo siento que el corazón me va a estallar. Esto es nuevo, vaya que si es nuevo, y me encanta. Es entonces cuando caigo en la cuenta de que llevo falda y, por tanto, acceso prácticamente libre. Más fácil, imposible. Pero entonces sus manos siguen subiendo y yo ya no puedo pensar. Me olvido de respirar. Él se detiene un momento para mirarme, para saber si estoy bien, y yo le hago saber que nunca he estado mejor. Ansiaba tanto que me tocara que casi me da miedo. Puedo sentir hasta el último centímetro de mi cuerpo, cada sensación es más intensa que la anterior y cada roce despierta un abanico de emociones. Me estoy quemando y es la sensación más alucinante del mundo.

Quiero más, quiero que sus manos me abrasen la piel. Le tiro de la camiseta y él se levanta, se pone de rodillas y levanta los brazos, se la quita en un solo movimiento y la tira al suelo. Contemplo su torso desnudo, los músculos definidos, los abdominales... Dios mío, los abdominales.

—Me había olvidado de tu tableta —murmuro, incapaz de apartar los ojos.

Cole se echa a reír, se tumba de nuevo encima de mí y me mordisquea los labios.

—Toda tuya.

Es como si me leyera la mente. Coge mi mano y se la pone en los abdominales. Yo los acaricio maravillada mientras él contiene la respiración. Mis dedos se deslizan sobre los músculos, que se contraen al entrar en contacto. Tiene la piel suave y tersa al mismo tiempo.

Me tomo mi tiempo explorando su cuerpo mientras él me besa las mejillas, la frente, los párpados, la nariz y, por último, los labios. Luego sigue bajando por el cuello en dirección a los pechos y yo soy incapaz de mantener los ojos abiertos. Duda un instante antes de pasear la lengua por el contorno y bajarme la camiseta, solo un poco, no demasiado, para luego seguir el camino de la lengua, pero esta vez con los labios. Ahora mismo soy un manojo de emociones y sentimientos.

Cole entierra la cabeza en mi cuello y me lo acaricia con su cara. Su respiración suena tan errática como la mía y, de repente, me doy cuenta de que mis manos aún siguen paseándose por su cuerpo. Lo sujeto por los hombros e intento recuperar el aliento, pero me cuesta hacerlo con su aliento acariciándome la cara. Tengo los nervios a flor de piel.

—Esto ha sido mejor de lo que había imaginado.

—Pero... pero ¿es que alguna vez has pensado en mí? —tartamudeo.

Que alguien como Cole te diga que ha fantaseado con la posibilidad de estar contigo es, cuando menos, difícil de creer. Levanta la cabeza y se incorpora sobre un codo, luego me mira a los ojos y me da otro beso capaz de doblar rodillas y que me deja al borde del infarto.

—Joder, a todas horas.

Al cabo de un rato, bueno, de un rato largo, nos arreglamos la ropa y nos preparamos para volver a la fiesta. El plan es dormir en casa de Lan y regresar a casa mañana por la tarde. Miro el móvil por si Travis se ha puesto paranoico y me asusto al encontrar un montón de llamadas perdidas de Megan. Hay algunos mensajes en el contestador de un número que no conozco y también mensajes de texto, también de Megan, diciéndome que la llame en cuanto lo lea.

—Oye, ¿has...?

Cuando Cole se coloca delante de mí, mis dedos ya están marcando el número de Megan. Parece que su móvil también ha estado muy ocupado. Intercambiamos miradas de preocupación e imagino que él estará llamando a Alex. Se me ha vuelto a acelerar el corazón, pero esta vez por un motivo bien distinto.

Quizá está exagerando como siempre, no tengo por qué imaginarme lo peor. Seguro que va todo bien. Ya la conozco, Megan es la reina del drama. Supongo que su madre la habrá pillado con Alex en actitud comprometida o, peor aún, habrá descubierto su colección de libros de Judy Blume. Mientras espero a que me coja el teléfono, mi nerviosismo va en aumento. Me estoy empezando a marear. ¡Coge el puñetero móvil!

—¡Tessa, gracias a Dios!

Megan está sin aliento y le tiembla la voz. Diría que ha estado llorando. Enseguida me imagino lo peor y rezo para que las imágenes que se suceden en mi cabeza no sean ciertas.

—¿Q... qué ha pasado?

Me tiemblan tanto las piernas que me tengo que sentar en la cama. Cada vez me cuesta más respirar. Y entonces me fijo de nuevo en Cole, que está muy serio, como si hubiera pasado algo malo.

—Es Beth —exclama Megan, y yo me cojo a las sábanas e intento concentrarme en respirar.

—¿Qué ha pasado? ¡Dímelo!

—Su madre, Tessa, se está muriendo. Han tenido un accidente.

Megan empieza a sollozar y sé que, a pesar de sus esfuerzos, en cuesción de segundos ya no podrá seguir hablando. Siento una presión en el pecho, como si alguien hubiera metido la mano y me estuviera comprimiendo el corazón.

—Iba conduciendo borracha y... y ha chocado con otro coche. Están bien... —solloza, a punto de echarse a llorar—. Pero Marie ha perdido mucha sangre y... Por favor, Tessa, tienes que volver ya.

La conversación termina súbitamente cuando se me cae el móvil al suelo. Una intensa oscuridad me nubla la visión; veo lucecitas y siento como si se me durmieran los brazos. Intento entender lo que me acaban de contar, pero estoy un poco mareada y me resulta difícil. La madre de Beth se está muriendo. Da igual la relación que tengan, Beth la quiere por quien es. Mi mejor amiga está a punto de perder a la única familia que le queda.

—Vamos, Tessie, nos largamos.

Dejo que me coja en brazos y me lleve escaleras abajo. Ni siquiera me entero cuando les dice a sus amigos que nos vamos. Todo resulta muy confuso y, cuando me doy cuenta, ya estamos en el coche. No puedo parar de pensar en Beth, no se merece que le pase esto. Su vida ya ha sido bastante difícil. No sabe quién es su padre y ahora encima va a perder a su madre.

—Todo irá bien, ya verás —dice Cole cogiéndome la mano con la que le queda libre y apretándomela.

Pretende ser un gesto tranquilizador, pero no puedo dejar de pensar que ni siquiera siento la presión. Eso es lo extraño de las desgracias, ¿verdad? Nunca esperas que te toque a ti, así que cuando pasa, eres incapaz de procesarlo, y cuanto más tardas en procesarlo, más dura el dolor. ¿No sería más fácil lidiar con ello así, en caliente, y luego pasar página? ¿Por qué negarlo? ¿Por qué empeorarlo?

—No tiene a nadie más —digo, y mi voz me suena extraña incluso a mí.

Cole me mira de reojo. Hay bastante tráfico, no debería molestarlo, que no se distraiga. Debería quedarme callada.

—No sabemos qué está pasando, Tessa. Puede que su madre salga de esta.

—¿Te lo ha dicho Alex?

Cole aparta la mirada y sé que la situación es crítica. Conociéndolo como lo conozco, lo más probable es que ya haya hablado con Cassandra. Seguro que ella sabe la verdad y le ha explicado a su hijo la gravedad de la situación.

—Por favor, Tessie, tienes que ser fuerte por ella. Los dos tenemos que serlo. Quédate, preciosa, tan solo quédate.

Apoyo la cabeza contra el respaldo del asiento y cierro los ojos. Recuerdo el primer día que vi a Beth. Era la niña nueva de la clase, el bicho raro al que nadie quería acercarse, aunque en realidad todo el mundo deseaba conocerla. Las chicas se sentían inseguras por su belleza desenfadada y los chicos se sentían intimidados por la fuerza que desprendía y atraídos al mismo tiempo. Llevaba pantalones de cuero, botas de motorista y una camiseta de los Beatles, y se mostraba a la defensiva.

Un día, durante la hora de la comida, Megan le ofreció un sitio para sentarse y de pronto allí estaba: la vulnerabilidad, el miedo al rechazo y el alivio de saberse aceptada. Su reacción apenas duró unos segundos, tiempo más que suficiente para que yo me percatara de que en realidad era una persona normal y corriente. El rechazo de Nicole me había dejado escamada y me costaba mucho confiar en la gente. Megan fue demoliendo poco a poco mis defensas, no todas, pero sí las suficientes como para tener un espacio propio en mi vida. Y fue entonces cuando llegó Beth. Pasó por alto mis tonterías y me obligó a decir lo que pensaba. Me convertí en la Tessa de antes, sobre todo cuando estaba con ellas, y entendí lo importante que era para mí esta chica tan fuerte y complicada.

Y ahora Beth va a perder a su madre. Tengo que ser fuerte por ella. Cole tiene razón, no puedo fallarle cuando más me necesita.

—Gracias, necesitaba oírlo —le digo, y él me regala una sonrisa y me coge de la mano.

—Lo superaremos, ya lo verás. Los dos juntos, Tessie, te lo prometo.

Y aún no sé muy bien por qué, pero sus palabras son las que marcan la diferencia.

Los pasillos del Hospital Farrow Hills nos reciben con un fuerte olor a desinfectante. Con la mano de Cole en la mía, yergo los hombros y me dirijo hacia la UCI. El trayecto en coche ha sido una tortura. Hemos estado en contacto en todo momento con Megan y Alex y hasta ahora la cosa no ha hecho más que empeorar. Marie ha sufrido heridas internas, daños cerebrales importantes y una pérdida considerable de sangre. Hace dos horas que ha entrado en coma y los médicos no saben si su cuerpo será capaz de aguantar mucho más.

Hay un pequeño grupo de personas esperando junto a las puertas blancas de la UCI, y entre ellas distingo la melena pelirroja de Megan. Alex la está abrazando y ella no aparta la mirada de las puertas. Observo a algunos de los amigos de Marie a los que ya he visto antes en casa de Beth. Están diferentes..., sobrios.

Entonces la veo a ella, acurrucada en una esquina, con las rodillas contra el pecho y los brazos alrededor. Su piel de alabastro casi parece translúcida y tiene los ojos inyectados en sangre. Está temblando, pero no llora, como si estuviera paralizada por la impresión.

Tiene la cabeza apoyada en el pecho de un hombre. No sé cómo no me he dado cuenta. Ahora que me fijo, está acurrucada contra él como si fuera su salvador. El hombre levanta la mejilla de la cabeza de Beth y me quedo anonadada al ver esa cara que conozco tan bien como la mía propia.

Travis.

Tiene los brazos alrededor de Beth en actitud protectora y no para de besarle la frente. Por un instante, me quedo estupefacta, como si la imagen de los dos juntos no acabara de encajar.

Cole está a mi lado, totalmente inmóvil, pero sé que sus ojos me observan, que esperan una reacción. La verdad, no podría alegrarme más por ellos. De repente todo encaja, ahora sé que ella es la chica cuyo corazón mi hermano deseaba conquistar a cualquier precio. Por muy horrible que sea la situación, al menos ha salido algo bueno de ella. Travis y Beth son perfectos el uno para el otro.

Me seco una lágrima y le sonrío a Cole, que por fin respira tranquilo. Recorro la escasa distancia que me separa de mi amiga y de mi hermano y me siento junto a ella. Al verme, Travis abre los ojos de par en par, pero yo sonrío y pronuncio en silencio las palabras «no pasa nada». Él me devuelve el gesto y responde con un «te quiero», y sus mejillas recuperan el color de antes.

Cojo las manos de Beth entre las mías y veo que tiene las palmas ensangrentadas de tanto clavarse las uñas. Lo suponía. Ella levanta un poco la cabeza para ver quién soy, y en cuanto me ve, se derrumba otra vez. La abrazo muy fuerte y lloro con ella hasta que se queda sin lágrimas. Megan se sienta con nosotras. Solo podemos esperar.

27

No todos los chicos son unos pichabravas

—Hola.

Levanto la mirada del móvil y me encuentro una cara conocida que se dirige hacia mí. Sonrío e intento ahuyentar los nervios que me asaltan siempre que lo tengo cerca. Me guste o no, sigue siendo el hermanastro de mi novio.

—Hola, Jay. ¿Qué haces aquí?

Se sienta a mi lado en las escaleras del instituto. Cole tiene un examen y estoy esperando a que salga. No me fío de cómo pueda acabar esto. Cada vez que intento tener una conversación con Jay, la cosa se pone dramática. También es cierto que hace tiempo que no pasa nada y que él mantiene las distancias. Solo espero que entienda mi situación y me respete.

—Se ha alargado el entreno. He visto el coche de Cole y he pensado que estaríais por aquí.

—Sí, el señor Vaughn les ha puesto un examen de dos horas.

Aún me estremezco cuando recuerdo la tortura china que suponía la asignatura de álgebra de primero. Pobre Cole, necesitará muchas horas de terapia para recuperarse del trauma que está sufriendo ahora mismo.

—Ah, el de álgebra, ¿verdad? Dios, aún me recuerdo cómo me sentía después, como si me hubieran puenteado el cerebro.

Me río y caigo en la cuenta de que aquella clase la hicimos juntos. Es agradable poder tener una conversación civilizada con Jay y que no acabe en discusión como siempre.

—¿Cómo está Beth? F...fui al entierro a darle el pésame, pero no parecía...

Trago saliva y me concentro en la pantalla del móvil. Aún es demasiado pronto para hablar de ello, demasiado doloroso. Solo han pasado diez días desde la muerte de Marie y desde entonces he visto a Beth derrumbarse un millón de veces. Es horrible ver a alguien tan fuerte y decidido como ella desmoronarse de esta manera. No solo llora la muerte de su madre sino que se culpa de ella. No deja de preguntarse «¿qué habría pasado sí...?». ¿Y si hubiera estado en casa? ¿Y si hubiera convencido a Marie para que buscara ayuda? ¿Y si hubiera escondido mejor las botellas de alcohol? Nada la consuela. Da igual las veces que hablemos con ella, es imposible sacarla del agujero en el que está. Nunca me había sentido tan inútil como ahora.

—Pues... se recuperará, seguro, aunque necesita tiempo.

Jay asiente con la cabeza. Beth ha perdido a su madre, la única familia que le quedaba. Es imposible saber cuánto tiempo necesitará hasta que desaparezca el dolor.

—Seguro que se recupera. Te tiene a ti, que eres el tipo de amiga que cualquiera querría tener. Yo fui imbécil, pero estoy seguro de que la gente es más lista que yo.

Ya está, la frase a destiempo que me incomoda. ¿Por qué lo hace? Justo cuando empiezo a creer que mi historia con Jay ha quedado aparcada en el pasado en el lugar que le pertenece, va y surge otra vez como accionada por un resorte. Últimamente nos iba tan bien ignorándonos mutuamente..., y ahora aparece de nuevo y lo pone todo patas arriba.

—Jay...

—No, escúchame, Tessa. Lo siento, siento todo lo que te he hecho —me dice mirándome con esos ojos azules que no significan nada para mí, porque la tonalidad de azul no es la correcta.

Hablando de hermanos de ojos azules: si Jay no deja de inclinarse sobre mí, podríamos acabar teniendo un problema. Me aparto un poco, pero él se vuelve a acercar y sigue hablando.

—Lo eché todo a perder y ya no puedo arreglarlo, eso lo entiendo. Ahora mismo ya no puede ser, lo acepto, pero ¿no podemos al menos ser amigos? ¿Como antes? Me gustaría recuperarte como amiga, Tessa.

—Mira, yo...

—Ya sé que a Cole no le haría gracia, pero tampoco tienes que hacer todo lo que te diga. Recuperemos lo que teníamos antes de que él volviera.

Vale ya. Mi detector de gilipolleces ha llegado a su límite por hoy. Está a punto de llevarse una bronca, pero porque se la ha buscado.

—No éramos amigos, Jay; al menos, no amigos de verdad. Tú sabías lo que yo sentía por ti y aun así decidiste salir con Nicole. Si te hubieras preocupado algo por mí, no habrías caído tan bajo. Te quedaste ahí, viendo cómo me machacaba un día tras otro, sin hacer nada. Pero yo era así de estúpida, ¿verdad? Siempre intentaba excusarte, creía que no sabías lo que hacía tu novia, pero ni siquiera tú podías estar tan ciego. Lo cierto es que te daba vergüenza que te vieran conmigo porque estaba gorda y no era popular, así que ¿por qué debería ser tu amiga ahora? No me has dado ni un solo motivo para poder confiar en ti.

Me siento genial ahora que por fin lo he soltado, espero que lo haya entendido. La gota que ha colmado el vaso es que se haya atrevido a insinuar que Cole me controla. Podría haber ignorado el resto de su patético discursito, pero lo que no pienso permitir es que opine sobre mi relación.

—En cuanto a Cole, ni él ni yo somos de tu incumbencia. Te agradecería que te guardaras tus opiniones para ti.

Me levanto resoplando y me cuelgo la mochila del hombro con la intención de huir de él, pero me coge de la muñeca tan deprisa que ni siquiera lo veo venir. Parece arrepentido.

—No me he sabido explicar, lo siento. No paro de meter la pata. —Suspira y da un paso hacia mí—. Es que... me gustaría que las cosas hubieran sido distintas. Ojalá no te hubiera apartado de mí, ojalá hubiéramos tenido nuestra oportunidad, pero ahora ya entiendo que eso no va a pasar. No sabes cómo me cabrea pensar que tiré por la borda una posible historia contigo por alguien como Nicole. Por favor, solo necesito que me des tiempo, ¿vale? Podríamos ser amigos, Tessa, y esta vez te juro que lo haría mejor.

Me lo quedo mirando fijamente, sin saber qué decir. Jamás se me había pasado por la cabeza que un día Jay Stone me suplicaría que fuéramos amigos y que me confiaría sus sentimientos, y todo de una tacada. En sueños sí, obviamente, porque era una pardilla, pero eso ya es cosa del pasado. Ya no quiero lo mismo que entonces, lo cual convierte la situación, cuando menos, en una ironía.

—Pues... ahora mismo no sé qué decirte. Tengo la cabeza en otras cosas y además Beth me necesita. No puedo responderte, ahora no. Lo siento.

Me suelta la muñeca, retrocede y se mete las manos en los bolsillos.

—Lo comprendo, puedo esperar. Es lo que me merezco, ¿verdad?

—No hace falta que...

—Pero quiero hacerlo.

Me sonríe una última vez y se marcha. Estoy un poco mareada, así que me siento otra vez en el suelo. Esta mañana, cuando me he levantado, no se me ha ocurrido pensar que hoy tendría esta conversación con Jay. La sensación es agridulce. Por un lado, estoy contenta porque he sido fuerte y le he plantado cara, pero, por otro, siento que es el fin de una etapa. La melancolía no me dura mucho rato porque, en cuanto Jay se marcha, me invade un olor delicioso que solo puede pertenecer a una persona.

—Creo que tenemos que hablar de algo.

Cierro los ojos al oír su voz, que no hace más que confirmar lo que ya sé. Cole ha visto y oído al menos una parte de mi conversación con Jay. Soy tonta, no debería temer su reacción. Tampoco es que me haya lanzado a los brazos de su hermanastro y luego me lo haya comido a besos. Ha sido una conversación perfectamente platónica entre dos adultos que ha acabado de la forma menos esperada.

—Abre los ojos, Tessa.

¿Tessa? Oh, oh, esta vez no ha usado el diminutivo. ¡Maldito seas, Jason Stone!

—No puedo.

Me tiembla la voz y tengo un ataque de pánico total.

—No te lo voy a pedir otra vez; abre los ojos.

Respondo que no con la cabeza. Estoy dispuesta a hacer lo que sea para evitar esta conversación, y si eso significa perder la visión, a mí ya me está bien.

—Vale, tú te lo has buscado.

En cuestión de segundos, paso de estar de pie a colgar de su hombro y el mundo se pone patas arriba. Lo peor de todo es que yo aún mantengo los ojos cerrados, y el mareo y la sensación de la sangre subiéndome a la cabeza empeoran. Si no los abro ahora mismo, vomitaré encima de Cole y tendrá munición para machacarme hasta el día que me jubile.

—¡Está bien! Ya los he abierto. Ahora bájame —le medio grito medio suplico, y él baja los escalones saltando para que el movimiento sea aún más violento.

Tengo la comida en la garganta y me digo a mí misma que nunca más volveré a comerme un sándwich de atún.

—Ni hablar. Te lo he pedido amablemente y tú me has ignorado, así que lo vamos a hacer así.

Baja un escalón de un salto y luego otro, y luego otro más. La cabeza me da vueltas. No suelo marearme con el movimiento, pero esto es horrible. Sé que le ha molestado lo de Jay. Ya me ha dejado bien claro en el pasado que no le gusta que se me acerque, por eso tengo que explicarle que lo de hoy ha sido prácticamente una emboscada.

—¡Si no me bajas ahora mismo, te vomito en la espalda!

En realidad no es una amenaza, sino una predicción con muchas posibilidades de que se cumpla. Si valora los vaqueros de marca que lleva puestos y que le hacen un culo tan bonito, me dejará en el suelo.

—Vale —refunfuña mientras me baja.

La cabeza me da vueltas durante un buen rato. Solo cuando estoy segura de que no me voy a ir de morros contra el suelo, le propino un buen puñetazo en el estómago.

—Eso ha sido cruel.

Lo fulmino con la mirada y él pone los ojos en blanco.

—Pues imagínate lo que es encontrarte a tu novia y a tu hermano hablando acarameladitos. Estoy siendo generoso, mujer.

—¡¿Qué?! —exclamo y le atizo otro puñetazo—. ¿Acarameladitos? ¿Has perdido la chaveta? No estábamos acarameladitos.

—Os he visto. Creo haberte dicho que te mantengas alejada de él.

Está haciendo aspavientos con los brazos, se ha puesto colorado y tiene el pelo cada vez más alborotado. No sé si darle un tortazo o arrancarle la vida a besos. De pronto, me acuerdo de las palabras de Jay, que se cuelan por las rendijas de mi mente como hiedra venenosa. Ha dado por sentado que Cole me controla, que manda sobre mis acciones y mis pensamientos. Puede que no sea del todo verdad, pero sí que tiendo a hacer lo que él dice porque casi siempre tiene razón. Eso no quiere decir que tenga derecho a decirme con quién puedo o no puedo hablar. Vale, las conversaciones con Jay siempre acaban mal, cierto, pero aun así esto es inadmisible.

—Ah, ¿me lo habías dicho? ¿En serio? Siento haberle desobedecido, amo. ¿Qué puedo hacer para que me perdone?

Tengo los nervios de punta, así que ni me planteo guardarme los comentarios irónicos. Si lo que quiere es discutir por nada en concreto, no esperará encima que intente ser racional.

—Vale, ahora te rebotas. Mierda.

Le da una patada a una piedra que sale volando con tanto ímpetu que soy capaz de calibrar con exactitud la magnitud de su cabreo. Está mosqueado, vale, pero yo no he hecho nada malo y no me merezco que me traten así. Después de todo, él es quien me ha enseñado que los demás solo te respetan si tú te respetas a ti mismo.

—Estoy cansada y tú tienes que tranquilizarte. Llévame a casa, por favor.

Se lo piensa un momento, asiente con la cabeza y se dirige hacia su coche; yo lo sigo en silencio. Cuando llegamos junto al Volvo, me abre la puerta y se espera a que me ate el cinturón de seguridad, pero eso es todo. El resto del trayecto transcurre bajo una tensión que apenas hemos experimentado desde que salimos juntos. Es una sensación cansina e impregnada de ira apenas reprimida. Estoy enfadadísima con él. ¿Cómo se atreve a insinuar que yo aún pienso en Jay de esa manera? Es como si me echara en cara a la Tessie de antes, como si quisiera recordarme lo patética que era.

Aparca delante de mi casa, cojo mis cosas y me bajo como una exhalación. Cierro la puerta de golpe y corro hacia el porche, aguantándome las ganas de mirar por encima del hombro. Tampoco vería nada, supongo, porque, cuando aún no he llegado a la puerta, Cole acelera y desaparece calle abajo.

Cierro la puerta de casa de otro portazo y, como una niña en pleno berrinche, tiro la mochila al suelo y me dedico a darle patadas al sofá mientras maldigo como un camionero. Estoy que echo chispas, y solo cuando he conseguido librarme de parte de la ira que me carcome por dentro me doy cuenta de que tengo público.

—¿Has acabado? —pregunta Travis con la boca llena de cereales.

Miro a mi hermano, que me sonríe, y arrugo la nariz, asqueada. Acaba de presenciar el brote al completo, así que no tardará en preguntar. Genial, por si no tenía suficiente, ahora tendré que evitar que mi hermano se cargue a mi novio.

—Aún no.

Le arreo otra patada al sofá y luego me dejo caer encima de él.

—¿Problemas de pareja?

Agito una mano e ignoro la pregunta. Estoy en casa, lo cual significa que solo hay una cosa que merezca toda mi atención y esa cosa es Beth.

—¿Cómo está Beth?

Travis se acaba los cereales, le pasa un agua al bol y lo mete en el lavavajillas. Después viene hacia mí, se sienta a mi lado y, con un suspiro, apoya los codos en las rodillas y se aguanta la cabeza con las manos.

—Igual. He conseguido que tome algo, pero solo eso. Lleva días sin comer en condiciones y está empezando a perder mucho peso. Es como si no le llegara nada de lo que le digo.

—¿Y qué hacemos? No puede seguir así. Ya sabes que el médico le recomendó que fuera a terapia, pero se niega a ir. Es que... no sé cómo ayudarla.

Nos quedamos sentados en silencio, pensando qué podemos hacer para ayudar a la persona a la que los dos queremos. Beth lleva durmiendo en casa desde que salió del hospital, hace ya diez días. Cuando el médico dijo que el cuerpo de Marie se había rendido, fue como si una parte de ella también hubiera dejado de existir delante de nuestros ojos. Enseguida supimos que no podíamos permitir que volviera a casa sola. Sorprendentemente, mi padre decidió intervenir y, por una vez en su vida, actuó como un adulto responsable. Se compadeció de Beth y nos dijo que la trajéramos a casa. También se ocupó del papeleo y de los detalles económicos, y planeó el funeral para que Beth tuviera que hacer lo mínimo posible, cosa que ella agradeció. Ayer se marchó en viaje de negocios, después de asegurarse de que todo estaba en orden.

Aún me cuesta entender la relación entre Travis y Beth. Tampoco he preguntado, dada la situación, pero me muero de curiosidad por saber los detalles. Ya se conocían de antes, eso está claro, pero no fui yo quien los presentó. Cuando Beth y yo nos hicimos amigas, Travis estaba pasando un mal momento y, cuando se recuperó, ella apenas tenía tiempo para venir por casa. Conocía a mi hermano de vista por las fotos que hay en casa, pero todas son de cuando éramos pequeños y Travis ha cambiado mucho desde entonces.

Sin embargo, cuando los veo juntos es evidente que hay una conexión entre los dos. A veces es como si él fuera la única persona capaz de mantenerla de una sola pieza. Nunca la había visto así con un chico, aunque tampoco es que haya salido con muchos. Según ella, estaba demasiado ocupada haciendo de madre de su propia madre como para encima añadir un chico a la ecuación.

Pero sé por experiencia que mi hermano es diferente. Es una persona generosa por naturaleza, le gusta cuidar de aquellos a los que quiere. Sí, ha tenido algún bache en el camino, pero eso no significa que siempre haya sido así. Cuando está sobrio, Travis es una de las personas más buenas y generosas que conozco.

—¿Quieres que insista con lo de la terapia? Puedo probar —me dice.

Pero yo respondo que no con la cabeza.

Beth necesita tiempo, aún es muy pronto y no está preparada. Sí, seguramente le iría bien la ayuda de un profesional, pero no hasta que esté convencida y ella misma la pida.

—Voy a verla. Duerme un rato, Trav, pareces cansado.

Lo está. Lleva dos días sin afeitarse y tiene ojeras. Está a un tris de caerse redondo y yo no puedo evitar sentirme culpable. Entre las clases, los deberes y Cole, lo he dejado solo con Beth demasiado tiempo. Menos mal que es viernes y que por fin podrá recuperar el sueño atrasado, aunque dudo que se vaya a la cama por voluntad propia.

—Estoy bien —replica, pero se le escapa un bostezo.

—Vete a la cama —insisto empujándolo por el hombro—. Yo cuido de ella, te lo prometo.

Travis esboza una mueca.

—Sé que lo harás, Tess. Es tu mejor amiga y mi... lo que sea que somos. No estás cómoda con la situación, ¿verdad?

Me encojo de hombros y finjo que me estoy pensando la respuesta solo para tomarle el pelo. Él me mira muy atento, como si lo que yo pudiera decir fuera cuestión de vida o muerte, y yo me alegro de que le importe tanto. No todos los chicos son unos pichabravas.

Sonrío y le doy un codazo, y él se hunde en el respaldo del sofá, visiblemente aliviado.

—Me alegro de que te tenga a su lado. No sé qué clase de relación tenéis, pero me encanta que compartáis vuestras vidas. Serás una buena influencia para ella, y cuando se recupere, ella lo será para ti. Ahora vete a dormir antes de que te tenga que dar un somnífero.

Sonríe y se levanta del sofá. Se inclina sobre mí, me alborota el pelo y me da un beso en lo alto de la cabeza.

—Tú también puedes contar conmigo, lo sabes, ¿verdad? —me dice caminando de espaldas hacia la escalera—. Así que si te apetece hablar de lo que haya hecho Stone para hacerte perder los nervios, mi puerta está siempre abierta.

—Sí, hermano Yoda, te buscaré cuando te necesite.

—¿Tú crees que Yoda deja de enseñar solo porque su estudiante no quiere escuchar? Un maestro Yoda es. Yoda enseña como los borrachos beben, como los asesinos matan —recita mi hermano, echando mano de su infame imitación de *La guerra de las galaxias*.

Le lanzo un cojín, él lo esquiva y no para de reírse hasta que llega a su habitación.

Subo a ver a Beth, que está en la habitación de invitados. Todas sus cosas se encuentran ya en cajas, y Megan y yo hemos sacado lo imprescindible. Beth no se mueve de la cama, solo se levanta para ir al lavabo y para comer lo justo. Está tumbada como siempre, de lado y de cara a la ventana, con la mirada perdida a los lejos y la cara totalmente inexpresiva. Está acurrucada con las rodillas contra el pecho y la cabeza apoyada en las manos. Transmite fragilidad, como una niña perdida, y eso me rompe el alma.

—Hola —le digo con un hilo de voz, y ella me mira un segundo y luego sigue contemplando la ventana.

No habla casi nunca, o nunca directamente, y los demás solo podemos ir de puntillas a su alrededor, esperando el momento en que esté preparada para enfrentarse a lo que ha sucedido. De momento lo sobrelleva cerrándose en sí misma y expulsándonos a los demás. Es su forma de protegerse, pero, jolín, duele verla así.

Me apoyo contra la puerta y me devano los sesos en busca de alguna tontería sobre la que hablar. Podría contarle lo torpe que está siendo mi novio, pero no creo que ahora mismo le interesen demasiado mis problemas.

—El señor Vaughn ha vuelto a poner aquel examen de álgebra tan horroroso, el del año pasado, ¿sabes cuál te digo? ¿Te acuerdas de lo mal que lo pasamos y que queríamos meter a Megan en el maletero de su coche porque había fallado una pregunta y no paraba de llorar?

Ninguna respuesta, cero.

—Y la señora de la cafetería nos ha intentado vender otra vez aquel guiso en el que alguien encontró un diente falso. Nunca me había alegrado tanto de que hubiera máquinas expendedoras.

Intento que su silencio no me afecte e insisto.

—Ah, y casi me olvido, Megan le ha tirado zumo de naranja por encima a una de las antiguas secuaces de Nicole. Ha sido muy divertido, la chica estaba encima de Alex y Megan se ha levantado de la mesa y le ha vaciado el vaso entero en la cabeza.

Vuelvo a recibir otro silencio como respuesta y decido dejarlo porque me resulta demasiado penoso saber que no puedo hacer nada para aliviarle el dolor. Ella siempre ha estado a mi lado, siempre ha sido fuerte cuando la he necesitado, y me da vergüenza no estar a la altura cuando más me necesita. Dejo sobre la mesilla de noche el plato de comida que he traído de la cocina y cierro la puerta con cuidado al salir.

Después de hablar con Megan por teléfono y ponerla al día de los avances que ha hecho Beth, cojo mi Kindle con la esperanza de que un buen libro me aporte la paz que tanto necesito. Cole no me ha llamado ni me ha mandado ningún mensaje y yo a él tampoco. Es él quien debería disculparse, no yo. El ataque de antes ha sido totalmente gratuito y no pienso dar el brazo a torcer y llamarlo hasta que me diga que lo siente y que se ha equivocado. Pero por Dios, cómo lo echo de menos. Añoro su voz justo antes de irme a dormir. Añoro las tonterías que me dice para hacerme reír. Añoro hablar con él sobre Beth y que me diga que todo irá bien. Justo cuando estoy a punto de coger el móvil y llamarlo, me llega el aviso de que tengo un mensaje. Lo cojo, con el corazón latiendo desbocado, pero los nervios no tardan en convertirse en decepción. El mensaje me lo envía la persona equivocada. Es más, ¡no quiero que me mande mensajes!

Jay: «Cole está de mal humor. ¿Os habéis peleado?».

Sí, estúpido, nos hemos peleado, y por tu culpa. Ahora déjame en paz antes de que te apuñale donde más duele. Tiro el móvil encima de la cama y ni me molesto en contestar.

Me cuesta dejarme llevar por el ambiente alegre y desenfadado de la novela romántica que estoy leyendo, así que decido cambiar a otra de ciencia ficción en la que muere todo el mundo. Sí señor, mucho mejor así. La muerte y la destrucción se adaptan muy bien a mi estado de ánimo actual. Se me están cerrando los ojos y el Kindle me resbala entre las manos cuando, de pronto, alguien llama a la puerta. Lo primero que pienso es que es Beth y espero que esté bien. Rezando en silencio, corro hacia la puerta y la abro, pero no es Beth.

—¿Qué haces tú aquí?

Me mira desconcertado durante un par de segundos hasta que sus ojos se posan sobre mi pecho. No llevo sujetador e, irónicamente, hoy me he puesto una de sus camisetas. Pues claro que ha venido ahora, cuando sabe que estoy en pijama y soy totalmente vulnerable a sus miraditas. Cruzo los brazos sobre el pecho y ruego para que los pantalones cortos que llevo, que son muy cortos, se estiren como por arte de magia.

—Quiero que me devuelvas mi camiseta —me dice con aire desafiante, pero entonces me doy cuenta de que se está balanceando.

Me acerco un poco más y el olor a alcohol se hace más evidente. Fantástico.

—Estás borracho —anuncio, y él responde con un movimiento bastante cómico a medio camino entre asentir y sacudir la cabeza.

—La camiseta —repite.

El balanceo va a más, tengo que conseguir que se tumbe antes de que acabe haciéndose daño.

—No pienso quitarme la camiseta, Cole. Venga, entra.

Aguanto el peso de su cuerpo como puedo y lo acompaño hasta la cama. No para de murmurar frases inconexas, pero en ningún momento se resiste. Por fin, después de un esfuerzo físico por mi parte que equivale a un mes de gimnasio, lo empujo y él se desploma sobre mi cama.

Me llevo las manos a la cintura y le dedico mi mejor mirada de desaprobación. Me cuesta, eso sí, sobre todo ahora que parece tan vulnerable y tan perdido.

—¿Cuánto has bebido?

Cole junta el índice y el pulgar dejando un centímetro entre uno y otro, pero luego se lo piensa mejor y abre los brazos todo lo que puede, visiblemente satisfecho consigo mismo.

—Esto.

Madre mía. ¿Ha asaltado el minibar de Charlie Sheen o qué?

Le quito los zapatos y lo tapo con la colcha. Hoy duerme aquí.

—¿Por qué? —le pregunto mientras él empieza a canturrear el himno nacional.

—Porque lo prefieres a él. Siempre lo preferirás a él —responde como si fuera obvio y yo me quedo petrificada.

Y así, sin más, se me rompe el corazón. ¿Todavía le preocupa que pueda sentir algo por Jay? Pienso en todo el tiempo que hemos pasado juntos y me pregunto si no le he demostrado claramente lo que siento por él. Mis sentimientos hacia Cole están muy por encima de lo que pudiera sentir por Jay. No tienen nada que ver, pero él aún tiene muy presente mi relación con Jay y yo no puedo evitar sentirme culpable. Este chico me ha cambiado la vida y yo soy demasiado cobarde para decirle que le quiero. Que estoy enamorada de él.

—Te equivocas —le susurro, pero ya se ha quedado dormido.

Suspiro y me meto en la cama con él, me acomodo sobre su pecho y paso una pierna por encima de las suyas. Coloco mis brazos alrededor de su torso e inspiro el olor de su camiseta. Huele un poco a vodka, pero sigue siendo él.

Mañana sin falta aclararé cualquier posible confusión.

28

Eres tan apetecible como tu tocayo el helado

Se ha ido.

Lo sé incluso antes de abrir los ojos y enfrentarme al que ya se ha convertido en un día horrible. Todos tenemos cinco sentidos, ¿verdad? Vista, olfato, gusto, tacto y oído. A mí me fallan los cinco a diario, pero a cambio he desarrollado un sexto sentido que sigue dándome alegrías. Es el sensor de Cole.

Cuando está cerca, percibo un zumbido eléctrico en el aire. Mis nervios se ponen en estado de alerta y, lo quiera o no, una parte de mí sabe que Cole está presente. Hasta el último átomo de mi cuerpo está en sintonía con su presencia. El sensor de Cole es tan peculiar que parece de origen divino. Provoca el mismo tipo de emoción que una montaña rusa cuando cae en picado, esa sensación que solo se experimenta con la caída libre. Y ahora mismo estoy pegada al suelo.

Me niego a creer lo que ya sé y tanteo con la mano el espacio que tengo a mi lado. Cole vino anoche a mi casa con el corazón roto y la cabeza hecha un lío, y durmió conmigo entre sus brazos, pero ahora ya no está. Me pongo boca arriba y, conteniendo las lágrimas, contemplo el techo en silencio. Tampoco me cuesta demasiado convencerme a mí misma de que estoy siendo un pelín melodramática. No es que hayamos tenido una pelea monumental, simplemente ha sido un malentendido menor que debo aclarar de inmediato.

La idea me obliga a levantarme de la cama. Así no me pasaré el día lloriqueando y comiéndome mi peso en helado. A la Tessa de antes no le habría supuesto un problema porque esa era su forma habitual de actuar, pero yo ya estoy cansada de ser la pobre chica que siempre necesita ser rescatada. ¿Cuántas veces ha tenido él que dar la cara por mí? ¿Cuántas veces se ha enfrentado a sus miedos y ha sido sincero? Sí, esto es lo mínimo que puedo hacer por él.

Algo parecido a una férrea determinación me guía mientras me arreglo para salir de casa. Intento ir lo más rápido posible, con la esperanza de que no se me note en los ojos que acabo de levantarme. Antes de irme, voy a ver a Beth. Está dormida, pero me sorprende encontrarme a Travis en la cama con ella. Desde que Beth llegó, duerme con ella en su habitación, y aunque al principio Beth no quería que nadie se quedara con ella, por lo visto ha cambiado de opinión. Los miro y sonrío. Los dos están de costado, cara a cara. Sus manos están unidas, descansando entre sus cuerpos. Parece que se hayan quedado dormidos mientras hablaban. De repente, echo tanto de menos a Cole que creo que me mareo.

No me molesto en desayunar, corro escaleras abajo y salgo de casa. Los cinco minutos que separan mi casa de la de Cole se me hacen eternos, pero al final lo consigo. Llamo al timbre, jadeando y sin aliento porque he venido corriendo todo el camino. Tengo el tiempo justo para dejar de parecer un perro baboso antes de que se abra la puerta. Cuando es Cassandra la que me abre, intento disimular mi decepción. No pasa nada, me digo, Cole debe de estar durmiendo o intentando recuperarse de la borrachera de ayer. Al fin y al cabo es normal, tampoco va a estar de guardia indefinidamente esperando para abrirme la puerta en cuanto yo aparezca.

—Hola, cariño. Entra.

Cassandra me sonríe con su amabilidad habitual y me hace pasar. De pronto, me abraza y yo le devuelvo el gesto. Me coge por sorpresa, la verdad, pero es que últimamente para mí ella ha sido como la roca a la que asirme. Y no solo para mí, también ha ayudado a Beth en todo lo que ha podido. Apenas recuerdo lo que pasó en el hospital, pero sí conservo la imagen de ella cuidando de Beth y dejándole espacio para llorar, además de convencerla de que no podría haber hecho nada por Marie.

Así pues, me gusta estar aquí con ella, dejándome consolar. Pienso en mi madre, que por lo visto se está revolcando con un chico de la edad de Travis. Duele, claro que duele. He visto cómo se iba convirtiendo en alguien a quien ya no puedo admirar. Pasó de ser una gran madre a ser un oído amigo, y de ahí, a una gran desconocida. Por suerte, vuelvo a tener a Travis, que en cuestiones familiares es lo único que necesito.

Nos sentamos en el sofá del salón y mis ojos se pasean por ella como si tuvieran vida propia. El sensor de Cole no está activado, así que sé que no está en casa antes incluso de que me lo diga Cassandra. Se me para el corazón, se me revuelve el estómago y se me llenan los ojos de lágrimas.

—Supongo que os habéis peleado, ¿verdad?

Me coge de las manos, pero yo no puedo levantar la mirada. Estoy muy desanimada, como si todo girara sin control y yo no pudiera hacer nada para evitarlo.

—No ha sido una pelea..., más bien un malentendido. Pasó una cosa y no me dio la oportunidad de explicársela.

Cassandra suspira.

—Le habría parado los pies si hubiera sabido que estaba huyendo otra vez de sus problemas. Lo siento, Tessa, pero se ha ido hace una hora con una muda para pasar la noche. Solo me ha dejado una nota en la nevera. Si te sirve de consuelo, dice que volverá mañana.

No, no me sirve de consuelo. Cole tiene veinticuatro horas por delante para convencerse de que estoy enamorada de Jason Stone, alias Fuente de Todos mis Problemas. Si no fuera por el amor y el respeto que le tengo a la mujer que está sentada a mi lado, le abriría la cabeza a su hijo con un cuchillo de carnicero.

Salgo de casa de los Stone sumida en una especie de aturdimiento. Todo el ímpetu de antes se ha disipado. El mundo que nos rodea nos ha causado muchos problemas, pero Cole y yo siempre hemos estado bien el uno con el otro. Por eso estar con él es tan perfecto. Siempre está cuando lo necesito, siempre, y saber que lo está pasando mal por mi culpa, que está enfadado, me destroza de la peor manera. Un chico como él solo se encuentra una vez en la vida, de eso estoy convencida. He visto unas cuantas relaciones disfuncionales, hombres infieles que se emborrachan e incluso maltratan a sus parejas. El instituto en cierto modo te hace inmune a la idea del amor y el compromiso, pero Cole lo ha cambiado todo.

Y ahora se ha ido.

Saco el móvil y, a pesar de que la vocecita de mi cabeza me dice que le deje espacio, le mando un mensaje. Escribo la única frase que sé que le llamará la atención. La usamos solo en caso de emergencia y la situación actual lo es. Creo que estoy perdiendo la cabeza por momentos. Hasta donde yo sé, podría haberse lanzado a los brazos de Kimmy o incluso de Nicole, o de cualquiera del montón de mujeres que estarían encantadas de hincarle el diente.

«Te necesito.»

Le doy a enviar sin pensármelo dos veces. El teléfono pesa una tonelada entre mis manos mientras vigilo la pantalla sin pestañear. Puede que ni siquiera lleve el móvil encima. Quizá se ha quedado sin batería, o se le ha caído al suelo, o puede que en casa de la arpía de Kimmy no haya cobertura. Y, de pronto, la sensación más maravillosa del mundo: ¡el teléfono suena! Apenas consigo controlar la sensación de alivio que me atraviesa. Veo las palabras en la pantalla, me da igual que solo haya dos, suficientes para que se me dispare el corazón. Puede parecer un poco patético por mi parte, pero al menos significa que le importo.

«¿Estás bien?»

«No.»

«¿Qué pasa?»

Antes de que pueda formular una respuesta en la que le explique que me está rompiendo el corazón sin dramatismos, el teléfono empieza a sonar. Es el tono que le asigné a Cole no hace mucho, el «The Only Exception» de Paramore. Me tiemblan las manos. Deslizo los dedos por la pantalla para descolgar y los dos respondemos al mismo tiempo.

—¿Qué pasa?

—¿Dónde estás?

Repito la pregunta.

—¿Dónde estás?

—Tessie, responde, por favor. ¿Estás bien? ¿Te duele algo?

—Sí y sí a la segunda pregunta —murmuro y oigo una respiración profunda al otro lado del teléfono.

Me lo imagino pasándose la mano por el pelo y tirando de él con fuerza.

—No me hagas esto. ¿Qué quieres decir con que sí? Por favor, dime qué está pasando —me suplica, y por un momento me siento cruel.

Me ha dejado sola. Se ha levantado y se ha ido después de hacerme pasar una nochecita de pesadilla. Quiero que se sienta mal. Quiero que sufra, pero al mismo tiempo estoy tan enamorada de él que la idea de hacerle daño me resulta imposible.

—Te has ido. No me has dejado que me explicara, ni siquiera te has molestado en hablar conmigo. Simplemente te has ido.

Enfatizo las últimas cuatro palabras y confío en que comprenda su importancia. Sabe perfectamente que me está costando superar la sensación de abandono. Si, aún sabiendo eso, ha sido capaz de levantarse e irse, es él el que debería sentirse culpable. No me puedo permitir el lujo de que otra persona más deserte de mi vida porque yo no estoy a la altura.

—Por favor, bizcochito, no te enfades... Necesitaba un poco de espacio.

—¿Espacio? —exclamo a punto de gritar.

Mi propia voz me parece odiosa, pero es que estoy cabreada. El concepto «espacio» se inventó para que los hombres puedan abandonar las relaciones y hacer lo que les venga en gana. Es tan malo como darse un «descanso». Básicamente sigues en el mismo estado de confusión, sin saber muy bien si estás manteniendo una relación o no. Las mujeres se quedan en casa, sentadas al lado del teléfono, llorando y comiendo cantidades industriales de chocolate, mientras que los hombres echan una cana al aire, o al menos eso es lo que dicen en la tele.

—¿Necesitabas espacio y por eso has huido? ¿No se te ha ocurrido pensar en el daño que me podías hacer? Me estaba volviendo loca, ¿sabes? Si querías dejarme, solo tenías que decirlo.

Se me ha acelerado la respiración y estoy intentando controlar los sollozos. Odio a Cole, le quiero pero ahora mismo le odio con toda mi alma.

—Lo siento, lo siento. No me he dado cuenta de lo que he hecho hasta que ya era demasiado tarde. Soy un desgraciado, preciosa, pero jamás te dejaría.

—¿Sabes qué?, que ya lo has hecho. No confías lo suficiente en mí como para quedarte. No me has dado la oportunidad de explicarme y eso no es justo, Cole.

Oigo coches de fondo, supongo que está conduciendo. Es peligroso, sobre todo para alguien con resaca. No podemos tener esta conversación por teléfono y además yo no quiero acabar mal.

—Me he equivocado, no debería haberme ido así. Escúchame un momento, Tessie...

—Será mejor que te concentres en la carretera. Ya hablaremos más tarde.

—No, ni se te ocurra colgarme el teléfono. Tenemos que hablar de esto. Lo siento, ¿vale? No sabes cómo lo siento.

—Adiós, Cole, conduce con cuidado.

Cuelgo y tiro el móvil a un lado. Suena una y otra vez, pero dejo que salte el contestador. No quiero hablar con él, en parte porque está conduciendo, pero también por lo que ha dicho de que necesitaba espacio. Cuando mi mejor amiga decidió que yo ya no estaba a su altura y que no quería quedar más conmigo, me dijo que necesitaba espacio, y mira cómo hemos acabado.

Bloqueo cualquier pensamiento negativo y me concentro en hacer los trabajos de clase. Cuando me doy cuenta, he terminado los deberes de tres días. Es sorprendente todo lo que se puede hacer cuando, a pesar de tener multitud de cosas en la cabeza, no tienes más remedio que concentrarte en los asuntos corrientes. Así, cuando al cabo de un rato Travis llama a la puerta para preguntarme por la comida, ya he tenido el tiempo suficiente para rellenar las solicitudes de ingreso en varias universidades que había descartado.

La universidad, otro problema más.

—¿Cómo está? —le pregunto a mi hermano mientras damos cuenta de la comida china preparada que ha comprado.

—Igual, excepto que dice que quiere volver a trabajar.

Se hace el silencio y sé que a ninguno de los dos nos gusta la idea. Beth no está preparada para ocuparse de los cinco trabajos distintos con los que está acostumbrada a lidiar. Cassandra insiste en que vaya a terapia porque solo así podrá avanzar. Estoy de acuerdo con ella, lleva demasiado peso sobre los hombros como para funcionar correctamente. La conozco, y cuando las cosas se le van de las manos se autodestruye. Levantará un muro ante nosotros y luego se refugiará en los recovecos más oscuros de su mente.

—Entonces ¿cómo lo hacemos para que vaya a terapia? Necesita hablar de todo esto con algún especialista.

Travis apoya los codos en la mesa y la cabeza en las manos. Sé que está tan preocupado como yo y que lo está pasando fatal porque no puede hacer nada para ayudarla. Es un solucionador de problemas nato, forma parte de su naturaleza ser protector y una fuente constante de consuelo.

—He tenido una idea, pero no sé si aceptará. Alguna vez he pensado en hablar con alguien sobre la bebida, ya sabes... A veces aún siento el impulso de beber. Quizá si voy a terapia de grupo, o se lo sugiero, puede que se lo piense.

—No sabía que estabas...

—No es nada serio, te lo prometo, hermanita, pero a veces las cosas se me van de las manos, ¿sabes? Nunca te haría pasar por eso otra vez, te lo prometo.

Le sonrío, pero la procesión va por dentro. ¿Aún siente la necesidad de beber? ¿Cómo he podido estar tan ciega y no ser consciente de la batalla que está librando? Siento que soy la peor hermana del mundo. Últimamente he sido muy egoísta, solo pienso en Cole, en mí o en los dos.

—Vaya, creo que es una idea genial. Si podéis ir los dos juntos, seguramente acepte. Habla con ella, le irá bien.

Travis asiente y cuando me pregunta por Cole, le digo que estamos bien.

—Hola.

Es él. El sensor de Cole se ha disparado, al igual que mi corazón. Estoy junto a la ventana de mi habitación, de espaldas a él. Parece que está sin aliento, como si hubiera venido corriendo, y esa posibilidad me anima un poco.

—Tessie, di algo, por favor.

Oigo que sus pasos se acercan. Cuando me doy cuenta, me ha pasado los brazos alrededor de la cintura y me está atrayendo hacia su pecho. Esconde la cara en el hueco de mi cuello y me besa justo encima de la clavícula. Dios, me siento tan débil...

—Te fuiste —le digo con voz temblorosa.

—Lo siento —susurra él, la voz amortiguada.

—No lo vuelvas a decir, deja de disculparte y dime la verdadera razón por la que no soportas estar conmigo.

Sus brazos se transforman en dos barreras invulnerables. No me resisto porque tampoco quiero moverme de aquí. Solo quiero que me lo explique porque necesito entenderlo.

—Ayer por la noche estaba borracho. Me afectó mucho verte con

Jay. Me volví a sentir como el chico estúpido de antes al que solo mirabas con odio. De repente, todos los recuerdos negativos que he estado reprimiendo volvieron con más fuerza. Pensé que te iba a perder. Me asusté. Imaginé que, cuando te levantaras, me dirías que ya no querías saber nada más de mí.

Le tiembla todo el cuerpo y a mí también. Lo que sentimos es demasiado abrumador, demasiado incontenible. Nunca lo había visto así, tan vulnerable. Hasta ahora estaba acostumbrada a que fuera él quien me librara de mis inseguridades. No se me había ocurrido pensar en las suyas, y ahora que lo veo en este estado, se me parte el alma. Está conmigo de una forma tan desinteresada, tan sincera, que me avergüenzo de tener miedo de lo que siento por él.

Respiro hondo, tengo que hacerlo y cuanto antes.

Me doy la vuelta entre sus brazos y contemplo su rostro, su cabello alborotado y sus ojos, que brillan más que de costumbre. Hasta el último poro de mi cuerpo se muere de ganas de estar con él. ¿Cómo puede ser que nunca lo haya gritado desde los tejados del pueblo, cuando es tan evidente?

Me inclino hacia él y poso mis labios sobre los suyos, imprimiendo en ese beso todo lo que siento. Lo beso lentamente, saboreando el roce de sus labios contra los míos. Él responde al instante, sus brazos se tensan y me aprieta contra su pecho de forma que ya no queda ni un milímetro entre los dos. Siento que sonríe contra mi boca. Pues me alegro, amigo, porque esa sonrisa está a punto de crecer.

Retrocedo, me pongo de puntillas y le sujeto la cara entre las manos. Él me mira y sus ojos transmiten tanta ternura que tengo que echar mano de toda mi fuerza de voluntad para no volver a besarlo.

Que sea lo que Dios quiera.

—Te quiero.

Silencio, eso es lo que recibo. Si me concentro, puedo oír el latido furioso de nuestros corazones. El mío amenaza con estallar y aterrizar entre nuestros pies convertido en un amasijo de carne y sangre.

De pronto me muero de vergüenza. ¿Y si he metido la pata? ¿Y si él no siente lo mismo o no está preparado para decirlo? Lo he mandado todo al garete. No puedo llorar, no quiero llorar, al menos no ahora.

Pero pasa algo alucinante y siento que los trocitos de mi pobre corazón se recomponen uno a uno.

¡Cole sonríe! Bueno, decir que sonríe es quedarse corto. Sus labios dibujan una sonrisa tan ancha que me asusto por su pobre cara. Le brillan los ojos, vuelve a tener color en las mejillas y al fin sus labios buscan de nuevo los míos. Puedo sentir la sonrisa a través del beso. ¿Y el beso en sí mismo? Pues por poco no pierdo la cabeza. Su lengua me pide paso y yo se lo concedo con mucho gusto. Estamos ávidos el uno del otro, cada uno acaricia el cuerpo del otro. Nuestras lenguas se enredan, los labios mordisquean, acarician, saborean. Es una sensación nueva, una emoción hasta ahora desconocida que siempre me había faltado.

Cuando al fin nos separamos para recuperar el aliento, Cole apoya su frente en la mía y me besa suavemente.

—Te quiero, Tessie, te quiero mucho. Dios, es que ni te imaginas cuánto.

Se me acelera la respiración y siento que se me llenan los ojos de lágrimas. Es el peor momento para llorar, pero no puedo evitarlo. Ya me ha demostrado que siente lo mismo cuando me ha besado, pero las palabras significan tanto... Siempre había soñado con un amor como este, pero nunca pensé que encontraría a alguien como Cole.

Me abalanzo sobre él y le paso las piernas alrededor de la cintura. Lo abrazo con fuerza, apoyo la cabeza contra su cuello y me empapo de su olor. Él me sujeta con firmeza y me besa en la sien una y otra vez.

—Dilo otra vez —le suplico.

—Te quiero y siempre te he querido, Tessie. En cuanto vi a aquella niña de los ojos verdes y las dos coletas, supe que nunca volvería a ser el mismo.

Se me escapa un sollozo y él me aprieta más fuerte. Tengo los brazos alrededor de su cuello y la cara escondida. Me da vergüenza llorar, pero ¿cómo contenerme? ¿Cómo controlar tantas emociones cuando un chico como Cole te ofrece su alma?

—Dios, eres perfecto. ¿Estás seguro de que eres real? —bromeo, a medio camino entre la risa y el llanto.

Cole me mordisquea suavemente el cuello con los dientes y yo me estremezco mientras él se ríe.

—¿Esto te parece real?

Le doy una palmada en la espalda, pero luego suspiro y lo abrazo otra vez.

—¿Adónde has ido?

Retrocede hasta la cama, se sienta en el borde y luego me sienta a mí en su regazo. Yo apoyo la cabeza en su pecho, libero las manos y dibujo líneas sobre su camiseta. Cole se estremece al sentir el contacto de mis manos y yo no puedo evitar sentirme satisfecha. ¡Me quiere!

—He ido a ver a la única persona capaz de hacerme recapacitar —explica y me vuelve a besar en lo alto de la cabeza.

—¿A quién?

—A mi abu Stone.

Me río al pensar en todas las situaciones que he imaginado y en cómo me he torturado el día entero. Pero, eh, seamos positivos, creo que ya puedo tachar el asesinato doble de mi lista de tareas para hoy.

—¿Y qué te ha dicho?

—Cosas que ya se me habían ocurrido a mí de camino a la residencia, básicamente que soy un bocazas y que estaba a punto de dejar escapar lo mejor que me ha pasado en la vida. Claro que dicho por ella es mucho más efectivo.

—Seguro que sí. Oye, Cole.

—Dime.

Nos miramos y no podemos dejar de besarnos. Me apoyo en él para que el beso sea más profundo, y cuando nos separamos para respirar, se lo digo de nuevo.

—Te quiero.

—Yo también te quiero —replica él con una sonrisa de oreja a oreja y los ojos brillantes. Nunca lo había visto tan feliz y me aturde pensar que yo soy la responsable de todo esto.

—Oye, ¿alguna vez te han dicho que tu nombre suena a helado?

—¿Qué?

Se ríe y su pecho vibra debajo de mí, pero yo lo miro muy seria.

—Es la razón principal por la que estoy contigo, Stone, no te rías.

Cole intenta ponerse serio, pero se le escapa la risa.

—¿De dónde sacas esas cosas?

—Pero si es verdad. Te estoy revelando el motivo por el que todas tus admiradoras se te tiran al cuello.

—Todas mis admiradoras, ¿eh? ¿Y estás segura de que no es por mi belleza inigualable y mi encanto personal?

—Ni hablar, lo provoca la nata.

—Ahora me siento un poco hombre objeto —protesta, y yo le borro el puchero con un beso.

—No te preocupes. Eres tan apetecible como tu tocayo el helado.

Es casi medianoche y estamos tumbados en la cama. Bueno, Cole está tumbado en la cama y yo, encima de él, enredada con su cuerpo. Llevamos al menos dos horas en esta postura, solo nos levantamos para la ronda de besos reglamentaria. Ahora que por fin hemos compartido el verbo «querer», nos cuesta todavía más mantenernos alejados el uno del otro. Estar enamorado es increíble. El subidón es... Imposible expresarlo con palabras. Saber que hay alguien ahí fuera que te quiere de forma incondicional e irrevocable hace que todo sea... perfecto.

—Sobre lo que pasó ayer... —empieza antes de tragar saliva. Espero a que termine porque sé que es importante para él—. No sé por qué hice lo que hice o dije lo que dije. Os vi a los dos juntos y no pude soportarlo. Sé que es absurdo pensar que no volverás a hablar con Jay, pero supongo que no estaba preparado. Me has pedido que deje de pedir perdón, pero es que debo hacerlo. Plantarme en tu casa de esa manera, borracho como una cuba... Podría haberte hecho daño, nunca me lo perdonaré.

Cuando termina, me acurruco contra él y le cojo una mano entre las mías.

—Te entiendo. Supongo que me sentí insegura porque llevaba todo el día planeando el asesinato de la chica con la que estuvieras. —Se ríe y yo continúo—. Cuando te sientas así, Cole, tienes que hablar conmigo, tengo que poder explicarte que para mí Jay no significa nada. Si te sirve de consuelo, hoy mismo he sentido el impulso de decapitarlo.

Esta vez su risa es explosiva y se extiende por toda la habitación. Es el mejor sonido que he oído en mi vida.

—Vaya, hoy te has levantado un poco sádica, ¿no?

—La culpa es tuya. Si sigo saliendo contigo, acabaré convirtiéndome en la asesina en serie del pueblo.

—Pero aún me quieres —dice él, y parece más tranquilo y seguro de sí mismo.

—Por desgracia, sí —respondo yo con un suspiro, haciendo un poco de teatro—. Ya sabes que el corazón no atiende a razones.

—¿Y qué opina tu corazón? ¿Me quieres?

Se le nota un cierto nerviosismo en la voz que el tono de provocación no consigue disimular.

—Siempre.

—Esta es mi chica.

29

Me muero por tus huesos

Resulta inquietante que toda tu vida pueda cambiar cuando menos te lo esperas. Empecé el último año de instituto rezando para que se acabara el ciclo interminable de dolor y sufrimiento en el que vivía sumida. Esperaba pasar desapercibida hasta que consiguiera la libertad que tanto ansiaba. Me había acostumbrado a la idea de que el único chico del que había estado enamorada nunca me correspondería. Luego estaba lo de mi mejor amiga, que se había convertido en una persona distinta con la que jamás podría volver a conectar. Mi familia era un desastre, mi hermano había perdido el rumbo. En pocas palabras, el año prometía ser una porquería.

Es curioso cómo cambian las cosas, ¿no?

Recorro lentamente los pasillos del instituto intentando contener la nostalgia que me invade. Seamos claros, este sitio no es que haya sido una fuente de alegrías y felicidad precisamente. De hecho, los años que he pasado aquí han sido con diferencia los peores de mi vida, dolorosos como arrancarse las uñas a mordiscos. La única excepción es que he conocido a mis dos mejores amigas; todo lo demás me ha arrastrado a un vórtice de una tristeza infinita.

Hasta que un buen día todo cambió. Me invade una sensación de felicidad y noto que mis labios esbozan una sonrisa. Este año, en estos mismos pasillos, mi vida ha cambiado para siempre. He encontrado a alguien que me ha enseñado a quererme, que me ha ayudado a ver que, si quiero, puedo escoger la felicidad y que ha destruido el vórtice. Mi superhéroe particular.

Doy vueltas en la cabeza a estos pensamientos mientras me dirijo hacia un escenario que me resulta muy familiar. Nicole está apoyada en su taquilla, dando golpecitos en el suelo con el tacón de sus zapatos. Mira la hora y luego a su alrededor. Cuando me ve, se yergue, me hace un gesto con la cabeza y echa a andar.

Me pongo bien la mochila que llevo colgando del hombro, me abrazo a la libreta que llevo contra el pecho y la sigo hacia el campo de fútbol. No quiero llevar mis problemas personales a este encuentro con Nicole. Cuando me ofrecí voluntaria para el comité que se encarga del anuario, sabía que en algún momento tendría que hablar con ella. Obviamente tenía la esperanza de que no pasara, pero no olvidemos que estamos hablando de mí y, a pesar de tener un talismán de la suerte llamado Cole, estas cosas suelen pasar. Se supone que tengo que entrevistar a los capitanes y subcapitanes de todos los clubes y equipos deportivos del instituto. Hasta ahora ha ido bien, si exceptuamos los diez minutos que he pasado con Jay y que han sido los más incómodos de mi vida. El chico tenía el día sobón, qué le vamos a hacer.

Nicole sube hasta lo alto de las gradas y yo la sigo. He preparado una lista de preguntas y, con un poco de suerte, no tardaremos mucho. Cada persona tiene apenas media página asignada, así que tampoco es que vaya a escribir una disertación sobre la realidad que se oculta tras los clubes de ciencia en el instituto.

Se sienta, alisa las arrugas de su falda y luego cruza las piernas. En los últimos años, Nicole se ha vuelto muy «refinada». Siempre viste impecable, nunca lleva un solo pelo fuera de lugar, ni siquiera durante los ensayos del equipo de baile. Es como si fuera incapaz de sudar o de estar fea. Está aún más morena que de costumbre y lleva las puntas de su preciosa melena oscura teñidas de rubio. La blusa color crema que lleva resalta su figura. Puede que la odie, pero he de reconocer que está espectacular.

Hasta ahora, ninguna de las dos había tratado el tema de nuestra más que tensa relación. La situación es increíblemente incómoda, pero por el bien del periodismo no me queda otra que perseverar. Además, hoy es el primer día de unas vacaciones de dos semanas. Cuando volvamos, solo quedarán tres semanas para los exámenes finales y la graduación. Cole me ha dicho que tiene una sorpresa para mí, así que cuanto antes acabe con esto mejor.

Si la promesa de una sorpresa por parte de Cole Stone no es una motivación suficiente, entonces ya no sé qué puede serlo.

—Vale, no tardaremos mucho.

Saco la grabadora y la libreta en la que llevo escritas las preguntas y me preparo para tomar notas. Nicole me responde con la mirada perdida en el infinito. La entrevista no podría interesarle menos, contesta de carrerilla mientras se mira las uñas. A mí me hierve la sangre por momentos y tengo que controlarme para no saltar. No puedo empujarla grada abajo, el equipo de baile no me lo agradecería. Quizá si la sigo fulminando con la mirada, con un poco de suerte acabará desintegrándose.

Estas últimas semanas no se ha metido mucho conmigo. Desde la separación de Jay y la posterior debacle social, ha estado desaparecida. Sus esbirros se han dispersado, solo unos cuantos se atreven a acercarse a la nueva paria del instituto. Debería sentirlo por ella, aunque solo sea porque he estado en su mismo lugar, pero cuando se comporta así es difícil empatizar con ella. Incluso ahora sigue siendo tan... fría, tan inaccesible, tan encerrada en sí misma... Si me importara lo más mínimo, le preguntaría qué le ha pasado en la vida para convertirse en este tipo de persona, pero con los años me he dado cuenta de que ninguna rama de olivo, por grande que sea, podría arreglar lo que ya no tiene solución.

Cuando considero que ya tengo material suficiente para el editor, empiezo a recoger mis cosas. Nicole ni siquiera parpadea y yo no veo el momento de largarme de aquí. Cole me está esperando en el aparcamiento y cuanto antes llegue, mejor. Si algo he aprendido este año ha sido a reconocer y valorar a la gente que te quiere por lo que eres. Cambiar para adaptarte a la vida de los demás nunca es una buena idea. La gente debería quererte por quién eres, no por quién quieren ellos que seas.

Ya he acabado de recoger y me dispongo a marcharme cuando, de pronto, Nicole me dirige la palabra. Me paro en seco y espero a que continúe.

—Mira —suspira y empieza a mirarse las uñas—, en cuanto nos graduemos, pienso largarme de este pueblucho de paletos tan rápido como pueda.

Comprensible. A Nicole siempre le ha fascinado la ciudad de Nueva York. Si a eso le añadimos que la han aceptado en la NYU, supongo que no hay nada que le impida, como dice ella, largarse «de este pueblucho de paletos tan rápido como pueda».

—Me alegro.

Estudio la expresión de su cara, tratando de encontrar alguna pista sobre lo que en realidad intenta decirme. Tengo el presentimiento de que tiene algo que ver con el punto y final que inconscientemente siempre he estado esperando. No dejas de ser amigo de alguien a quien conoces desde siempre sin un final en condiciones, ¿no? Quizá no es lo que quiero, pero sí lo que necesito.

—Antes de irme, necesito hacer algo, aclarar los malentendidos, ¿sabes? Tengo entendido que el karma no perdona, así que esto es un intento de abandonar todo lo malo atrás.

No sé si quiero decirle que quizá ya es demasiado tarde para arrepentirse. No puedo olvidar tan fácilmente todas las cosas que me ha hecho estos últimos años o, bueno, en realidad desde que entramos en la pubertad. Le he visto hacer cosas horribles, la mayoría contra mí, y, aunque consiguiera olvidarlas, la lista de toda la destrucción que ha sembrado a su paso seguiría siendo tan larga como el Burj Khalifa. No sé si el karma acabará portándose bien con ella.

—¿Me estás pidiendo perdón? —pregunto yendo al grano.

Es una situación agridulce, quiero y no quiero estar aquí, todo al mismo tiempo. Hay como una sensación de conclusión en el aire, como si los últimos cuatro años nos hubieran guiado hasta este momento. Nunca se me han dado bien los finales. Me leí el último libro de Harry Potter a razón de una página al día solo para alargar el tiempo que podría pasar con los personajes, así que, sí, tardé una buena temporada en leérmelo, pero disfruté hasta el último segundo. Y ahora mismo tengo la tentación de salir huyendo.

—Más o menos. —Empieza a dar golpecitos en el suelo con el pie, su pose de mujer de hielo se está derritiendo. Casi puedo sentir la ansiedad que emana de su cuerpo. No sé qué es lo que me quiere decir, pero también me va a costar lo mío escucharlo—. Quiero confesarme, Tessa, no pedirte perdón. Bueno, sí, quizá también te debo una disculpa, o un montón, pero es más importante que te cuente la verdad.

Frunzo el entrecejo, no tengo ni idea de lo que va a pasar a continuación. Nicole respira hondo y empieza.

—Me gusta Cole, mucho. Seguramente ya lo sabías, pero lo que no sabías es que estoy enamorada de él. Cuando tenía nueve años, un día mi padre me pegó una paliza y al día siguiente me escondí a llorar en el lavabo de niños del colegio. No quería que me vieras así. Tú tenías una familia perfecta y yo había empezado a odiarte por ello. Aquel día Cole me encontró en el lavabo y fue..., fue tan amable conmigo... Se quedó conmigo, me dijo que su padre era policía y que metía en la cárcel a la gente que era mala. Obviamente no le dije que había sido mi padre, pero con eso me bastó para sentirme segura, para saber que aquel niño tan guapo y tan bueno cuidaría siempre de mí.

Ahogo una exclamación de sorpresa y siento que se me desencaja la mandíbula. Esto sí que no me lo esperaba, si alguien me dijera que mis padres me adoptaron en una aldea perdida de Zimbabue, me lo creería, pero esto... Madre mía. Siempre supe que le gustaba Cole, pero pensé que era por su aura de chico malo o que quizá era solo una cuestión de atracción física, pura y dura. Sabía que había intentado tener algo con él y que Cole no había querido, pero no tenía ni idea de que sus sentimientos hacia él fueran tan profundos. Y lo de la paliza de su padre... ¿Cómo es posible que no lo supiera? ¿Cómo es posible que no supiera que me odiaba por una familia que se está viniendo abajo?

Es consciente de mi sorpresa, pero al parecer no va a intentar atenuar el golpe.

—Creo que por eso empecé a odiarte. Antes, bueno, sí, te tenía envidia, pero entonces me di cuenta de que Cole siempre estaba revoloteando a tu alrededor. Siempre buscaba la manera de hablar contigo, de pincharte, te prestaba tanta atención que a mí ni me miraba. Y yo... no podía soportarlo, pero incluso a los nueve años ya era consciente de que tenía que seguir siendo tu amiga si quería tener algo con él.

Me he quedado sin palabras, lo cual no deja de ser irónico si tenemos en cuenta que he venido como periodista. Siempre había creído que Nicole y yo dejamos de ser amigas porque yo no era lo suficientemente buena para ella. Estaba gorda, era patosa y, en general, una más del montón. Tenía sentido que no quisiera ser mi amiga, pero ahora sé que en realidad nunca fue mi mejor amiga y eso sí que duele.

—Podría decirte que lo siento, pero no sería suficiente, ¿verdad? Debería haberte contado la verdad, no debería haber fingido durante tanto tiempo que éramos amigas, pero fui muy egoísta. Quería a Cole y como no pude tenerlo...

—Te conformaste con Jay. Ni siquiera te gustaba, ¿verdad? Lo escogiste porque sabías que así me harías daño —la interrumpo, aunque me lo digo más a mí misma que a ella.

Lo que sentía por Jay se ha ido esfumando con el tiempo, pero aún recuerdo el dolor que sentí entonces. Creía estar enamorada de él, y cuando lo vi con Nicole sentí que el corazón se me rompía literalmente en añicos. Nicole, mi mejor amiga, me había quitado al chico del que yo estaba enamorada; más que suficiente para hacerme llorar durante semanas. Y ahora sé que lo hizo para hacerme daño.

—Era la única forma de hacerte sentir lo mismo que sentía yo. Puede que se me fuera la mano. Luego comprendí que tú no hiciste nada a propósito, que no le pediste a Cole que te quisiera. —Abro la boca para rebatir su argumento, pero se me adelanta—. Por favor, no. Creo que eras la única persona que no se había dado cuenta de que Cole estaba perdidamente enamorado de ti. Lo sabía todo el mundo, pero tú estabas muy ocupada obsesionándote con Jay como para verlo. Eso me cabreó aún más; ¿cómo podías estar tan ciega?

—¿Por qué? ¿Por qué me cuentas ahora todo esto? ¿Qué esperas que haga?

—Nada. Después de todo lo que te he hecho, no espero nada de ti, ni siquiera que me perdones. No me lo merezco, no después de lo que te he hecho estos últimos años, pero quiero que sepas que admito que lo hice mal. Me alegro de que tengas los amigos que te mereces y... me alegro de que tengas a alguien como Cole a tu lado. Te quiere y tú también lo quieres a él. No lo dejes escapar, ¿vale?

Intento formar una frase, pero las palabras se amontonan en mi cabeza. Es como si se estuviera formando un remolino alrededor de mi cerebro y me impidiera pensar. Sí, lo que me acaba de contar lo aclara todo definitivamente, pero al mismo tiempo lo empeora. Nicole nunca fue mi amiga, mientras ella me odiaba yo creía que era la mejor amiga que había tenido. La consideraba la persona en la que podía apoyarme, mientras ella, seguramente, se dedicaba a clavar agujas en muñecas de vudú que tenían mi cara.

—Creo que debería decir algo —consigo murmurar al fin—. Seguramente es una buena idea aprovechar para soltarlo todo hoy. Lo siento por ti, Nicole, siento que te enamoraras de alguien que no te correspondía. Sé lo que se siente, créeme. Siento que tuvieras que llegar a los extremos que has llegado para conseguir que se fijara en ti. Si algo he aprendido este año es que, cuando estás predestinado a estar con alguien, acaba pasando. No se puede forzar el amor, así que si tu primer amor no te corresponde, tienes que dejarlo pasar porque tal vez hay alguien mejor esperándote.

Veo que se le llenan los ojos de lágrimas, es la emoción más sincera que le he visto en años.

—También quiero darte las gracias. Si no me hubieras expulsado de tu vida, nunca habría conocido a Megan y a Beth. Me cuesta admitirlo, pero ser su amiga no se parece en nada a lo que había entre tú y yo. Con ellas siento que comparto una amistad como se supone que tiene que ser. Todos tenemos que seguir con nuestras vidas y yo no quiero seguir cargando con este peso cuando me vaya, y, ¿sabes qué?, seguramente debería odiarte por todo lo que me has hecho pasar, pero la verdad es que espero que tengas una vida mejor de ahora en adelante. Encuentra un chico que te quiera como eres y un grupo de amigos que te gusten de verdad. Lo digo por experiencia, esas son las cosas que te cambian la vida.

La dejo sentada en las gradas y salgo corriendo hacia donde está el coche de Cole. Cuando me ve llegar corriendo, se baja del Volvo y se dirige hacia mí con una expresión de preocupación en la cara. Me lanzo sobre él, le paso los brazos alrededor del cuello y escondo la cara contra su pecho. El olor que desprende me tranquiliza al instante. Cálido, familiar, protector y cautivador, todo al mismo tiempo. Ahora entiendo que alguien se enamore de él en un abrir y cerrar de ojos.

Puede que de bebé me cayera un montón de veces de los brazos de mi madre. Eso explicaría por qué he tardado tanto en darme cuenta de lo que Cole siente por mí.

—¿Estás bien?

Sus brazos se tensan alrededor de mi espalda y yo asiento contra su pecho. Solo quiero que me abrace. Necesito saber que todavía está conmigo y que soy la afortunada que ha escogido para enamorarse. Ahora que sé que las chicas como Nicole estarían dispuestas a hacer cualquier cosa para estar en mi lugar; soy todavía más consciente de que es un chico único, uno entre un millón.

Y es mi novio.

—¿Seguro?

Me aparto a regañadientes, no sin antes olerle el cuello una última vez, y le sonrío.

—Estoy genial. ¿Qué es esa sorpresa de la que no paras de hablar?

Me mira un poco confuso, tratando de comprender la situación, y luego esboza una sonrisa que me deja sin respiración.

—Sube al coche.

Me hace un gesto con la cabeza y yo lo miro con escepticismo. Se está haciendo el misterioso, pero me gusta. Hoy es un buen día para lo desconocido porque nada es lo que parece, como lo demuestra la conversación que he mantenido con Nicole. Se lo tengo que contar a Cole, pero ahora no. Lo único que quiero ahora mismo es estar con él.

—Vaaale. ¿Vamos primero a mi casa? Tengo que ir a ver a...

—Beth está con Travis, que la va a cuidar mejor que nadie. Acabo de hablar con él y me ha dicho que quiere ir a terapia.

—¿Qué? —exclamo, entusiasmada—. ¿Y cómo ha sido?

—Por lo visto, tu hermano le ha dicho que él también iría si iba ella y...

—Lo va a hacer por él. Va a ir a terapia por Travis —digo, impresionada, y siento una explosión de felicidad. Que sea capaz de dejar a un lado el miedo a hablar de la relación con su madre con un desconocido, y que encima lo haga por Travis, me demuestra lo mucho que lo quiere—. Entonces ¿vamos a tu casa? Porque el otro día Cassandra me pidió que...

No me deja acabar la frase.

—Tú sube al coche, Tessie. Ahora te lo explico todo.

Me abre la puerta y mientras me coloco el cinturón veo las bolsas en el asiento trasero. Enseguida reconozco mi maleta de mano y no puedo evitar sentir aún más curiosidad. Veo también una de las bolsas de Cole y la emoción va en aumento.

Cole sube al coche y se da cuenta de que he visto las maletas.

—¿Vamos a algún sitio? —pregunto, emocionada, y él se ríe, y en sus ojos aparece ese brillo de cuando es realmente feliz.

Se rasca la nuca. Parece nervioso, incluso un poco incómodo.

—Ya sé que la semana próxima nos vamos todo el grupo de viaje, pero he pensado que quizá podríamos pasar un fin de semana tú y yo solos. Se lo he pedido a tu padre y también he hablado con Travis..., aunque quizá debería haberte preguntado a ti primero, ¿verdad? Si no quieres ir, no pasa nada, yo solo quería... pasar tiempo a solas contigo y... Mierda, tendría que haberlo hecho de otra manera.

Está monísimo cuando se lía, así que dejo que siga desvariando un rato. Sé que debería acabar con su sufrimiento, pero esto es tan divertido... Casi siempre soy yo la que se pone colorada o acaba quedando en evidencia; hoy me toca disfrutar a mí.

—¡Cole, para!

Él me mira. Aún tiene las mejillas un poco coloradas y los ojos muy abiertos. Me vuelvo hacia él hasta que estamos cara a cara y lo beso suavemente. Él cierra los ojos, jadea y su mano sale disparada hacia mi nuca para sujetarme. Nos besamos muy despacio, muy profundamente, hasta que siento que la tensión abandona su cuerpo. Cuando nos separamos, tiene una sonrisa bobalicona en los labios.

—Deberías cerrarme la boca así más a menudo.

—Pensaba que estabas a punto de sufrir un ataque de nervios y que tendría que hacerte maniobras de reanimación.

—Vaya, pues tampoco me habría importado. Me encanta que a las chicas les gusten las actividades manuales —me suelta con descaro, y yo le doy un tortazo en el hombro.

—Déjate de guarradas y dime adónde vamos. Y sí, quiero ir, me encantaría ir y tú eres tonto por pensar que te diría que no.

Me gano otro beso apasionado que me pone la piel de gallina.

—Vale, pues ponte cómoda y relájate que tenemos un buen trecho por delanate.

—¿No me vas a decir adónde vamos? —protesto y me cruzo de brazos, lo cual no hace más que alimentar su sonrisa.

—Dios, cómo te quiero.

Me derrito por dentro al oír sus palabras y, a pesar de que me estoy haciendo la ofendida, no puedo evitar responderle:

—Yo también te quiero.

Llevamos un buen rato en el coche, lo cual significa que he tenido tiempo de sobra para empezar a hiperventilar. Hasta ahora hemos viajado en silencio, intercambiando besos de vez en cuando, pero el silencio ha dado paso a la hiperactividad de mi cerebro, que ahora va a doscientos por hora.

Voy a estar a solas con Cole. Dos días enteros. Sin supervisión de ningún adulto, ni siquiera de Travis.

Si una monja pudiera ver el tipo de imágenes que están acudiendo a mi mente ahora mismo, se desmayaría.

Sí, hemos dormido en la misma cama un par de veces, pero siempre con la amenaza de que en cualquier momento podía entrar alguien por la puerta. Esto es distinto y lo es por lo intensas que son las emociones que compartimos los dos. Decirse «Te quiero» lo cambia todo. Nos hemos vuelto más posesivos, nos buscamos más y queremos pasar más tiempo juntos. A veces nos dejamos llevar demasiado y tenemos que parar.

De pronto, me imagino teniendo ese tipo de «intimidad» con Cole y siento que se me acelera el corazón y me arden las mejillas. ¿Soy yo o aquí hace mucho calor?

—¿En qué estás pensando, Tessie?

No quiero responder. Si lo hiciera, sería algo tipo «Estoy pensando que me muero por tus huesos».

—En nada —miento vilmente, y me sale una voz tan estridente que me dan ganas de abofetearme.

—Es la segunda vez que intentas colarme una mentira, ¿sabes? No sé en qué estás pensando, pero está claro que te da vergüenza, se te nota. Mira qué roja estás.

—Bueno, me llamas bizcochito por algo, ¿no? Y sí, espero que no sea porque estoy mullida por dentro. Menudo bajón.

Se ríe, y el sonido de su carcajada no me ayuda en NADA a alejar los pensamientos impuros de mi mente.

—Te llamo bizcochito porque era lo único que comías cuando íbamos a segundo. Siempre ibas con tu fiambrera de la Sirenita, pero el sándwich ni lo tocabas. Creo que se lo dabas a aquel niño tan delgado que apenas comía y luego te quedabas ahí sentadita mordisqueando tu bizcocho de fresa.

Vaya, hoy es un día de revelaciones.

—¿Cómo puede ser que te fijaras tanto en mí y yo ni siquiera me diera cuenta?

Su rostro se tiñe de tristeza y por un momento me planteo abofetearme a mí misma por haberle hecho daño. No sé en qué está pensando, pero seguro que no es agradable.

—Espera, no respondas. No debería haber preguntado eso. Soy imbécil, tendría que tener más tacto.

—No, Tessie, no te castigues —me regaña—. No te diste cuenta de que me gustabas porque yo intentaba demostrártelo de la peor forma posible. Olvidémonos ahora de toda esa mierda. Quiero pasar más tiempo contigo, a solas, y pensar solo en lo bueno. ¿Te parece bien? ¿Trato hecho?

—Trato hecho.

El mar está cerca, lo huelo en el aire y la sensación es genial. Caigo en la cuenta de que estamos cerca del sitio al que vinimos a buscar a la abu Stone, el día en que todo cambió. Bajo la ventanilla, respiro hondo y disfruto del olor a agua salada. Cole me pone una mano en la rodilla y la aprieta.

—Es perfecto —le digo cuando llegamos a una curva de la carretera, y Cole aminora.

Entramos en una finca privada. Al fondo se levanta una casa de dos pisos, muy lujosa, con ventanales enormes y rodeada por la arena de la playa. Estoy en trance, no puedo apartar la mirada de la casa. ¡Es alucinante! A través de los cristales se ve el interior, muy espacioso. El edificio es una mezcla de arquitectura moderna y tradicional, con los suelos de madera. Nos acercamos y no puedo evitar gritar de emoción al ver el agua azul al otro lado de la casa. ¡Playa privada!

—Oh, Dios mío.

—¿Te gusta?

—Es... ¡es increíble! ¿De quién es?

Me vuelvo hacia él, a punto de saltar en el asiento mientras absorbo toda la belleza que me rodea.

—Mis padres se la compraron a unos amigos de la universidad hace un par de meses. Hace... hace tiempo que quería traerte, pero nunca encontraba el momento adecuado.

—Vaya, Cole, es alucinante. ¡No me puedo creer que esto sea de tus padres!

Él se encoge de hombros, como quitándole importancia al asunto.

—Veníamos mucho cuando éramos pequeños. Los amigos de mis padres... se trasladan a vivir fuera de Estados Unidos y querían venderla. Cassandra pensó que teníamos demasiados recuerdos asociados a esta casa y que era una pena perderla, así que la compraron.

—Entiendo por qué no quería que se la quedara un desconocido. Es tan... ¡UAU!

—¿Quiere que se la enseñe, señorita O'Connell? —me pregunta señalando hacia la casa, y yo me quito el cinturón a toda prisa y hundo los pies en la arena.

Me alegro de llevar sandalias porque la sensación en los pies es increíble.

—Por supuesto.

Como era de esperar, la casa es igual de bonita por dentro que por fuera. Estoy en el lavabo del dormitorio principal, uno de los seis que hay. Sí, seis. Cole ha subido las maletas a la habitación y luego ha ido a la cocina a preparar la comida. Mi corazón está ocupado repasando la rutina habitual de ejercicios, como ocurre cada vez que Cole está cerca, y yo hago lo único que se me ocurre, que es echarme un poco de agua fría en la cara para intentar tener las hormonas bajo control.

El fin de semana acabará siendo un desastre si no consigo dejar de pensar en «ello». No podré comportarme como una persona normal. No sé si Cole quiere que pase algo, al menos no me lo ha insinuado, así que ¿por qué me estoy volviendo loca?

—Tú puedes —me digo a mí misma delante del espejo y, quién sabe, quizá consiga engañarme.

Me doy una ducha fría porque he oído que eso es lo que hay que hacer en estas situaciones, aunque, la verdad, tampoco es que me sirva de mucho. De vuelta en la habitación me seco con la toalla, entonces me doy cuenta de que mientras yo estoy aquí, medio desnuda, Cole está al otro lado del pasillo.

Sacudo la cabeza y empiezo a rebuscar en mi maleta cuando, de repente, me quedo petrificada al notar el tacto de algo parecido al encaje.

Ay, no.

Con gesto tembloroso, saco unas bragas de encaje negras que Beth me regaló una vez en broma después de que yo anunciara que mantendría mi virginidad durante el resto de mi vida. No las he tocado desde mi anterior cumpleaños, supongo que estaban metidas en alguna oscura rendija del cajón de la ropa interior, lo cual significa que...

Me visto a toda prisa, estrujo las bragas en una mano y salgo en busca de Cole, furiosa y avergonzada como nunca. Por desgracia para él, está de pie junto a una sartén llena de aceite caliente.

—Eh, pensaba hacer...

En cuanto ve la expresión de mi cara, se queda callado y levanta las manos en actitud defensiva.

—No sé qué crees que he hecho, pero seguramente es verdad y lo siento.

Lo miro y aprieto los dientes.

—No se te habrá ocurrido meter la mano en el cajón de mi ropa interior, ¿verdad?

Se muerde los labios y juro que por un momento resulta evidente que se está aguantando la risa, ¡el muy desgraciado!

—Bueno..., alguien tenía que hacer las maletas.

—¡Dios mío! No me lo puedo creer.

Estoy tan avergonzada que me tapo la cara con las manos.

—Tessie, vamos, no es para tanto. Por favor, no tengas vergüenza. Si soy yo. Lo siento, te tendría que haber pedido permiso, pero quería darte una sorpresa y no lo pensé. No te enfades, cariño. Además, supongo que algún día te veré...

Se queda callado en cuanto ve que levanto la cabeza para escuchar el final de la frase.

La madre que me parió.

—La madre que me parió —susurra Cole, como si me leyera la mente—. Eh, olvida lo que he dicho. Voy a..., voy a acabar de hacer la cena.

Señala con el pulgar hacia la cocina, sin levantar la mirada del suelo. Parece que está un poco aturdido.

—Sí..., vale, haz eso. Yo... voy a llamar a mi padre para decirle que hemos llegado bien.

—Vale, guay.

—Perfecto.

—Estupendo.

—Bueno, pues voy tirando, nos vemos, mmm, dentro de un rato.

Vuelvo a la habitación a toda prisa y me derrumbo boca abajo sobre la cama. Entonces no soy la única que ha notado la tensión, ¿no? Menudo fin de semana me espera.

30

Voy más perdida que la Kardashian sin un equipo de cámaras

Giro sobre la cama y me tumbo boca arriba. Me falta la respiración y estoy temblando como una hoja. Cojo el móvil y hago lo mismo que he hecho en otras situaciones parecidas, bueno, quizá no tan parecidas. En cuestión de cinco segundos, ya estoy en una llamada a tres con Beth y con Megan.

—Antes de nada, ¿están por ahí mi hermano o el mejor amigo de mi novio?

—No —responden las dos al unísono, y yo suspiro aliviada.

Respiro por la nariz y mi cabeza hace un ruido sordo al entrar en contacto con la almohada.

—Vale, tenemos un código rojo —anuncio, e inmediatamente las dos me bombardean a preguntas.

—Pero estás con Cole, ¿no? Te iba a dar una sorpresa y nos dijo... ¿Estás bien?

—¿Quieres que saque las botas con puntera de acero y le patee el culo? Pero te aviso, si lo hago, ya te puedes ir olvidando de todos esos bebés rubitos y de ojos verdes de los que Megan no deja de hablar últimamente.

—¿Qué? —exclamo, y Megan gruñe al otro lado de la línea.

—¡Yo solo he dicho que si algún día Cole y tú tenéis hijos, serán unos niños preciosos! Y me pido ser la madrina. Beth será su tía igualmente.

—¡Eh! —protesta Beth, y casi puedo ver cómo su piel pálida se tiñe de un rojo intenso.

Si no estuviera a punto de sufrir una crisis nerviosa, esta conversación me parecería de lo más confusa.

—Chicas, ¿queréis hacer el favor de escucharme? ¿Habéis olvidado que acabo de lanzar un código rojo?

—Cierto, ¿qué ha pasado? ¿Te has peleado con míster Perfecto? —pregunta Beth con ironía.

—No, eh...

¿Cómo voy a considerar la posibilidad de hacerlo, si ni siquiera soy capaz de hablar de ello con mis mejores amigas? Así de patética soy yo y Cole espera que... Me muero. Lo sé, me voy a morir aquí mismo, en esta habitación, y estoy a punto de contarles a mis amigas el porqué, una muerte por la causa más vergonzosa de la historia de la humanidad.

—Tessa, ¿qué te ocurre? Nos estás asustando.

La voz de Megan es tranquilizadora, como si estuviera tratando con una niña asustada, la niña en la que claramente me he convertido. Estoy segura de que lo más maduro habría sido sentarme con Cole, hablarle de mis sentimientos y luego planear entre los dos una hoja de ruta que llevar a cabo, o no; y en cambio mírame, escondida, encogida debajo del edredón y recurriendo a mis pseudomadres.

—Creo que quiero dar el siguiente paso con Cole.

Mi voz apenas supera el susurro. Tengo la cara roja como un tomate y la cabeza escondida entre las rodillas como si esperara un ataque físico en respuesta a mis palabras. Se hace el silencio en las dos líneas y casi puedo oír el sonido de unos grillos imaginarios de fondo.

Beth se encarga de acabar con la tensión más que palpable en la que estamos inmersas. Sin embargo, cuando abre la boca es para decir lo último que me esperaba de ella.

—Pero ¿qué dices? ¿Que aún no os habéis acostado?

Grito, escandalizada. Y Megan le echa la bronca a Beth por ser tan directa e insensible. No puedo respirar, de verdad que no. Mis pulmones se esfuerzan en funcionar mientras una risa histérica se me escapa entre los labios. De pronto, no puedo dejar de reír. Me río hasta que se me caen las lágrimas mientras, de fondo, mis dos mejores amigas no paran de discutir.

—¡No me lo puedo creer! ¿De verdad pensabais que sí? —les digo cuando por fin consigo tranquilizarme y volver a respirar con normalidad.

No sé si Cole habrá oído algo, al menos no dice nada. Me digo que el día ha llegado a su punto de saturación en cuanto a momentos vergonzosos se refiere. A partir de ahora solo puede ir a mejor, ¿no? Claro, Tessa, ya verás como sí. Tú tranquila.

—Bueno, ¿y qué querías que pensáramos? Siempre estáis pegados el uno al otro. Pasáis mucho tiempo a solas haciendo Dios sabe qué; yo pensaba que ya follabais.

—Beth, ya vale; por favor, cállate —le espeta Megan, e intenta asegurarse de que no voy a tener otro ataque de pánico—. Lo que quiere decir es que parecéis tan enamorados que dábamos por sentado que...

—¿Que qué? ¿Que nos... acostamos juntos? ¡No me puedo creer que pensarais eso!

—¿Y qué tiene de malo, Tessa? Venga, que tampoco hay para tanto. Tienes dieciocho años y sigues aferrándote a tu virginidad, a pesar de que tienes un novio perfecto que está loquito por ti. No es... normal.

A Beth se le escapa la risa y yo me tapo la cara con un cojín para amortiguar mis gritos de frustración. Se supone que estas son las que tienen que ayudarme, las que me van a decir qué hacer, si es demasiado pronto o si debería esperar, pero está claro que no vamos por buen camino.

—Beth, tampoco pasa nada si quiere esperar. Personalmente creo que debería hacerlo solo si está preparada y cuando esté preparada.

—Pero ¿cómo sabré que estoy preparada? —pregunto medio susurrando y mis palabras apenas se oyen.

—Lo sabrás. Será como si todo encajara. Estarás de todos modos muerta de miedo, pero en lo más profundo de tu corazón sabrás que puedes confiar en que esa persona no te lastimará. Y estarás enamorada de él, obviamente —responde Megan con tanta seguridad en la voz que enseguida empiezo a respirar con más tranquilidad.

Hasta que...

—Espera un momento, ¿eso quiere decir que Alex y tú...?

Dejo la pregunta a medias, incapaz de hacerme a la idea de que mi amiga, mi dulce, ingenua y un poco neurótica amiga, haya consumado antes que yo. Si además sus padres son como funcionarios de prisiones. Es imposible que...

—Sí, claro, ¿es que no conoces a sus padres? No creo que haya podido escaparse ni para echar un quiqui en el asiento de atrás del coche.

—¿Megan?

—Tengo razón, ¿verdad, Megs? —pregunta Beth, y sé que las dos estamos aguantando la respiración mientras Megan está muy, pero que muy callada.

—Buenooo... —dice finalmente, alargando la palabra.

Ahogo una exclamación de sorpresa justo al mismo tiempo que Beth entona la expresión de sorpresa del mes.

—¡QUÉ!

—Venga, chicas —protesta Megan, visiblemente avergonzada—, ¡sabía que reaccionaríais así!

—Pero... ¿cómo, cuándo? ¡No me puedo creer que no nos lo hayas contado!

Me sale una voz chirriante, como si hubiera inhalado helio. Tengo ganas de meterme debajo de las sábanas y no volver a salir. Nada es lo que parece. Ex amigas con pasados trágicos, novios que piensan en ti desnuda y ahora mejores amigas que pierden la virginidad y ni te lo dicen.

—De verdad, no me puedo creer que Alex y tú lo hayáis hecho antes que Colessa.

—¿Qué? ¿Nos acabas de llamar Colessa, Beth?

—Claro, lo hace todo el mundo. Sois tan asquerosamente perfectos los dos juntitos que os merecéis un nombre de pareja. Personalmente, me gusta Colessa, pero hay donde elegir.

—Vale, es un poco raro. Y además no viene al caso. ¡Megan! ¿Cuándo ha sido? Y... ¿cómo fue?

Megan medita la respuesta en silencio y a mí se me acelera el corazón mientras espero a que se decida a hablar. Beth ya nos lo contó en su momento. Tenía dieciséis años y estaba a punto de mudarse al pueblo. El que entonces era su novio, un aspirante a estrella del rock que tenía una camioneta vieja, le dijo que la quería y la convenció para que se acostara con él. Beth nos dijo que lo había hecho por curiosidad y que la cosa no fue para echar cohetes, así que es evidente que la respuesta de Megan es muy importante para mí.

—Bueno, en cuanto al aspecto fisiológico, fue un poco raro y un poco doloroso, pero es natural que sea así, ¿no? Alex fue muy dulce conmigo y tuvo mucho cuidado. Al final, me sentí genial y más, bueno, más enamorada de él, no sé si tiene sentido. Creo que nos unió todavía más, que conectamos a otro nivel.

—Y tanto que conectasteis.

—¡Beth! —exclamamos Megan y yo, y, de repente, las tres nos echamos a reír.

—Os juro que no quería que sonara así.

Megan se está tronchando con su risa de hiena, con algún ronquido de vez en cuando, y yo me uno a ella. Me siento mejor, más aliviada. Así que la primera vez es un poco incómoda, ¿no? Bien, eso está bien. Es un alivio, pero ¿significa que voy a seguir adelante?

—Pero Tessa, escucha, si no estás preparada también lo sabrás. Quiero decir que si le estás dando muchas vueltas tal vez sea porque Cole y tú necesitáis hablarlo. Ya sé que suena fatal, pero al final es mucho mejor tener las cosas claras. Al fin y al cabo, no quieres herir los sentimientos del otro ni tampoco que se lleve la impresión equivocada.

—¿Desde cuándo eres una experta en sexo?

Beth parece sorprendida y he de confesar que yo también lo estoy. Estamos hablando de Megan, la empollona, la de los padres dictadores que seguramente esperan que se meta a monja. Es raro, divertido pero raro. Me alegro por ella y me alegro de que haya encontrado a alguien como Alex. Según Nicole y Beth, muchos chicos dan por hecho que sus parejas son vírgenes, así que está bien saber que aún existen chicos como Alex.

—¿Quién es una experta en sexo?

De repente, me pongo pálida como una sábana.

—¿Ese es mi hermano? —pregunto con un hilo de voz.

—Espera, ¿esa es mi hermana? ¿Estás hablando de sexo con mi hermana? —exclama Travis.

—Chicas, tengo que dejaros. Adiós, os quiero, y si alguna de las dos quiere matarme, donad mis discos a una causa que valga la pena.

Beth cuelga el teléfono.

—¿Tessa?

—¿Acaba de pasar lo que creo que acaba de pasar? ¿En serio?

—Me temo que sí.

—Dios mío.

—Lo sé.

—Creo que me voy a suicidar ahogándome en el mar. Adiós, Megs, hablamos luego.

—Pero, Tessa, espera...

Cuelgo el teléfono y decido que en cuanto volvamos a casa investigaré a fondo sobre la posibilidad, aún no demostrada, de morir simple y llanamente de pura humillación.

Cuando por fin decido salir de la habitación, estoy un poco más tranquila. He apagado el móvil, obviamente, para que Travis no me bombardee a llamadas y mensajes amenazando la integridad física de Cole. Hoy no es mi día de suerte, así que también es posible que haya contactado directamente con él. Si es así, no lo parece. Lo encuentro en la sala de estar viendo una película en el enorme televisor de pantalla plana. Bueno, he utilizado el término «viendo» de una forma un tanto libre. En realidad, está mirando la pared que tiene delante mientras Reese Witherspoon sigue siendo *Una rubia muy legal.* Cole jamás vería esta película, ni en sueños. Queda declarado el estado de emergencia.

Me siento a su lado y enseguida es evidente la tensión que se palpa en el ambiente. Estoy atenta a cada uno de sus movimientos, a cada parpadeo o expresión facial; y él, por su parte, hace lo mismo. Resulta extraño, estamos tan sintonizados el uno con el otro que podría enumerarte todos sus movimientos con los ojos cerrados.

—Eh —susurro, y apoyo una mano entre los dos.

Es una ofrenda de paz, una forma de acabar con tanta tensión.

—Eh.

Tiene la voz grave y la mirada fija en el suelo, pero busca mi mano con la suya y nuestros dedos se entrelazan.

—¿Has hablado con tu padre?

¿Qué? ¿Por qué querría...? Ah, vale. Le he dicho que iba a llamar a mi padre.

—Sí, ya está.

—Bien.

¡Otra vez no! Es hora de que coja el toro por los cuernos.

—Cole, escucha, lo que ha pasado antes... —Respiro hondo e intento calmarme, pero no lo consigo—. Creo que deberíamos hablarlo, ¿no? Es lo que hace la gente cuando está en pareja, hablan las cosas. Nosotros también deberíamos hacerlo. Lo que ha pasado antes..., no permitamos que enturbie las cosas entre nosotros. No estoy enfadada contigo por lo que has dicho, en realidad te comprendo. —Antes de añadir una última cosa, cierro los ojos y le aprieto la mano—. De hecho, yo también he estado pensando en ello.

Oigo que se le acelera la respiración. Sus dedos se cierran sobre los míos con fuerza y un escalofrío le recorre el cuerpo. O quizá soy yo la que se ha estremecido. La cuestión es que no me arrepiento de haber sido sincera. Tiene que saber que no es el único que tiene necesidades, que estamos en la misma página, pero que yo quiero esperar.

—Pero creo que no estoy preparada, todavía no. Es por mí y por todo el lío que hay ahora mismo en mi vida. Necesito tiempo para aclararme. No es... el mejor momento. Lo siento si esperabas...

—Tessie —me interrumpe y me pasa la mano alrededor de la nuca para atraerme hacia él.

Me besa con frenesí, tan apasionadamente que por un momento me olvido de todo lo que acabo de decir. Sin embargo, es lo único que hace, besarme. Nuestras manos siguen entre los dos, entrelazadas, y es como si me estuviera diciendo que me quiere por primera vez, esta vez solo con los labios.

Gimo dentro de su boca y él sonríe. Tengo ganas de pasarle las manos por el pelo, pero él me lo impide. Al final, cuando nos separamos, jadeando para recuperar la respiración, me da un último beso en la frente y el corazón me da un vuelco.

—Te quiero —me dice atrayéndome hacia su pecho—. Y tengo la suerte de que me quieras aunque no deje de meter la pata.

Ahora mismo estoy un poco sensible con la elección de metáforas, pero, eh, no importa.

—No has metido la pata. Ya te he dicho que lo comprendo, que no pasa nada —murmuro contra su pecho.

—Sí, ya. He hecho que te sintieras obligada a... Joder, si es que no paro de pifiarla. A este ritmo, no sé si llegaremos al baile de graduación —protesta, y yo me echo a reír.

—No te castigues tanto, seguro que nos las apañaremos.

Ahora es él quien se ríe.

—Eso no ha sonado muy alentador.

Me quedo inmóvil entre sus brazos, embriagándome con su olor y disfrutando de la tranquilidad. Me encanta, es perfecto.

—Oye, Tessie.

—Dime.

—Puedo esperar hasta que tú quieras, lo sabes, ¿verdad? De hecho, si prefieres vivir una vida célibe, tampoco me importaría...

—¡Bah! ¿Por qué no te callas ya? —protesto y escondo la cara en su cuello.

Puedo sentir el calor que me sube por el cuello y la risa que resuena por todo su cuerpo. El muy desgraciado se lo está pasando en grande.

—Solo te doy opciones, eso es todo.

—¿Qué te parece si haces como si no hubiera dicho nada?

—Pero entonces tú no serías tú, ni yo sería yo. ¿Tiene sentido lo que acabo de decir?

—Extrañamente, sí —murmuro—. Y, Cole, si alguna vez vuelves a meter las narices en el cajón de mi ropa interior, empezaré a escuchar los grupos de los noventa. Y con escuchar quiero decir escuchar a todas horas, y tanto que antes de que te des cuenta te convertirás en fan de Nick Carter. Yo solo aviso.

Cole se estremece.

—*Touché*.

Una hora más tarde, la tensión ya es agua pasada. Recalentamos la cena y miramos un rato la televisión. Hace una noche preciosa, así que Cole me coge del brazo y bajamos a la playa. Mientras caminamos por la orilla, con el mar abarcando un área interminable, no puedo evitar ponerme sentimental. Ya sé que está muy trillado, pero tampoco quiero ignorar la inmensidad del momento.

—Hoy he estado hablando con Nicole.

Cole parece sorprendido. No lo miro, pero noto cómo su cuerpo se pone rígido. Se detiene y me mira de arriba abajo en busca de cicatrices de la batalla. Yo me dejo porque sé que lo hace por amor.

—No es lo que piensas. No ha sido un combate de *pressing catch*, solo hemos hablado. Y mucho. Bueno, ha hablado ella y yo he escuchado.

Me siento en la arena y doy unas palmaditas a mi lado para que él también se siente. Me acurruco contra su cuerpo y se lo cuento todo. Cuando llego a la parte en la que Nicole confiesa estar enamorada de él, parece realmente sorprendido.

—Estaba convencido de que me tiraba la caña porque era otra forma de machacarte. Ya tenía a Jay y no paraba de restregártelo por la cara, así que cuando tú y yo empezamos a pasar tiempo juntos, pensé que lo único que pretendía era que lo pasaras mal.

Se pasa la mano por la mandíbula, cubierta por los primeros signos de una barba incipiente. Siempre va perfectamente afeitado, así que se le ve cambiado, aunque igual de atractivo. Es un punto más en la larga lista de cosas que me encantan de él, tan larga que quizá empiezo a estar un poco obsesionada.

—¿Recuerdas lo que pasó? ¿El día que te la encontraste en el lavabo de los chicos?

Cole suspira y asiente sin demasiada convicción.

—Quería contártelo, de verdad, pero...

—No era asunto mío, Cole. No tenía por qué saberlo. Era su secreto y solo ella podía contarlo, no tú. Tranquilo, lo entiendo.

—Yo solo intenté ayudarla y la vigilé durante un tiempo. Además resultaba bastante fácil porque siempre estaba cerca de ti. Luego me pareció que estaba bien y como tampoco tenía moratones.... —Se queda sin palabras y luego añade—: Lo había olvidado.

—Te sientes culpable.

En realidad no es una pregunta. Estamos hablando de Cole, y si alguien sabe lo mucho que le gusta ayudar y rescatar a la gente, esa soy yo. A mí también me rescató, pero eso no significa que yo sea la única. ¿Estoy celosa? Sí, pero todo el mundo necesita a alguien como él en algún momento de la vida. Y si encima es el genuino, el auténtico, ¿qué más se puede pedir?

—Eso explica por qué le permití algunas de las cosas que hizo. Todo el mundo era consciente de que no te trataba como se trata a la mejor amiga. Nicole era... todo oscuridad, Tessie, mientras que tú eras siempre luz. Yo creía que tú conocías sus secretos y que por eso permanecías a su lado, pero cuando me marché las cosas empeoraron, y al volver el sentimiento de culpabilidad ya no era tan importante.

Nos quedamos en silencio un rato. Intento comprender sus palabras. Nada es lo que parece, en la trastienda siempre hay una historia. Me sorprende no haber llegado a esta conclusión hasta ahora. ¿Siempre he estado tan perdida?

Miro al chico que tengo sentado a mi lado y que dice que está enamorado de mí desde el día que me conoció, y la pregunta se responde sola. Voy más perdida que la Kardashian sin un equipo de cámaras.

—Qué, ¿ya hemos acabado de hablar por hoy? —bromea Cole, y yo me acurruco aún más contra él.

—Solo si me dices que tienes lo que me apetece de postre. Si me dices que no, entonces sí que tendremos un problema.

—Vaya, vaya, Tessie, ¿estás intentando aprovecharte de mí? Sabes que tengo derecho a decir que no si no me apetece, ¿verdad?

Termina la frase con una floritura y yo le doy un tortazo en la boca. Me arde la cara.

—Pero ¿qué te pasa? ¿Es que tienes el cerebro programado para malinterpretar todo lo que digo y convertirlo en algo...?

—¿Sexual?

Mis dedos amortiguan el sonido de su voz, pero puedo sentir cómo sus labios dibujan una sonrisa arrogante.

—Eres malvado.

Entorno los ojos, lo fulmino con la mirada y con un bufido me aparto de él. Me cruzo de brazos, le doy la espalda y miro hacia el infinito. Infantil, sí, ¡pero es que está disfrutando viéndome sufrir! Riámonos de la rubia, que es virgen. Seguro que escasean más que un dragón de Komodo con cuerpo de unicornio.

—Querrás decir sexy —murmura en mi oído, y me atrapa entre sus brazos de forma que mi espalda se apoya contra su pecho.

—A diferencia de tu legión de seguidoras, yo no me paso el día pensando en lo bueno que estás, Stone —le espeto.

Es mentira y de las gordas, pero, como no me ve la cara, quizá no se dé cuenta.

Juguetea con un mechón de mi pelo, y yo siento un escalofrío al comprobar el poco espacio que nos separa. Estamos apretados el uno contra el otro de cintura para arriba, yo sentada entre sus piernas. Su aliento me acaricia la oreja.

—Lástima, porque yo sí que pienso en ti a todas horas. Cuando no estás conmigo, te añoro. Quiero que tu voz sea lo primero y lo último que oiga todos los días. Quiero estar donde estés tú, Tessie, para siempre.

Se me escapa un suspiro y mi cuerpo se relaja contra el suyo. Cuando me habla así, es como si mis defensas desaparecieran. Da igual que finja, que actúe como si no me importara tanto... No sirve de nada. Tan solo soy una chica más perdidamente enamorada de su novio.

—Vaya.

Él se ríe y me da un beso en la mejilla.

—No sabes cuánto me alegro de que estés aquí. No se puede pedir más.

—Mmmmmm.

Tengo sueño, se me cierran los ojos. El día ha sido muy largo y empiezo a notar el cansancio, sobre todo cuando estoy tan cómoda entre los brazos de Cole.

—Antes de llevarte a la cama... —me dice con una voz tan grave que me despierto de golpe y me doy la vuelta para mirarlo con los ojos muy, muy abiertos—. Literalmente, preciosa, solo te voy a llevar a la cama, nada más. —Se aguanta la risa y yo le propino un codazo—. Dime, ¿por qué me está fundiendo el teléfono tu hermano?

Yo me muerdo el labio. Oh, oh. Podría llegar a cortar conmigo después de esto.

—Ah, eso... —Dejo que el pelo me caiga por la cara para que no pueda verme—. Quizá deberías considerar la posibilidad de contratar un guardaespaldas. No es nada grave —añado rápidamente—, pero podríamos decir que ha habido un pequeño accidente mientras cocinabas.

—Tessie... —dice lentamente, me aparta el pelo de la cara y me mira fijamente—. ¿Qué pasa?

No me queda más remedio que contárselo. Obviamente omito las partes más comprometidas de la conversación que he mantenido con mis amigas, y voy al meollo de la cuestión, pero da igual cómo lo explique, siempre suena mal.

Cuando termino mi discurso, Cole está pálido.

—¿Eh?

—Oye, sé que pinta mal, pero en cuanto pueda hablaré con Travis. Seguro que entiende que no ha pasado nada y...

—Me va a castrar o al menos lo intentará. Podría plantarle cara. Madre mía, mi padre me mata. No puedo acabar otra vez en el calabozo ni ser el responsable de que tu hermano pase los próximos seis meses entre rejas. Tampoco me puedo permitir acabar en Urgencias. Cassandra me ha dicho que si me vuelvo a meter en una pelea, les dirá a las autoridades que soy un niñato trastornado de Wyoming con problemas maternales.

No puedo evitarlo. Me echo a reír hasta que se me saltan las lágrimas. Me sujeto la barriga con las manos y me dejo caer de espaldas en la arena mientras intento recobrar el aliento. Me duelen las costillas de tanto reírme, pero por mucho que lo intente no puedo parar de reír.

—Adelante, ríete. Eres la única testigo del que podría ser mi último aliento.

—¿No estás siendo un poco dramático? —bromeo.

—Tu hermano habrá creído que has perdido la virginidad DESPUÉS de que le prometiera que mantendría las manos alejadas de ti y que te llevaría a casa en el mismo estado en que te fuiste.

Abro la boca de par en par y lo miro fijamente.

—¿Se puede saber cuándo habéis estado hablando de mi...? ¿Cuándo habéis hablado de esto? —Estoy a punto de gritar.

—¿Podemos olvidarnos de eso y concentrarnos en lo realmente importante, Tessie? Seguro que no pasará mucho tiempo antes de que acabe a dos metros bajo tierra, ¿de verdad quieres estar enfadada?

—Es increíble. ¿Y si os mato a los dos y así soluciono el problema? Eso es, os mataré a los dos con mis propias manos.

—Joder, a los O'Connell os irían bien unas clases para aprender a controlar la ira. ¿Qué te parece si te doy la tarjeta de mi loquero?

Y sin mediar palabra, me lanzo sobre su cuello. Y no, no en un sentido sexual.

31

Lo que se siente cuando te rompen el corazón

Cierro los dedos alrededor del mango de la espátula y abro un ojo con cuidado. Lo que hay en la sartén no es un huevo ni se le parece. Si un huevo pudiera bajar a los infiernos y luego volver, no acabaría tan quemado como este. Está tan chamuscado que parece imposible. Solo verlo me dan arcadas.

Oigo pasos que vienen hacia la cocina y sé que es él, obviamente. Mis sensores están en alerta y el olor que desprende recién duchado me golpea como un camión de gran tonelaje. Tengo que controlarme y no ceder a sus encantos. Me cuadro, preparo las defensas, aparto la sartén del fuego y vacío su contenido en el cubo de la basura.

Ya no me da tiempo a cocinar nada, así que tendré que conformarme con un poco de fruta. También podría olvidarme de entrar en el vestido de la graduación y untar un cruasán con mi chocolate favorito. Ahora que lo pienso, tampoco es tan mala idea, más que nada porque mi pareja para el baile de graduación seguramente no vivirá para el acontecimiento. Mi hermano, por su parte, acabará entre rejas, así que ahora mismo reencontrarme con Tessa la Obesa no sería mi problema más grave. No se hable más, marchando un ataque al corazón y unas arterias obstruidas.

—Te puedo preparar algo, si quieres.

—No, gracias —murmuro y me dirijo hacia la nevera.

Su voz despierta todo tipo de cosquilleos en mi cuerpo, pero me da igual, aún estoy enfadada con él. Sinceramente, me resulta humillante que mi hermano y él se hayan dedicado a discutir sobre mi vida personal sin molestarse en incluirme en la conversación. Me he pasado tanto tiempo a la sombra de Nicole, sin tener demasiado control sobre mis propias acciones, que ahora no puedo evitar ponerme un poco paranoica con estas cosas. Se supone que mi vida me pertenece y no es un foro abierto a discusión.

Digamos que quiero acostarme con Cole, ¿qué pasaría? ¿Me diría que no porque ha hecho un trato con mi hermano? Mi hermano, por su parte, está saliendo con una de mis mejores amigas, y yo nunca me he opuesto ni se me ha ocurrido cuestionar su relación. Les dejo su espacio, no interfiero y lo habitual es que me mantenga alejada de ellos. ¿Acaso no merezco el mismo trato? Vale, Cole está siendo un caballero y Travis está haciendo de hermano mayor, pero en algún sitio hay que poner el límite, ¿no?

—Tessie, venga, ya te he dicho que lo siento. No debería haber hablado con Travis de nuestra relación, sobre todo no de esa cuestión, pero tenía muchas ganas de que vinieras. Si no le hubiera dicho nada, ¿qué crees que habría hecho tu hermano?

Cojo el tarro del chocolate y casi lo estampo contra la isleta de la cocina.

—¡Tengo dieciocho años, por el amor de Dios! Travis es mi hermano, no mi guardián, Cole. ¿Por qué te tiene que importar tanto su opinión? —pregunto, enfadándome por momentos.

—Porque —suspira— no es mi admirador más incondicional que digamos y además es tu hermano. Sé cuánto lo quieres y lo importante que es para ti. Necesito que confíe en mí, eso es todo.

—No lo entiendo. Travis siempre me ha empujado hacia ti. Sí, al principio era un poco escéptico, pero nunca me ha dicho que no me acercara a ti. Hay algo entre vosotros dos que no me estás contando. Por eso sientes la obligación de rendirle cuentas, ¿verdad?

Cole abre los ojos de par en par, como si no se esperara que estableciera una conexión, y ahora sé que he dado en el clavo. Aquí hay algo más, estoy segura. No dice nada, así que continúo.

—Una vez me dijiste que habías ido a mi casa antes de irte a la academia militar, ¿verdad? Que querías disculparte, contármelo todo. Travis nunca me lo contó, ¿por qué? Sin embargo, me dijo que siempre había sabido que sentías algo por mí, entonces ¿por qué callárselo?

Se pasa una mano por el pelo, aprieta la mandíbula y le palpita la vena del cuello. Tiene los ojos clavados en el suelo y masculla algo entre dientes. Mi voz suena más suave, a pesar de que me aterroriza lo que pueda pasar a continuación. Me imagino lo peor e intento no desmoronarme. Necesita que lo traten con cuidado, no puedo ser demasiado exigente, pero al mismo tiempo debo saber la verdad.

—¿Podemos dejarlo para más adelante, fingir que lo de ayer por la noche y esto de ahora no ha pasado? Yo quiero estar contigo, Tessie, y no perder el tiempo pensando en los problemas. Cuando volvamos a casa te lo contaré todo, lo prometo. Por favor, confía en mí, es algo del pasado, no tiene importancia, pero por favor, ¿ahora podemos volver a ser nosotros mismos?

Es su súplica y su mirada de corderito degollado lo que me deja fuera de juego. Estaba preparada para mostrarme firme y exigir respuestas, pero cuando me mira así, cuando parece tan vulnerable, mi corazón no puede decir que no. No debería claudicar porque sé que lo más probable es que acabe pagándolo con creces, pero en el fondo tiene razón. Estamos en un sitio de ensueño y tenemos día y medio por delante para disfrutar juntos, y quiero aprovecharlo.

—Está bien —respondo, y se le ilumina la cara—, pero solo si me lo cuentas todo en cuanto lleguemos a casa.

Él sonríe, me abraza y me besa en lo alto de la cabeza.

—Te lo prometo.

A media mañana, Cole se marcha a hacer la compra y yo me paseo por la casa con mis vaqueros más gastados y un par de camisetas superpuestas. Estoy a punto de engancharme a una reposición de *The O. C.* cuando de pronto suena el timbre. Mmm, qué raro. ¿Tenemos visita? Voy de puntillas hasta la puerta y me asomo por la mirilla. Fuera hay una chica, no la veo muy bien pero no parece que venga a asesinarme con un hacha.

Claro que Ted Bundy tampoco tenía pinta de asesino en serie, ¿verdad? No hago caso de esos pensamientos un tanto neuróticos que me vienen a la cabeza y le abro la puerta a esta desconocida que parece una diosa.

Debería haberme puesto brillo de labios o un poco de rímel, o tal vez me podría haber cepillado el pelo o haber escogido un atuendo menos propio de un vagabundo, porque la chica que tengo delante es realmente preciosa. La miro, un tanto anonadada, y ella me sonríe y cruza el umbral para darme un abrazo.

—¡Tú debes de ser Tessa! Vaya, me alegro de conocerte por fin.

Mi primer pensamiento es que se parece mucho a Megan. Es guapa sin ser vulgar, guapa al estilo Kimmy. Tiene el pelo largo y pelirrojo y los ojos más verdes que he visto en mi vida. Yo también tengo los ojos verdes, así que sé de lo que hablo. Los míos no... brillan así. Tiene la piel muy pálida, de ese blanco translúcido que solo les sienta bien a los pelirrojos. Es un poco más alta que yo y va mucho mejor vestida. Tiene un cuerpo alucinante. Es esbelta, con las formas típicas de una modelo de pasarela, pero no tan delgada. Tiene un cuerpo trabajado, con algunas curvas aquí y allá resaltadas por el vestido esmeralda de corte imperio que lleva y unos zapatos de salón que le hacen las piernas aún más largas.

¿Quién es esta chica y por qué me mira como si fuera la hermana que nunca tuvo?

Le doy unas palmaditas en la espalda y carraspeo mientras ella se retira y me sonríe.

—Lo siento, no sé quién...

—¡Erica! Y tú eres Tessa, ¿no?

Un momento, ¿esta es Erica? ¿La acosadora de la que Lan me habló? Con todo lo que ha pasado, me había olvidado de ella por completo. Ahora que la tengo delante, no puedo evitar hacerme pequeñita y sentirme intimidada.

Cole aparece en la entrada, cargado con las bolsas de la compra. En cuanto ve a Erica, las deja en el suelo y ella corre hacia él y se lanza a sus brazos. Cole le devuelve el abrazo y, cuando se separan, le da un beso en la mejilla. La coge de la mano y se dirigen hacia la puerta, desde donde yo sigo observando la escena anonadada.

—Tessie, esta es Erica. La conozco desde...

—Prácticamente toda la vida, ¿verdad?

Erica sonríe y a mí me entran ganas de hacerle una sonrisa permanente con la ayuda de un cuchillo, a lo Joker.

—Lo... lo siento, no lo sabía. He oído hablar de ti, pero no esperaba conocerte —digo como una estúpida, mirándolos a los dos e incapaz de reaccionar.

—Muy propio de Cole, claro. Lleváis meses saliendo y no se ha molestado en presentarte a una de sus mejores amigas. Debería ofenderme, pero ya estoy acostumbrada.

Se encoge de hombros y le da un codazo a Cole en las costillas.

Estamos los tres en la puerta y la situación empieza a ser un poco absurda, así que la invito a entrar, aunque ella no necesita invitación y no tardo mucho en saber por qué. Mientras ellos se ponen al día, descubro algunas cosas que Lan se olvidó de contarme. Lo más raro de todo es verlos juntos. Son despampanantes, como dos estrellas de Hollywood. Yo me he sentado en una butaca y ellos en el sofá, y no tardo en darme cuenta de que ella se va aproximando cada vez más a él mientras hablan animadamente. De momento, no ha hecho nada propio de una psicótica, pero, bueno, aún es pronto, así que tampoco pasa nada si me pongo en guardia.

—Pensaba que vendrías dentro de dos días —dice Cole, que no parece tan incómodo como cuando está con alguna chica a la que sabe que le gusta.

¿Puede ser que no se haya dado cuenta? Porque ahora que los tengo delante es más que evidente que a ella le gusta.

—He adelantado el vuelo y no he tenido que hacer tantas escalas como con el otro. Luego he pasado un par de días en la granja de mis abuelos antes de venir aquí. Será una visita corta, tengo que volver pronto, antes de que empiece el semestre.

Al oír su respuesta, me vienen a la cabeza un montón de preguntas. Parece tan misteriosa, tan interesante..., justo todo lo que yo no soy, así que decido empezar con algo general para que no se note que me muero de la curiosidad.

—¿Estás en la universidad?

Erica me mira como si se hubiera olvidado de que sigo aquí. Eh, no la culpo, Cole provoca ese efecto en la gente, sobre todo en la que está obsesionada con él. Aun así, no pierde ni un segundo y me recita lo que parece ser una respuesta más que practicada.

—Sí, voy un año adelantada porque mis padres me educaron en casa hasta el primer año de instituto. Son profesores de antropología, de arqueología para ser exactos, así que supongo que me he pasado mucho tiempo rodeada de muertos. —Se encoge de hombros—. Ahora mismo están disfrutando de un año sabático y yo me he tomado un semestre libre para poder estar con ellos. Bueno, en realidad porque quería ir a Italia. —Sonríe y vuelve a centrar toda su atención en Cole—. ¡No te imaginas lo bonita que es Pompeya, Cole! Ojalá hubierais venido a visitarnos toda la familia, como en los viejos tiempos.

—Nuestros padres son amigos. De hecho, sus padres eran los dueños de esta casa, así que técnicamente hasta hace un par de semanas esta era su casa.

De pronto, ya no me siento cómoda aquí.

—¡Sí, y han cambiado esto por una granja! ¿Te lo puedes creer? Mis abuelos están locos de la emoción, pero yo preferiría estar en la playa.

—Espera, ¿dónde duermes? No veo que hayas traído ninguna maleta y ya te lo dije, puedes quedarte aquí el tiempo que quieras.

Arqueo las cejas, pero consigo controlarme a tiempo. Esto no me gusta ni un pelo, pero tampoco es buena idea que se me note si no quiero acabar siendo la mala oficial del cuento mientras aquí Ariel se convierte en la víctima. Obviamente, estoy pensando en lo que Cole me ha dicho antes, sobre lo de estar solos y olvidarnos de todo lo demás. Tener una invitada que además siente algo por él va un poco en contra de su teoría, ¿no? ¿Cómo puede ser que no se dé cuenta de la admiración con que lo mira? ¿No ve que cada vez que se aparta, ella se vuelve a acercar y busca continuamente la manera de tocarlo? Reconozco los síntomas del amor no correspondido en cuanto los veo.

Lan tenía razón. Erica está loquita por Cole y él se niega a reconocerlo.

—No, no seas tonto, Cole. No quiero molestaros. Enseguida me voy. Hay un hotelito no muy lejos de aquí, ya he reservado habitación. No me puedo quedar —protesta, pero lo hace con la boca pequeña; es evidente que se quiere quedar.

—A Tessie seguro que no le importa, ella no es así, ¿verdad? —dice él volviéndose hacia mí, y lo único que puedo hacer yo es asentir.

—Claro, por favor, quédate. Tienes más derecho que yo a estar aquí.

Cole me mira un poco extrañado, pero Erica no tarda en secuestrar su atención con una anécdota de su vida en la granja, momento que aprovecho para escabullirme. Es asfixiante verlos juntos, la chica que, ahora estoy completamente segura, está enamorada de mi novio y el novio en cuestión, que parece que ni se lo imagina.

Se parece peligrosamente a la situación con Jay y eso me convierte en Nicole. Mierda, no quiero ser Nicole, pero ahora que estoy en su piel, entiendo que fuera tan mala conmigo. Yo no hacía más que babear detrás de su novio y él siempre se portó bien conmigo. Estuviera yo gorda o no, seguro que le molestaba y por eso tuvo que sacar las uñas.

Entro en la habitación y me dejo caer en la cama. Me pregunto cómo acabará el día. El fin de semana no está yendo como imaginaba, ni con lo de Travis ni ahora con lo de Erica. La cosa no hace más que empeorar y tengo el presentimiento de que difícilmente mejorará.

Un par de horas más tarde, me despierta de la siesta el sonido de mi móvil, que está encima de la cómoda. Erica y Cole han pasado la tarde poniéndose al día y yo me he escapado sigilosamente con la excusa de que me dolía la cabeza. No era verdad, pero habría acabado siéndolo si hubiese seguido presenciando la conversación. Erica no tiene escrúpulos y sabe perfectamente lo que quiere. Cole, por su parte, sigue negando la realidad y parecía bastante descolocado cuando me fui. Yo también estoy descolocada. Nunca había visto a Cole tan... en las nubes y no tengo ni idea de cómo abordar la situación.

Es como si el universo intentara enviarme una señal, porque cuando por fin cojo el móvil, es Jay. Me siento en el borde de la cama y descuelgo. Me tiemblan las manos. Me muerdo los carrillos y murmuro un «hola» casi incomprensible.

—¿Tessa? ¿Estás ahí?

—Sí —respondo y respiro hondo—. Estoy aquí. ¿Qué pasa?

—Estoy preocupado... Sé que estás con Cole en la casa de la playa, pero hay algo que deberías saber, bueno, algo o alguien.

—No me lo digas. ¿Se llama Erica y es más guapa que cualquier mujer sobre la faz de la Tierra? —pregunto con frialdad y siento que se me encoge el corazón.

Si Jay me llama únicamente para hablarme de Erica es que aquí pasa algo.

—Mierda. Ya la has visto, ¿verdad?

—Seh.

—¿Sigue tan coladita como siempre?

—Seh.

—¿Y Cole sigue sin darse cuenta?

—Bueno, sois hermanos, ¿no?

—Ay. Vale, me lo merezco. Solo quería asegurarme de que estabas bien. Cuando está con Cole, Erica puede ser un poco... Bueno, digamos que es como un cachorrito enamorado de su amo y hasta las cejas de crack. Ha llamado a casa para asegurarse de que él seguía ahí y como sé que estás con él...

—Has pensado en avisarme. Gracias, pero ya tengo información de primera mano. ¿Cómo puede Cole no darse cuenta de que está loca por él? Dios, si se lo he notado desde el mismo momento en que le ha puesto los ojos encima.

—Bueno, tú lo has dicho, somos hermanos y los hombres en general son un poco...

—¿Estúpidos?, ¿ignorantes?, ¿incapaces de ver la realidad? Escoge la opción que prefieras, Jason.

Él se ríe, pero se le nota que está nervioso.

—Hace tiempo que no se ven. Quizá ya no es tan evidente como antes.

—Ah, desde luego que es evidente, no sabes cuánto. Es tan evidente que estoy pensando en coger el primer autobús que encuentre y largarme lo más lejos posible.

—Puedo ir a buscarte, si quieres.

—¿Tienes ganas de morir, Jay? Cole se pondría hecho un basilisco. —Suspiro porque sé que estoy atrapada aquí. Oigo que se abre la puerta y sé que es él—. Oye, luego te llamo, pero gracias, ya sabes, por llamar.

—No hay de qué, Tess. Cuídate y recuerda que mi hermano no siente lo mismo por ella.

Cole me mira con el entrecejo ligeramente fruncido.

—Sí, ya lo sé. Adiós, Jay.

Cuelgo el teléfono y lo dejo de nuevo sobre la cómoda. Cole cierra la puerta y se apoya en ella. Intenta parecer relajado, pero está apretando los dientes y se le nota que está enfadado.

—¿Qué quería?

—Avisarme de que íbamos a tener visitas para que no me cogiera por sorpresa.

No me ha gustado el tono de su voz, así que se la devuelvo. No quiero pelearme otra vez con él, pero no tiene derecho a enfadarse conmigo solo porque haya hablado con Jay. Es él quien está abajo con una chica que bebe los vientos por él.

Me mira y frunce más el entrecejo.

—¿Erica? ¿Esto es por ella? ¿Estás enfadada porque no te avisé de que vendría? Tampoco me pareció que fuera para tanto, Tessie.

—¿Que no es para tanto? ¿Estás ciego? ¿Es que no ves que está enamorada de ti? —pregunto levantando la voz, pero de pronto me acuerdo de que seguramente sigue abajo.

—Venga —protesta Cole—, no te habrás creído toda esa basura que te soltó Lan, ¿verdad? ¿O ha sido Jay? Joder, lo mato. ¿Eres consciente de que lo único que quiere es meter cizaña? Entre Erica y yo no hay nada. Solo somos amigos, nos conocemos desde hace mucho tiempo, pero eso es todo.

—Por el amor de Dios, Cole, no hace falta que Jay me lave el cerebro. Lo he visto con mis propios ojos: le gustas, se le nota, le gustas de verdad. ¿Cómo puede ser que no lo veas?

—La conozco desde que éramos pequeños —me dice, como si fuera imposible—. Es como una hermana para mí, no hay nada entre nosotros.

Me tomo un segundo para tranquilizarme y no abrirle la cabeza. Si de algo estoy segura es de que no pienso convertirme en Nicole. No voy a presumir de novio delante de una chica que, en el fondo, no tiene la culpa de haberse enamorado de él. Erica no supone una amenaza para mí, al menos no en principio. Sé que Cole dice la verdad cuando me asegura que es como una hermana para él, pero eso ella no lo sabe y se hundiría si lo supiera.

—Puede que a ti no te guste ella, pero a ella le gustas tú, Cole. Está enamorada de ti y yo no quiero convertirme en Nicole y hacerle daño.

—¡Maldita sea, Tessa! ¡Yo no soy Jay y tú no eres Nicole! ¡Esto no es un triángulo amoroso y no todas las amistades son tan retorcidas como la vuestra! Madura de una vez, joder.

Dejo de respirar. No puedo respirar.

Me llevo la mano a la boca para contener los sollozos. Tengo los ojos llenos de lágrimas. De pronto, Cole se da cuenta de lo que acaba de decir y abre los ojos de par en par. Intenta disculparse, pero no lo siente. Ahora mismo, haría cualquier cosa para que le perdonara. Si acepto sus disculpas, será como si escondiéramos nuestros problemas debajo de la alfombra, como todo lo demás.

—Vete.

—Tessie...

—Por favor, vete. No quiero seguir discutiendo. Déjame un poco de espacio.

Intenta decir algo, pero le doy la espalda y me encierro en el lavabo. No salgo hasta que oigo un portazo y sé que se ha ido. Así pasa el día y luego la noche. Yo no salgo de la habitación y Cole no sube a verme. De vez en cuando, oigo que alguien llama a la puerta, pero no contesto y quien sea tampoco insiste. Esa noche duermo con la puerta cerrada, llorando desconsoladamente sobre la almohada. Lo que más me ha dolido han sido sus palabras. A la mañana siguiente tomo una decisión. Recojo las pocas cosas que he sacado de la maleta y hago la llamada que sé que puede acabar hundiendo nuestra relación.

Cuando bajo, no hay nadie. Aún es muy pronto y no puedo evitar preguntarme dónde está Cole. Acampado en la puerta de mi habitación no, eso seguro. ¿Qué debe de pensar Erica de mí? Seguro que cree que soy la típica novia psicópata y que no me merezco a Cole. Quizá tenga razón, pero hoy no pienso sentirme culpable. Se ha pasado de la raya y tiene que saber que no pienso aceptar esa clase de comportamiento nunca más.

Salgo de la casa sin que nadie me oiga y deshago el camino por el que vinimos ayer. Recuerdo la cafetería que vimos al llegar y no me detengo hasta que veo las luces de neón. Le mando un mensaje a mi salvador y me responde que estará allí en media hora. Ya han pasado varias horas desde la discusión. Creo que Cole se marchó al poco rato porque después de eso ya no subió a verme. No pasa nada, me digo. Le pedí espacio y, de todas formas, no sé si ahora mismo podría estar con él. Aun así, no puedo evitar sentirme decepcionada.

El sitio es muy agradable y las camareras también. Me siento a una mesa y pido un café. No sé qué pasará cuando llegue a casa, lo que sí sé es que la casa de la playa está maldita. No pienso volver nunca más. Cole y yo estábamos bien hasta que llegamos aquí. Y ahora míranos.

Estoy removiendo el último dedo de café cuando se abre la puerta y aparece Travis. La cafetería está casi vacía; enseguida me localiza y ve que tengo los ojos hinchados de llorar. Me levanto y corro a su encuentro. Ya no estoy enfadada con él, lo abrazo con fuerza y él me acaricia el pelo.

—Tranquila, Tess —susurra—. Todo saldrá bien.

—Gracias por venir a buscarme.

Sollozo contra su pecho y él me aprieta aún más fuerte.

—Siempre puedes contar conmigo, hermanita, pase lo que pase. Venga, volvamos a casa.

Paga el café rápidamente y deja propina a las camareras. Nos sentamos en el coche y sintoniza mi emisora favorita. Suena una canción de The Civil Wars, que es exactamente lo que necesito. Cierro los ojos, apoyo la cabeza en la ventanilla y me quedo dormida.

—Está conmigo... No, me la llevo a casa. Está cabreada, gilipollas. No la voy a llevar de vuelta. Vale, sí, se lo diré cuando se despierte, pero solo si se encuentra mejor. No la agobies, ¿quieres? Sí, se lo diré. Tío, estoy conduciendo, luego te mando un mensaje.

Me llegan retazos de conversación. Intento abrir los ojos, pero estoy muy espesa y creo que me está empezando a doler la cabeza. Tardo un poco en darme cuenta de dónde estoy hasta que, de pronto, lo recuerdo todo. La pelea, la huida y Travis recogiéndome en la cafetería. Tengo ganas de vomitar. ¿Cómo hemos podido llegar a esto?

—Eh, ¿estás despierta?

Ya es mediodía, llevamos un buen rato en el coche. El viaje de cinco horas debe de estar a punto de terminar.

—Eh.

Tengo la voz ronca por el sueño y la falta de uso. Me froto los ojos y me incorporo, evitando en todo momento la pregunta que veo en la mirada de mi hermano.

—Llegaremos a casa dentro de unos veinte minutos. Beth está preparando tu plato de pasta favorito.

Refunfuño y me doy de cabezazos contra el asiento.

—¡Se supone que teníais que aprovechar el fin de semana para divertiros! No me lo puedo creer, lo he estropeado todo. Genial, vamos. No tengo suficiente con el desastre que es mi relación que encima tengo que meterme en la vuestra. Estoy en racha, ¿eh?

Travis se ríe.

—Te estás poniendo un poco dramática. Beth y yo tampoco teníamos planeado hacer ninguna locura aprovechando que tú no estabas. Pelis y comida, chica, esa era la idea, así que eres más que bienvenida.

—Uh, gracias —replico un poco seca, y entonces recuerdo por qué me he despertado.

Me incorporo en el asiento y miro a mi hermano de reojo.

—Estabas hablando con Cole.

—Sí. No paraba de llamarme. Supongo que no le has dicho que te ibas. El tío estaba superpreocupado. Le he dicho que estás conmigo.

—Ah.

Me siento un poco mal. Fatal, de hecho, pero tampoco puedo negar que si me he ido sin avisar ha sido en parte para torturarlo. Ahora que sé que lo he conseguido, solo me siento culpable.

—¿Te... te lo ha contado?

—No, pero quiere que le llames. Cuando estés preparada, Tess, no hay prisa.

Creo que voy a necesitar algo de tiempo.

Beth me ha mirado e inmediatamente ha sabido que no estoy de humor para hablar. A ella se la ve mucho mejor, por primera vez desde hace semanas tiene algo de color en las mejillas y parece que disfruta cocinando. Una sesión de terapia y ya se nota la mejoría. Me alegro muchísimo por ella. Se merece ser feliz y vivir la vida sin culparse por la muerte de su madre. Me da un abrazo y me dice que Cole y yo lo solucionaremos, seguro, porque nuestro destino es estar juntos.

Desde que sale con mi hermano se ha vuelto romántica. Yo, en cambio, cada vez estoy más cerca de convertirme en la loca de los gatos. Una loca especialmente obesa, me corrijo mientras me meto en la boca una cucharada tras otra de helado de fresa.

Oigo que suena mi móvil. Solo una persona me llamaría a las dos de la madrugada. Se me acelera el corazón mientras tamborileo sobre la pantalla. En ella aparece la cara de Cole y, por un momento, dudo si cogerlo o no. Estoy a punto de claudicar, pero entonces recuerdo que me gritó y lo que me dio. Rechazo la llamada y apago el móvil.

Como era de esperar, no pego ojo en toda la noche. Doy vueltas en la cama hasta que se hace de día, y luego veo cómo el sol va ascendiendo a través de la ventana de mi habitación. Hoy me voy a dar un homenaje, lo que significa que aún estoy en pijama y que no tengo intención de levantarme. En la tele hacen una maratón de John Hughes, así que tengo diversión para rato. Travis llama a la puerta y Beth también, pero solo salgo para comer.

Vuelven a llamar a la puerta, pero esta vez es distinto. Más suave, menos seguro.

Empiezo a temblar y me acurruco entre las mantas.

La puerta está abierta. Si quiere entrar, lo hará. Miro el reloj de la pared y veo que son poco más de las doce. ¿A qué hora se fue esa noche?

¿Adónde fue cuando me dejó? No he encendido el móvil, así que no sé si me ha mandado algún mensaje o ha intentado llamarme. Me estoy comportando como una cobarde. Tampoco es que sea nada nuevo, pero ahora tengo miedo.

—Tessa, ¿puedo entrar?

Se me rompe el corazón cuando oigo que me llama Tessa. Se hace añicos, literalmente, pero no digo una sola palabra.

—Por favor, necesito hablar un momento contigo y luego me marcho. Por favor, di algo.

¡No! ¿Por qué dice que se va? ¿Por qué no insiste como siempre? El Cole que yo conozco habría entrado sin llamar y me habría obligado a hablar con él, quisiera yo o no. Eso es lo que espero de él, que lo solucione como por arte de magia, pero hoy hay algo diferente en él, parece derrotado, asustado, y a mí se me cae el alma a los pies.

—Está bien —digo finalmente, levantando la voz para que me oiga pero intentando que no me tiemble.

La puerta se abre sin hacer un solo ruido y aparece Cole, igual de silencioso. Lleva la misma ropa que anteayer y no se ha afeitado. Tiene los ojos rojos y los hombros caídos. Aquí ha pasado algo.

—Tenías razón. Soy un gilipollas y tú tenías razón —me dice nada más entrar, casi desde la puerta.

Es como si fuera a salir corriendo en cualquier momento y ni siquiera me ha mirado.

—Cole... yo... exageré. Quizá no debería haberme ido así... y...

—Tenías razón. Erica me ha dicho que está enamorada de mí.

Se me llenan los ojos de lágrimas y siento que mi corazón deja de latir. Por cómo lo ha dicho, sé que lo peor está por llegar.

—Yo estaba cabreado contigo por lo que había pasado. Estábamos hablando y tomando algo. Ella se puso a llorar. Me dijo que siempre me ha querido y luego...

—¿Luego qué, Cole? ¿LUEGO QUÉ? —grito como una histérica, temblando como una hoja.

—Nos besamos. Ella me besó a mí y yo... ¡Joder! —Maldice en voz alta y le da una patada a la puerta—. Le devolví el beso. Estaba fatal, Tessie, cabreado contigo, con Jay, conmigo mismo. Me sentía culpable por haceros daño a las dos y, cuando me besó, pensé que al menos podía hacer algo bien. Qué estúpido, ¿verdad?

Estoy bastante segura de que voy a vomitar. Siento el sabor de la bilis en la garganta, pero me obligo a aguantar. La cabeza me va a doscientos, tengo el corazón roto y no puedo parar de temblar. Hace frío, de pronto me estoy congelando aquí dentro.

—¿Hicisteis... algo más aparte de besaros?

No sé ni cómo he sido capaz de decirlo en voz alta, pero necesito saberlo. Cole parece que esté a punto de ponerse a llorar.

—No... no me he acostado con ella, pero tampoco te voy a mentir, estuve a punto de hacerlo; sin embargo, recuperé la cordura y me detuve a tiempo.

Ahora sí, entro corriendo en el lavabo y vomito todo lo que he comido durante las últimas veinticuatro horas. Vomito sin parar y cuando por fin termino, me doy cuenta de que Cole me está sujetando el pelo y me acaricia la espalda. Me aparto de él y me desplomo en el suelo.

—Vete. Lárgate ahora mismo de aquí —le grito, tan fuerte que Travis sube corriendo y, cuando me ve, echa a Cole de la habitación.

—Lo siento. Te quiero, te quiero mucho, Tessie. No quería hacerte daño —me dice, pero soy incapaz de procesar ni una sola palabra porque es como si estuviera muerta por dentro.

Esto es lo que se siente cuando te rompen el corazón y luego te lo pisotean, ¿verdad? En ese caso, ¿por qué se enamora la gente? Y lo peor de todo es que, cuanto más enamorado estás, más dolorosa es la caída.

Yo me he enamorado locamente, me he entregado en cuerpo y alma, con todo lo que soy y todo lo que tengo en mi interior. Así que, cuando llego al fondo del abismo, sé que no hay ni una sola parte de mí que haya quedado intacta.

Título de la edición original: *Bad Boy's Girl*
Traducción del inglés: Sheila Espinosa Arribas,
cedida por Penguin Random House Grupo Editorial, S. A. U.

Diseño de la cubierta: Eva Mutter
Fotografía de la cubierta: AstroStar

Círculo de Lectores, S. A. U.
Av. Diagonal, 662-664, 08034 Barcelona
www.circulo.es
1 3 5 7 9 5 1 1 1 8 6 4 2

Depósito legal: B.24202-2015
Fotocomposición: Víctor Igual, S. L., Barcelona
Impresión y encuadernación: Cayfosa (Impresia Ibérica)
Barcelona, 2015. Impreso en España
ISBN 978-84-672-6517-0
N.º 20482